江山红叶

周 勇 / 著

重庆出版集团 重庆出版社

图书在版编目(CIP)数据

江山红叶 / 周勇著. —重庆: 重庆出版社, 2023.5
ISBN 978-7-229-17630-3

Ⅰ.①江…　Ⅱ.①周…　Ⅲ.①散文集—中国—当代　Ⅳ.①I267

中国国家版本馆CIP数据核字(2023)第082547号

江山红叶
JIANGSHAN HONGYE
周　勇　著

责任编辑:饶　亚　袁　宁
责任校对:郑　葱
装帧设计:胡耀伊

重庆出版集团
重庆出版社　出版

重庆市南岸区南滨路162号1幢　邮政编码:400061　http://www.cqph.com
重庆出版社艺术设计有限公司制版
重庆市国丰印务有限责任公司印刷
重庆出版集团图书发行有限公司发行
E-MAIL:fxchu@cqph.com　邮购电话:023-61520646
全国新华书店经销

开本:787mm×1092mm　1/16　印张:23.5　字数:320千
2023年5月第1版　2023年5月第1次印刷
ISBN 978-7-229-17630-3

定价:108.00元

如有印装质量问题,请向本集团图书发行有限公司调换:023-61520678

版权所有　侵权必究

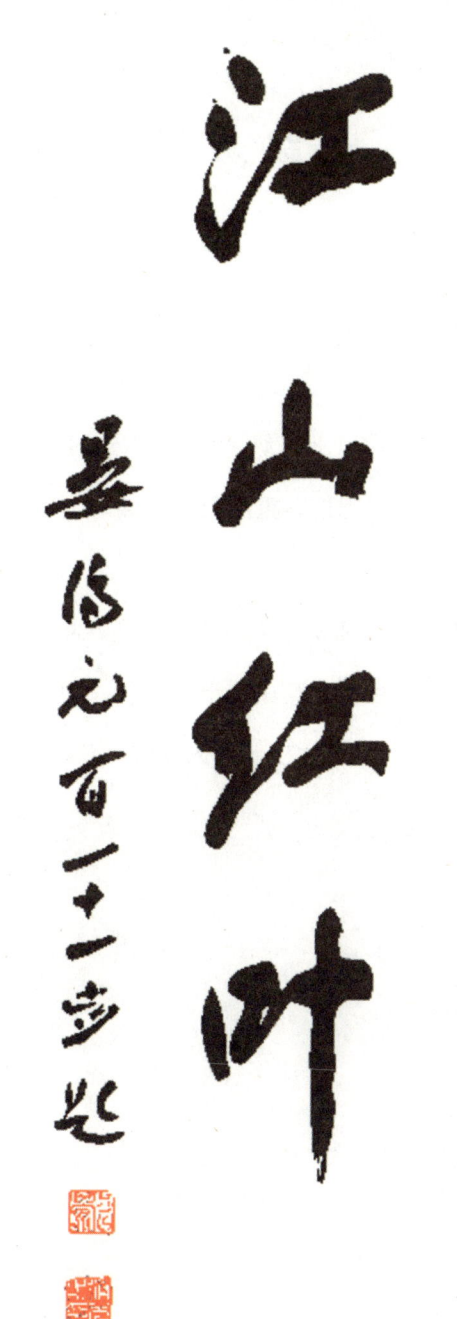

跋　语

　　我的散文《江山红叶》写作和在重庆发表，时在2007年底。2009年由《人民日报》发表；同年，入选国家教育部主编的"义务教育课程标准实验教科书"《语文读本》（七年级下册）。入选时标题改为《三峡红叶》。该文成为重庆直辖以后，因描写重庆美景而编入国家中学语文教科书的唯一作品。

　　2009年春节前夕，受重庆市委市政府委托，我去给年逾百岁的艺术大师晏济元先生拜年。先生闻此喜讯，十分高兴，为我题写"江山红叶　晏济元　百一十一岁题"。故此次出版个人文集《江山红叶》，特用晏济元先生手书作为封面题字。

目 录
CONTENTS

江山走笔

江山红叶 / 3

金佛杜鹃 / 5

又见金佛杜鹃 / 8

黄葛礼赞 / 12

青龙横空出阿依 / 16

"走"出一片新天地 / 19

重读"风流" / 23

驽马十驾

我的川大　我的老师 / 29

我的第一本书和最近一本书 / 34

40年的探寻——我与《长江三峡及重庆游记》/ 39

"不应忘记"——执着追寻重庆大轰炸的真相 / 44

为城市存史——参加到开拓城市史研究的行列中 / 48

雷鸣之前的闪电——为城市贡献第一部《重庆通史》/ 51

岁计满满——中国抗战大后方研究事业的开拓 / 57

耕耘"红岩精神"——在宋平同志指导下收获了《红岩精神研究》/ 65

学术共影像同光——开启影像史学研究新领域 / 69

阳光跋涉

改变我人生的两本书 / 77

我家住在解放碑 / 79

冻桐花——我的梅子垭岁月 / 92

集体经历与历史记忆 / 103

九院与成字360部队 / 105

我的爱国主义教育"第一课" / 109

戊戌清明祭 / 113

我之为"师" / 118

"换笔"换出春天来 / 121

云山万里　相逢荧屏 / 124

春天的种子 / 126

又见重庆的别样风景——写在《城门几丈高》首播结束之际 / 129

己亥清明祭：跨越40年的相聚 / 133

相聚在"天下第一乡都" / 136

感恩——写在"11·27"七十周年之日 / 139

《江山红叶》别记——我所经历的巫山脱贫史 / 145

坚守学术　作育英才 / 150

巴渝城记

重庆人：要豪放，不要粗俗 / 161

重庆历史上的三次"直辖" / 164

江山之城与江山品格 / 166

记录重庆前进的步伐 / 169

根在湖广 / 171

庚子后方"疫"记 / 174

木洞漫步 / 180

读图江山之城 / 182

经师人师

杜连，吉高 / 187

师　承 / 190

给胡昭曦先生的信 / 194

厚　爱 / 197

老师　学者　朋友——我的老师隗瀛涛先生 / 199

隗家的酒香 / 206

亦师亦友——再忆老师隗瀛涛先生 / 211

著史育人先驱者 / 217

章师，吾师 / 222

小鹏同志 / 232

我所认识的孟广涵 / 241

异国友朋

读懂中美并肩抗战历史的一扇门 / 249

从史迪威故里向西望去——忆史迪威将军长女南希 / 256

不要忘了延安精神——访谢伟思 / 261

对话基辛格 / 271

傅高义先生远去的背影 / 275

为了与战时首都的重逢——促成美国奥斯卡奖纪录片《苦干》回归 / 286

难忘相模湖 / 292

更泛沧浪万里长 / 295

得天下英才而教之 / 300

亲情无限

老家磁器口之"六问" / 307

我们家"春天的故事" / 312

父亲的遗产 / 316

爸爸教我读书学习 / 327

庚子清明忆 / 334

父亲与新闻出版二三事 / 338

荷花开了 / 342

心仪已久　印象高原 / 352

济民永春 / 354

从"爱众"到"济民"的青春记录 / 356

永德昌荣共守传 / 360

邮与传 / 363

后记 / 367

江山走笔

JIANGSHA ZOUBI

江山红叶

长江三峡,我们的家园。千百年来,我们生于斯,长于斯,耳鬓厮磨似乎不能再熟悉了。文人墨客关于三峡的歌赋诗词何止千百,名篇佳作,流光溢彩。然而,吟咏冬日三峡的却是不多,尤其是对三峡冬日精灵的评点和咏叹,更是凤毛麟角。

2006年冬,我来到渝东门户巫山县。那一天,上天对我似乎格外眷顾,难得的冬日阳光洒了一江一船。蓦然抬头,一抹红色抢入了我的眼帘,遂舍舟登岸,追寻而去。攀缘悬崖绝壁,穿行荆棘丛林,跋涉荒山野岭,脚肥手软,心惊胆战。正惊怵间,眼前景色美轮美奂:大江之上、峡谷两岸、远山近岭、层林尽染。哦,三峡红叶——藏匿千年的精灵!

一片纯朴厚重的红叶,一弯浓妆淡抹的三峡。这一刻,我忽然发现,我们需要重读新三峡,发现新三峡,进而发展新三峡。翌日,一则电视新闻从这里发出,壮美峡江的冬日景象,霎时惊动国人,誉满华夏。

2007年冬,我又到三峡,再见峡江红叶。

天下红叶,并无二致,无非是秋日之作,以红惹人。然而这一刻,站在峡江边上,十二峰下,瞿塘峡中,我似有新悟:天下红叶,虽红无二致,却千姿百态,各领风骚……

北京的香山红叶,天下闻名。得益于千百年来文人墨客的吟咏和描摹,元帅外交家陈毅曾咏出"西山红叶好,霜重色愈浓"的名句。深厚的文化滋养使香山红叶有了人文之美。

日本的京都红叶，享誉世界。得益于日本民族对细节的精心设计，尤其是对庭园布置的奇思妙想，每一片红叶的姿态看似自然，却并非天成，而是匠心独运的结果。我不能不叹服京都红叶的精致之美。

四川藏地的米亚罗，也有一片红叶，这是近年来推出的新景区。它生在藏地，与寺庙、经幡相映成趣，米亚罗的红叶便有了神秘之美。

我更爱三峡的红叶——一个养在深闺、人尚未识的精灵，一个追随秋天的冬日精灵。它虽无西山红叶的文气墨香，也没有京都红叶的精雕细琢，更没有米亚罗红叶的神秘粗犷。

然而——

三峡红叶有男儿的雄壮。重峦叠嶂，莽莽苍苍，如长城连绵，逶迤千里；虽身在荒野，却心雄万夫，如斜阳西沉，铁血雄浑。

三峡红叶有女儿的柔美。红，是她的本色；秋，是她的本季。卓尔不群，俏不争秋，寒冬绽放，为肃杀的冬日挽住秋天的斑斓，为不舍的峡江拥留温暖的光芒，翘首迎望新春的曙光。

三峡红叶有傲岸的气质。虽为草芥，却不甘平庸；伫立悬崖，傲视大江；云山烟雨，相拥夔门，染尽"天下雄关"气势，世人不能轻慢。

三峡红叶有执着的精神。壁立于神女峰下，执着地守望，看江流千古，演绎吟哦。不弃不离，不急不躁，不卑不亢，一份信念存于心中：任世事沧桑，终是英雄的寰宇。

三峡红叶，吮吸大江精髓，依傍石壁千仞，独具山魂水魄。雄视古今，环顾世界，舍我其谁？

美哉，三峡红叶，江山之美。

壮哉，红叶三峡，江山品格。

《人民日报》2009年11月21日

金佛杜鹃

早春二月，出差在外，一场大雪不期而至。虽然晴日飞雪，春裹银装，仍是料峭时节，不胜寒意。

阳春三月，本该草长莺飞。但一城黄葛，落叶飘洒，残黄遍地。虽是叶落芽生，不几天便又郁郁葱葱，新绿满枝，却也不免让人唏嘘。

直到四月，才真正听到了春天的脚步。那是我到基层采访，浓浓的春意浸湿了我的心田……而最动人心魄者，当数金佛山上的杜鹃花。

今年的金佛杜鹃出奇的盛。那金佛安卧的"杜鹃花海"，据说十年难见，领中华之最。

金佛山，有108峰，位于重庆南川境内，古称九递山。因地理上处南北东西要冲，经亿万年演化，地貌、气候、植被独特。杜鹃，为华夏名花，遍植国中。常见者多为映山红等灌木种类，那是繁花似锦，连绵不绝，一派葡萄山野、花低人高的景致。而这里与众不同，它是原始乔木杜鹃花荟萃之地，最高者20余米，胸径最大1米以上，一年四季花开不断，最盛时在四五月间。那时，迎春杜鹃从山脚率先绽放，跟着是粗脉杜鹃、树枫杜鹃、长蕊杜鹃、粉背杜鹃等，循着山势次第盛开，向上登攀。那仪态万方的阔柄杜鹃，那异香独放的小头大白杜鹃，更有那一木独大、万花同树的金山美容杜鹃，把这金佛山装扮成跃动的七彩织锦，浑身散发着杜鹃王国的迷人风采。

那天，乘着落日的余晖，我沿着西坡盘旋而上，到了半山再乘索道，跃升千米，来到金佛山顶。

回望来路，远处斜阳西沉，漫天红霞，山色如黛，层层叠叠。俯观脚下，夕阳把最后一缕余晖投射在悬崖绝壁之上，洒落在原始丛林之中。红的、粉的、紫的、黄的，还有白的、蓝的、绿的、黑的……仔细看去，那是花的树，高大挺拔，秀立林海，一棵棵，一丛丛，一片片，真是织锦堆绣、万千绚烂、一望无涯，在落日的辉映下，平添了几多通透和明丽……

哦，我心仪已久的金佛山杜鹃花！

天色渐渐暗了下来。漫步山间，循花海徜徉。凭栏望月，清辉满山，习习山风，浮动旷野幽香。看月下的杜鹃，隐去了白日的妖娆，只现出淡淡的素色，在晚风中摇曳多姿，端庄灵动，更见妩媚。

万籁俱寂，浮想联翩……

这里的杜鹃融进了山的躯体。它不因一枝一朵而娇艳，尤以繁花一树而示人。山高花为峰，花艳山成海。伫立天际是它的高度，花繁如浪是它的风韵。在苍茫山林的怀抱里，金佛山的杜鹃便有了群山的气势。

这里的杜鹃汇入了海的波澜。当你凌空飞渡，跃冲千米，眼见得乔木杜鹃，兀立千仞，杜鹃花海，洋洋大观，似排山倒海，似山呼海啸，汹涌澎湃，奔来眼底，涌进胸中，震撼心灵，好一幅"金辉杜鹃花海图"！金佛山的杜鹃便有了大海的胸怀。

这里的杜鹃带来祥和。相传，金佛山的草木山石都与"佛"有缘，因此余秋雨先生题"山即是佛，佛即是山"。而在我的眼里心里，全然是"山佛花海，花佛同山"。它有佛的雍容、佛的悲悯，又有佛的吉祥、佛的和美，真个把诗人笔下"千树万树梨花开"的文学意境，变成了"今春杜鹃映金佛"的现实景象。金佛山的杜鹃便充盈着祥和。

这里的杜鹃情牵天地。杜鹃花们与崇山峻岭浑然一体，便有了包容天地的襟怀，有了独立山野的品格，有了扑向春天的勇气。40年前，那曲

"岭上开遍映山红"不就诠释了杜鹃花的英雄豪气吗？金佛山的杜鹃尤显出重庆人挺立天地的坚强。

清早，晨雾带着细雨把群山滋润得苍翠欲滴。那蒙动的雾、雾中的雨，那山中的树、树上的花，还有那花前的人，隐隐约约，飘飘洒洒。早起的布谷鸟，声声啼鸣，催人启程，更有另一番情趣。

古人常以"杜鹃"表达离愁，感伤之思。而金佛山的杜鹃花，因其山的气势、海的胸怀、佛的祥和与天地之气，独显出动人的风姿与独立的精神。

《人民日报》2012年6月25日

又见金佛杜鹃

去年，一个偶然的机会，我来到金佛山上，受杜鹃花海的震撼，那篇《金佛杜鹃》一挥而就。

其实，在我心里，却是不无遗憾的。那天，面对美景，不禁手痒，可惜没带相机，只能在太太拍照的间隙把她的相机抓过来抢拍几张。那仅有的几张照片，其景象虽也见所未见，让人眼前一亮，却并未完全表达我对金佛杜鹃的仰慕之情。更因那次上山，未曾见"佛"！金佛山，金佛山，到底隐藏着多少罕世奇观？你什么时候才能灵光闪现，露出真容？无奈，只能宽慰自己：只要心中有佛，就处处皆佛了。然而，这两个遗憾总是隐隐地梗在心里，难以了却。于是暗下决心：来年一定重上金佛山，圆梦了愿！

一晃，金佛山上的杜鹃花又该开了。我早早就开始准备行装，电视、摄影界的朋友们也跃跃欲试，邀约一同上山，分享美景。4月中旬，我便与南川联系，请他们预告花期。去年我去的那天是4月21日，可今年到了这天却一点消息也没有。直到快"五一"了，南川才传来短信："今年的金佛山杜鹃花由于受前期气候的影响，花开得不好，目前山上只有零星的花开了。特此报告。"这让我沮丧了好一阵。但是，仍心有不甘，也不愿相信。我想，花果都有大年小年，即使小年，也不至于无花可赏，无非是花多花少罢了。于是，5月1日，我再次循着去年的老路，沿着西坡，开始了寻梦之旅。结果，确实让人失望。一路上，不仅没有波澜滔滔的杜鹃花海，甚至连一树一丛也未曾见到。这与去年"今春杜鹃映金佛"的景象实在相去太远，恍若隔世……

天公也不作美，头一天，下雨、大雾、山路泥泞，只能困守房中。是夜，辗转反侧，难以入睡。披衣起床，山风阵阵，浓雾弥漫，群山寂静，不见残月，不见星斗。

第二天一觉醒来，大雾散去，小雨初霁，我赶紧爬上山头。顶着阴沉的天空，感受劲吹的山风，寒意阵阵。但见远方，隐约有云雾缭绕，不一会儿就顺着山势，向上奔来。细雨浇灌过的大山，苍翠欲滴，风中的云雾，淡雅清新。拍下这赏心悦目的云山烟雨图，让我稍释心中的沮丧。但，梦未圆，花在哪里？佛在何方？面对群山，我在心里阵阵呼唤。

正郁闷时，一位当地老乡告诉我，你们可以到"金龟朝阳"景区看看，那是刚开发的地方。"金龟朝阳"在牵牛坪的西北方，是金佛山西坡上长达千米、高有数百米、垂直90度的一段绝壁。因其山顶之势像一只昂首前行的金龟，故而得名。我叹服金佛山人的勇气和毅力，硬是在这绝壁之上，架起一条栈道。斯时，栈道的雏形刚刚铺就，一米来宽，无遮无拦，行走之上，飘飘欲仙，心惊胆战，只顾盯紧脚下，不敢抬头。猛然间，悬崖绝壁之下，两道山梁之间，一片粉色跃入眼帘。我停下脚步，啊，杜鹃花！百转千寻，我终于找到了你——金佛山的杜鹃花！

去年观花，是从山脚开始的，或平视，或仰望，花繁如海，并不稀奇。今天，站在这2000多米的高山顶，处在金龟昂首的绝壁上，俯瞰脚下，已经没有了去年"山高花为峰，花艳山成海"的壮观，但杜鹃花们三五知己，相依相偎，依然盛开。那高大挺拔的杜鹃树，依然是高大的挺拔的；秀立林海的杜鹃花，依然秀立林海，灿烂芬芳，把一个不大的深坳也闹腾得五彩缤纷，千姿百态。

伫立于绝壁之上，俯瞰着脚下花谷，心生感慨：月有阴晴圆缺，花也因时而异。虽有风雨严寒，群花不应之时，但总有那些处在绝壁之上，屹立天地之间者，不管花开花落，任它云卷云舒，依然傲迎风雨，独自绽放。

或许是受又见杜鹃的鼓舞，我隐约有了继续寻梦的冲动。漫步山间，天空阴沉灰暗，山风呼啸，寒气逼人，是撤是留？正犹豫间，天边泛起一线红晕。我说，"有着！"便咬紧牙关，坚持留下。

不知从什么时候开始，天边的那一线红晕由浅入深，由淡而浓，由窄变宽。远处的云雾又开始出现，不一会儿便成了气候，美丽如杜鹃花浪，循着山势，攀缘而上。先是一朵朵，然后一线线，再是一群群，最后一片片，如山呼海啸，如万马奔腾。其向上的速度和天际变红的程度你赶我追，只几分钟就铺满了山脚的每一寸土地，掩盖了每一座峰峦，那蔚为壮观的高山云海啊……再看那太阳，背负着乌云的压制，奋力地抗争，终于在落山前的最后一瞬，撑开了那一线红晕，迸发出光焰无尽的能量——霎时间，到处充盈着金色的辉煌和灿烂的光芒！

就在这时，乌云笼罩的穹顶打开了一片湛蓝，犹如天眼。风起云涌之中，太阳透过浓厚的乌云，形成了放射状的漏斗光，斜射在一处翻滚的云头。渐渐隐去的云头转瞬间便将一座山峰幻化成一尊妙不可言的菩萨，那头上玲珑的璎珞，惟妙惟肖的面庞，平滑修长的脖颈，更有那凸显的双峰，真个是九天之上飘然而至的观音菩萨！此时此刻，她安卧于天地之间……云海簇拥在她的身旁，衬托出雍容华贵的身躯，云烟缭绕在她的胸前，安静和美，悲悯慈祥。

金辉、彩霞、祥云，吉光、天眼、灵山……齐聚眼前，这才是真正的"山佛花海，花佛同山"！

这一刻，山，静了，静得只剩下自己呼吸的声音。也是在这一刻，山，沸腾了，如众生欢跃，涌动云天。

哦，金佛，这千载难逢的灵光一现！莫不是因我执着追寻而被赐予的厚爱？

　　金佛山的杜鹃花啊，是你引领我寻梦的脚步，让我生命的历程焕发新的光彩！

《重庆日报》2013年5月17日

　　跋语：《重庆日报》2013年5月17日发表本文时曾作编者按。去年5月17日，本报《两江潮》发表了周勇先生的散文《金佛杜鹃》，不少报刊纷纷转载。随后《人民日报》全文发表，重庆电视台《品读》栏目还专门做了一期赏析，一时好评如潮。今年，周勇先生再作《又见金佛杜鹃》，本报仍安排在5月17日发表。

黄葛礼赞

没有松的坚贞，没有柏的高洁，没有杨的挺拔，更没有柳的风韵，故少有文人墨客的吟咏和礼赞。但我却对它有独钟之情，那是因为它的"钟气"。钟气者，凝聚天地间灵秀之气也。因此我要赞美这"钟气"满满的生灵——黄葛树。

黄葛树是伴我成长的树。

遥想儿时玩耍的院落，几株大树撑起绿色华盖，遮烈日，蔽风雨，聚人气，特别是那弯弯曲曲、横生斜长的枝干让我等小儿爬上爬下。老人说，它叫黄葛树。读书了，父亲把我送到桂花园。在那里我并未见到桂花树，最多的还是黄葛树。一株站在路口，斜向的弯枝指向前方，另一株立在校门旁，伴我度过了五年小学的黄金岁月。及至中学，我来到解放碑旁，那里原是文庙，有大黄葛树。后来才知道，佛经里称它为菩提树，是神圣之物，故而首先便种在了寺庙等地。后来当兵了，地在川西，那里的公园也曾是文庙，亦遍植黄葛，郁郁葱葱。大学毕业后，我回到重庆，来到歇台子。这里是古时成渝东大路的干道，长长的一条石板路，人行货运全由双脚与马背。从重庆城出来，沿七星岗、两路口、遗爱祠，出佛图关，再过七牌坊、茶亭，到了这里就该坐下来休息了，所以取名"歇台子"。这里站立着一棵硕大无朋的黄葛树，主干不高，十来米，但粗壮遒劲，要四五人才能合抱。然后分成四根枝干，向上向横生长开去，覆地亩余,韵味无穷,有烟火气,让人很有归属感。因此人称"风水树"。后来,我工作在中山四路,这是一条黄葛树的路,它们站列两旁,整整齐齐,一水的向上生长,少有横斜,犹如夹道迎宾的队伍,又似持枪列队的战士,高大而威严。

黄葛树是护佑家园的树。

巴渝大地上,满眼都是黄葛树。皆因有最为独特的地势、山石和气候,故庙堂之高,江湖之远,大街小巷,坡坡坎坎,随处可见。常年皆绿叶当顶,四季清凉。同时,四季中均可见落叶飘洒,遍地金黄,满树新绿。其数量之多,生命力之顽强,为山城独有,令世人惊叹。重庆是个移民城市,我来自湖广,你来自齐鲁,他来自江浙,还有来自太行、大漠、雪域、草原的……只要你来到这里,黄葛树不会问你的来路,自会为万千来客撑起华盖,为万间广厦遮阴蔽日。更会伸出热情的双手,扶助你蹒跚起步,伴随你平安成长,欣赏你功成名就,最后送你落叶归根。

黄葛树是见证历史的树。

在长江三峡,两岸尽是黄葛树。走进巫山大昌古镇,就有一棵把门的黄葛树。它横生在城墙上,粗壮的树根长成了圆盘,体大如"斗"。它见证过远古的文明,牵手过消失的巴人,也成了三峡的"移民",扎根他乡。更多的三峡黄葛因高峡出平湖而就地后靠,重新集结,仍守望长江。如今千帆过后,历代文豪的瑰丽诗篇和灿灿墨宝仍萦绕其间。朝天门是重庆的大门,迎官接圣之地。正对两江,有一高台,是重庆城墙的一段,上植两株高大的黄葛树,把巨大的身躯探向两江合流的地方。每当东下,它祝你平安吉祥;每逢归来,它为你接风洗尘。近代以降,更送走过追求真理的莘莘学子,迎来过国脉西迁的悲壮撤退。还有那红岩村中的黄葛树,陪伴周董坚守大后方;那九龙铺机场的黄葛树,迎来了延安飞来的毛主席,也成为新中国第一条铁路的起点站;那德安里中的黄葛树,见证了毛蒋握手大重庆,也守望了刘邓擘画大西南。那几株树高百尺,沉稳敦厚的黄葛树静植于人民广场辉煌的大礼堂前，它听到过进军西南的号角、凯歌行进的鼓点、改革开放的脚步和直辖时刻的欢呼……与市民牵手，与游人相亲。

黄葛树更是凝神聚气的树。

它教会我们，人要有"坚"的意志。黄葛树具有极强的适应能力和忍耐之力，哪怕干旱、寒冷、缺氧，即使瘠薄、污染，乃至于雷劈火烧，它都坚持、坚定、坚守，能萌发，易栽植，快恢复，速生长。有的横陈院中，犹如拱桥，别有洞天；有的长在墙中，似游龙出没，若隐若现；有的当路而立，一夫当关，但腹中开门；更多的是盘结块垒，如天工神笔，不得不赞其定力超强。

它教会我们，人要有"韧"的追求。重庆是山城，黄葛树往往长于石坎、石崖、城墙之上。它有发达的根系，一面向上生长，以裸露、板状的"气生根"，直接从空气中吸收氧气和水分；一面顽强地向下，深扎进石缝里，即使垂直的堡坎，它也能贴着石壁，把庞大的根系长成一个平面而铺陈开来，以细小的支根嵌进石壁的缝隙，牢牢地抓住大地。有一幅画我看了几十年。它在中山四路上的大院门前，这里的十几株黄葛树齐齐整整地长在一壁由条石砌成堡坎的垂直断面上，或有合抱之粗，或有拳头之径，最显著的是它的根绝大部分贴着石壁生长开来，恣意汪洋，正因为深深地根植于山石和泥土之中，形成了"根起蟠虬龙"的独特景观，最终长成这幅自然天成，生机勃勃的立体画卷。

它教会我们，人要有"无华"的品格。梅花俏不争春，红叶俏不争秋，为世人称颂。而黄葛树则四季不争，更显高贵。它并不如常树一样春华秋实，而是什么时候栽种，就什么时候落叶，就什么时候开花，就什么时候发芽。其花小如豆，平淡无奇，默默地开，悄悄地绽。不凑合，不张扬，不显摆，不晃荡，不喧闹，只把自己的这一份美奉献给这块土地。

树且如此，人便心向往之。因此，黄葛树被重庆人奉为市树，其"坚韧无华"的"钟气",已融入重庆人和重庆城的血脉之中。

如今我就住在黄葛树旁,与歇台子的那棵老风水树遥遥相望。我第一次见到它是1970年,约胳膊粗,歪歪扭扭,憋屈地蹲在房子门边。1983年,我与它为邻,已有脸盆粗。如今,50年了,旁边的房子已经拆除,它不再憋屈,得以展开身肢,任性生长,故而抖擞精神,成了参天大树。胸径已达三人合抱,身高也有20多米,主干粗壮硕大,枝干奋力朝天。每到仲春,它脱下绿装,披身金甲,捧出一个金灿灿的春天。随后不过十余日,便叶落芽生,郁郁葱葱,满枝新绿。正是它的奇特,人称"新风水树"。当然,这是时代之风的吹拂,这是巴山渝水的滋养。

40年前的今天,我们伟大祖国开启了改革开放的新时期。此刻,听着人民大会堂里奏响的《春天的故事》,回望那些风风雨雨,酸甜苦辣,心中情愫百转千回,眼眶湿润。

写下这春天的黄葛树,也在心里种下又一株黄葛树,它会"坚""韧""无华"地生长,生息与共,拥抱时代,造福你我,代代相传。

2018年12月18日起草

2022年7月17日定稿

青龙横空出阿依

阿依河，因其"秀美"早已名满天下。而我对它的第一印象却是一条名不见经传，很不起眼的小河沟。

那是1969年春天的一个早晨，我们一群重庆知青乘着一条汽划子，从彭水溯乌江而上，第一站就停在一个叫"万足"的地方。那是浅浅的长溪河与青青丰沛乌江的交汇处。岸边石壁千仞，草木葱茏，一条栈道生生地嵌在其间，显示着它的古老和不凡，人来人往，向上游伸去，看不到尽头。岸边没有码头，甚至连趸船也没有，船停之处，搭块跳板到岸边便上下旅客。40多年过去了，我还记那条古老的栈道，那些筋骨健硕、背负高架的汉子，那些白帕盘头、身穿大襟的女人。

8年前，有人告诉我，彭水出了个叫"阿依河"的地方，号称"千年不变的美丽"，且可漂流。后来我去了，果然印象极深，因为漂程长达13.5公里，让我们付出了9个小时和一身晒得绯红并隐隐作痛的皮肤。而让我意想不到的是，终点收漂处竟是那个叫"万足"的地方。然而，昨是而今非。浅浅的长溪河如今已出落成"美丽的阿依河"，而青青丰沛的乌江却丰沛不再，那长长的栈道只剩得短短的一截，落寞地躺在静静的江边，另一头却永远地埋在那高高的大坝之中。

今年，我又回了一次彭水，去到当年下乡的马家寨。听他们讲，阿依河在"秀美"之外又显"神奇"了——河边发现了大溶洞，因其对岸有白虎岩，此洞便被叫做"青龙洞"。彭水属喀斯特地貌，溶洞很多。记得插队的时候，寨上老乡就告诉我，四队有个大洞，里面有12根"金柱头"。于是，过第一个国庆节时，我们几个知青就给自己放了一天假，邀约起来进洞探险。我们按照童恩正小说《古峡迷雾》中考古学家考察洞穴的方式，打着火把，沿途作好标记，果然见到了一根又一根高大的钟乳石。那就是寨上人说的"金柱头"。

这些年走南闯北，游溶洞不少。北方的本溪水洞，那是世界第一长的大型地下充水溶洞，洞内又分水、旱两路，故而闻名天下。南方的洞穴就更多了，广西有七星岩、芦笛岩，贵州有织金洞、龙宫，重庆有芙蓉洞、伏羲洞，湖北有腾龙洞、龙麟宫，老洞新穴，层出不穷。或以其"美"而秀甲天下，或以其"全"而举世无双，或以其"大"而称雄于世，或以其"奇"而惊艳绝伦，更有形神兼备的"似"而让人叹为观止。那都是美中之美，珍中之珍……因而对"青龙洞"，并无更多期待。

然而，当我真的进得洞来，却是目不暇接，惊奇连连。

当头便是一座白蓝相间、晶莹闪烁的混沌巨石立于门口，犹如"梦回洪荒"。只见一汪清泉从天而降，那万年的造化让它既玲珑剔透，又云飞大风，不由得把人从当下直拉回远古时代。紧随其后的是长长石壁上如刀劈斧削的巨大裂缝，其间由四根石柱擎天撑地，而那些正在生长、对接的钟乳石，则似树木成林，苍莽悠远，藤蔓蜿蜒，好一派盘古开天辟地的大气象！

前面又是"猎猎旗阵"。那高达数丈，宽有数尺，而厚仅半寸的钟乳石片，通体透亮，和着水流悬垂空中。一眼望去，如十万旌旗，齐整排列，飘飞漫卷，雄阔威武，蔚为壮观。映着潭水倒影，亦真亦幻，更显神秘高大。耳旁仿佛响起那恣肆汪洋的猎猎翻卷和金石相交的远古铿锵。

到了中庭，只见"金柱辉煌"。在方圆数十丈的巨大厅堂里，散布着几十根硕大无朋的钟乳石，恰似一片高大挺拔、百怪千奇，而又生生不息、蓬勃成长中的大石林。细细品味，有的如擎天一柱，有的似银练飘忽，有的像蟠桃顶天，有的呈群龙相拥，还有的并蒂而立。在灯光的映衬下，层层叠叠，伸展开去，直达深邃的远方。啊，赤、橙、黄、绿、青、蓝、紫……那不是玉帝诏令，王母开宴，神仙把盏，吴刚伐桂的盛会？那不是仙女奏乐，裙裾蹁跹，玉兔欢跃，歌舞升平的雅集？恍若那九天之上辉煌灿烂、华贵高古的玉宇琼宫！

最后更有惊世奇观"洞天飞瀑"。一阵巨大的轰鸣把我们带到这绝世的厅堂。约二千平方米的大堂，周围呈圆锥形，向上升腾一二百米，指向高高的穹顶之巅。环顾四壁，有若隐若现的南国星火，有万里雪飘的北国风光，有奇峰突兀的东海碣石，有如火如荼的西域烈焰。更有那从洞顶飞泻而下的一练狂瀑。它是山顶的一条小河，到此便潜入洞中，从穹顶喷涌而出。似蓝色的脱缰野马，以百米冲刺之势，迎头撞向地面巨大的牛形玉石，发出震耳欲聋的声响，溅起冲天万丈的水雾。这深藏洞中、高程百米的瀑布，据说是中华之最，可与世界比肩。人到此时，几近无语，只能感叹，今生真有幸领略这"银河落九天"的旷古绝景！

至于那观音慈祥、少女婀娜、将军威武，那寿星祥瑞、时空隧道、迎宾宝塔，那彩带螺旋、海狮望柱、十八罗汉，栩栩如生，不可胜数……

走出洞来，回到当下，已是夕阳西沉，暮色苍茫。

哦，时代不同了，昔日的穷山恶水，如今已是青山绿水。

它在默默地告诫我们，有坚韧，恶水穷山就能成为绿水青山；有坚守，绿水青山就是银水金山；有坚持，绿水就会与银水长流，青山就会永远与金山同在。

啊，阿依情河，你有千年不变的美丽；青龙古洞，更有足载万千的神奇！

《重庆日报》2013年10月24日

"走"出一片新天地

近日,有幸观看大型情景国乐音乐会《思君不见下渝州》,感受了一次难得的震撼。这场演出,实在是太好了!

《思君不见下渝州》是党的十八大以来,我所看到重庆最好的文艺作品。我为重庆在直辖22周年之际,收获了这么一台可以入史的佳作而欣慰。可喜可贺!

巴渝文化、三峡文化的唯美演绎

重庆是一座山城;也是一座江城,江山之城的重庆,自有江山的品格。先贤们描写重庆的名篇佳作,流光溢彩。而巴渝古诗则是这座文化宝库中最耀眼的明珠!正是中华英杰和文坛巨匠们书写的璀璨华章,滋养了重庆城市独特的文化精神。

巴渝文化是巴蜀文化的重要组成部分,是以重庆为中心的广大特定地域中独具特色与个性的文化形态,是今天重庆市的基础性文化形态,体现了重庆人尊重巴蜀文化,彰显文化个性的自信与追求。

三峡文化是在中国古代历史上,以中华传统文化为基础,以长江三峡独特的自然景观为载体而产生的优秀传统文化群落。它以文化名人为主体,以描写自然景观为特征,以抒发家国情怀为核心,展现了中华民族在不同历史时期的独特心理、文化传统、民风习俗。

《思君不见下渝州》以中国优秀传统文化为背景,以巴渝文化、三峡文化为对象,以唯美的手法,形象地演绎了大城重庆的历史风云、恢弘气象和长江三峡旖旎的自然风貌,尤其是抒发了重庆人民爬坡上坎、坚韧乐观的精神,极大地提升了重庆人民的文化自信心和自豪感。

重庆历史文化题材的原创之作

《思君不见下渝州》以重庆历史文化题材为对象,坚守传统、坚持原创的创作方向和道路,难能可贵!

在重庆3000多年的发展史上,出现过多层次、多领域、多元化的文化形态。其中占有主体地位的是巴渝文化、革命文化、三峡文化、抗战文化、统战文化、移民文化。这是源于重庆历史文化的丰厚实际,需要大力倡导并着力发展、创新、创造的重庆主体文化。这都是重庆的社会科学家、文学家、艺术家、新闻工作者们可以纵横驰骋、大有可为的文化宝藏和广阔天地。

如今的重庆,迫切呼唤本土题材的原创作品。当下的舞台似乎更热衷于炒冷饭,一部小说被翻来覆去改编成了N种形式、N部作品。文学作品的改编本是常事,但如有些作品热衷于低水平重复,甚至搞出一些怪象、乱象,就极不可取了。还有的新创作品关注于其他地方的事情,而不关注重庆的大题材。即使是鸿篇巨制、上乘之作,但对本土文化的贡献也非常有限。再有,满足于以出钱、挂名的方式拿奖。在市场经济条件下,文艺作品具有市场属性,通过融资的方式,参与他人的创作,从而获利、获奖,这种现象已经不是一天一日。有的人津津乐道,长此以往,就不可取了。这涉及文艺创作的态度和作品的成色,与"以精品奉献人民"的要求,相距甚远。历史已经证明并将继续证明,意在捷径、无所作为、只知花钱,是换不来文化核心竞争力的。至多只能是低空盘旋,上不了高原,更成不了高峰。这,不能不促使我们重新思考"为什么写、为谁写、写什么"这些根本问题。

《思君不见下渝州》表现了一种新的创作态度——以"走"的姿态，像抓新闻的原创一样，引导文艺的原创。《重庆日报》以2017年"重走古诗路　思君下渝州——探寻重庆古诗地图"大型全媒体系列报道的意境，与重庆演艺集团合作，推动重庆民族乐团携手中央民族乐团主创主演，实现了创新创造，更上一层楼的效果。

这是对炒冷饭、走捷径、下不了苦功夫的创作态度说"不"！同时，也是在重庆落实"以人民为中心、以精品奉献人民"要求的一个旗帜鲜明的示范。

坚持"走"，就能走出一片新天地

在新闻领域里，"走"就是尊重实践、人民为师，是优秀新闻作品的第一要义。《思君不见下渝州》就是《重庆日报》"走"出来的延伸作品。

《重庆日报》是一张具有文化自觉与文化自信、有文化特色和文化担当的报纸。2014年以来，年年"重走"，年年出新，已成为《重庆日报》的文化品牌。

2017年的"重走"从古诗入手，从渝中开始，由李白领唱，沿着历代文人墨客的行迹，记者们自信地"重走"在开满优秀传统文化鲜花的道路上。历时百天，行程万里，身入宝山，满载而归，描绘出一幅重庆古诗全景图，第一次向世人展现了重庆这座历史文化名城深厚的传统文化神韵。

这次他们携手年轻的重庆民族乐团，着眼重庆，着力原创，沉心静气，大获成功。

它再一次告诉我们，新闻是"走出来"的，文化也是"走出来"的。新闻和文化的结合是远缘杂交，新闻和文化"一起走"，就能"走"出一片新天地，就能"走"出一批好作品，也能"走"出一批好记者、好作家、好艺术家。这也是党报引领作用的体现。这或能开辟重庆文艺创作的又一条新路。

  清人何明礼的《重庆府》曾被评为"重庆最美十大古诗"。其"要使前贤畏后贤"的诗句,既是先贤的胸怀,更期许当下的重庆文化人以敬畏前贤,超越前贤的气魄,在推动时代进步、城市前进的同时,实现重庆文化新的更大的进步。

《重庆日报》2019年6月29日

重读"风流"

北国风光,千里冰封,万里雪飘。

望长城内外,惟余莽莽;

大河上下,顿失滔滔。

山舞银蛇,原驰蜡象,欲与天公试比高。

须晴日,看红装素裹,分外妖娆。

江山如此多娇,引无数英雄竞折腰。

惜秦皇汉武,略输文采;

唐宗宋祖,稍逊风骚。

一代天骄,成吉思汗,只识弯弓射大雕。

俱往矣,数风流人物,还看今朝。

这是一首中国人民耳熟能详的词作。

1936年2月,毛泽东——这位刚刚经过了万水千山而征衣未解的词人,初到陕北,喜见大雪,骑在马背上,哼出了这首词——"北国风光,千里冰封,万里雪飘。望长城内外,惟余莽莽;大河上下,顿失滔滔……"这位在当时被政府视为"流寇"的词人,这位词人所填写的华美词章,只能保存在词人自己的心里边,只能写在他自己的稿纸上。他人不知,世人更不晓了。因为这"冰封",这"雪飘",这"莽莽长城",这"滔滔大河",

既是词人对中国北方地理环境——三九严寒、深沟纵壑——的初步印象，更是此时此刻中国共产党及其领导的人民军队所处历史时代、艰难环境最真实的写照。

1945年8月，这位词人——毛泽东，代表着新中国希望的领袖，受邀来到山城重庆。从初到陕北，到走出陕北初到重庆，再到与蒋介石直接谈判，决定中国的前途命运，举杯庆祝抗战胜利，并排合影留念，成为历史的永恒。

十年了，天翻地覆，慨当以慷。坐在红岩村中那座简陋的小楼里，领袖毛泽东难抑词人本色，笔走龙蛇，把10年前的旧作抄赠给当年南社的一位老友柳亚子。从此，这首词得以面世、流传并发表。词人写道："惜秦皇汉武，略输文采；唐宗宋祖，稍逊风骚。一代天骄，成吉思汗，只识弯弓射大雕。""秦皇"一统中国，"汉武"拓土开疆，"唐宗"贞观之治，"宋祖"平乱建国，"天骄"所向无敌。这都是彪炳千秋的事业，阙功至伟，其业至尊。

然，在这位词人心中，也不过"略输""稍逊""只识"而已，词人挥笔写去，又添"俱往矣"三字。

这是何等人物？上下五千年，纵横九万里，古往今来，世事沧桑，谁是中国的英雄，谁能主宰当今的中国？词人豪迈地高唱"数风流人物，还看今朝"。

此词一出，震动山城重庆，也震动神州中国。其思想性之强烈、政治性之鲜明、艺术性之精湛，实乃前无古人后启来者的千古绝唱。立刻成为中国现代史上的一件大事，也是中国文坛上的一件盛事。当年围绕这首词在重庆、在中国就展开了一场针锋相对的政治斗争，又影响了中国诗坛几十年，始终吸引着政治家和学问家们的关注与研究。

毛泽东将《沁园春·雪》书赠柳亚子时在10月7日，是书写在一张"第十八集团军重庆办事处"的信笺上，未题上款，也未署名。这是最常见的版本。随后,柳亚子带着他的纪念册到红岩村拜谒毛泽东,请毛泽东在自己的纪念册上再题写一份。这次毛泽东便题了上款"亚子先生教正",下款署"毛泽东"。10月25—28日,柳亚子与尹瘦石假重庆渝中区中山一路中苏文化协会举办"柳诗尹画联展"。柳亚子便把毛泽东书赠他的《沁园春·雪》的两个手迹,在会上公开展出,正式与世人见面。

毛泽东平时作书不常用章。毛泽东题写《沁园春·雪》后,柳亚子请他用印。毛泽东当即带有歉意地说:"没有,我没有带印章。"柳亚子当即表示:"那我叫人刻两枚,送给你。"柳亚子回到沙坪坝南开中学津南村寓所,找到住在南岸枣子湾的好友曹美成的弟弟曹立菴为毛泽东治印。曹立菴,湖北人,擅书法、篆刻,当时年仅二十来岁,以奏刀刻印为业。听了柳亚子要他为毛泽东治印,连夜挑选两块珍藏的寿山石赶刻了白文"毛泽东印",朱文"润之",共二枚。第二天把刻好的印章送到柳亚子家里,柳亚子立即取出八宝朱红印泥,翻开纪念册,端端正正地在毛泽东题写的《沁园春·雪》上签有"毛泽东"三个字的落款处,盖上两枚印章。随即赶赴红岩村,打算把印章面呈毛泽东。不巧,适值毛泽东外出未遇。直到1946年1月28日,在毛泽东给柳亚子的信中才说道:"很久以前接读大示,一病数月,未能奉复,甚以为歉。""印章二方,先生的词及孙女士的和词,均拜受了","总之是感谢你,相期为国努力"。

该词一经发表,即被蒋介石集团称之为毛泽东有"帝王思想"。于是发动一帮御用文人填词攻击,而毛泽东的重庆朋友们和远在战场的陈毅等则"以词还词"予以坚决回击。一时好不热闹。1945年12月在重庆的王若飞将国民党及其御用文人词作、文章,寄给在延安的毛泽东。毛泽东将这些词作转送正在延安的王若飞舅父黄齐生先生,他在信中说"国民党骂人之作,鸦鸣蝉噪,可以喷饭,并附一观",一笑了之。

《沁园春·雪》从创作到传诵,历时十年,从默默无闻到惊天动地,从个人之作到时代之篇,从文学创作到史学研究,再从史学之作到阶级之作、时代之作。其间，毛泽东从陕北到延安，再从延安到重庆，再从重庆走进红岩村。今天，细细琢磨，默默怀想，《沁园春·雪》不正昭示了这十年里，中国共产党历史方位的变动，不正概括了红岩精神得以产生的时代背景和实践基础，不正映射出产生于那个时代并传承至今的中国共产党人崇高思想境界吗？

但是几十年过去了，"帝王思想"的指责并未随着国民党的败退台湾而消退。1958年9月，文物出版社出版了大字木刻本《毛主席诗词十九首》。12月21日，正在广州的毛泽东在《沁园春·雪》的天头上写下了一段批注："雪：反封建主义，批判二千年封建主义的一个反动侧面。文采、风骚、大雕，只能如是，须知这是写诗呵！难道可以谩骂这一些人们吗？别的解释是错的。末三句，是指无产阶级。"

回顾历史长河，重读毛词《沁园春·雪》和批注，应有新悟。马克思主义的传播，共产主义运动的兴起，民族复兴与阶级革命的发生，这是中国近代社会发展的必然结果。中国共产党是中国人民的先锋队，也是中华民族的先锋队，是当今中国的"风流人物"，这是历史的选择，是人民的选择，是时代的选择。毛泽东以政治家的高瞻远瞩，战略家的宽广胸怀和诗人的浪漫情怀，对中国历史规律和未来发展走向作了最精辟的总结，最精当的指引，也是最精彩的表述。是可以常读常新的。

《今日重庆》2021年第3期

驽马十驾

NUMA SHIJIA

我的川大　我的老师

求学川大（1979—1983），是我前半生最重要的一件事情。

在这里，我遇见大师，写下第一部专著《重庆开埠史》。随后开展辛亥革命、重庆近代历史研究，助力城市经济体制改革，走上历史研究之路。

我是在大渡河边泸定县从广播里听到党的十一届三中全会公报的。1978年12月，我在基建工程兵第205师汽车连当班长，正带队在二郎山上进行山地驾驶训练。那天晚上，我们住在县委招待所，全城大喇叭都在播。那开宗明义的第一句话就如石破天惊："全会决定，鉴于中央在二中全会以来的工作进展顺利，全国范围的大规模的揭批林彪、'四人帮'的群众运动已经基本上胜利完成，全党工作的着重点应该从1979年转移到社会主义现代化建设上来。"这让我激动不已，终生难忘。直觉告诉我，"天，真的要变了"。因为这年春天，高考已经恢复。同年，77、78级入学了。

1979年1月，已经解放并安排工作的父亲专程来到部队，与我在广汉公园（今房湖公园），作了一次极其严肃的谈话。他说："三中全会开了，'文化大革命'结束了，国家形势要变了，今后要靠科学和教育吃饭了。过去我影响了你，现在你不能影响你自己哟！""你初中都没有毕业，不得行。赶快从部队退伍回去，准备考大学。"我虽有不舍，但还是在1979年的春风中退伍了。

3月上旬，我退伍回到重庆。随即进了母校29中高考补习班。补了不到3个月的课，7月高考。考分比预想的好得多（地理全省第一，语文全省第四），还高于北大的录取线。但我的成绩是跛的（数学15分，英语6分），为求保险，填报了四川大学历史专业。之所以如此，一是初中没上完，高中没上过，知识不足，不能考理科，只有考文科；二是川大文科中历史专业最牛；三是我自认形象思想稍逊，难在文学上有造诣，而逻辑思维更好，故未报中文系，而做历史或更适合。

这样，1979年9月，我便来到了望江楼旁的川大校园。

此时，离父亲和我在广汉的那次谈话8个月，离我中止初中学业（1966年春）13年。一个小学只读过5年，初中不到1年的青年，我，就在这特殊的时刻进入了四川最高学府。

那是"老三届"的末班车。那时的老师和学生都怀揣"担负起天下兴亡"的责任感在校园中拼搏。用"拼搏"形容一点不过，只要能读好书，教好书，做好学问，不论是师还是生，总是倾力而为，全力以赴。

第一学年结束，胡昭曦先生就带领我们几个本科生开始学做历史研究了。当时胡先生教宋史，也做四川古代史研究。他带着我做的第一项研究就是在1980年暑假调查《圣教入川记》和法国作者古洛东的情况。做完之后，便要我开始研究他在本科时就开启的"帝国主义对四川的经济侵略"课题。

那时文献资料相当缺乏，我把川大图书馆中的相关图书几乎翻了个遍，但收效甚微。于是胡先生就指引我钻进了图书馆的线装书室。那时的线装书室完全不似如今的古色古香、安静典雅、崇高无比，而是屈居底层边上，原木书架，开敞放置，蓬头垢面，管理松懈，整天难见一二人。

但对我而言，能近坐书架之旁，随取随拿，任意挥洒，得以把《光绪朝东华录》（记载光绪朝中的史料，220卷）、《筹办夷务始末》（收录道光、咸丰、同治朝涉外事务档案资料，260册）、《清季外交史料》（含光绪、宣统朝外交史料，273卷）翻了一遍，但凡见到与四川、重庆有关的内容就做成卡片，抄写下来。待天黑出门，满脸、满身黢黑，鼻孔里全是黑灰。

如是半年，我终于找到了一些感觉，凝练出"重庆开埠"这个选题——重庆开埠是四川和重庆近代历史的起点。但是前人的研究让人莫衷一是：重庆开埠的法律依据是什么，到底是1876年的《烟台条约》，还是1895年的《马关条约》？重庆开埠的标志是什么，到底是条约的签订日期，或是其他什么事件？还有重庆开埠与近代重庆，乃至四川、西南地区社会发展的影响如何评价？等等。

我越发感到，要取得突破性进展，搞清楚重庆开埠的时间是一个关键。于是，就深钻下去。大约到1981年上半年，胡先生说："你再往前做，我就不熟悉了，给你请位我的老师来带你。"于是他领着我就去了隗瀛涛先生的家。

那时，隗先生住在桃林村，住房三间，但比较小，到处是书。先生中等身材，笑嘻嘻的，师母也很娴静和善，有一儿一女。落座书房后，胡先生说明了来意。隗先生问了我一些学习和家庭的情况后便说："平时莫来，吃饭的时候来。"这让我一下子有点蒙。但又不敢多问，只是记住，照办就是了。

慢慢地我了解了隗老师，也逐渐懂得了这句话的意味。当时正值百废待举之新时期，也是他们这一代知识分子挣脱束缚、放手大干的新时代。1981年，国家将纪念辛亥革命70周年，先生正在撰写《四川保路运动史》，主编《辛亥革命史（中册）》，分分秒秒都不可闲抛。

按川大的规定，本科生到第三学年要写一篇学年论文，几千字足矣。我便准备以《论重庆开埠》为题。

记得我是在1981年12月一个寒冷的冬夜，坐在川大校园南边的临江馆开笔的。那里毗邻农田，安静人少，通宵可用。我从考证重庆开埠的历史过程、法律依据、开埠标志写起,然后再按照帝国主义的政治侵略、经济侵略,封建主义统治的变化,民族资本主义经济的产生与发展等铺展开去。结果,一气就写了好几万字,完全不像一篇学年论文的样子。照这个写法又收不住,真不知如何是好。

我只好带着稿子去隗先生府上请教。他很认真地看了几天,然后把我叫去说:"你这篇文章已经有点专著的味道了,干脆写成一本书吧。"

这真吓住我了——一个在校的本科生,连论文都没写过一篇,怎么能写书呢?那可是高不可攀的呀!但先生当真,"不要怕,写!"

我还是不敢。

隗先生几乎是不假思索地说:"不怕,把我的东西全部拿去!"这样,他就把已经写入《四川保路运动史》的资料和书稿全部给了我。让我很快便补上了这一课,站到了学术研究的最前沿。

我真赶上了好时光。党的十一届三中全会以后,国家进入以经济建设为中心的新时期。为了正确认识重庆在社会主义现代化建设中的地位和责任,1982年3月,中共重庆市委以市委研究室和市经济学会的名义,召开了发挥重庆中心城市作用讨论会。

这是后来重庆计划单列的理论准备。会议组织者约请我的父亲周永林撰写《重庆经济中心的形成及其演进》与会。父亲知道我准备研究重庆开埠问题,他和隗老师的想法几乎一样,就是"要狠下功夫,不是写篇短文的问题,而是搞一本书的问题",于是让我打下手。这篇文章于同年6月5日在《重庆日报》全文刊载。这更加坚定了我做好重庆开埠研究的信心,更深感青年学人的责任。

有鉴于此,我们确定了以重庆开埠及其影响为基本线索,着重叙述1876年《中英烟台条约》至1911年辛亥革命的重庆经济史和政治史,揭示重庆城市发展的特殊规律性,为确立重庆经济中心城市的地位提供理论支撑。

只一年多一点时间，我便完成了《重庆开埠史稿》。经先生精心修改，到1982年下半年这部书内部印行、1983年改名为《重庆开埠史》正式出版，因"《重庆开埠史》更是有关四川区域社会和城市研究的奠基之作，具有开创性意义"（四川大学出版社语），该书在1984年获得四川省首届社会科学优秀成果三等奖，让我跨上了学术成长的第一个大台阶，也因此奠定了我后来学术发展的基础。

可以说，《重庆开埠史》是在隗瀛涛先生和家父周永林的共同指导下完成的一份作业，是一部追随时代步伐，酝酿于桃林村隗家饭桌，诞生于临江馆，散发着酒香的学术著作。

40年过去了，隗瀛涛先生与家父均已作古，但《重庆开埠史》却与隗先生的成名作《四川保路运动史》一起被收入《隗瀛涛文集》，这对我而言是最为崇高的荣誉，感动、感念，难以言表。

40年来，我始终没有放弃对"重庆开埠"的深入研究，1997年出了第二个版本；2019年根据这部著作拍摄的电视纪录片《城门几丈高》播出，好评如潮；2020年以它为蓝本的重庆开埠历史陈列馆开建。2021年，我将启动《重庆开埠史新编》的研究，然后带领我的学生们，弥补那个时代的遗憾，再创一部学术精品，奉献给未来的40年。

2021年1月19日

《重庆日报》2021年2月19日

我的第一本书和最近一本书

《重庆开埠史》是我的第一本书。它酝酿于1978年，问世于1982年，第一个版本是内部出版的《重庆开埠史稿》。1983年由重庆出版社正式出版时叫《重庆开埠史》，这是第二个版本。1997年，为纪念设立重庆直辖市，重庆出版社决定再版《重庆开埠史》。因此又有了第三个版本，成为我最近的一本书。

悠悠乎，20年过去了。我至今还清楚地记得1981年12月那个寒冷但却终身难忘的晚上，我坐在四川大学临江馆一间僻静的教室里为我的处女作开笔的情景。

可以说，这本书的产生是与我们民族的命运，与国家改革发展的历史紧紧地联系在一起的，是与我们这座城市的命运紧紧地联系在一起的。也是我有幸在许多著名学者的指导下，在学术研究方面起步的第一个记录，是我与隗瀛涛教授的第一次合作。

我只读过五年小学，半年中学，15岁的时候便提前"享受"了"老三届"的"待遇"，有了"工农兵"的经历：既到"酉秀黔彭"走过一遭，又有幸成为工人阶级的一员，还上过解放军这所"大学校"。这10多年的动荡一言难尽……

党的十一届三中全会公报我是在大渡河畔泸定县委招待所里从广播里听到的。那年，我25岁，还在基建工程兵部队当汽车驾驶教练班长，正带领一帮新兵天天在二郎山上爬上爬下进行汽车驾驶的山地训练。

在那乍暖还寒的日子里，三中全会公报给我最强烈的感觉是一种从未有过的轻松，因为，我们终于可以从"以阶级斗争为纲"的高压下挣脱出来了，我们终于有可能去圆那少年时便常常做过的"大学梦"了。

1979年3月，我从部队退伍回到重庆。7月，如愿以偿地考进了四川大学历史系，终于搭上了"老三届"的末班车。

那时，历史科学刚刚从"以阶级斗争为纲"中走出来，正在经历着拨乱反正的洗礼，酝酿着新的突破。作为学生的我，也在思考着如何度过这锦江河畔、望江楼边的四年，如何能够不负时代，有所作为。当时刘大年先生有一篇文章对我影响很大。他提出，中国近代史研究取得突破性进展的关键是开展中国近代经济史的研究。我不认识刘大年先生，但崇敬先生的学识。先生的这个观点对我选择以中国近代经济史作为在校读书期间的研究方向，起到了决定性的作用。

二年级的时候，胡昭曦先生教我们的隋唐两宋史。早在50年代胡先生读大学时，就曾研究过近代史上帝国主义对四川的经济侵略，为此还写过一篇论文，但由于毕业后专攻中国古代史而作罢。因此，他非常希望我能继续研究这个课题。所以，我就在胡先生的指导下把他20多年前研究的课题继续做下去。

随着研究的不断深入，我感到，重庆开埠这一历史事件是近代四川和重庆历史的起点，也是研究四川和重庆近代历史的突破口。但是，恰恰在这个最基本的问题上，文献资料的记载却让人莫衷一是。比如：重庆开埠的法律依据是什么，到底是1876年的《烟台条约》，还是1895年的《马关条约》？重庆开埠的标志是什么，到底是条约的签订日期，或是其他什么事件？还有，重庆开埠与近代重庆，乃至四川、西南地区社会发展的关系是什么？它对区域经济与社会发展的影响如何评价？等等。因此，我越发感到，要取得四川近代经济史研究突破性进展，搞清楚重庆开埠是一个关键。因此，便专攻"重庆开埠"问题。为此，胡先生又把我推荐给了以研究四川近代史，特别是四川保路运动史而著名的隗瀛涛先生，由他来做我的导师，继续指导我的研究工作。

进入大学三年级，按照学校的规定，要做一篇学年论文。由于我对重庆开埠问题已作了将近一年的研究，多少有了一些体会，便在隗先生的指导下，选定了《论重庆开埠》这个题目。

当我开始从事这项研究工作的时候才发现，在重庆史研究的领域里，既无前人的研究成果可资借鉴，又无经过整理的资料得以参考，面对的只是零星的资料文献和散乱的断简残章。这一时期，我几乎跑遍了重庆和成都的主要图书馆，拜访了张秀熟、汤象龙、邓少琴等学界前辈，请教了不少老人，做了好几千张卡片，下了一番笨功夫。

起初只打算写一篇几千字的论文。然而，没有想到的是，一发而不可收拾。光考证重庆开埠的历史过程、法律依据、开埠标志就写了几万字。然后再按照帝国主义的政治侵略、经济侵略，封建主义统治的变化，民族资本主义经济的产生与发展，资产阶级政治思潮的出现，资产阶级政治团体、政党的成立与运动等方面铺陈开去，一直写到辛亥革命推翻清王朝在重庆的统治，建立蜀军政府，以及辛亥革命在重庆的失败。当时，白天上课，晚上写作，每天只能睡三四个小时，但丝毫没有疲倦的感觉。因而得以信马由缰，洋洋洒洒，一气就是十多万言，这是连我自己也不曾想到的。隗先生看了初稿，说有点专著的味道，就鼓励我把它作为一部专著写下去，并且把他研究四川保路运动的一些成果交给我。说实话，隗先生这番话着实把我吓了一跳。因为据说，当时川大几千学生中，还没有在校读书期间就出个人专著的。而我不过是一个刚刚步入大学三年级的学生而已，连一篇正式的论文都没有发表过，写学术专著就更是不敢企及的了。因此，我只是把隗先生的话当作对我的鼓励。

真正使这部文稿成书的还是我们城市命运的转折。党的十一届三中全会以后，在解放思想、实事求是思想路线的指引下，我国社会主义现代化建设进入了一个新时期，其最突出的特征就是改革开放。在这个历史的大潮中，为了正确认识重庆在社会主义现代化建设中的地位和责任，更好地发挥重庆这个经济中心城市的作用，1982年3月，中共重庆市委研究室和重庆市经济学会联合召开了"发挥重庆中心城市作用讨论会"。会议组织者约请我的父亲周永林撰写了题为《重庆经济中心的形成及其演进》的长篇论文，并在会上作了学术报告。同年6月5日，《重庆日报》全文刊载。

在协助父亲整理这篇论文的过程中，我深深地感到，在摒弃了"以阶级斗争为纲"，确立了"以经济建设为中心"的指导思想以后，社会科学应该紧密联系社会实际，为经济建设服务，为改革开放服务。我们的城市急切地呼唤着社会科学工作者对它的关注，迫切需要重新认识重庆，研究重庆。党在新时期的政治路线，为社会科学，也为历史科学提出了为经济建设服务的现实要求和学科发展的广阔前景，也为社会科学工作者提供了施展才华的舞台。研究重庆的历史和现状，从而确立重庆在未来发展中新的地位和作用，这是我们青年史学工作者的历史责任。

有鉴于此，在隗先生的指导下，我们确定了以重庆开埠及其影响为基本线索，着重叙述1876年《中英烟台条约》至1911年辛亥革命的重庆政治史和经济史。其间，以帝国主义对重庆的侵略为主线，以近代重庆经济的演变为中心，研究重庆开埠这一历史事件及其带来的重庆政治、经济、文化、社会变迁，从而揭示重庆城市发展的规律性，为重庆作为经济中心城市的确立提供理论的支撑。

值得庆幸的是，这个课题一开始就得到了重庆市政协文史资料研究委员会、重庆地方史资料组的大力支持。书稿完成以后，立即被编入《重庆地方史资料丛刊》，以《重庆开埠史稿》的书名内部出版，广泛听取意见。随即，1983年，刚刚恢复建制的重庆出版社决定正式出版这本书，书名改为《重庆开埠史》。

对于当时还比较沉寂的学术界而言，《重庆开埠史》一问世便受到了广泛的关注与好评。1984年，四川省、重庆市人民政府分别举办第一届哲学社会科学优秀成果评奖活动，《重庆开埠史》便获得省、市政府颁发的三等奖。我想，这部远远谈不上成熟的处女之作之所以能够奖获，其主要原因恐怕还是在于它适应了改革开放的时代潮流，适应了重庆经济中心重新确立的历史趋势，在于它对重庆的经济体制改革试点工作给予了理论的支持，发挥了积极的作用。

对于我本人来讲，最大的收获在于得到了张秀熟、汤象龙、邓少琴等前辈的关心和支持，得到了隗瀛涛、胡昭曦、凌耀伦等名师的精心指导。这部著作的写作与出版，也鼓舞了我从事学术研究的信心，开始了我的学术研究之路。这部著作所提出的"重庆经济中心"这个近代以来重庆历史研究中尚未涉及过的课题，引起了不少研究者的兴趣，也使我沿着这条道路一直走到了今天。才有了我的第二本书、第三本书……直到1997年《重庆开埠史》的再版；才有了从获得省市政府的三等奖、二等奖到一等奖；才有了一年之内，破格晋升副教授和教授的职称；才有了获得国务院颁发的政府特殊津贴的殊荣。

这些年来我研究重庆问题，经历了一个从不自觉到比较自觉，从知之不多到有所了解，从比较幼稚到不断进步的过程。可以说，我和我的同事们是站在许多前辈的肩膀上，是在许多同辈人的帮助下，在这一事业中成长起来的。在纪念党的十一届三中全会20周年的时候，我写下自己的这一段学术道路，或许能从一个侧面反映我们这个时代进步的缩影，记录我们这座城市发展的历程。

1998年9月25日

《当代党员》1998年第11、12期合刊

40年的探寻

——我与《长江三峡及重庆游记》

英人立德乐（Archibald John Little）是第一个充当开路先锋入侵四川、重庆的外国商人，是第一个在重庆设立洋行经营商贸的外国人，是第一个亲自率船开通川江航道驶抵重庆的外国人，是在四川和重庆近代历史上留下深刻印记的西方第一人。他的《长江三峡及重庆游记》（Through the Yang-tse Gorges—Trade and Travel in Western China），1888年在伦敦出版。这是一部对中国西部社会经济考察备述无遗的著作，向我们展现了这位英国商人第一次踏入重庆的历程和他的见闻，也从一定程度上为我们展现了130年前的重庆城市面貌和重庆人的精神风貌。

我最早接触到立德乐的事迹大约是在1980年夏天。那时，我在四川大学读书，从这年春季学期起，由胡昭曦先生教我们学习隋唐两宋史。当时，胡昭曦先生正在整理《圣教入川记》，准备由四川人民出版社出版。《圣教入川记》是由天主教川东教区主教古洛东撰写的著作，他记载了从明清以来天主教进入四川的历程。在1980年代，那时候国门刚刚打开，学者们对洋人在川的事迹不甚了了。因为川东教区设在重庆，因此胡先生嘱我调查了解古洛东及其撰写出版《圣教入川记》的情况。我花了整整一个暑假的时间，费了很大劲，几乎是无中生有地挖出了古洛东和他的《圣教入川记》的前世今生，写成一份大约2000字的报告，向老师交卷。虽然还比较肤浅，只是一个轮廓，但先生还算满意，在正式出版的《圣教入川记》中，特别提到"七九级同学周勇"云云。正是在这个暑假，我第一次知道在重庆近代历史上有一个洋人叫"立德乐"，做了不少在重庆历史上"第一"的事情。而这次对《圣教入川记》和古洛东的调查，也成为我学术活动的起点。

或许认为孺子可教，在此之后，胡昭曦先生便开始如带研究生一样，指导我这个尚在本科二年级的学生写学术论文。早在1950年代，胡先生在川大读本科时，就曾研究过近代史上帝国主义对四川的经济侵略，作为他的毕业论文。但因毕业后学校安排他跟着蒙文通先生转攻中国古代史，这个研究就中断了。他非常希望我能继续研究这个课题。所以，我就在胡先生的教导下继续着他20多年前的研究课题。

随着研究的不断深入，他又把我推荐给了以研究四川近代史，特别是四川保路运动史而闻名的隗瀛涛先生，他也是胡先生本科时的老师，由他来继续指导我的研究工作。在隗瀛涛先生门下，大约用了一年时间，我完成了《重庆开埠史稿》一书，于1982年底内部出版，1983年《重庆开埠史》正式出版。这部著作第一次比较全面、系统地梳理了英国强迫重庆开埠的历史过程、法律依据、开埠标志、影响作用，展现了西方列强从经济、政治、文化、社会诸方面对四川的侵略，揭示了封建主义统治的变化、民族资本主义经济的产生与发展、资产阶级政治思潮的出现、资产阶级政治团体政党的成立与运动等，一直写到辛亥革命推翻清王朝在重庆的统治，建立蜀军政府。

正是在这个过程中，我得以第一次比较全面地了解到立德乐充当了西方列强侵略四川的先锋，开辟川江航道，夺取川江航权，在重庆开办工厂，从事贸易的历史。这些史实较多地是从1964年印行的《重庆工商史料选辑》中引用立德乐《经过扬子江三峡游记》（引用者译名）而来。我感到，这部书对于重庆近代历史乃至于中国西部的历史，实在是太重要了。从那时起，我就萌生了一个念头，一定要找到立德乐的原著，把这部书翻译出来，把对这段历史的研究深入地进行下去。

　　1983年我从四川大学历史系毕业，回到重庆工作。这一时期，改革和开放成为鲜明的时代特征，历史学研究进入了从复苏到逐步发展的新时期。重庆也成为中国城市经济体制改革试点的第一个大城市，实行经济计划单列。我一边在重庆工作，一边奔走于成渝之间，继续在隗瀛涛先生指导下，从事中国近现代史，特别是重庆史的研究，相继出版了《辛亥革命重庆纪事》《近代重庆经济与社会发展（1876—1949）》两部著作。到1986年，又参加到隗瀛涛先生主持的国家"七五"期间重大项目《近代重庆城市史》的研究团队之中，担任学术秘书。

　　1980年代中期，四川大学与美国密歇根大学建立了联合培养博士生的协议，1987年，密大历史系一个中文名叫"魏荣棣"（Judy Wyman）的女博士候选人来到川大访学，从事重庆近代社会变迁研究。这是川大历史系对外合作的开始，因此学校非常重视，成立了以隗瀛涛先生为组长的指导小组。先生嘱我也参加其中的工作，负责在重庆接待魏荣棣，给她介绍重庆历史，尤其是帮助她搜集资料、寻访人物。这个洋学生是我接触到的第一个外国学人。她热情开朗执着，不远万里来到中国，来到重庆，孜孜于100年前晚清重庆历史。她刚来重庆时，中文不怎么样，汉语也结结巴巴的。而我的英语比她的汉语差很多，我们大多数时候都说汉语，偶尔夹点英语单词。她最大的收获是熟悉了语言环境，入了中国近代史这个门。大约待了一年，她就回美国去了。

　　1988年11月，她又来到重庆，一问，还是来查阅资料，继续她的博士论文写作。原来，美国大学攻读博士学位是非常宽松的，先在学校待一段时间，然后外出工作，一边挣钱，一边申请课题，一边继续研究，完成她的博士论文。她来重庆后送给我两件礼物，一件是1972年由台湾成文出版社有限公司出版的立德乐名著 *Through the Yang-tse Gorges—Trade and Travel in Western China*（《长江三峡及重庆游记》），一件是由法国传教士华芳济（P. Francois Fleury，1869—1919）1899年在重庆写下的《我在四川被囚禁的经过》，这就是著名的《华司铎被虏记》，是公开发表时的法文原件版。这可是研究中国近代教案，尤其是大足余栋臣教案最重要的原始资料呀。我真是如获至宝。

这一时期，魏茱棣的汉语水平有了很大的提高，原来她到台湾住了一段时间学习中文口语和古汉语，她已经能到四川省档案馆查阅清代巴县档案了。因此我们的交流完全可以用汉语进行，几乎没有障碍。她告诉我，她找到一份在中国带旅游团的工作，既挣钱，又可常来中国查资料。后来，她到重庆住了好长一段时间。她的钱也不多，不能老住宾馆，于是我介绍她住进了重庆若瑟堂的招待所。若瑟堂是原法国天主教川东教区的本堂，现在是重庆市天主教三自爱国会所在地。那时重庆还没有暖气，冬天阴冷潮湿，北方人都受不了，何况一个老外。但魏茱棣坚持下来了。那段时间，我带她考察重庆旧城那些老地方，尤其是与教案有关的地方，塞家桥、小什字、七牌坊、佛图关、大梁子……魏茱棣的兴趣爱好也非常广泛，她甚至交上了川剧演员的朋友。由于这个原因，她与我爱人、儿子甚至我的父亲都熟悉起来。我们也成了研究近代重庆历史的合作伙伴。

从拿到 Through the Yang-tse Gorges—Trade and Travel in Western China 起，我便如饥似渴地读了起来。随即便请我的爱人郭金杭女士和重庆师范大学的谢应光教授分两段翻译这部著作；请我姐姐周敏翻译华芳济的《我在四川被囚禁的经过》。翻译工作进行了一段时间便停滞下来。原因是，那时的出版社要自己找饭吃，对此类学术价值极高，而市场效益平平的著作，没有谁愿意接手出版。这样，周敏翻译的《我在四川被囚禁的经过》，由重庆市地方史研究会以内部单行本的方式印制出来，供学术交流。而立德乐的《长江三峡及重庆游记》则没有译完，未能面世。这也成为我的一块心病。

在此之后，立德乐的《长江三峡及重庆游记》曾被冠以《扁舟过三峡》书名编入一套地理丛书出版过。不知何种原因，一是内容不全，二是译文不准。因此，我仍盼望能推动一部完整准确，可用于史学研究的中译本问世。

　　机遇都是留给有准备的人的。2010年，我在宣传部工作，与新闻出版局联手，推动设立了由重庆市政府资助出版的专项资金，这给那些社会效益很好，而经济效益平平的出版物提供了机会。几年来，出了大量的好书。2015年，重庆市文化委在做"十三五"期间出版规划时，我提出了《全球视野下的近代重庆丛书》的选题，即将我30多年来搜集到的，近代以来外国学者、作家、政治家、记者、军人撰写的有关山城重庆的著作翻译出版，从全球视野观察重庆，解读重庆这座城市的发展与变迁。我的选题得到了项目评审专家的一致赞成，这套书便由重庆市文化委列入重庆市"十三五"出版规划资助出版。立德乐的《长江三峡及重庆游记》则成为这套丛书的第一个选题。但时过境迁，我的爱人已经退休，另有事做，翻译工作就只能仰仗谢应光教授独自承担了。

　　2019年，《长江三峡及重庆游记》翻译出版，了却我的一个心愿。

　　这离我知道此书40年了，离我拿到此书，也已经30年了。

2019年5月于十驾庐

"不应忘记"
——执着追寻重庆大轰炸的真相

追寻重庆大轰炸历史30年。为日本友人讲述大轰炸历史，结识日本学者共同研究，为日本广岛原爆纪念馆题写"不应忘记"。2005年推动党和政府组织开展对重庆大轰炸历史的大规模调查与研究，开启了党委政府主导这项工作的历程。

我开始关注重庆大轰炸首先是受父亲的影响。1984年，他开始筹备纪念抗日战争胜利40周年活动。这是"文革"后对抗日战争的第一次纪念。他告诉我，抗战时期的重庆大轰炸是我们这座城市最为惨痛的记忆。这是一段不能忘记的历史。作为重庆大轰炸的亲身经历者，我们当然有我们的责任。但更重要的是你作为搞历史的，一定要把这件事做出来，做好。当时几乎是一无所有。从1984年起，我就跟着他从事重庆大轰炸历史资料的搜集和研究工作，1985年将有关成果编入了他主编的《重庆抗战纪事》一书。

1984年我任市委党校史地教研室副主任（主持工作），1985年任重庆市青联副主席，1986年任四川省青联副主席。从1986年起，我受四川省和重庆市青年联合会的邀请，在成都、重庆给来访的日本友好团体讲述重庆大轰炸的历史，与团中的专家学者就中日历史问题进行交流研讨，取得了一些共识，也因此结识了日本广岛大学教授小林文男先生，进而与日本学界交流，认识了石岛纪之、桥本学、山田辰雄、菊池一隆等先生，也认识了日本新闻界的畑山美和子先生。在交流中我们达成了若干共识，彼此也成为了朋友。1988年，我获得了"四川省首届杰出青年人物"称号。

1988年，我随李克强任团长的中国青年考察团到日本，进行了为期一个月的考察。这次访问是对1984年9—10月，中国政府邀请日本三千青年访问中国重大行动的回访中的一次（第一次回访是1985年3月，以胡锦涛为团长）。

在广岛访问期间，我们参观了原子弹爆炸资料馆，在留言簿上题写了"不应忘记"。就是指不应忘记战争给日本人民造成的灾难，日本人民是第一颗原子弹爆炸的"受害者"。但更不应忘记的是日本首先是"加害者"，当年的日本广岛号称日本"军都"，相当多的日本军队就是从这里出发，开始对中国的侵略的。"加害"是因，"受害"是果。日本右翼势力为侵略战争翻案的活动愈演愈烈，这不仅不能正确总结历史教训，同时还将误导没有经历过战争的年轻一代，这是对世界和平与安全的威胁。

1989年，在我出版的新书《重庆：一个内陆城市的崛起》中列了专节《日本对重庆的大轰炸和重庆的反空袭斗争》，集中推出重庆大轰炸的研究成果，让重庆大轰炸第一次进入重庆城市历史。

在2002年出版的《重庆通史》第三卷中再列《重庆大轰炸》，重庆大轰炸第一次进入城市通史著作。

2003年，我到重庆市委宣传部、市委党史研究室工作后，经市委批准，以纪念抗战胜利60周年为目标，组织撰写了《重庆抗战史》，用专节《重庆人民的奉献与牺牲》记述了重庆大轰炸与重庆人民反抗日军空袭的斗争。2005年主持并全面启动国家社科规划重大项目的子课题"重庆市抗战时期人口伤亡和财产损失调查研究"。支持中国三峡博物馆开设"抗战岁月馆"，支持雕塑家创作"重庆大轰炸群雕"。

2005年6月，在中央关于纪念抗战胜利60周年精神的鼓舞下，我向市委提出《关于审定〈开展"重庆大轰炸"调查和研究方案〉的请示》。经市委批准，确定了八项任务：（一）编辑出版一套日军大轰炸档案文献资料；（二）编辑出版一部受害者、幸存者的口述证言集；（三）出版一部学术专著；（四）修建一座大轰炸死难同胞纪念碑；（五）召开一次国际学术讨论会（2007年）；（六）拍摄一部《重庆大轰炸》电视连续剧；（七）建立一批宣传研究基地；（八）搜集一批文物，举办专题展览。这项工作由市委宣传部组织实施，次第展开。西南大学、市委党史研究室和重庆档案馆承担了重点任务。

2007年以后，我率团先后到中国台湾以及美国、日本、英国、俄罗斯、荷兰等地，查阅重庆大轰炸历史档案并进行学术交流，搜集整理出版重庆大轰炸档案史料20卷，近1000万字；主持召开"重庆大轰炸暨日军侵华暴行国际学术研讨会"，出版了论文集《给世界以和平》。我承担了国家社科基金项目《重庆市抗战时期人口伤亡和财产损失调查研究》，出版了学术著作，撰写了论文《关于重庆大轰炸几个基本问题的探讨》，对重庆大轰炸的概念、时间、地点、伤亡、财产损失等进行系统的学术性厘清，努力使之走上科学化道路。

后来，我又推动有关重庆大轰炸的国家和重庆社科重大项目的立项，完成并出版了《抗日战争时期重庆大轰炸研究》等重要著作。还促成了美国电影纪录片《苦干》回归中国，回归重庆，这是日本侵华轰炸重庆的最新铁证。还拍摄了大型电视纪录片《大后方》，其中一集用50分钟来还原日本对重庆的轰炸和重庆人民在轰炸中"愈炸愈强"的不屈精神。支持拍摄纪录片《炸不垮的城市》。

我们的努力得到了有良知的日本学者和政治家的响应。前田哲男先生曾说，重庆大轰炸是日本的战争暴行，"对一个城市如此长时期固执地进行攻击，不用说在航空战争史上是第一次，就是把地面部队围攻城市的历史包括在内，也是极其罕见的"。因此对重庆人民深刻地反省道歉。

2016年中国国际友好城市大会在重庆召开。日本前首相鸠山由纪夫在开幕式致辞时就第二次世界大战期间，日军对重庆进行长达6年多的轰炸进行道歉。这是日本前政要对重庆道歉的第一次。这是对战争中死难的中国平民灵魂的慰藉，是对日本战争罪责的深刻反省。这也代表了日本人的良知，体现了中日友好的民意基础，尤其是对几十年来重庆学者研究重庆大轰炸学术成果的采纳和肯定。

2018年7月于十驾庐

为城市存史

——参加到开拓城市史研究的行列中

1986年，国家社会科学基金规划办在做"七五"规划时，第一次把"中国近代城市史"纳入其中，规划研究上海、天津、武汉和重庆四座城市的近代城市史。隗瀛涛先生通过电话与我商量，如何操作。我请示上去，重庆领导决定，请隗瀛涛先生以四川大学名义承担，与重庆方面合作落地。后经反复磋商，决定研究工作由四川大学和重庆市地方史研究会合作进行，课题组负责人隗瀛涛、胡昭曦、周永林，由隗瀛涛主持全书的编写工作。谢放和我任课题组学术秘书。

由于市委原书记孟广涵和家父的努力，当时的重庆市委对以隗瀛涛先生为首的"近代重庆城市史"课题组给予了最大的支持。决定成立包括10位市领导组成的顾问组，市委书记廖伯康和孟广涵任组长。1989年在重庆召开了第一次近代重庆城市史讨论会。这是地（地方）校（高校）合作的新模式。这在当年是重庆学界的一件盛事，至今仍是一个纪录。

对于我们大家来说，城市史是一个新领域，理论和资料的准备均很不足，其多学科相交叉的特点更增加了研究的艰巨性。连隗瀛涛先生都称"我们凭着一点探索热忱，边干边学，在工作中随时有重任在肩又力不从心之感"。我等青年更是热情有余，而能力不足。

得先生厚爱，命我一个人承担全书"经济"部分共四章的撰写任务。城市经济是城市史的核心，是城市史区别于传统通史最显著的特征，这是当时绝大多数学者所不熟悉的。尽管我写过《重庆开埠史》，也啃过《资本论》，但对重庆城市经济史也是捉襟见肘，只能拼命补课，一切从头开始。大约做了两年的准备，从1988年秋天开写，到1989年冬天完成了"重庆经济四章"，第一次系统地论述了重庆城市商业、工业、金融、交通中心的形成和发展的概貌。

这一年多是我大学毕业后写得最艰苦的时间，但也全得这样的历练，打好了我后来研究重庆城市经济的基础。好在那段时间，无关的事务相对减少，能够专心致志。先生对我的四章还是基本上满意的。

隗瀛涛先生总是给我们年轻人以鼓励，称王笛、谢放、何一民、胡道修和我是"恭州五少雄"。告诫我们要奋力向前，"只要写出这本书，大家都能当教授"。我们当然唯先生马首是瞻。但对于还是助教的我，只能认为那是先生在攻坚之前的激将法。而事实是，1991年《近代重庆城市史》出版，1992年我就破格晋升副教授（提前一年）；1992年此书获得四川省第五次哲学社会科学优秀科研成果一等奖，1993年我就破格晋升教授（提前四年）。

到了1994年，由于隗瀛涛先生率领四川大学在中国近代城市史研究方面取得的巨大成就，经教育部批准，在四川大学设立了以"中国近代城市"为主要研究方向的国内唯一的"中国地方史"（现改名为"专门史"）博士授权点。

1991年《近代重庆城市史》正式出版。这是以马克思主义为指导，对我国新兴城市的近代化过程及其结构和功能的演变进行周密研究，并在城市学理论上有所创新的一部力著。这部著作以近代化和城市化为主线，对重庆城市地域结构、城市经济、城市社会、城市政治、城市文化，以及重庆城市近代化的过程、重庆城市兴起的原因、重庆城市的特点等进行了深入的剖析，探讨了重庆城市从一个封建城市变为半殖民城市的同时，又逐渐从一个中世纪城市走向近代城市的进程。同时对于近代中国城市史研究的若干理论问题、研究近代中国城市的目的意义、近代中国城市史研究的主要内容和城市的分类等问题提出了自己的见解。尤其是提出了以研究城市的结构功能演变及其近代化为主要内容、基本线索的研究模式，在学术界已产生了重大的影响，被称为这一研究领域的"结构——功能学派"，"在研究城市近代化的理论上有重大突破"。如今，它与上海、天津、武汉课题成果一道，成为建国以来我国第一批研究中国城市史的专著，也是中国城市史研究的第一座里程碑。

有了"重庆经济四章"的底子，我又连续写了一批学术论文。

隗瀛涛先生承担的国家社科规划重大项目《近代重庆城市史》，是一次探索前进，开疆拓土的学术攻坚战。对于我而言，《重庆开埠史》+"重庆经济四章"，这十年攻坚，得先生耳提面命、悉心雕琢，加上自己听说听教，奋力向前，又走上了城市史研究之路。这相当于由先生的点化而攻下一个博士学位，为我后来当硕士生导师、博士生导师打下了一个坚实的基础。

更为重要的是"为城市存史"成为我从事史学研究的一个理念。后来，我把它发展成"为城市存史，为市民立言，为后代续传统，为国史添篇章"，成为重庆史研究会的宗旨。

2018年7月于十驾庐

雷鸣之前的闪电

——为城市贡献第一部《重庆通史》

2003年2月15日，在《重庆通史》首发座谈会上，隗瀛涛先生发言时引用了德国诗人海涅说过的一句话："思想走在行动之前，就像闪电出现在雷鸣之前一样。"他说："我希望重庆的历史学能成为重庆经济建设雷鸣之前的闪电。"

这对我，既是肯定，更是鞭策。因为在助力《近代重庆城市史》之时，我又循序渐进、沉心静气地梳理从古至今的重庆历史，努力加深对重庆历史的新认识，历时12年，终成《重庆通史》。

"七五"期间，在布局研究《近代重庆城市史》的时候就碰到一个大问题：当时没有系统的重庆历史著作可以依据，前面的重庆古代史不清不楚，清末的近代史模模糊糊，民国以后的近现代史也是雾里看花。课题组同仁们都没有对重庆历史进行过系统性、贯通性研究。为了临时解决这个问题，隗瀛涛、胡昭曦先生专门请对古代重庆历史颇有研究的胡道修兄进入课题组，操刀古代一章，解决近代历史与古代历史的衔接。

为了系统地解决这个问题，我向隗先生请缨：对重庆通史进行系统研究，为《近代重庆城市史》描绘一个清晰的背景。

得先生首肯。我在承担《近代重庆城市史》"经济四章"的同时，开始了对重庆通史的探索和思考。差不多花了三年时间，形成了一个整体性的框架。在几经磋商之后，我约请几位年轻学者写成了《重庆：一个内陆城市的崛起》一书，于1989年出版。这部书是由重庆学者撰写的第一部具有通史性质的简史，既解决了《近代重庆城市史》研究的参照问题，也成为后来《重庆通史》的研究大纲。1992年获得重庆市政府哲学社会科学优秀科研成果一等奖。

要干，就要一鼓作气。1990年《近代重庆城市史》交稿后，我就提出了向四川省申报《重庆通史》项目的动议。通史是史学领域里区域历史研究最高层次的项目。在那个年代一般都是由老先生担纲主持。而我一个30多岁的年轻讲师居然敢提出此议，支持者有之，观望者有之，非议者也有之。有些同志就担心我功底不足、准备不足而难以完成。倒是隗瀛涛、胡昭曦、孟广涵、周永林等老先生、老领导们坚决地支持我，向四川省委宣传部申报这个项目。这对我是极大的壮胆之举。

改革的年代，就是不一样。项目由重庆市地方史研究会与中共重庆市委党校共同申报，我为项目负责人。1990年，经四川省哲学社会科学规划领导小组批准，中共四川省委同意，将我们申报的《重庆通史》列为四川省"八五"期间哲学社会科学重点科研项目。

从学术发展的大势来讲，《重庆通史》是在学术界进行历史反思，中国特色社会主义进入21世纪的进程中，在中国地方史研究成为一股国际性学术潮流的历史条件下应运而生的。这就注定了我们只能奉献一部具有鲜明的时代特点和创新风貌的学术著作。这对我们是极大的挑战。

在指导思想和基本理论上，我坚持历史唯物主义关于人类社会发展一般规律的观点，把它作为研究重庆历史的途径和起点。同时又坚持经典作家关于历史发展既有统一性又有多样性的观点。在观照中国社会发展的一般规律时，始终把重庆放在中国西部的全局地位上考察其发展演变的规律，尤其注意重庆历史发展的特殊性，注意发掘重庆历史的个性。这样做的目的，就是要反映重庆历史的特色，从而摆脱地方史只是今日地方行政区域范围内的中国通史缩微版的窠臼。

在研究的整体思路上，我坚持厚今薄古的原则，在古代悠久而丰厚的历史积淀上，浓墨重彩地叙述近代历史。重庆古代的历史从巫山人算起，已经有200万年了。无论是人类活动本身的内涵，还是跨越时空的长河，古代史都是当之无愧的第一长度。正是因为如此，有些地方的通史仅古代一史就占了全书的绝大部分。但是，我们却把这200万年的历史浓缩为一卷，择其要而书之，取其精而用之，选其华而记之，只占全书不到五分之一的篇幅。而把整整两卷和全书五分之四的篇幅用来浓墨重彩地叙述不到100年的重庆近代史。这是因为，在悠远丰厚的重庆历史上，真正发生天翻地覆的大变革，与今天联系最密，最能给人以启迪和思考的，还是近代以来的历史。重庆近代的历史，是一部从封闭的城堡发展成为开放的、连接我国中西部的战略枢纽的历史，一部从古代区域性军政中心城市发展成为区域性经济中心城市的历史，一部从偏居四川东部一隅的中等城市发展成为立足中国内陆、面向五洲四海的特大城市的历史。其间的苦难、奋斗、曲折、艰难、光荣、辉煌……可圈可点，可感可叹。近代的重庆，为祖国奉献了灿烂的文化，为民族筑造了光荣的传统，也为自己凝练了崇高的精神。

在历史内容的选择和发掘上，我们努力改变通史只是政治斗争史的格局，而始终以重庆的经济与社会发展作为自己研究的着眼点，始终注重发掘政治斗争背后的经济、社会与文化原因。正是这种努力，使我们从重庆历史中抽出了反映重庆本土化特征的三条互动发展的历史线索：一是政治发展的历史，即古代历史上统治阶级为夺取政权、巩固政权而开展的斗争，和劳动人民反对统治阶级的斗争；近代以来，帝国主义与中华民族的矛盾和斗争，封建主义、官僚资本主义与中国人民的矛盾和斗争，特别是重庆人民为建立民族独立、国家富强、人民民主的新中国而进行的旧民主主义革命和新民主主义革命。二是经济发展的历史，即重庆由一个川东地区的军政中心，逐步演变为四川、西南、长江上游的中心城市，以及在抗日战争时期成为中国大后方中心城市，特别是作为经济中心城市形成演变的历程。三是文化发展的历史，即重庆作为内陆中心城市的文化源流，研究古代巴渝文化—近代中西文化冲突交融—现代抗战时期大后方文化中心的各自形态、相互联系，以及文化与经济进程、政治发展的关系。

当时的实际情况是，整个历史学界在通史著作中，对经济与文化的记述都是比较薄弱的。对于重庆这个政治斗争的重要舞台来说，要搞清楚政治发展的历史已属不易，而要把城市经济与文化的演变理出个头绪，展示其形态，揭示其规律，就更加困难。因而在研究重庆通史时，把200万年来的经济与文化发展历程及其传承关系，既作难点，也作重点，既是突破口，也是成功的关键。我们知难而进。

早在撰写《重庆：一个内陆城市的崛起》时，我就设计了"经济中心"4章，篇章框架已经形成；而"文化"则刚刚起步，有了一章"近代重庆文化"，但显得生硬。"八五"开头时，1991年出版《近代重庆城市史》，近代经济、文化的研究大有进展，已经成为支撑近代重庆城市史的独立板块。而当进入"十五"，《重庆通史》完成的时候，我们已经可以用40万字的篇幅来展示经济与文化的变迁。

在历史分期上，我始终以社会性质作为历史分期的主要标准。这集中体现在重庆近代史的分期上。

在体例上，本书采用了通史与专题相结合，诸体并用的方法。

1991年7月，省委派我到潼南县挂职锻炼。年底，《重庆通史》课题组在潼南正式成立，研究工作全面展开。

然而，在研究和撰写《重庆通史》的过程中，"重庆"发生了巨大变化——1997年设立了重庆直辖市。

这意味着，重庆的行政地域和体制都发生了变化，重庆通史研究的对象也随之发生了变化。我曾经企图调整研究计划，实现从写老重庆、小重庆到写新重庆、大重庆的跨越。但是，经过近两年的努力，这个目标没有完全实现。实践使我们认识到，实现这个跨越决不只是量的扩张，更不是凭剪刀加糨糊就可以交差的。而必须老老实实地从搜集材料开始，必须扎扎实实地从基本的史实考订开始，必须认认真真地从最基础的研究开始，方能着笔于"通史"这个神圣的事业。既然短期内我们还做不到这一点，而时间已不允许我们再拖下去，因此，我决定不去扩大研究的地域，一秉1990年立项时的初衷，先写老重庆，同时尽可能增加新重庆地域内的历史内容。因此，现在出版的《重庆通史》，是对老重庆、小重庆历史的一个交代，同时也包括了对新重庆、大重庆历史的适当回应。这就为今后修订《重庆通史》或编写《新重庆通史》留下了学术的空间。

重庆直辖改变了我们的研究对象。重庆的历史从以城市为主体的历史，变成了大城市与大农村并存的历史，展现在我们面前的是具有强烈反差的历史画卷。由于这一主体的变化，我们的具体研究对象，也就从以城市为核心而开展的具有浓厚的城市色彩的政治斗争（白区工作）、经济发展（经济中心）和文化进步（城市文化）历史的基础上，增加了以农村为主体的政治斗争（红色根据地）、经济发展（农村经济）与文化进步（民族文化）的历史。

而对后者（乡村历史）的研究正是我们所薄弱的，而这方面的研究成果也是我们重庆史学界所欠缺的。再加上三峡库区考古成果层出不穷，而对它的研究，将会对重庆历史产生重要影响。这些都有待于《重庆通史》修订时加以补充和完善。

研究和撰写《重庆通史》我们既要面对学术上的巨大挑战，更要协调研究队伍的重大变化。其间有人事变动，有工作调整，还有太多的诱惑，但我坚持下来了。我谨记前辈的教导，板凳要坐十年冷，文章不写一句空。我告诫自己，不赶时髦、不追时尚、不走捷径、不炒冷饭。力戒浮躁，决不潦草。尽管这样做，使我们付出了许多，但在今天看来，仍是十分值得的，也是一个严肃的史学工作者所必需的态度，是一部严谨的史学著作所必需的品格，是我们努力的方向。

到2000年夏天书稿全部完成，2001年春天交重庆出版社，2002年付梓出版。

《重庆通史》是重庆历史上的第一部通史著作，是一部具有鲜明的时代特点和创新风貌的学术著作。但又不是传统意义上的通史，而是在通史的基础上，具有鲜明的城市史特色的新通史著作。它以重庆经济与社会发展为主题，从经济、政治、文化诸方面系统地反映从公元前200万年的巫山人到公元1952年，经过原始社会、奴隶社会、封建社会、半殖民地半封建社会、新民主主义社会，并开始朝着社会主义初级阶段演进的重庆历史。

2002年出版以后，反响热烈，大大超过预期。2004年获重庆市政府首届哲学社会科学规划项目优秀成果奖、重庆图书政府奖最佳图书奖；2005年获重庆市政府颁发的哲学社会科学优秀成果一等奖。

在这其间和之后，我就重庆通史中的整体认识、若干具体问题写过一批论文，较之《重庆通史》都是明显的进步。同时，对重庆历史文化也作过一些研究。对大足、沙坪坝、渝中、九龙坡、南岸等地的历史文化研究也有所涉及。

重庆，又给了我一个成长进步的机会。

2018年7月于十驾庐

岁计满满
——中国抗战大后方研究事业的开拓

从直辖伊始，有关领导同志就打算将我调到市委宣传部工作。后来也是领导的意见，让我留在党校。尽管如此，我在党校也承担了市委宣传部交给的任务，数量之多，任务之重，有的甚至超乎常理。2003年6月，一纸调令，将我从市委党校常务副校长任上，调到市委宣传部任副部长、常务副部长、市委新闻发言人，并兼任市委党史研究室主任。

市委宣传部是市委领导意识形态工作最重要的部门，是全市宣传文化思想工作的司令部，它的每一项工作政治性、政策性、专业性都非常强，还有风险性。我的分管范围又很广，一度包括常务工作+理论、新闻、宣教、外宣和干部工作。

这对长期为学的我是极大的考验。就具体的职务而言，这一调令意味着我从学者到官员、从主官到副官、从"官"到"员"（大办事员）的转变。因此，官是首要的规律（官要求同），但不能忘记学的本分（学要求异）；官是必须的视野，而学是为官的基础。我努力追求官与学的结合。我给自己设置了一条学术底线——努力保持最低的学术成果量，即坚持每年带2~3名研究生、坚持每年写一篇学术论文，意在保持自己作为中国近现代史学术技术带头人必须站在学科前沿的学术水准。

宣传部的工作堪称"繁杂"和"风险"。记得刚刚上任的时候，有一位大领导语重心长地告诫我，在这个岗位上，"千万不要日计有余，岁计不足",要努力办几件管长远,打基础的工作。

十年中,我谨记告诫。

2003—2013年,这是我职业生涯中最辛苦的十年。其中我在学术方面做得最长、最大,也是最艰苦的事,就是参与了"重庆中国抗战大后方历史文化研究与建设工程"的设立与实施。这是我的荣幸,也是最值得记忆的事情。

一、参与确定"重庆中国抗战大后方历史文化研究与建设工程"

2005年是抗日战争胜利60周年。为纪念这个伟大的节日,2004年,经中共重庆市委常委会研究同意,由我主持编写了《重庆抗战史:1931—1945》。我组织市委党史研究室的同志和在西南大学带的硕士研究生,经过近两年的努力,于2005年9月公开出版了这部著作。这是一个重要的标志——重庆抗战历史研究在经历了学界的长期努力后,终于上升成为党委政府的行为。

2005年9月,我撰写的论文《抗战时期国民参政会研究——兼论抗日民族统一战线中各派政治力量的关系》入选中宣部等七部委联合举办的纪念中国人民抗战胜利暨世界反法西斯战争胜利60周年研讨会,有幸应邀前往北京参加抗战胜利纪念活动。我在人民大会堂亲耳聆听了胡锦涛总书记在纪念大会上发表的重要讲话,聆听了中央政治局常委李长春同志在学术讨论会上的讲话,对中央关于加强抗日战争历史研究的精神有了透彻的理解。

从北京回到重庆后,我即向市委提交了一份建议,提出由市委宣传部组织开始搜集整理重庆大轰炸史料、编辑出版《重庆大轰炸调查与研究系列丛书》、召开重庆大轰炸国际学术讨论会等。这个报告得到了市委领导同志的肯定和批准。两年后,2007年9月,在市委宣传部的直接领导下,市委党史研究室牵头举办了"重庆大轰炸暨日军侵华暴行国际学术讨论会"。我主持了这次会议,发表了《关于重庆大轰炸几个基本问题的探讨》

的学术论文，由我主编的《重庆大轰炸档案文献史料丛书》也出版发行。这是又一个标志——重庆大轰炸在经历了社会呼吁、学界努力、民间索赔之后，终于纳入了党委主导的全市社会科学研究体系之中。这也是由市委党史研究室主办的唯一一次国际学术讨论会。

2008年5月，重庆市委提出了"开发传承抗战文化"的要求。在市委领导同志的支持下，我组织市委宣传部和市委党史研究室、西南大学等单位的同志研究，于6月确立了"调研入手，规划先行，阶段推进，整体提升"的思路，提出了设立"重庆抗战历史文化研究与建设工程"的方案。经市委宣传部部务会研究，这一方案正式上报市委，得到市委的批准。随后按照市委的要求，开展了较大规模的调查研究，最终形成了《重庆中国抗战大后方历史研究和建设工程规划纲要》（初稿）。在多方征求意见的基础上，经中宣部研究审定，2009年6月由市委三届五次全委会以全会决定的方式正式立项。

2010年5月，重庆市委以文件的方式制订下发了《重庆中国抗战大后方历史文化研究与建设工程规划纲要》。这是新中国成立以来重庆市委以全委会方式确定的第一个文化建设重大项目。至此，重庆及大后方抗战历史研究和建设，从局部的、单项的学术研究，上升到全面系统地总结研究的层面，从学界、民间开展推动，上升到党委领导、政府操作、各界参与、共同推动的新格局。

二、建设"中国抗战大后方研究协同创新中心"

2009年4月26日，西南大学"重庆中国抗战大后方研究中心"正式成立。我担任中心的首任主任。随后，市委宣传部向中心下达了重庆市哲学社会科学重大招标项目"抗战大后方研究"系列课题。这标志着重庆抗战工程学术研究和队伍、学科建设的正式启动。

2011年11月，根据市委《规划纲要》的要求，由市委宣传部与西南大学联合建立了"重庆中国抗战大后方历史文化研究中心",为西南大学历史文化学院获得历史学一级学科博士点、建立博士后科研流动站尽了一分很大的心力。

2012年,教育部与财政部决定实施"高等学校创新能力提升计划"(简称"2011计划")。9月,市委宣传部和西南大学决定在"重庆中国抗战大后方历史文化研究中心"的基础上,创建"中国抗战大后方研究协同创新中心"。2013年7月,经市教委、市财政局评审,被认定为"重庆市2011协同创新中心",位列全市社会科学2011协同创新中心第一名。

三、承担国家、市重大社科研究和出版项目

由于学术研究与行政工作的密切结合、相得益彰,这十年,成为我承担国家和市重大社科研究和出版课题最多的时期:

——《抗战时期国共合作及其经验研究——以中共中央南方局与抗战大后方为中心》,这是2009年成功申报,由中宣部向重庆下达的国家哲学社会科学特别委托项目,是重庆历史学界在抗战历史研究方面的第一个国家重大项目,是"重庆抗战工程"的标志性成果之一。

——《中国抗战大后方历史文化丛书》(100卷)。这是国家出版基金2008—2009年度(首批)资助的重大出版项目,2010年由国家新闻出版总署批准,也是"重庆抗战工程"的标志性成果之一。

——《重庆抗战史:1931—1945》是重庆市哲学社会科学重大项目,是"重庆抗战工程"的标志性成果之一。

——《西南抗战史》是重庆市哲学社会科学重大项目,是"重庆抗战工程"的标志性成果之一。

——《红岩精神研究》是2005年度国家哲学社会科学规划基金项目,是中共南方局历史和红岩精神研究的又一标志性成果。

——《重庆市抗战时期人口伤亡和财产损失》是国家哲学社会科学基

金重大项目《抗日战争时期中国人口伤亡和财产损失》的重要组成部分。

此外，我还承担了市级社科重大研究项目和科技攻关项目：西部12省区市抗战大后方党史系列研究、发扬光大红岩精神研究、新编重庆通史、南方局历史资料数据库、抗战大后方海外档案史料搜集暨青年人才培养计划、抗战大后方历史图典、90年来重庆地方党组织的历史贡献研究，等等。

四、主持召开和参加了"中日战争国际共同研究"等学术研讨会

这些年，我在重庆先后主持召开了一些在国内外有重要影响的学术会议。最重要的是召开了两次"中日战争国际共同研究"学术讨论会和一次"海峡两岸中国抗战大后方历史文化学术研讨会"。

"中日战争国际共同研究"是由中美日著名历史学家共同发起，全球顶级学者共同参与的国际性共同研究项目和学术会议，是与中日两国政府建立的"中日历史共同研究"项目并行的国际学术界多边研究平台，在国际上发挥着越来越大的影响，会议产生的学术成果和研究共识也越来越影响到有关国家的对外政策制定和执行。会议在美国、日本开过三次。2009年，我们争取到"中日战争国际共同研究"第四次会议在重庆召开，这也是第一次轮值中国举办。会议以"战时国际关系"为主题，是该共同研究项目实施以来，规模最大，出席学者最多，代表性最为广泛的一次盛会。会议发出了《重庆倡议》，对重庆抗战工程予以高度评价。会议标志着中国学界尤其是重庆学界的研究成果开始进入西方主流社会。由于第四次会议的成功，2013年第五次会议也得以继续在重庆举行，由中国社会科学院近代史研究所、美国哈佛大学、英国剑桥大学、英国牛津大学、日本日中历史研究会·日本组织委员会、中国西南大学主办，西南大学承办，市委宣传部、市委抗战工程办指导。这是近年来重庆社科界举办的学术阵容最强、代表国别最多、论文质量最高的抗战历史国际学术讨论会。

"海峡两岸中国抗战大后方历史文化学术研讨会"2010年8月在重庆

召开。这是学术界对抗战大后方历史文化的第一次研讨,更是海峡两岸共同举办,两岸学者同场研讨抗战大后方历史的第一次,是重庆抗战工程全面启动后,向两岸学术界的第一次全面展示和邀请。

这些年,我还到国外参加了一些学术会议,有两次特别有意义。

——2012年1月,应英国牛津大学中国抗日战争研究中心主任米德教授之邀,我和潘洵教授、王志昆研究馆员、唐润明研究馆员访问英国,出席"中国抗日战争史研究的新途径与新方法国际学术讨论会"。我提交了论文《大后方:对深化中国抗战史研究新途径新方法的探讨》,作了学术报告。这次访问第一次向西方世界展示了几年来重庆实施抗战工程的学术成果,展现了重庆在中国抗战大后方历史文化研究和建设方面的气魄与实效,成为重庆抗战工程"走出去"的第一步。对我们深入推进工程,是极大的鼓舞。

——2012年3月,应日本国际问题研究所日中历史共同研究委员会日方事务局的邀请,出席了"中日历史共同研究研讨会"。我作为中国代表团的成员,在会上做了主旨演讲《中国有关中日战争国际共同研究的现状与展望》。

——2012年9月,我专程前往哈佛大学,拜访了傅高义教授,邀请他出席在重庆召开的"中日战争国际共同研究第五次会议",并征询他对召开这次会议的意见,为会议的成功奠定了重要的基础。

五、行万里路,开展对外学术交流

我先后于2007、2009年两次组团到台湾考察搜集抗战大后方历史资料和学术交流,我们在重庆和台北与国民党高层,特别是中国国民党主席马英九、名誉主席吴伯雄和副主席林丰正、吴敦义,以及国民党文化传播委员会党史馆等就合作开展抗战历史文化交流深入交换意见。2009年8月13日,我和邵铭煌馆长分别代表中共重庆市委宣传部和中国国民党党史馆签署了《关于抗战文化交流备忘录》（2009年）。这被认为是60年来中国国民党党史馆与中国共产党有关组织就抗战历史文化研究交流合作达成的第一份文件。

2012年，我率团访问美国和英国，前往美国国会图书馆、国家档案馆、斯坦福大学胡佛图书馆、罗斯福总统图书馆和哈佛大学燕京图书馆，访问了英国国家档案馆等，与他们建立了学术联系，搜集到一批重要档案史料。

2012年，促成了西南大学、重庆图书馆与牛津大学就合作开展"西方视域中的抗战重庆（1937—1945）"研究项目签订了合作协议。

2013年，我代表中国抗战大后方研究中心与俄罗斯历史学会就合作举办"英雄双城记：抗击法西斯大轰炸图片展（莫斯科、重庆篇）"达成意向性协议。

科学严谨的对外学术交流，推进了重庆方面与国外境外顶尖学术机构的合作，展示了中日战争研究的发展趋势和最新成果，发出了正确评价中国对第二次世界大战作出的杰出贡献的声音，也增进了海峡两岸在抗战史领域的学术共识。

尤其值得珍惜的是，促进了年轻学者的成长，在世界范围内形成了"中国抗战大后方研究板块"，不少同学以不同的方式参与了这些国际性的学术交流，获益匪浅。

这是我在一个单位、一个岗位、一个职务上工作时间最长的一段经历。

回顾十年，既有春风扑面，也有云谲波诡，既有艰辛备尝，更有岁计满满。行政工作与学术研究的结合，使我不至于在繁杂的行政工作中失去学者的本分，没有在激烈的价值竞争中失去人生的方向，面对各种诱惑坚守住了为官的底线，最终在五色迷离中保持了为人的定力。

2018年7月于十驾庐

附言：

2013年我离开市委宣传部工作岗位。但我仍以"中国抗战大后方研究协同创新中心"和"重庆史研究会"为平台，继续着抗战大后方研究事业的拓展。

2014年率团访问荷兰，搜集整理高罗佩史料，拍摄电视纪录片《沧浪万里长》，支持在重庆召开高罗佩国际学术讨论会。

2015年，在重庆组织召开了"中俄纪念抗日战争与世界反法西斯战争70周年"国际学术研讨会。这是中俄两国共同举办"纪念第二次世界大战暨反法西斯战争胜利70周年系列活动"之一。

2018年率团访问牛津大学，推动重庆图书馆与牛津大学合作开展伦敦与重庆大轰炸展览；随后访问了俄罗斯。

2018年，率团访问澳大利亚昆士兰大学，参加"对日战争与亚太社会经济政治变动"国际学术研讨会，并搜集抗战时期澳大利亚驻重庆公使馆及抗战时期大后方的相关档案史料。

2019年，率团访问美国哈佛大学东亚研究中心、哈佛燕京图书馆，拜会傅高义教授，邀请他参加在重庆举行的中日战争国际共同研究第七次会议；访问丹佛大学，与美中合作中心主任赵穗生教授共商合作培养西南大学博士研究生事宜。

2020年初突如其来的新冠疫情，打乱了我国际学术交流的进程。期待疫情过后，能够带领我的学生们访问俄罗斯，从历史档案中，寻访百年前"四川省重庆共产主义组织"在俄罗斯的踪迹，查阅当年在欧洲勤工俭学的先烈、先辈们的档案……

2022年8月

耕耘"红岩精神"
——在宋平同志指导下收获了《红岩精神研究》

1985年10月，时任全国政协主席的邓颖超回到红岩村。大家一如当年，亲切地称她"邓大姐"。那年她已经82岁。面目慈祥，话语亲切，但心境波澜。临别时写下"红岩精神永放光芒"。这句话，是当年驻在重庆"红色三岩"老同志们的共同心声，现场响起一片掌声。要上车了，她高举双手过头，对送行的同志们拱手告别，"红岩的事就拜托大家了！"

那一年我刚大学毕业不久，作为重庆的学者，当然懂得这重重嘱托的分量。

红岩精神是在毛主席、党中央的领导下，以周恩来同志为代表的中共中央南方局老一辈无产阶级革命家驻扎在重庆红岩村，与大后方的共产党人和革命志士，在抗日战争及解放战争初期风雨如磐的斗争岁月中锤炼形成的革命精神。在重庆研究党史，无论如何都离不开"红岩精神"，更是一定要有所作为的。

那以后，我就开始关注和研究红岩精神。这既有自身的努力，更得到童小鹏等原南方局老同志的感召和指引。因此发表过一些学术论文，提出过"红岩精神与井冈山精神、长征精神、延安精神一样，也是中国共产党和中华民族宝贵的精神财富"的重要观点。这些成果凝结成《红岩精神读本》，作为重庆市干部培训教材，于2003年出版。

2003年我到市委党史研究室工作以后接到的第一个任务，就是研究红岩精神的基本问题，撰写一份基础性研究报告。文稿的核心是红岩精神的科学内涵和历史地位。经过半年的努力，我拿出了一个研究大纲和工作方案，于2004年4月跟随领导同志去北京向宋平同志汇报。

那是我第一次拜见宋平和他的夫人陈舜瑶同志。在听取中央党史研究室和重庆市委的工作汇报后，宋平同志就进一步加强南方局和红岩精神研究发表了重要意见。

他指出，南方局这段历史是党的历史很重要的组成部分，这段历史的经验非常丰富，认真地加以研究和总结意义是很大的。中央党史研究室、重庆市委和党史研究室用那么大的力量来研究，他很高兴。他对我们研究的基本思路表示满意，对工作安排提出了意见。要求我们加强领导，深入研究，特别是要把历史和经验总结出来。他对我们的研究工作寄予厚望。

我们的研究工作就按照宋平同志同意的方案，特别是他的具体意见全面铺开了。在随后的几年中，差不多每一个取得阶段性进展的时刻，我们都要向宋平同志请示汇报。我因为是南方局历史资料研究编写工作小组的办公室主任，更有机会多次聆听了宋平同志的教诲。

宋平同志告诫我们，不论是研究南方局历史，还是研究红岩精神，一定要坚持实事求是的思想，就是一切都要从历史事实出发，把史实立准。不能就精神说精神，一定要深入挖掘史料，把历史弄准确，把历史贯通起来，写成信史，千万不能搞"实用主义"。当年南方局的任务就是贯彻落实好毛主席、党中央的部署，而不是离开中央的要求另搞的一套。研究精神不能离开人物，要把体现风范的内容反映出来，使其发挥教育作用。搞南方局历史研究、红岩精神研究，要下功夫，不能浅尝辄止。一定要站在党的立场上看问题，作分析。

具体到红岩精神研究，宋平同志说，邓大姐讲过，董老讲过，江泽民同志也讲过，你们要好好概括、研究，在此基础上形成共同的认识。红岩精神与党的其他精神一样，都是党的优良传统中的一种。红岩精神与井冈山精神、长征精神、延安精神虽有不同，但红岩精神就是延安精神在当时特定历史条件下的体现，它们内在的本质是一样的。要不断地学习研究红岩精神，在工作中得到弘扬。

尽管有中央党史研究室的指导，有宋平同志的耳提面命，我们的研究工作仍遇到一大堆困惑。我们把这些困惑向宋平同志做了汇报，其中最重要的是到底如何对红岩精神的内涵进行概括性表述。为此我们做了四种表述的方案。宋平同志仔细听取了我对每一种表述方案的阐释。他深思良久后说，对于你们提出的几套文字表述，可以用第一种。这个表述在文字上虽说不工整，但意思是对的。文字表述首先要力求体现历史的真实，准确体现红岩精神独特的内涵。至于是不是工整，是次要的，可以慢慢打磨，逐步完善。这让我们茅塞顿开，豁然开朗。

正是由于宋平同志的悉心指导，我们的研究工作突破了单一概括红岩精神内涵的惯性思维，确立了"本质+特色的科学内涵说"——革命精神包括本质和特色。有了共同的本质，若干精神才可归类进入党的精神宝库；有了特色，才能显示出红岩精神相比其他革命精神的独特价值。这样便有了红岩精神科学内涵的"四本质+五特色"的表达，即红岩精神的本质是"崇高思想境界、坚定理想信念、巨大人格力量和浩然革命正气"；特色是"高举抗日民族统一战线旗帜，为新中国奠定政治基础的时代使命；刚柔相济，韧性战斗的政治智慧；'出淤泥而不染，同流而不合污'的政治品格；以诚相待，团结多数的宽广胸怀；善处逆境，临难不苟的英雄气概"。共同构成了红岩精神的科学内涵。

这样就把中央的要求和学界的研究统一起来了，标志着对红岩精神内涵科学研究的深化。这一表述得到了中央党史研究室和南方局老同志们的肯定。宋平同志也鼓励我据此撰写学术论文公开发表，深入地阐释红岩精神。

我们的研究课题于2005年被国家社会科学基金立为一般项目。2009年项目研究完成后,以《红岩精神研究》之名,由中共党史出版社公开出版,并在人民大会堂举行了隆重的首发仪式。92岁高龄的宋平同志亲自出席,为之揭幕。

在做理论性、学术性研究的进程中,根据中宣部的总体部署,我们又编写了理论通俗读物《红岩精神》,列入人民出版社出版的《弘扬革命精神系列丛书》,标志着红岩精神正式入列中国革命精神谱系,进而在全国范围内进一步推动了红岩精神的宣传和弘扬,产生重要影响。

这一时期,我就红岩精神研究写过多篇论文,系统阐释我们在《红岩精神研究》一书中的若干重要观点,推动研究不断向前发展。

回顾几十年来南方局历史和红岩精神的研究历程,宋平同志对南方局历史和红岩精神研究的指示,高屋建瓴,精准实在,具有战略性、前瞻性、基础性、指导性,尤其具有重要的意义。在他的身上,体现了在党的历史和革命精神研究方面的继承性和发展性,体现了马克思主义与时俱进的理论品格,也体现了他对年轻学者的循循善诱和悉心奖掖。

今年宋平同志已经101岁。我和童丹宁同志相约,又该向老人家汇报南方局和红岩精神研究的新成果,聆听他的教诲了。因为,我们还想再有进步。

2018年7月于十驾庐

学术共影像同光

——开启影像史学研究新领域

2013年3月，我曾说过："一个人能够为国家民族干点事，这是幸运；公事毕，然后干自己喜欢的事，这是幸福。这就是我此刻的幸福观。"

这一年，我先后卸去市委宣传部和市委党史研究室的领导职务，2016年又卸去市人大代表和常委的职务，终于退休了。

对于我来说，退出领导岗位包括退休后，只是换了一种做事的方式而已——重新开始我所钟爱的专业工作。这是我在担负领导职务的同时艰难维持学术水准后又一次重新出发。

一、纪录片《大后方》的成功展现了学术成果转化的魅力

把小众的学术成果转化成为大众喜闻乐见的文化产品，尤其是用电视纪录片的方式来再现重庆的历史，这是我多年的愿望。我们重庆历史学界、新闻界已经为此进行了三十多年的努力。

我曾参与过一些电视纪录片的拍摄：《十年文史绘渝州》（1989年）、《山城，百年追求》（1990年），后来又主持拍摄了几部大型的电视纪录片作品：《不落的星辰——杨闇公》（两集，1992年）、《邓小平主政大西南》（五集，2004年）、《千秋红岩》（八集，2011年）。

这之后我干的第一件事就是组织拍摄大型电视纪录片《大后方》，片子于2015年8、9月间登上电视荧屏和互联网络。其反响之热烈，更是出

人意料。

　　这个片子由市委宣传部酝酿了八年、策划了五年，我担任总策划和总撰稿，由摄制团队拍摄了三年，是一部经过国家审批，纪念抗战胜利70周年的大戏。扎实的历史研究，雄厚的专家团队，顶尖的学者人脉，加上把关导向、组织协调、整合资源的经历，使《大后方》既具有全球视野，又横跨两岸，吸纳了近年来海内外学术界有关抗战大后方研究的最新成果，把思想性、学术性、观赏性统一起来，全方位、宽领域、立体化地呈现出这段艰难、悲壮、英雄的历史。

　　从学术研究的角度，这部片子有几点是应该特别提到的：一是凝聚了中外学界研究抗战大后方的优秀研究成果，参与策划、撰稿、顾问、采访的专家，都是当下在中国和世界上最具代表性的一流学者，为片子的成功奠定了学术基础；二是组建了最优秀的拍摄团队，实现了精深的学术成果向大众的文化产品的创新性转化，达到了当下能够达到的最好程度；三是摄制组在影像资料的采集上足迹遍于中国大陆、台湾、香港，和美国、英国、日本等地，使《大后方》在历史影像上超越了同类题材的纪录片，而独树一帜。强强联合，彰显了优秀学术成果向优秀文化产品转化的独特魅力。

　　为此，这部片子获得了中国电视纪录片界的所有奖项，已经成为"历史与艺术联袂，学术共影像同光"的成功案例。尤其是《求是》杂志专门为它发表了一篇评论《"三个必胜"的珍贵史证——评电视纪录片〈大后方〉》（《求是》杂志2015年第24期）。

二、从《苦干》的回归到《〈苦干〉与战时中国》的出版，开启了影像史学研究的新探索

　　2014年，我知道了美国有一部抗战时期拍摄的电影纪录片《苦干》。2015年，我把它引进到了中国。

由于《苦干》的发现，也由于我们搜集到众多的海外影视资料，更由于这些海外影视资料运用于纪录片《大后方》而取得的巨大成功，这为我们打开了影像史学研究的新领域。

2008年，重庆市委决定实施"重庆中国抗战大后方研究和建设工程"。实施这个工程，研究是基础，而史料则是基础的基础。因此我在编制《规划纲要》时就专门把"史料搜集出版"作为工程的主要内容。在史料中，我们特别注重搜集影视史料。为此，我们的团队先后去到美国、英国、日本、荷兰等国和中国台湾地区广泛搜集有关史料，收获相当丰硕。这其中，既有美国国会图书馆和国家档案馆丰富的影视资料，也包括从机构和个人手里搜寻素材。正是在这样的不懈努力下，我们搜集历史视频素材830余部，时长约276小时。

这些影像史料集中地使用在纪录片《大后方》中，于2015年8月开始，连续三个月在中央和地方电视台轮番播放，在互联网上的总播放量上亿次，获得了中国纪录片的所有奖项。究其重要原因，除主题宏大，制作精良外，更在于其影像史料的极其珍贵性，其中60%～70%的镜头是此前中国大陆观众所未见的。因此被称为是一部"'洗劫'了美国国会图书馆和美国国家档案馆影像资料的纪录片"。

我并不满足于纪录片的成功，而希望对薄弱的影像史学有所作为，于是转向研究影像史学。因此，以《苦干》为代表的抗战大后方影像史料搜集整理，为我们的抗战史研究打开了学术研究的新视野，也让我开始了"影像史学"的新探索。

这些努力，集中地体现在我组织撰写的《〈苦干〉与战时重庆——影像史学视野下的战时首都》之中。这部著作是我们真正从影像史学的角度对重庆抗战历史进行研究的第一次尝试。它以《苦干》这部百科全书式的电影纪录片为对象和主线，以历史学研究为基础，同时运用影像史学的理论与方法，"还原、解读、呈现"抗战时期中国战时首都重庆的历史。

"影像史学"是从20世纪80年代开始兴起于美国的交叉学科，90年代进入中国台湾和大陆，迄今不到30年。

在中国目前仍处于草创阶段，主要问题：一是在基本概念的建构上，尚未形成具有共识，相对统一的概念。如学界对"影像史学"以及"影像史料"这些最基本的概念都分歧甚大，相当多的学者把对历史照片的搜集与解读就称之为"影像史学"，从而形成一个印象，搜集整理研究历史照片就是影像史学。由于对基本概念定义都具有相当的不确定性，学术研究便难免自说自话。因此，这是首先需要解决的问题。二是在史料搜集整理上，目前基本上集中于对历史照片的搜集和整理，而对以纪录电影为代表的影视资料很少涉及，成为短板。这就影响到学科建设的科学性、系统性和完整性。三是相对局限于"图像学"的领域里，即使在历史学领域，也只是将其视为"史料"，而真正从历史学视角，从整体上研究影像史学的很少。四是在历史学界内部，对"影像史学"的认识还很不一致，关注不够，争论颇多，依然任重道远。

我希望从历史学的视角来提出"影像史学"概念，进而不断深化影像史学理论建构，努力建立具有中国特色、历史学特点的"影像史学"研究范式。

我的观点是，所谓"影像史学"就是从历史学的理论和方法出发，同时运用影像技术与方法，用"历史影像资料"来还原历史、解读历史、呈现历史，进而创造出一系列新理论、新方法、新领域的史学研究新范畴，使传统历史学提升到现代历史学的新境界。

"影像史学"首先是历史学的一个新分支，因此，它需要"从历史学的理论和方法出发"。同时，又运用影像技术与方法。"影像史学"与传统历史的不同点在于，研究的基础——史料——是影像的，研究的手段——方法——是影像的，研究的成果——呈现的形式——是影像的。"影像史学"是一门交叉学科，即在传统历史学与现代影像学的交叉与融合中，形成具有新理论、新方法（文献研究与影像研究相结合，影像补文献之形象，文献解影像之模糊）、新领域的历史学研究的新范畴。"影像史学"的发展方向是提升历史学的现代化水平，就是把传统历史学提升到现代历史学的新境界。

再比如，关于"影像史料"概念。这是另一个需要界定的基础性概念。我认为，这个概念包括"影视"和"图片"两类："影视史料"，特指在相应历史时期形成的记录历史的电影（视）资料（如电影新闻片、专题纪录片等）；"图片史料"，特指在同一时期形成的历史图片（用现代照相技术拍摄的照片、用绘画的方式绘制的图片等），两者共同构成"影像史料"这个概念，成为"影像史学"概念的重要基础。

我认为，影像史学将推动对新闻史认识的深化，有利于完善新闻史学科体系。同时将大大深化我们对抗日战争历史的认识，有利于从国际和两岸视角开拓抗日战争研究新领域。进而深化对中国史研究的认识，有利于完善中国近现代历史研究新体系。

总之，影像史料的披露和影像史学的建立，是顺应学科发展趋势、抢占学术制高点的前瞻之举。在可以预测的将来，人们运用影像来解读历史，将与我们今天运用档案文献解读历史一样，呈现并行不悖的情景。历史学家应当顺应这一潮流，在熟练搜集和运用传统史料、掌握传统史学研究方法的基础上，努力掌握"影像史学"的技术手段与方法，给古老的历史学注入崭新的时代气息，从而获得对历史的真实再现和深刻认识。

这几年在影像史学研究方面可以提到的还有：

——我撰写了几篇论文，对影像史学进行了基础性的学术研究；

——我花了五年时间，培养出第一位以抗战影像史为研究对象的博士刘婧雨，她的博士论文《西方视野下的中国战时首都重庆形象研究（1937—1946）》，将重庆这座城市置于第二次世界大战的全球环境之中，从西方视角对作为中国战时首都的重庆城市及其外交、"内政"进行集中考察，力图厘清西方视野中的重庆城市形象；运用中国近代城市史"结构功能模式"，剖析作为中国战时首都的重庆，提出了"战时首都结构功能"的概念及其体系。更重要的是开拓了影像史学与传统史学的互补互证的研究路径与方法。

——帮助美国电影制片人罗宾龙完成了纪录片《寻找〈苦干〉》。影片还原了罗宾龙寻找纪录片《苦干》的过程，并尽最大的可能还原了李灵爱这个传奇华裔女性精彩的人生故事。

目前，我正在与一位中国的电影制片人一道，将两个美国青年创作电影《苦干》的故事，改编成一部电影动画片《凤凰于飞》。希望让今天的观众在享受一场视觉盛宴的同时，了解中国人民在面对日军空袭时那种不屈不挠的英雄气概，了解海外华人为中国抗战作出的巨大贡献，揭示历史上中国不可战胜的秘密，进而引发他们对抗战历史、人类命运的思考。

数字+影像时代为我们研究历史，讲好故事，尤其是讲好中国故事提供了前所未有的可能。这也让我有了"历史与艺术联袂、学术共影像同光"的新追求。

2022年8月18日于十驾庐

阳光跋涉

YANGGUANG BASHE

改变我人生的两本书

在我的前半生，读过不少书，它们像黑暗中的火炬点亮了我的人生道路。

对我人生改变最大的是《古文观止》和《唐诗三百首》，它们陪伴我走过了人生最艰难的岁月，也带给我毕生最大的财富。

1969年初，15岁的我像众多青少年一样，响应毛主席"知识青年到农村去"的号召上山下乡。临走的时候，妈妈抹了一把眼泪，把《古文观止》和《唐诗三百首》塞进我的背包说："这是爸爸给你的，叫你好好读书，不要荒废了时光。今天我影响你，哪天我的问题解决了，你不要自己影响自己哟！"年少的我并不完全懂这个话的意思，在朝天门码头和前来送别的老师同学挥挥手，头枕着两本书便睡着了。

我和班上其他3名同学一起，分到彭水县桑柘区双鹤公社。我们从重庆坐船、走路，花了4天。知青的生活非常简单，甚至枯燥，只有一个目标，就是挣工分，养活自己，就是劳动、劳动、再劳动。

春耕时节，我要背着半人高的木桶去背清粪。那时我个头不高，力气也不大，背着七八十斤清粪走在崎岖的山路上，高一脚、低一脚，歪歪扭扭，常常把桶里的粪便荡得满头都是，从头淋到脚。有一次，一个踉跄摔了个"狗啃屎"，桶里的粪便全倒过来，淹没了整个人，衣物洗了都臭了好几天。后来慢慢地习惯了、熟练了，竟然可以挑着一担清粪"飞干子"（不经田坎道路而直接从上一台土地飞身冲到下一台土地），甚至可以背着

218斤的干牛粪，走山路，下水田，如履平地。

那段日子，身体疲惫到极点，心灵也贫乏到极点。特别是父亲还关在牛棚，又被打成"现行反革命分子"，全家四人，天各一方……每天晚上躺在床上，就着煤油灯，一页页翻看爸爸给我的《古文观止》和《唐诗三百首》。

最惬意的还是在我巡山"照苞谷"的时候，可以披一件蓑衣，提一把沙刀，累了就靠在青冈树上，头顶着温暖的阳光，身旁有杜鹃花和布谷鸟的鸣叫……这让我得以暂时离开残酷的现实，读一读两本书中"木受绳则直，金就砺则利""斯是陋室，惟吾德馨"和"会当凌绝顶，一览众山小"的句子，进入中国文学的圣殿。正是在那里，我第一次感受到了清泉流进干涸土地的感觉。这真是最大的慰藉。

1972年12月，我入伍当兵，开了七年汽车。1979年3月退伍后，我在母校29中的补习班里待了3个月便参加了高考。当年四川文科的录取率是2.5%。此前我只读过小学五年和初中一学期，对考上大学毫无把握。结果我语文得了86分，全省排名第四，其中文言文得了满分，考入四川大学历史系。这完全得益于《古文观止》和《唐诗三百首》打下的底子。

在后来的工作中，《古文观止》和《唐诗三百首》让我受益匪浅。2007年我写了一篇散文《江山红叶》，几乎是不假思索就写下了"三峡红叶有男儿的雄壮。重峦叠嶂，莽莽苍苍，如长城连绵，逶迤千里；虽身在荒野，却心雄万夫"。其中的"心雄万夫"便出自《古文观止》里李白的《上韩荆州书》，白"虽长不满七尺，而心雄万夫"。这是我读此篇40年后的第一次引用。

我建议大家，特别是青少年一定要读中国传统文学经典，《古文观止》和《唐诗三百首》就是精髓精编版，从小阅读，终身受用。

《重庆日报》2016年4月24日

我家住在解放碑

我庆幸自己生在解放碑，长在解放碑，至今仍是有着"510202"字头身份证的解放碑人。

1953年，我生在解放碑旁边的川东医院。后来长在解放碑地区的临江路、临江支路。再后来学在解放碑旁的29中，1969年从这里去了彭水下乡，1979年又从这里考上了四川大学。1983年再次回到这里居住，在这里结婚、生子、工作。这些地方都属于解放碑街道办事处、解放碑派出所管理的范围。再往上追溯，我爸爸1936年起就在解放碑一带从事抗日救亡和革命活动，后来在这里工作、生活，在这里认识了我的妈妈。所以至今，我们家的身份证号开头都是"510202"。可以说，我们算是正宗的解放碑人，而我则是伴着解放碑的钟声长大的、成人的，也亲眼目睹了它的世事沧桑、发展变迁。解放碑几乎就成了我的生命、我的记忆的重要部分。

我在四川大学学的是历史专业，后来的工作又大多与历史研究和宣传文化有关。所以，除了对解放碑的亲身感受、个人记忆之外，还从历史学的角度对解放碑有更多更深的认识，知道解放碑的前身是"精神堡垒"，后来改为"抗战胜利纪功碑"。重庆解放后，改建为"人民解放纪念碑"，直到今天。

在我的心中，解放碑，既是重庆城市的地理标志、人文标志，也是重庆人的心灵家园、精神象征。因为，解放碑既是纪念民族解放的纪念碑，也是纪念人民解放的纪念碑。

一

解放以后，从20世纪50年代到70年代，解放碑都是重庆政治活动的中心，凡有政治活动都在解放碑举行。如抗美援朝、公私合营、大炼钢铁、干部下乡、三八妇女节、五四青年节等等。其中最为隆重的是五一劳动节、十一国庆节。从1950年开始，每年的五一、十一全国都要举行盛大的群众游行，解放碑就是重庆游行的检阅台。至今保留的老照片中，就有邓小平1950年10月1日在解放碑上检阅游行队伍的情景。这种游行一直持续到1972年因为林彪事件而取消。

那时每年的五一、十一是我们最高兴的时候。游行队伍的起点是临江门，整个队伍从这里开始，沿着民生路、七星岗、观音岩、文化宫、两路口延伸排列开去。我们家外面是民族路，刚好是经过解放碑检阅台后的一条直道，各种表演都要在这条直道上持续进行，精彩纷呈。我那时人小，可以在人丛中钻来钻去，找最好的视角观看游行，同时也梦想着自己也能成为游行队伍中的一员。

几年以后，这个愿望真的就实现了。

1962年，我上小学三年级，被推荐参加重庆市少年宫的诗歌朗诵组，担任过全市少先队活动的司仪（主持人）。一年后又被推荐进了鼓号队，担任队号手，参加了1963年的横渡长江活动。当然，最为特别的是参加过那年的国庆节游行。

记得10月1日一大早，阳光明媚。我们穿着长袖白衬衫，系着红领巾，着蓝色长裤，非常得意。少年儿童的队伍一般都在游行队伍的前半部，先是旗队、鲜花队，然后就是我们鼓号队。我们举起挂着号旗的队号，吹着队号的曲子，欢快活泼，欢天喜地走过解放碑，接受市领导的检阅。那时，我爸爸每年也参加解放碑观礼。他们站在解放碑正面街道两旁人行道上搭建的木制观礼台上,各界代表、先进模范人物就站在上面观看游行。回到家后爸爸好好把我们鼓号队表扬了一番,让我高兴了好久。

第二年,1964年,我五年级了,又参加了一次国庆节的游行。可这一次就没那么幸运了。这一年鼓号队的服装有了改变,蓝色的长裤变成了白色的长裤,全身白色的服装,配上鲜红的领巾,金色的队号,红色缎面号旗加金黄的旗穗,更显威风。9月30日晚上,我们鼓号队集体住进了少年宫,大家兴奋得一夜未睡。

可10月1日早上,天就下起了小雨,待我们走到七星岗集合地时,雨丝毫没有停下的意思。到正式游行开始,雨便越下越大。等我们走到解放碑检阅台时,已经是风雨交加了。尽管大雨淋得我们全身湿透,大风吹得我们僵手僵脚,但是风雨根本挡不住我们少先队员誓做共产主义接班人的豪情,我们仍是意气风发地吹着队号,一步不乱地走过了检阅台,走完了全程。

由于雨大,游行到小什字队伍就解散了。那里离我的家很近,到家时才注意到我的狼狈相——全身打湿不说,更好看的是,白衣白裤上全是杂乱无章的红色和黄色。原来,红色的队号旗和黄色的号旗穗掉色,弄得我们一个个成了穿着花衣服的英俊少年。

这一次的游行也成了我最后一次参加的国庆游行。第二年上了中学,没有了这样的机会。再后来,"文革"爆发,一切美好都化为泡影。

二

我的小学时光是在大田湾桂花园的嘉陵小学度过的。我最初报考的是巴蜀小学,考上了。但爆满,我便去了新办的嘉陵小学。

1965年小学毕业时,四川外语学校附中来校挑选学生,我初试入选。结果复试时,有个老师说我口齿不清而落了榜。这样我便参加了在41中举行的初中升学考试,成绩仍然相当好,拟由20中(现育才中学)录取。但那年我和姐姐一同毕业,她被选入重庆市业余体校,要住校。父亲说,不能两个孩子都住校,你就住在家里吧,于是我便入了重庆市第29中,继续由解放碑伴我读书。

这所学校被称之为"霓虹灯下好学校"。这是因为,解放碑是重庆最为繁华的商业区,三八商店、群林市场、友谊商店、交电公司、华华公司、和平公寓、人民银行重庆分行、和平电影院、实验剧场、五一电影院、唯一电影院、升平电影院、重庆剧场、美术公司、大众糖果店、冠生园、解放碑餐厅、颐之时餐厅、老四川、陆稿荐、皇后餐厅、心心咖啡店、大阳沟菜市场……可谓白日喧闹,夜晚笙歌,犹如上海的南京路。

29中更是处在解放碑的核心部位上,校门对面是大众游艺园,这是重庆市最大的综合性娱乐场所,与上海的"大世界"好有一比。左边是重庆曲艺团的山城曲艺场,右边是重庆市越剧团的胜利剧场。就是在这样的环境中,29中仍然具有很高的办学水平,是区的重点学校。

当时有一部红遍全国的电影《霓虹灯下的哨兵》,讲述一支解放上海的解放军部队驻守南京路,在霓虹闪烁、香风弥漫之中,坚守革命传统的故事。这是真人真事,后来这支部队得到毛主席的赞誉,被命名为"南京路上好八连"。由于29中也处在灯红酒绿、莺歌燕舞之中,却培养出一批又一批的好学生,它便获得了"霓虹灯下好学校"的赞誉。

这是一所"花五类"学校。当时对家庭出身相当看重,成分界限也很分明。几所市级重点中学,如一、三、二十、四十一中,被称为"红五类"学校。29中不在此列,因其生源多来自解放碑地区,其家庭成分相当丰富,少有红五类,故人们戏称为"花五类"学校。

这个学校文风也比较盛。首先是校址很有说道,地处夫子祠,是文庙之所在,人称"文傍魁星阁、学仰大成殿"。民国以后,1919年在这里办起了重庆留法勤工俭学预备学校,招收了川东一带第一批出国留学的人才,一年后毕业,84名学生赴法留学。其中就有个16岁的少年,叫邓希贤，他就是后来大名鼎鼎的邓小平。进入20世纪20年代，这里办成为四川省立第二女子师范学校（简称"二女师"），著名革命活动家邓中夏、张闻天、萧楚女都在此任过教。更培养出钟复光、游曦、赵一曼、李伯钊、丁雪松、邓季惺等女中豪杰、社会名流。

我们那一年级是新中国第一个生育高峰的孩子。29中的初中一年级居然一下招了15个班。当时的班称"组"，我在初一一组，因为将于1968年毕业，又称"初六八级一组"。由于这个原因，教室就排在最前面，处于飞机楼（教学楼）一楼的左边翅膀上。

三

1969年春天，知识青年上山下乡运动达到高潮。春节一过，重庆市第一批知青就下乡了。我所在的29中送走了两船同学，到涪陵地区彭水县桑柘区和鹿角区插队落户。

离别总是伤感的。1969年1月18日我们班上一部分同学到留真照相馆照了一张集体相，照片的题词是"恰同学少年，风华正茂"。但是，"同学"们几乎都是一脸严肃，找不到多少"风华正茂"的影子。或许是因为我们就要在这风华正茂的年纪，向我们本该风华正茂的青春告别吧。

当时的政策是，年满16岁便要下乡。而那时我才15岁，这是因为我小学只读了五年便进入了初中，因此还不到下乡年龄，所以没有谁来动员我。但是，家里也并不是没有考虑。当时，我那红军时期就参加革命的老父亲被打成了"三反分子""叛徒嫌疑""现行反革命分子"，关在牢中。母亲知道我迟早都得下乡，就设法让我和姐姐下在一起，好有个照应。因此，联系了比邻贵州的綦江县桥河公社的王幺娘，希望在那里找个地方当知青。父亲知道以后不同意。倒不是因为条件艰苦，主要是他认为自己的问题如此"严重"，怕给王幺娘一家带来麻烦。因此他还是主张我们跟着组织（学校）走。于是，1969年春节之后，姐姐就和学校的同学们一起，去了丰都县栗子公社。

至于我呢，当时的想法也简单，早下晚下都要下乡，不如早下。如果拖到满16岁后再下乡，就没有多少同班同学一起走了。因此，家里也同意我提前下乡，以便和班上同学分在一起。

我们是学校下乡第一批的第三船。当时学校宣布把我们分配到彭水县双鹤公社，小地名叫梅子垭。这个"彭水"是什么样？"双鹤"在哪里？"梅子垭"名字还好听，但山川地理、风物民情如何？我们一概不知。既然组织上定了，我们就作准备吧。记得还发了一些票证，去买铺盖、蚊帐、脸盆、茶瓶、手电筒、马灯什么的。

1969年3月23日，我自己到解放碑派出所，把户口下到四川省涪陵地区彭水县桑柘区双鹤公社。对于我个人来讲，那一刻是历史性的——它意味着我从一个只读了大半年初中没有多少知识的学生变成了"知识青年"，从一个城里人变成了乡下人，从一个解放碑的孩子变成了梅子垭的乡民。

1969年4月17日，我们重庆市上山下乡第一批第三船的知青，乘坐"人民29号"，从朝天门码头出发，踏上了上山下乡、插队落户的路程。

那一年的春天似乎特别的冷，天也是雾蒙蒙的。记不起是几点了，外面已是锣鼓喧天，汽笛一声，开船了。我们赶快跑到船舷边上，向岸上的人们告别。

其实，这是在向重庆告别，向解放碑告别，向我的少年时代告别。

四

再次回到解放碑，已是十年之后。1979年3月初，我从部队退伍，终于回到解放碑下。

我在彭水当知青近四年。由于父亲尚未"解放"，我几次招工，均被刷掉。直到林彪事件以后，老干部政策有所松动，1972年我才终于当上了解放军，开汽车。1978年党的十一届三中全会召开，恢复高考，我下定决心放弃在部队发展的好势头，退伍回重庆，考大学。

回到重庆的第一件事便是报名参加母校——重庆市第29中的高考补习班，希望母校能够让我如愿以偿。记得我是3月上旬退伍回来，二十几号进了补习班。当时，经过77、78级的考试，极大地激发了老三届学生（"文革"前六六、六七、六八级）的斗志，到1979年，其高考补习班已是人员爆满，且大多是1977、1978年两次高考的落榜生，他们已是身经两战，志在必得。而我不过小学底子，且已经荒疏13年，谁都不看好我，那些冷眼和热讽，让我无话可说。我抱定今年试水，期待明年的打算。但心里还是暗暗使劲的。

俗话说，人努力，天帮忙。这个"天"，就是29中的补习班，居然有点石成金之妙。

说来也巧，补习班的教室就是我13年前上初一的教室，就是那个飞机楼翅膀上原来初一一组的教室。

对我而言，名曰"补习"，实则"新学"。因为我初中只读过大半年，高中完全没读过，因此什么都是新课程。经过初期全面学习、齐头并进的尝试以后，我决定转换一个思路，便制订了一个"堤内损失堤外补"的策略，即放弃数学、外语，猛攻语文、历史、地理、政治。那时是7月6—8日高考，补习班办到6月20号左右就停了，让学生回家调整状态，转入临考阶段。因此，我在补习班满打满算只待了80来天，不到三个月。

但考试的成绩却大出意料，我的历史、政治都很争气，尤其是语文得了86分，全省第四；地理则得了96分，全省第一。因而居然一举考上四川大学，一时在29中传为美谈。

40年过去了，我真是感谢母校，是这所"解放碑下的好学校"让我改变了后来的命运。

五

1983年我从四川大学毕业，再次回到解放碑下，走上了教学科研的新岗位。

这一年，对于重庆来说，是很不平凡的一年。

党的十一届三中全会后，中国的经济体制改革从农村起步，取得了巨大成就。随即，党和国家酝酿将经济体制改革的进程从农村推向城市。1983年，党中央、国务院决定，将城市经济体制改革的试点重任交给重庆，希望以重庆为突破口，推动整个经济体制改革的进程。为此，党中央、国务院对重庆实行经济计划单列，提出了把重庆建设成为长江上游经济中心的目标，重庆站上了中国经济体制改革的最前沿，重庆的发展也进入了快车道。

经济体制改革带动了城市建设的日新月异。但随即碰到一个瓶颈——解放碑的高度。

在解放以后的相当长时间内，解放碑地区新建筑的高度有一条基本的界线，就是不能超过解放碑的高度。重庆是山地城市，土地金贵，需要向空中发展。因此，如何看待"解放碑高度"，形成了两种意见。一种固守"解放碑高度"，控制解放碑地区旧城改造的建筑高度和规模；一种认为可以突破原定的"解放碑高度"，为城市建设松绑，推动解放碑地区旧城改造，实现更大发展。

我是持突破派观点的——既要维护"解放碑"的精神高度，又要突破解放碑的物理高度。

当时解放碑地区建设的第一幢高层建筑就是重庆市百货站修建的"渝都大酒店"。这是一座圆柱体的高层建筑，共29层，顶层是一座旋转餐厅。

我认为，解放碑的24米是老重庆的物理高度，而29层高的渝都大酒店，则代表着新重庆的物理高度，更是一种具有改革开放时代意义的精神高度，它是对老重庆高度的继承，又体现了新阶段的时代意义。因此，我们只需要把圆柱体的"渝都大酒店"看作是"解放新碑"即可，新的解放碑仍然是重庆的新高度。

后来的事实是，突破了原来的"解放碑高度"，解放碑周围的新建筑鳞次栉比，最终使解放碑成为新重庆的第一个中央商务区（CBD），成为重庆市的第一条商业步行街、中国西部第一条商业步行街，成为与北京的王府井、上海的南京路齐名的商业步行街。如今更成为商务部命名为"全国示范步行街"。

六

2019年，为庆祝新中国成立70周年，首都各界将在天安门广场上举行盛大的庆典游行。其中一个传统项目就是全国各地要以彩车的方式参加游行。

按照市委的安排，由我担任重庆彩车创意文本专家组组长，我既要作为专家提出创意方案，又要作为组长负责对其他方案的评审。

我提出，彩车不是一般的文化作品，而是政治宣传画。从总体上要把握好五条原则，一是用艺术形式来集中体现政治主题；二是让彩车成为代表重庆唯一性的天安门广场要件；三要与游行融为一体，与"同心共筑中国梦"的主题及喜庆气氛高度合拍，体现人民的节日；四是体现重庆人民70年艰苦奋斗的征程，展现历史的步伐；五是体现全重庆的人和地，即既含主城山水之城的意味，又是大重庆的气象。

据此，我提出了"青春巴渝"的创意。主要元素，一是山水，二是解放碑。

我写道：

1.解放碑是重庆的形象标识。辨识度极高。将其设计在"山巅"，取"山高人为峰"之意。

2.重庆解放碑是纪念全中国解放的纪念碑。解放碑全称"人民解放纪念碑",由邓小平主持西南局时命名,刘伯承题名,它建成并命名于1950年国庆节,是全中国范围内唯一一座纪念除台湾、西藏以外中国全境解放的纪念碑,因此也是新中国与旧中国的分界线之一。此刻,70年后,它出现在天安门广场,第一次与天安门城楼、人民英雄纪念碑、中国国家博物馆、人民大会堂、毛主席纪念堂相呼应,将构成共和国新的历史和文化景观。

3. 解放碑是新重庆历史发展的标志。解放碑见证了新重庆70年发展进步的历程,重庆解放碑的历史也是新中国历史的一部分。

4. 解放碑是老一辈无产阶级革命家和革命先烈留给中国人民的精神财富。意在表示重庆人民"不忘初心,牢记使命",不懈奋斗,重整行装再出发的决心和信心。

同时,辅之以三千年古城、8D时尚魔幻城、三峡红叶、智能元素,与两江江水,共同组成万丈潮头、弄潮时代的意象。

这一创意最终被市委采纳,并得到了中央的批准。

2019年10月1日12时25分许,解放碑高高地矗立在重庆彩车前部,引领着"魅力重庆"彩车驶过天安门广场,与人民英雄纪念碑遥相呼应,接受党和人民的检阅,向先烈、先辈们致敬,向伟大祖国问好,向新中国70华诞祝福。

10月1日晚上,中国新闻社对我进行了一次专访,地点安排在解放碑下,话题也是解放碑。这是一次由中国新闻社发起,以融媒体的方式,串联全球华文新媒体搞的一场庆祝国庆70周年的24小时直播采访。他们把对我的采访时间定在19:30—20:00,即把对我在解放碑的采访与天安门广场上的联欢会直接相连,重庆解放碑采访的结束就是北京天安门联欢会的开始。

这是国庆当天,解放碑与天安门第二次相连。这让我再一次体会到解放碑的价值,更是深感责任重大。

我告诉全球观众,解放碑是重庆的地理标志,也是重庆的精神象征。

对于中国人,对于重庆人来说,解放碑首先是纪念中华民族解放的纪念碑。1937年抗日战争全面爆发以后,1937年12月,国民政府迁都重庆,重庆成为中国的战时首都。直到1946年5月,国民政府还都。八年中,中国共产党和中国各种政治力量来到重庆,凝聚起磅礴的力量,最终打败了日本帝国主义,赢得了抗日战争的胜利;同时,也废除了不平等条约,取得了民族解放的胜利。所以,它是民族解放的纪念碑。

解放碑又是纪念全中国人民解放的纪念碑。1949年10月1日开国大典后,11月30日,在毛主席的指挥下,刘伯承、邓小平率人民解放军解放了重庆。1950年,重庆召开第一次各界人民代表会议,人民代表提出把纪功碑改为解放碑。1950年国庆一周年时,由刘伯承题写了人民解放纪念碑。当时,新中国除台湾和西藏外的全部国土都已经取得了解放,因此,它既是纪念重庆解放的纪念碑,也是新中国唯一一座纪念全国解放的纪念碑。

七

2021年是中国共产党建党百年。中央电视台和上游新闻约我做关于解放碑的电视节目。

六月的山城,已是骄阳似火。但我坚持带上六岁的孙女小诺(荣瑾)。孩子从小在北京长大。才刚走到临江门,她就问:"(指着远处)爷爷,那儿是什么呀?"

"那是解放碑。"我告诉她。

"你怎么知道?"

"爷爷从小就在那里长大,那里有好多好多的故事。"

"你给我讲讲?"

"对于我们家来说,它就像一位很老很老的长辈,守护着我们大家。

对于我们的国来说，它是唯一一座纪念全中国人民解放的丰碑。今年六一，你入队了，该知道这些故事了。

"我们老家就在解放碑，我就出生在解放碑，是听着解放碑的钟声长大的。在这里，遇见了你奶奶，后来有了你爸爸。我们家好多好多的事情都与解放碑有关系。所以呀，解放碑已经流进了我们的血管里，成为我们家的基因了。"

孩子一听，便高兴得跳了起来："那我的身上也有解放碑的基因啰？爷爷，我好喜欢解放碑哦！"

看完了外观，我带她走进碑里，踏着旋梯向上攀登。

旋梯侧面的墙上，有一些连绵起伏的纹式。她观察到了，便问我："这是什么？"

我告诉她，那是长城箭垛的花纹。那时日本鬼子侵占了我们中国好多地方。全国人民都不愿做亡国奴，便团结起来打日本，就像长城一样，坚强地保卫祖国。你太爷爷就参加了共产党，干革命。我们国家牺牲了好多人，才赶走了日本鬼子。

听罢，孩子很认真地对我说，"那我们也沿着长城往上走！"

出了碑体，我和她一道捧起一束大大的鲜花，恭恭敬敬地献在解放碑的基座上，孩子高高地举起右手，向解放碑敬礼，一脸的向往，一脸的崇敬。因为她看到了一个不一样的解放碑。

那天，我写了一段话，作为这个作品《人民解放的丰碑》的结束语：

走多远的路，就能看到多远的风景。

凝望远方，总有一种声音，烙印在灵魂深处，那是无数的呐喊与高歌，汇聚而成的钟声。

总有一束光辉，指引着征途的方向，那是千万的热血与信念，在山河中筑成的丰碑。

百年征程,波澜壮阔。

百年初心,历久弥坚。

在黑暗中亮起火炬,在风雨中举起旗帜。在山河动荡间,我们浴血奋战。在历尽风霜后,我们昂首挺胸。

解放碑,风雨兼程,巍然屹立,依然钟声回荡。

2021 年 10 月 1 日于十驾庐

冻桐花
——我的梅子垭岁月

2019年4月17日,是我离开重庆城市下乡插队落户50周年的日子。怎么就已经50年了?真快,那些事仿佛还在昨天呀!说起那些事,五味杂陈,往事涌上心头。

我于1969年3月23日在解放碑派出所下户口,随后前往四川省涪陵专区彭水县双鹤公社白果大队第二生产队插队落户。1972年12月14日应征入伍,在双鹤公社马家大队第六生产队接到入伍通知书,12月下旬离开生产队到桑柘区向接兵部队报到,成为一名解放军战士。凡3年9个月,1360多天。其中印象最为深刻的是前四天:4月17日离开重庆,下长江,住涪陵;18日进乌江,住彭水;19日,走乌江,住永安;4月20日走到生产队。

那是一个"冻桐花"的时节。在彭水,每当桐子树开花的时候,就会迎来每年春天的最后一次寒潮,彭水人便把这桐子开花与寒潮叠加的日子叫做"冻桐花"。所以,我把在彭水经历的那些岁月记录下来,第一篇就取名《冻桐花》吧。

当时,由于交通条件很差,从重庆市区到梅子垭短短的几百里路,坐了三天船,走了两天路。我没有记日记的习惯,也没有任何照片参照,可不知为什么每当我想起那4天发生的事情,直到50年后的今天,仍记忆犹新、历历在目。

现在，我把这4天经历的事情记录下来，这是自己的历史，也是时代的一瞥，是四川和重庆的记忆。

1969年3月23日：重庆学生成了梅子垭人

1969年春天，知识青年上山下乡运动达到高潮。春节一过，重庆市第一批知青就下乡了。我所在的29中就送走了两船同学，要到涪陵地区彭水县桑柘区和鹿角区去插队落户。

那时，我才15岁，因为我小学只读了五年，在班上算小的，还不到下乡年龄。母亲知道我迟早都得下乡，就设法让我和姐姐下在一起，好有个照应。因此，联系了綦江县桥河公社的王幺娘，希望在那里找个地方。王幺娘名叫陈世勤，因丈夫姓王，故大家都叫她王幺娘，那是一个极憨厚纯朴，勤劳善良的农村妇女。20世纪60年代搞"四清"时，我父亲所在的"四清"工作队就住在他们家。王幺娘有一儿一女，儿子在外当兵，女儿已经出嫁。打那以后，我们两家像亲戚一样，经常走动。当时重庆到綦江交通十分不便，汽车要走五六个小时，火车也差不多要三四个钟头，往返不易，我们的家基本上就成了他们在重庆的落脚处。

王幺娘对我们下乡的事非常上心，四下奔走。桥河公社在县城南边，算近郊区，当时没有知青安置任务，她就联系到她家女儿的婆家——登瀛公社。于是，我妈妈就带着我到那里去看地方。登瀛是綦江的山区，要跨过川黔铁路，爬上一座高高的大山。这里虽说仍在重庆境内，但却毗邻贵州，是艰苦的高山区。父亲知道以后，不同意我们到那里落户。倒不是因为条件艰苦，主要是因为他认为自己的问题如此"严重"，怕我们到了綦江，给王幺娘家带来麻烦。因此他还是主张我们跟着组织（学校）走。于是，1969年春节之后，我姐姐就和学校的同学们一起，去了丰都县栗子公社。

至于我呢，当时的想法也简单，早下晚下都要下乡，不如早下。如果拖到满16岁后再下乡，就没有多少同班同学了。因此，家里也同意我提前下乡，以便和班上同学分在一起。

1969年3月23日，我自己到解放碑派出所，把户口下到四川省涪陵地区彭水县桑柘区双鹤公社。对于我个人来讲，那一刻是历史性的——它意味着我从一个只读了大半年初中的学生变成了"知识青年"，从一个城里人变成了乡下人，从一个重庆城的孩子变成了梅子垭的乡民。

4月17日：告别解放碑　走向梅子垭

1969年4月17日，我们重庆市上山下乡第一批第三船的知青，乘坐"人民29号"，从朝天门码头出发，踏上了上山下乡、插队落户的路程。

当时的朝天门码头非常简陋，加之又是枯水期，天蒙蒙亮，我们就背着简单的铺盖卷，提起一个包包，走下一大坡梯坎，再走过长长的河滩，好不容易才上了"人民29号"。那是一艘二战时期美军使用的登陆艇，抗战胜利后给了国民党政府，解放时被人民政府接收，一直在长江上作货船使用。上船时分，天已经大亮。我是第一次乘这种船，看什么都新鲜，一直处在兴奋之中。我们班上和我一起下乡的还有一位男同学祝抗和两位女同学余玲、谢德惠，我们被安排在一个大通舱里，席地而坐。

那一年的春天似乎特别冷，天也是雾蒙蒙的。

记不起是几点了，外面已是锣鼓喧天，汽笛一声，开船了。我们赶快跑到船舷边上，向岸上的人们告别。其实，这是在向重庆告别，向我的少年时代告别。至于驶向哪里，心中无数，只听说"养儿不用教，酉秀黔彭走一遭"。但有一点却是坚定的，那就是有伟大领袖的指引，有"可以大有作为的广阔天地"——梅子垭，这就够了。这就是当年青年学生们的心气。

当天中午就到了涪陵县城。那时的涪陵虽说是地区所在地，但也不过就多几幢灰扑扑的房子，沿江有两层马路而已。至今留在脑海中的涪陵，只有那碗非常烫嘴的"油醪糟"。

4月18日：没到梅子垭就上了下乡的第一课

18日，我们要从涪陵到彭水。早晨2点，叫醒起床。背起行李，下了更长更陡的一坡梯坎，就来到江边，上了一条机动小船"红阳10号"。这船也是统舱，有几条木板凳，比"人民29号"好一点。3点钟，开船了。舱外黑乎乎的，只见船头一盏探照灯左右摇晃，隐约可见狭窄的江面，湍急的水流，耳边是震耳欲聋的机声和哗哗的水响，这就是乌江了。走了一阵，船停在江边，搭了一块跳板便上下客人，听说这里叫"白涛"。

天亮了，这才看清，所谓乌江，就是高耸大山夹峙中的一条狭窄但水势湍急的河流。两岸青山、悬崖峭壁，山上偶尔可见几个人影和几点牛羊什么的。这种景象跟小时候看过的一部电影《突破乌江》中的景色非常相像。

又过了一阵，船发出了更大的吼声，左右摇摆，似乎已经开到了最大的马力，但就是走不动。又过了一会儿，船晃得更加厉害，并且发出"吱吱嘎嘎"的响声。那是船底与河床直接摩擦的声音，令人心悸。我还是第一次碰到这种景象，很是害怕。一问，这里叫羊角滩，有五里长，属武隆县，因为水太浅、太急，光凭船的动力是开不上去的，需要"绞滩"才行。所谓"绞滩"，就是在河滩上游的崖上，设置一台卷扬机，通过一根钢缆，用机械的巨大力量把上行的轮船拉上去。这与过去的"拉纤"类似，只不过是用机器代替了人力罢了。

巨大的好奇心驱使我克服恐惧，跑到船舷，观看这难得的一幕。突然，一个巨浪打来，我们的船剧烈地左右摇晃，我们也站立不稳，随之摇晃。就在我靠向船舷的那一刻，船身猛地向右倾斜，几乎要把我抛向险恶的乌江之中。好在年轻，反应也快，我一把抓住船舷栏杆，才止住了抛向江中的惯性。但是，我头戴的一顶军帽，却没有同我的身体一样止住，而是脱离了我的脑袋，径直飞向了江里，转瞬之间就被吞没于汹涌的江水之中。那一幕，永远地定格在我的脑海里，这就是乌江，这就是羊角滩给我上的下乡第一课。

惊魂未定，只见我们的船喘着粗气，艰难地挣扎着靠向岸边，激流冲击着船头，吼声巨大，水花四溅。船头上站着一位水手，穿着救生衣，手持一根头上装置有铁钩的竹竿，严阵以待。岸上有两个工人同样穿着救生衣，拖着沉重的钢缆，艰难地走向岸边。离岸十来米时，工人们几乎是拼尽全力地把打了圈的钢缆头抛向我们的"红阳10号"，只见我们船头的水手身手敏捷地用竹竿钩住了空中的钢缆，立马收回，并迅速地盘固在船舷边的锚桩上。一会儿钢缆就拉直了，获得了上行动力支持的船经过"松车"（减速）短暂的停止后，再次开足马力，慢慢地驶离岸边，尽管船底仍然与浅滩摩擦，发出可怕的声响，船体仍然摇摇晃晃，但它终于有了一点一点逆水向前的动力，又艰难地上行了。

这时我才喘过气来，沿着钢缆的方向望去，很远的山崖上有一处高台，建有一座机房，钢缆就是从那里伸出来的。等船慢慢上驶，离得近了，才隐约看见里面有一台巨大的卷扬机，后面坐着一个操作员。卷扬机同样发出巨大的怒吼声，和我们船上的发动机，一个拉，一个推，让我们的船终于艰难地驶过了这五里长滩。我惊叹这行路的艰险，更感叹这人所创造的力量。船员告诉我，过去没有机器，全靠纤夫拉船过滩。我遗憾自己没有见过纤夫拉滩过羊角的壮观，但还是有幸目睹了这机器绞滩过羊角的惊险。如今这"绞滩"的场景，也早已成为历史了。

上得滩来，船行就比较平稳了。两岸大山耸立，其实是风光绮丽的，绿水青山，天然图画，也就是今天的"乌江画廊"之所在。可在当时我们的眼中，都不过是"穷山恶水"，毫无诗情画意可言。

大约下午6点，船到彭水。这是一座地处大山江边逼仄的小城，城里也就是一条土马路，几幢石头和木料混合建筑的房子。我们被安排在一幢青砖修建的房子，可能是全城最好的馆子，吃了一顿饭。

4月19日："马峰岍"和"鹿角沱"

19号早晨7点，继续乘船。彭水以上的江面就更窄了，船行也更慢。第一站就停在一个叫"万足"的地方，那是浅浅的长溪河与清清丰沛乌江的交汇处。岸边石壁千仞，草木葱茏，一条栈道生生地嵌在其间，显示着它的古老和不凡，人来人往，向上游伸去，看不到尽头。河边没有码头，甚至连趸船也没有，船停之处，搭块跳板到岸边便上下旅客。尽管停靠也就几分钟时间，但50年后，我还记得那条古老的栈道，那些筋骨健硕、背负高架的汉子，那些白帕盘头、身穿大襟的女人。

离开万足不久，船在左岸一处陡壁之下停了下来。这个地方叫"马峰岍"，是乌江东岸90度绝壁上一条垂直的裂缝，高达一二百米，峰险岍大。后来得知，传说汉武帝遣马援征蛮曾带兵驻此，故名马峰岍。千百年来，人们硬是从这条绝壁的裂缝中凿造出一坡陡峭的石梯。从江边向上望去，这条石缝中凿出的小路直达云天，人只能通过这条石梯才能到达山顶，舍此别无他途。

我们船上的一部分知青，要在这里下船登岸。映入眼帘的是荒无人烟，悬崖峭壁，滔滔江水，下船后还需爬上这陡峭的大山坡步行前往插队落户的山村。我听说，第一批知青到达这里的时候，不少女知青哇哇大哭，不肯下船。或许是早已听说有了心理准备，我们这一船知青没有什么特别过激的举动，至于他们内心的活动，不得而知。此情此景，对于来自重庆城的青年学生，无论如何都会是一个巨大的心理冲击。

我们的船继续向上游开去。又过了大约一个钟头，船转过一处狭窄的石门，江面一下子就开阔起来，听见有人喊，"下船了"。

这个地方是乌江上的一个回水沱，据说因形似鹿角，所以叫"鹿角沱"。此地是当时彭水县辖鹿角区所在地，还算是乌江上一个比较大的码头，因为我们终于看到了一艘趸船。

鹿角镇建在一个很陡的斜坡上，一眼望去，除了石头，就是山坡上的木头房子，层层叠叠，几乎没有什么绿色。当船靠近码头的时候，我们看到岸上站着许多农民，他们背上背着高过头顶的背篼，大口小底。带队的告诉我们，那是来接我们的农民。

下船以后，当地干部告诉我们，到梅子垭还有120里山路。这让我心里一沉，直呼奈何。

他们把我们的行李安排给了各自生产队来接的农民，装在背篼里，在我们的前头走了。我们空着手，沿着陡坡，紧跟其后。尽管我们来自山城重庆，早已习惯了爬坡上坎，但爬这么长、这么陡的坡，还是第一次。更何况，心中五味杂陈，更使两腿步履艰难，很快就掉在了后面。途中歇了好几次气，才大汗淋漓、气喘吁吁地爬上了山顶，走上了一条乡间马路。

已经是离开重庆的第三天了，前两天都阴沉沉的，加之船行在峡谷之中，使人压抑。今天就不同了，离船上岸，走上山顶，太阳又出来了，尽管天气很冷，但心情好了些。

这条马路大约有三四米宽，用大块的石灰石铺地，凹凸不平。它既不通马车，更不通汽车，偶尔有牛车碾过。对我们来说，走这样的路已经比刚才的山路好多了。

路的两旁都是桐子树（"桐子树"是该树学名，彭水人叫它"桐籽树"），满树的桐花正在盛开，一簇簇白色的花朵，散发着淡淡的清香。因为天色早，露水还未完全散去，太阳照在花上，放射出晶莹的亮色。农民告诉我，每年桐子开花的时候，气温总会陡降几天，当地叫做"冻桐花"。

走出鹿角场不久，就到了一处叫"龙门峡"的地方。一座巨大的山崖拦在路上，我们离开马路，沿着旁边一条石板小路，顺着山势向下走，途中穿过一个巨大的崖洞，一直走到山脚下，又才回到马路上来。这时抬头一看，嘀，好一处大开大合的风景哟，又让我们抄了一大段近路。远处什么地方又飘来一阵兰草的幽香，阳雀在山上欢快地叫着"归归阳"。阳光、桐花、阳雀、兰香、风景，让我们这些少男少女们高兴起来，一扫前几日的沉闷，唱起了《莫斯科郊外的晚上》。漫漫的长路，似乎就短了许多。

中午时分，到了一个叫"石坎子"的地方，该吃饭了。那是典型的彭水伙食，粉子饭、菜腐汤、海椒酱。"粉子饭"就是苞谷磨成粗粉做的饭，吃在嘴里满口钻，难以下咽。"菜腐汤"就是少许几颗黄豆磨成浆，加上萝卜叶子，再用泡酸菜的酸水点一下，让正在凝固的豆浆把煮熟的萝卜叶子团在一起，然后连汤带水地放进嘴里，这是让满口乱钻的"粉子饭"得以下咽的主菜。"海椒酱"就是鲜海椒加水磨成酱，往里加了一点盐、姜，没有一点油星。对于饥肠辘辘的我们，别无选择，勉强刨了几口又上路了。

我们从鹿角出来时还是一支不小的队伍，不知什么时候起这支队伍越来越小了。那是分在近处的知青们去了各自的生产队。"石坎子"是一个大的岔路口，又一批知青与我们分手了。这时我才发现，在这里饭后上路的队伍，好像只剩十来个人，顿感失落。

大约黄昏时候，我们到了一个叫"鞍子头"的地方，这是一个乡场，是永安公社的所在地。这时又有一部分同学被农民带着继续往前走，因为他们生产队离这里比较近，当天晚上就可以到达。而我们要去的白果二队还比较远，有30里地，当天到不了，因此需要在这里住一晚上。

当地的人为我们在公社安排了晚饭。然后，在公社二楼的地板上铺了一层稻草、草席什么的，盖着粗硬沉重的老棉絮，囫囵着睡了一个晚上。

那一天，我破天荒地第一次走了90里路。

4月20日：梅子垭的杜鹃花欢迎我们

4月20日，是离开重庆的第四天。早上醒来，天气很冷，但又是一个阳光明媚的日子。马路没有了，同行的其他同学也没有了。只有我们四个知青和四个背行李的农民的一支小小的队伍，沿山路继续前行。

进入梅子垭的地界，虽说还是山路，但已经没有了高山，都是在丘陵中行进。路旁是大片的青冈林，山上开满鲜花，所不同的是除满树开放的桐子花外，还见到了漫山遍野的杜鹃花，当地人称"映山红"。红色的杜鹃、白色的桐花、绿色的树、青青的草，真有一点后来在电影《闪闪的红星》中呈现的景象。

或许是已经漂泊了四天，当我们听说今天就能到达生产队的时候，心中很是高兴。加上有映山红和桐子花的装点，心情更是愉快。我真觉得这满山遍野的杜鹃花就是专门为我们生长的，是为迎接我们而开放的。转过了一个又一个山包，走过了一片又一片山林，阳光洒在身上，鲜花映在脸上，耳中阳雀声声，眼中新绿片片，我们似乎早已忘记了此刻我们即将要完成从一个城里人到乡下人、山里人的最后转变。

响午过后，我们走进了一条山沟，沿着沟里小溪朝上游行进。不一会儿，背行李的农民指着前面一条横着的山梁告诉我们，那就是你们的家。

"家？"

"我们的家？"

"到了？"

停下脚步，顺着农民所指的方向，在一个山湾里，坐落着一排木结构的房屋，它背靠着大山和茂密的树林，前面是一块不大的院坝，从山上下来的一条小溪绕过房子朝我们流淌过来，一条石板路从坝子边上伸展下来，弯弯曲曲地与我们脚下的山路相连。

啊，历经四天的跋涉，我们终于到家了，这就是我们在梅子垭的新家——双鹤公社白果大队第二生产队。

这是一座木结构的穿斗房子，典型的土家民居，正面三通，进深七柱，全部用木料分隔装饰。板壁墙透着新鲜木料的色彩和味道。院坝里干干净净的，散发着山野的气息。我们被安排在右边的一通房间里。共三间，最外面一间是我们的灶房，进去一间我们两个男知青住，最里面一间则是两位女知青的房间。

房东是一位女主人。她麻利地给我们做饭。只见她在一个铁制的三角架上放了一个鼎罐，加上几块木柴，不一会儿水开了，放下两碗米，当水再开了几分钟以后，就把鼎罐端下来，放在三角架旁边，间或转一下，让架上的柴火继续为它加热，把饭焖熟。架上就放上一口铁锅，弄了几个菜，炒腊肉、渣海椒、菜腐汤，印象最深的是那一大碗腊肉，几乎全是肥肉，每一片都有我们的手掌大小，晶莹透亮。还有就是红米饭，下锅时米还是白生生的，而煮熟的饭和米汤却是红色的。这一顿是我们离开重庆后吃得最香的一顿饭，因为饿了几天了，更因为没有掺苞谷面，全是米。

就在我们吃饭的当口，来了许多乡民，男的脸色黑红，个个筋骨健硕，女的依然是白帕盘头、身着大襟。总的来讲，大家语言相通，只有些方言俚语听不明白。他们是来看热闹的，来看看毛主席说的"各地农村的同志要欢迎他们去"的知识青年到底长个什么样子。

吃了饭后，我们与当地农民交谈了一会儿，天就黑了。随后简单地洗漱，几天的跋涉太累了，睡意很快袭来，我们便进屋睡觉。

梅子垭，我们来了。你，就是我们将要生活的新家。

未来是什么？会发生什么故事？一切都不得而知。

那一夜，睡得真沉。

几天后，我们又换了一个生产队——马家大队第六生产队。那里离梅子垭街上更近一些。我在那里一直待到1972年12月。

跋语：《冻桐花》是《我的梅子垭岁月》的第一篇，记录了1969年4月17—20日，我从一个重庆学生变成山乡农民的第一幕。这是以个人的经历，记录时代轨迹的尝试。我将把《我的梅子垭岁月》继续写下去，并选择适当的时候奉献给大家。

今天，2019年4月20日，是我到达梅子垭50周年的日子。我应邀参加一个山区乡镇的文化活动，未曾想到，当天的午餐竟是粉子饭和菜腐汤，几乎是50年前的情景再现。这让我大喜过望，直呼这是我今天参加活动最重要的收获。

细细咀嚼，这里的粉子饭和菜腐汤，已经有了变化：粉子饭中"大米"已占一半，菜腐汤中的"腐"已成主体——这就是历史的味道，这就是时代的进步。

2019年4月20日于十驾庐

《当代史资料》2020年第3期

集体经历与历史记忆

知青,是我们个人难忘的经历。

今天"重庆知青档案陈列馆"开张,是一个值得纪念的时刻。

我是梅子垭的重庆知青。1969年4月17日从重庆下乡,25日我第一次到梅子垭场上。就是在这幢房子角角上那间屋里,我见到了当时双鹤公社革委会主任何书记,在天井右边那间屋里见到了公社的文书冯广树。当时他们在我眼中就是很大的"官"了。因此,我当时最大的愿望就是这辈子能当个公社的文书就很满足了。

听小学的何老师说,当年他就是在这里第一次观看了《洪湖水,浪打浪》。那是我们这些知青表演的,我就是那个宣传队的一员。

那是1971年夏天,县里决定当年国庆节时举办文艺调演,每个公社都成立毛泽东思想宣传队,排练节目,准备到彭水演出。当时正值样板戏盛行,我有拉京二胡的手艺,也能唱几段。宣传队就把我选上了。我们集体住在梅花大队,排练了几个月。

结果要到国庆节了,突然宣布不到彭水调演了。当时并不知道什么原因。后来才晓得,因为林彪跑了,北京的国庆节游行取消,下面的活动也相应取消。

不到县里演了,总要有个交代吧,于是就安排在公社这个院子里,以堂屋作舞台,演了几场,就解散了。

那位何老师的评价是，不仅余音绕梁三日，而且余音绕梁30年。这是对我们当年知青文艺生涯最高的奖赏。

1972年12月14日，县武装部批准我参军入伍。我就是在进门右边那间房子里换的军装。然后，从大门前的坝子整队集合，戴起大红花走的。

前两年，县里打算把当年双鹤公社的这个院子建成"重庆市知青档案陈列馆"，请我在市里审批时给些方便。我真感谢他们的这片心，更佩服他们的勇气。但我告诉他们，当年双鹤公社的这个院子是今天梅子垭镇的财产。今天镇政府在自己的房子里，收藏、陈列当年重庆知青在这里的物件，这个由镇政府做主就行了，何必舍近求远跑重庆呢？只需要把"市"字取掉，叫"重庆知青档案陈列馆"即可。你别说，这件事情真就成了。

过去，知青是我们的集体经历；

今天，知青是社会的力量中坚；

将来，知青是国家的历史记忆。

无论世事沧桑，它都将铭记在我们的心中，成为我们不能不，更不得不经常回望的地方。

对于我们这一群人来说，今天开张的这座陈列馆，就是我们铭记这段历史的精神寄托，也是彭水的同志们为国存史的情怀表达，更是我们大家今天造福彭水人民的一份心意。

我希望全体重庆知青都来支持这项事业。个人的力量是微薄的，但是，把这点滴力量汇集起来，就是对这项事业的爱护，就是对这项事业的帮助，就会使它日臻完善，使它传之久远。

2013年12月22日于梅子垭

九院与成字360部队

"一轮甲子话沧桑"。

今年是新中国成立60周年。作为生在新中国，长在红旗下的一代人，回想这个不凡的时代，要说的实在是太多太多。

不久前，国家纪念了中国核武器试验50周年，同时也纪念中国工程物理研究院（当年的"九院"）成立50周年。当年默默无闻的一批科学家撰写文章，走向前台，走上镜头，向世界讲述那些曾经是国家最高机密的往事，讲述那些为共和国的东方巨响而献身的科学家和工程技术人员，讲述那些在当年看似平常而今人却难以想象的生活。

由于我曾经参与过这一伟大的试验，因此这件事也勾起了我对那个激情岁月的回想。我们那曾经的"成字360部队"也解密了。

1972年底，我在四川省彭水县参加了中国人民解放军，这是一支"工改兵"，而我们则是这支部队的"基本兵"——"工改"以后征召的第一批兵。

新兵训练与其他部队大同小异。训练结束后，我被分配到师部汽车连。这可是个"美差"——可以走南闯北，走州过县。

也是这个原因，我渐渐发现，这支部队与我想象中的部队完全不一样，它对外的番号叫"成字360部队"，内部叫"基建工程兵205师"，后来又叫"21支队"。装备的汽车全是地方使用的普通墨绿色解放牌，因而远不如雷锋开的那种草绿色解放牌威风。说是部队，除却营区门口站岗的警通连有几杆半自动步枪外，均不配备武器。而部队战士们拿在手上的却是类似今天微型冲锋枪似的"伽马仪"，以及全不知名的各种仪器。

随着部队教育的深入，我们才渐渐知道了这可不是一般的部队，而是参与我国核工业特别是核武器研制的一支重要部队。它隶属于当时专门负责核工业建设的第二机械工业部。

20世纪70年代初，为了从根本上解决铀矿地质、矿山队伍问题，更好地适应战略和原子能事业发展需要，国家从战略和全局出发，在四川部署了一套从勘探到研制核武器的系列装备，并且决定把一些从事勘探工作的单位转为军队，用部队特殊的服役方式和铁的纪律，来保证这项艰巨任务的完成。

我们这支部队就负责在四川境内寻找铀矿，从四川东部的梁平到西部的罗江，从北部的南江到南部的西昌，我们的战友们住在深山老林、穷乡僻壤，真正是风餐露宿。搞普查的，每天身背伽马仪，头戴耳机，出去寻找铀矿。按照要求，必须沿着图上的直线走，因此只能是逢山爬山，遇水过河，耳朵里必须十分警惕地听着伽马仪发出的声响，并随时作好记录。搞硐探的，在极其艰苦，防护条件非常简陋的情况下，艰难地掘进，有的战友还曾经被塌方所掩埋。搞研究的，虽然可免日晒雨淋之苦，但如切片、磨片这样的工作，却要冒放射之危险。他们的青春就挥洒在这莽莽的群山之中。有的战友还为此而付出了生命的代价。

再到后来我才知道，我们这支部队虽然艰苦，也很危险，但真正处在尖端，最为艰苦，最为危险，也是最为秘密的还是一个叫做"九院"的单位。他们住在四川省梓潼县，我因为开汽车，去过多次。但他们到底做什么，我们也并不清楚，只知道他们搞的是尖端，搞的是关键。而我们是他们的基础，是为他们服务的。只不过当年他们比我们藏在更深的山里，更老的林里，过着更为艰苦和危险的生活，比我们更神秘罢了。

2008年11月9日，九院的老院长、现任高级科学顾问胡思得院士，和曾经任九院副院长、现任中国工程院副院长的杜祥琬院士，以及现任中国工程物理研究院流体物理研究所所长邓建军接受了中央电视台《新闻会客厅》的采访，消息一经披露，在国内外引起轰动。

由于纪律的约束，30多年前那段特殊的经历，让我对此缄口不语。现在秘密公之于众，压抑多年的情感在这一刻迸发出来。12月初，我专程前往四川绵阳，对"九院"作了一次故地重游。令我惊叹的是，当年隐身大山、森严壁垒、关卡重重、神秘莫测的九院，如今已经完全揭开了神秘的面纱，坦然地面对着八方宾客，俨然一座自成体系的城中之城。

进入"九院"的地盘，迎面一幅巨大的标语"铸国防基石，做民族脊梁"，向世人昭示它不凡的职能。到了中心广场，一座以原子核裂变为理念的巨型雕塑巍然矗立。

广场旁边是"中国工程物理研究院科学技术馆"。这个馆的外观实在是太平常了，普通的刚砖贴面，普通的铝合金门窗。但是，这可是我国唯一公开的核科学技术馆和核武器展览馆。馆名由朱光亚题写。进门大厅里悬挂着毛泽东、邓小平、江泽民、胡锦涛同志与九院人在一起的照片和珍贵的手书。展览全面、准确、系统地展示了中国核武器试验的历程，展示了九院研制的各种战略核武器和效应试验的实物，以及由此而带动的新技术、新材料及其运用的成果。馆里还展示了为我国战略核武器作出过重大贡献的功勋科学家塑像和现任全部院士的照片。

出了科技馆，我参观了九院八所的"激光聚变研究中心"，见识了世界上最先进的"神光三原型机"。这是进行激光核聚变试验的关键设备。

我又去了大山更深处的中国两弹城。那里曾经是九院院部，是我国继青海之后第二个核武器研制基地的总部。在23年中，九院人在这里先后组织完成了29次核试验的实施、原子弹氢弹的武器化与定型，以及新一代武器研制攻关等国防科研内容。"两弹一星"功勋奖章获得者于敏、王淦昌、邓稼先、朱光亚、陈能宽、周光召、程开甲等杰出科学家及张爱萍、李觉等将军，就是在这里成为隐姓埋名人的。

九院、成字360部队，都是创造中国奇迹而鲜为人知的英雄集体。我为曾经是它的一员而自豪。

九院、成字360部队，以及千千万万从事核武器研制的中国军人，他们才是新中国大国地位的块块基石。

节选自《红岩春秋》2009年第1期

我的爱国主义教育"第一课"

20世纪七八十年代，是中国拨乱反正的年代，是思想解放的年代，也是各种思潮碰撞的年代。

在四川大学的校园里，隗瀛涛先生振臂一呼，运用中国近代历史对青年学生进行爱国主义教育，受到广泛爱戴，便有了"北李（李燕杰）南隗（隗瀛涛）"之誉。

那时我既在隗瀛涛先生的指导下开始研究"重庆开埠史"，同时也选修了先生开设的"中国近代史专题研究"课。其中就有关于"中国近代史上的爱国主义斗争和基本历史经验"内容。

1979年入学时我就被选为七九级一班班长，1981年又接任了四川大学历史系学生会主席。先生的示范引领让我们受益良多，因此也萌生了效法先生的做法，把我们学到的近代史知识，更多地传播到当时在成都的青年学生之中去的想法。这一想法首先得到了先生的首肯，也得到了系党总支的支持，更得到了校党委宣传部的帮助。

由于是初次动议，活动先只在我们历史系七九级同学中进行。

隗老师要求我们，把握好两条原则：一是从史入手，寓思想教育于历史故事的讲述之中，而不是只讲空道理。二是有的放矢，要针对青年的思想问题和有兴趣探索的问题，使讲课具有一定的战斗力、说服力和吸引力，而不能只讲历史知识。

为此，隗老师带领我们到成都人民公园，参观"辛亥秋保路死事纪念碑"。那是四川人民为纪念1911年四川保路运动死难先烈而建立的纪念碑。清末四川人民掀起了反对清政府出卖铁路主权的爱国运动，由此触发了武昌起义和辛亥革命的成功。先生指着纪念碑上的文字和图像，给我们讲保路运动产生的历史背景、历史经过，尤其是保路运动如何引发了武昌起义。随后，他系统地讲了近代中国的救国斗争和各种救国方案，最后归结起来告诉我们，"这些历史上的救国方案，是中国历史上仁人志士，希望有个好中国，有个强大的中国出现。但都没有成功。因为这些方案和它们的阶级本身不能完成救中国的历史任务。"而只有共产党才给中国人民指出了中国的出路并取得了成功，那就是彻底推翻帝国主义、封建主义的反动统治，进而转入社会主义。这就是中国近代人民斗争最基本的结论。

我们当时还是一群刚刚进入历史学领域的青年学生，历史学养和宣传技能均有不逮。先生便指导我们循序渐进，从最基本的知识入手，讲最基本的史实，说最基本的道理。

这样第一批我们就只确定了三个题，一是《百年痛史的回顾》，主要讲中国近代以来遭受的苦难，激励青年学生的爱国热情。二是《热血沃中华 悲歌壮千秋》，主要讲太平天国和义和团运动的悲壮历史和伟大功绩，回答"伟大的农民战争为什么同样陷于失败的境地"的原因。三是《中国近代史上的资本主义试验的历史教训》，由我和另两位同学写稿子。这是从中国近代史的视角对"补课论"的首次正面回应。当时有一种认识，认为新中国成立后我们搞得过急过快，是超越了"资本主义社会"这个历史阶段。因此，中国需要补上"资本主义"这一课。这个观点在当时颇有市场，包括在我们历史系的同学中。因此这一讲，既是面对社会，面对青年，也是在梳理我们自己的思想认识，进行自我教育，坚定我们自己的理想信念。

在隗瀛涛先生的带领下，川大历史系中国近代史教研室的老师赵清、刘传英、郑诚、李润苍、陈建民等都加入到指导学生撰写讲稿、宣讲报告的行列中。

我们绝大多数同学都没有讲课的经历，讲稿写成后，老师们便组织我们在校内试讲。在反复的演练中，我们逐渐熟悉了课堂环境，掌握了讲课技能。然后开始在成都的高校进行宣讲，我就曾在四川师范学院、成都电信工程学院、成都地质学院等学校去讲过。在与校内外青年的广泛交流中，我真切地感到，这样的中国近现代史宣讲，言简意赅，浅近直截，很好地激发了他们热爱祖国、热爱社会主义、献身四化的激情，收到了很好的效果，也大大增强了我们的信心。

在初步尝试成功的基础上，我们提出把这种方式推广到全国高校历史系的同学中去。为此，我们几位同学起草了一份倡议书，希望大家立即行动起来，采用各种方式为大学各系同学、为社会广大青年朋友宣讲中国近现代史知识，发扬爱国主义精神，为宏伟的四化建设尽我义务，尽我责任！我们的倡议具体有四条：一、努力学好专业，尤其要掌握中国近现代史知识、规律，让历史科学成为我们熟悉的战斗武器。二、认真学习好党的《决议》和有关文献，坚持党的四项基本原则，让马列主义、毛泽东思想真正成为我们学习、研究历史的指南。三、自己动手撰写讲稿，同时聘请专家、老师作为顾问，用青年的语言向青年宣传。四、自己上台宣传讲演，同学讲，同学听；青年讲，青年听，自我教育，互相提高。

这个倡议得到不少高校的响应，更得到了中央媒体的关注，1982年6月4日《光明日报》在头版二条作了详细报道；中央人民广播电台在第二天早晨的《新闻和报纸摘要》节目中播报了这个消息。这对我们是很大的鼓舞。1983年，我所在的七九级党支部获得成都市优秀党支部的光荣称号，我出席大会领奖。这样的锻炼对我1983年大学毕业后走上重庆市委党校的讲台有直接的帮助。

今天我翻检出来的四川大学校刊增刊（一）《〈中国近代史〉学习参

考资料》,就是这次宣讲稿的结集,印发全校,供更多的同学们学习使用,也成为隗瀛涛先生引领我们淬炼思想,砥砺品行,报效祖国的一个见证。

　　学生时代的这段爱国主义教育经历告诉我,"著史育人"这是为学为师的正道,应该代代相传。

　　1983年大学毕业后,我先后在党校、高校从事教学科研工作,在宣传思想战线从事管理工作,运用"中国近现代史"的专业知识,对学员、学生、对社会传道、授业、解惑,始终是我教学科研和工作着力的地方。我最看重的是引导同学们学习马克思主义理论著作,树立正确的历史观——唯物史观,这在党校、宣传部工作时如此,在高校、研究会工作时同样如此。

2021年5月9日于开州金科大酒店

戊戌清明祭

今天，清明。

上周，妈妈说，去看你爸爸要早点，他是个急性子，不然会念，"他们哪个还不来哟！"因此，4月3日，我们全家就提前去了那个清幽的地方。父亲和他的父母、姐姐长眠于此。没有坟头，没有墓碑，没有鞭炮，没有纸烛，只有两株高大的桂花树陪伴着他们，而那如盖的浓荫则给我们以庇护。

斜阳下，黄色、白色的菊花，精精神神，格外灿烂；陈年的茅台，浓香四溢，引得旁人啧啧称道。口中念念的是先人的名字，缓缓流淌的是心灵的对话。这，就是父亲的心愿。

三年了，父亲仿佛从来就没有离开过我们。此刻，他似乎一如在世时的恋家、孝亲、厚友、勤业，微笑着、静静地在那里注视着我们。

父亲享寿95岁。2014年12月6日，他要我把已经交给我准备印制的、由他搜集编纂的《沁园春·雪》资料集拿回家来，他还要再改一改。临走时他给我说："我要走了，你要有思想准备。"由于他的状态一直稳定，我们谁都没有在意。五天后的12月11日，他果真静静地去和他的父母团聚了……让我们经历了人生中最痛彻的时光。

今早起来，窗外雨大风急。这几天，南方多雨，而北京有雪。南方多雨，古已有之，"清明时节雨纷纷"嘛。而北京有雪，则甚为少见。这倒让我能够清清静静地坐在家里，过一个清清爽爽的清明节。

小时候，邹容是一条马路。

那时我家先后住在临江路、临江支路。每到礼拜天，父亲就要牵着我和姐姐的手，走过民族路，穿过邹容路，来到民权路，进到新华书店、古籍书店，看书、买书。从那时起，我就晓得解放碑有一条马路叫邹容路。

读书时，邹容是一个名字。

我小学住校。毕业后，父亲安排我上了29中。这所学校就在邹容路的起点上。我第一次在课堂上知道了，"邹容"是一个人的名字，门口这条马路就是用他的名字命名的。

再后来，邹容是一段历史。

1979年，我考进了四川大学历史系，从重庆的邹容路走到了成都的望江楼。隗瀛涛先生给我们讲辛亥革命史，我才真正地知道邹容是个了不得的人，创造了一段了不得的历史：中国民主革命理论的形成，特别是资产阶级共和国方案的制定和实验，经历了孙中山提出——邹容发展——同盟会政纲确定的轨迹。这是邹容一生最大的贡献。辛亥革命成功后，孙中山先生当了大总统，专门作《祭蜀中死义诸烈士文》，称："惟蜀有材，奇瑰磊落，自邹（容）至彭（家珍），一仆百作，宣力民国，厥功允多。"他追念"邹容当国民醉生梦死之时，独能著书立说，激发人心"，功勋卓著，命令"照陆军大将军阵亡例赐恤，并崇祀宗烈祠"。

中华人民共和国成立以后，毛泽东主席亲自为邹容编了一本书，1958年成都会议期间，发给参加会议的全体高级干部。他说："邹容，他写了一本书，叫《革命军》，我临从北京来，还找这本书看了一下。他算是提出了一个民主革命的简单纲领。"他还说："邹容是青年革命家，他的文章秉笔直书，热情洋溢，而且用的是浅近通俗的文言文，《革命军》就很好读，可惜英年早逝。"

后来我又去过港台地区，到过日本，去过北美、欧洲，我发现，无论海内外，无论东西方，邹容都是一个真正能够在中国近代史的"正史"中写下独立篇章的人。在重庆，只此一个。

工作后，邹容是我的事业。

在川大读本科时，我就在隗瀛涛先生的指导下研究重庆开埠的历史，在探究开埠的作用时，我专门写了《邹容和他的〈革命军〉》一节，1982年《重庆开埠史》出版。后来我继续在隗先生指导下研究近代史。当时正值纪念辛亥革命70周年之后，在拨乱反正的大背景下，辛亥革命研究方兴未艾。1981年，我父亲在重庆主持编辑出版了《重庆蜀军政府资料选编》，随即着手编辑《邹容文集》。因此，我就同时有了业师隗瀛涛和父亲周永林这两个老师。1983年父亲编的《邹容文集》出版，那是第一部公开出版的邹容著作。1985年，经中央批准，四川省、重庆市举行了邹容诞辰100周年纪念大会，父亲又主持编辑出版了《论邹容》。

1983年大学毕业后，我回重庆工作。在《重庆开埠史》的《邹容和他的〈革命军〉》一节基础上，我准备写一部《重庆辛亥革命史》。尽管我拼尽全力，但并不理想。我求诸隗先生和父亲。他们说，"邹容只活了20岁，留下的东西太少。资料的发掘还要靠你们年轻人坚持不懈"。隗先生风趣地说："不要着急，说不定哪一天就像四川广汉'三星堆'一样，挖出一箱子关于邹容的史料来。"

经过30年的努力，隗先生的趣言果成现实——我们真"挖出一箱子关于邹容的史料"。这30多年中，我始终没有放弃重庆辛亥革命史的研究，一方面着力于史料挖掘，一方面陆续写了一些论文。2011年我组织团队申报《纪念辛亥革命100周年重庆丛书》项目成功，蔡斐博士又加入到团队中来。他的硕士、博士论文都研究苏报案，对邹容与苏报案的历史相当熟悉，勤奋好学，视野开阔，外语又好。在课题组同仁的共同努力下，我们广泛搜集珍藏在中国大陆、台湾、香港，以及新加坡、法国、美国、日本的邹容著作、书信、诗词、书法、篆刻作品，基本收齐了《革命军》的版本，在家父《邹容文集》的基础上，编成了《邹容集》，篇幅是原书的三倍。随后又编成《邹容与苏报案档案史料汇编》（上下卷），共计100多万字。这样就为邹容研究提供了更好的史料基础、史实基础，我的《重庆辛亥革命史》也得以完成。如今，业师和家父均已故去，现在面对他们，我还是交得了卷的。

今天，邹容是一个英雄，与我们血脉相通。

120年前，岁值戊戌。谭嗣同在北京被捕入狱，高歌"我自横刀向天笑，去留肝胆两昆仑"，慷慨就义。在重庆，13岁的少年邹容热泪纵横，悲愤不已。他将谭的画像置于座前，题诗明志："赫赫谭君故，湖湘士气衰，惟冀后来者，继起志勿灰。"

时光流淌120载，又到戊戌。习近平总书记称赞："重庆青年邹容撰写《革命军》一书吹响了推翻清王朝的号角。"

两轮戊戌，告诉我们，邹容已经跨越时空，重回当下。

邹容富而思进，追求真理。虽生在富商之家，却没有富家子弟的纨绔习气，而是以天下为己任，追求救国救民之道。他勇立潮头，道义担当。有独立的思想，而且始终站在时代的最前列，由爱国主义、民主主义，进而朝着社会主义升华。他血性刚强，兼收并蓄。这种血性正是今天有些人所欠缺的。但是他又不偏执，而是广交时代英才，把中华民族悠久的历史、优秀的文化、优良的传统，与世界上先进的民主革命思想熔于一炉，锻造出那时最为先进的思想武器。《革命军》就是中华民族的中国梦。如果不是英年早逝，以他狂飙突进的思想轨迹和敢作敢为的性格特点，还不知会给后人多少更多更大的指引。

4月2日，我东去上海，参加在邹容埋骨地华泾镇举行的邹容纪念馆开馆仪式、研讨会，祭扫邹容墓；4月4日，又西回重庆，参加在邹容出生地渝中区举行的公祭邹容仪式。分明感受到重庆与上海东西呼应，长江相连的态势。

年年清明，今又戊戌。这东与西，父与师，家与国，就这样流淌在我们的血脉之中，代代相传。

是为祭。

2018年4月5日戊戌清明日于十驾庐

《重庆日报》2018年4月11日

我之为"师"

我之为"师",是从1976年开始的,担任汽车驾驶教练员。

那是我在中国人民解放军基建工程兵第205师当兵的岁月。

我1972年当兵,一直在师部汽车连开车。此前,我当过四年知青,上山下乡的艰苦磨炼让我十分珍惜这第一个职业——当兵开汽车。因此,我开车并不仅仅满足于操作的熟练,还注意钻研驾驶技术和汽车原理,因此不但驾驶操作技术比较出色,理论上还能够讲出一些驾驶技术的道道,1976年就当上了全师的红旗车标兵。

不久,师里就让我担任了汽车驾驶教练员。那几年,我带着教练车和一帮新兵,几乎跑遍了四川的各个市州和与西藏、陕西交界的大山,经历了风雪、雨雾、泥泞、沙石、丘陵、悬崖、平原、高原、黑夜、白天、城市、乡村、少数民族地区等,经受了各种气候、各种道路、各种社会条件的考验。我为每个学员建立了一份学习档案,每天详细地记录他们的进步和存在的问题,几年下来共有满满的几大本教练日记,我自己也积累了更多的汽车驾驶经验。几年中,我们确保了安全,先后有两批学员毕业拿照,许多同志至今仍在驾驶工作岗位上。

1978年底,师里准备提拔我当干部,到师后勤部担任车管助理员,从事全师汽车管理工作。我知道,这是对我六年驾驶员经历的肯定。这也是每一个战士梦寐以求的经历——从战士到23级干部的飞跃。但我志不在此,而是坚决地提出退伍,1979年走上了高考的考场,赶上了"新三届"的末班车。

我的第二段教学经历是1983—2003年,在市委党校从事干部教育工作。

我1983年从四川大学历史系毕业,本来是一门心思从事历史研究工作,当一个像"隗老师"(隗瀛涛是我在四川大学历史系读书时的老师。他是巴渝大地成长起来的优秀学者,新中国培养的历史学家,是继徐中舒先生之后的又一位巴蜀史学泰斗)那样的专家。但政策不允许。因为那一年,为了培养"第三梯队",四川省委组织部正式建立了优秀大学毕业生到基层工作的制度(当时简称"优大生",即今天"选调生"制度的前身),我"不幸"入选,且毫不知情。当时的大学生就业由国家包分配。待我回到重庆后才得知,对于我这样的"优大生",只能被分配到农村乡镇去当干部。后来,由于我有四年下乡知青,以及当工人、当兵的经历,加之当年中央决定党校教育正规化,需要大批受过正规教育的年轻教员,因此就把我分配到重庆市委党校工作,在基层教学一线当了一名普通教员。

重庆市委党校负责培训县处以上领导干部及中青年干部,也开设了国民教育大学本科、专科学历教育班次,以及各类读书班、专题研讨班、进修班、培训班、理论班、岗位轮训班等。20年中,我绝大多数时间是在校内从事教学、科研和行政管理工作。其间,曾到潼南县里挂职担任县委副书记,代管副县长工作(1991—1993),也到中央党校学习培训一年(1997—1998)。

这段时间,我曾讲授过中国近代史、中共党史、党的建设等课程,有机会系统地做了抗日战争史(抗战时期的国共合作、国民参政会、重庆谈判、政治协商会议)、中共党史(中共南方局史、重庆党史)、重庆城市史(重庆开埠史、重庆辛亥革命史、近代重庆城市史、重庆通史)、网络传播学(建设因特网上的马克思主义阵地)、城市经济与社会发展(可持续发展城市)等几个方面的学问,使我从一个小教员成长为历史学教授、享受国务院特殊津贴的专家、重庆市学术技术带头人，担任过教研室副主任、教研室主任、校办公室主任、副校（院）长、常务副校（院）长。

第三段是从2002年开始的，指导硕士、博士研究生，从事博士后合作工作，直到今天。

还在市委党校工作期间，我组织了申报硕士学位授予权的工作。其中一项指标就是本校要有硕士导师。重庆几家高校大力地支持了我的工作。因此，2002年，我开始兼职担任西南大学历史文化学院、重庆师范学院文学与新闻学院硕士研究生导师，2004年招收了第一批硕士研究生。2007年又在重庆工商大学招收硕士生。2007年开始在西南大学招收博士研究生，2010年起担任博士后合作导师。

2003年6月，市委把我从重庆市委党校调到重庆市委宣传部工作，先后任重庆市委宣传部副部长、常务副部长，同时还兼任市委新闻发言人、市委党史研究室主任，以及市人大常委、市纪委委员等。这是一份十分繁重的工作，同时还要兼顾学术工作，非常困难。

但是我告诫自己，学术的路不能丢，丢了就很难捡起来了。因此，我坚持每年带2~3名研究生，坚持每年写一篇学术论文，以此作为底线，保持自己作为学术技术带头人必须站在学科前沿的学术水准。

这一时期，是我行政工作最为繁忙、最为艰辛的时期。但我每学期仍然坚持担任一门课程的讲授，更要申请和承担国家及重庆的重要科研项目的主持工作，还要筹划、运作由重庆市委宣传部和西南大学合作开办的中国抗战大后方研究协同创新中心。

这一时期，也是我在学术工作中（教学与科研）收获最大的时期。

2018年7月于十驾庐

"换笔"换出春天来

今天是2022年2月1日,农历壬寅虎年正月初一。我们都怀着喜悦的心情细细盘点一年的收获,畅想新年的愿景,迎接春天的来临。

这让我想起了两年前的今天,2020年2月1日,那是庚子鼠年正月初八,春天来了。

可是时,新冠病毒猖獗来袭,武汉封城,八方驰援,全国进入战时状态,我只能宅锢在家。这让我在往年春节的喧喧而那年的寂寂中,静静地思考如何庆祝党的百年诞辰这个宏大的问题,也迫使我更多地选择移动互联网、新媒体作为对外交流的工具。

早在2019年,我就策划了《先声——重庆民族复兴历史诗文百篇精选集》(简称《先声》)一书,这也是我2020年的工作计划。然,2020年的开年大戏便是疫情如此严重,开会已经不能。因此,2月1日那天,我第一次尝试以手机视频的方式召开学术会议,启动《先声》项目。此前我从来没有使用过线上视频会议系统,而手机微信功能有限,一次只能9人同时开会。因此,这同一个会议我分上下午开了两次。说得精疲力竭,但会议收获满满。

大家一致赞同,参与到编撰这部《先声》之中。这既是为了庆祝建党百年,又是为了梳理重庆革命文化,发挥我们这支团队承担党中央决定实施习近平总书记亲自批准的"国家重大文化战略工程"《复兴文库》项目的优势，也好全面展现一下重庆史研究团队的力量。我说："希望这本《先声》成为阻击新冠疫情特殊时期我们的历史记录，也成为我们向建党百年的献礼之作！"

这部《先声》就是后来《人间正道是沧桑——百年百篇留声复兴之路》（简称《百年百篇》）的文本基础。2020年2月1日的手机微信会议，就成为《百年百篇》的创作起点。冥冥之中，它一开始就与移动互联网、融媒体搭界，也是我们以另一种方式参与抗击新冠肺炎疫情伟大斗争的特别成果。

到了9月，《先声》完稿。24日，华龙网集团融媒体新闻中心主任来访，探讨策划庆祝建党百年重大选题。我提出了用新媒体方式呈现《先声》的设想。

非常庆幸，我遇到了华龙网，我的这一设想与华龙网一拍即合。我们便以《先声》为基础，设计了融媒体传播的新媒体产品《百年百篇》，每集3~5分钟，共100集。

说干就干。克服千难万险，《百年百篇》于4月7日上线开播，当天阅读量便冲破100万+，惊喜一片。然后一路冲高，5000万、8000万、1亿、1亿8000万……成为当时的一个新闻现象。到7月1日中国共产党百年庆典之时，中宣部将其入驻百年党庆新闻中心融媒体体验室，《百年百篇》成为向全世界展现百年大党正茂风华的一朵小花。

到7月15日，《百年百篇》播完百期，圆满收官，总浏览量超过3亿人次，成为"现象级"作品。不久，《百年百篇》之特别篇《这，就是100年前重庆青年的中国梦》获得中宣部表彰。

我们是以尝试的心态来做这件事的。从未设想过它能大红大紫，更未奢望它能成为"现象级"作品。因此在那之后，不少人包括中宣部新闻阅评组都在探究《百年百篇》成功的奥秘。

我想，这一颗种子恐怕是30年前播下的。

1993年夏天，我买了一台286，学会了五笔字型输入法，实现了"换笔"；1997年秋天，我在北京中关村，接触并应用互联网，进入到"东方网景"的神奇世界。

那时，信息技术方兴未艾，互联网刚刚进入中国不久。历史学告诉我，那是工具的革命，是不可抗拒的历史潮流，犹如石斧之于人类，犹如蒸汽机之于世界。在这个过程中，信息技术和互联网改变了我的写作方式、工作方式，也丰富了我的思维方式。

1997年，我到中央党校中青班学习一年，第一次用互联网思维观察和思考马克思主义传播的当代命运。1998年开始写作，1999年发表了论文《建设因特网上的马克思主义阵地》。1999年该文便获得全国"五个一工程"奖。

1999年，我进而开始探索党校教育的信息化道路，率先开通"全国党校远程教学系统"。2000年，中央党校在重庆召开了"全国党校系统远程教学暨信息网络建设现场会"，第一次在全国党校系统展示了计算机网络为党校教学、科研、管理提供的高新技术手段，以及运用这些手段带来巨大效应的前景，给了我们以巨大的鼓舞，史称"211会议"（21世纪召开的第一个会议）。我因此受邀到中央党校作专题报告。

2001年1月，全国干部教育培训工作会议对"重庆市以中央党校卫星远程教育网和全国党校数字图书馆网络为载体，建设'因特网上的马克思主义阵地'，建立覆盖全市党校系统的远程教育体系"的做法给予了充分的肯定。2003年，这一做法被中央党校总结为《实施信息化带动战略，开创党校工作的新局面》的经验，由我在全国党校会议上介绍。

30年来，信息技术得到飞速发展——互联网发展到移动互联网、信息化发展到智能化、传统媒体发展到融媒体。华龙网已成长为重庆互联网的龙头老大。

我们在这30年中所集聚起来的能量，终于在2021年撞击出璀璨的火花。

这朵花，将带领我们走进一个又一个春天。

2022年2月1日于十驾庐

云山万里　相逢荧屏

70年前，抗战胜利、还都之际，重庆的报纸上曾发表过一篇《可爱的重庆，再会吧!》——"沙坪坝的热烈，缙云山的清幽，歌乐山的别致，复兴关的雄伟"，告别之际，"往事犹恍如昨日"。"再会吧，重庆！我爱重庆的山水，我爱重庆的人们，我忘不了重庆给予我的温存，我更忘不了重庆在战争中所表现的丰功伟绩"。最后，他们慨然一问："云山万里，什么时候再相逢呢?"

这是"同胞之问"，也是"时代之问"。

70年后，我们给出了一份答卷——12集电视纪录片《大后方》。

这是一个酝酿了8年的纪录片项目。早在实施重庆中国抗战大后方历史文化研究与建设工程的时候，我就有了这样的梦想。这是一部策划了5年的《大后方》，片名源于5年前的一次碰撞。当时国内许多朋友都希望拍摄这部影片，但我们最终决定把机会交给重庆广电集团。这是一部拍摄了3年的献礼力作。在2013年那个中秋月圆之夜，当时中日战争国际共同研究第五次研讨会在重庆召开，来自全球的顶尖学者共同为它开机揭幕，鼎力相助。因此，这是一次官方、学界与影视机构的成功合作。

早在酝酿这部影片的时候，作为这部纪录片的总策划和总撰稿，我便提出，《大后方》不是应景之作，更不能搞成"神剧"，而是在尽沉甸甸的历史责任。就是要努力留下一部反映中华民族伟大复兴转折点的历史，展现"中国梦"的新起点；就是要提供一部中国智慧的历史画卷，为促进祖国和平统一当好铺路石；就是要书写一部抗击日本军国主义的英雄史诗，以史为鉴，面向未来；就是要谱写一曲人类正义力量团结胜利的颂歌，为世界和平繁荣贡献中国力量。这个目标能否实现？成效如何？期待观众的检验。

我做抗战史研究很多年了。读到许多内迁人对重庆那些滚烫的文字，包括那通《还都令》："重庆襟带双江，控驭南北，占战略之形势，故能安度艰危，获致胜利，其对国家贡献之伟大，自将永光史册，奕叶不磨灭。"身为重庆人，我油然而感到骄傲。

其中尤对《可爱的重庆，再会吧！》记忆犹新。作者大约是一位逃难来重庆的"下江人"。旅居重庆，八年时间，就像埋下了一副恋人的影子，一直要缠绵到与自己同化。可不，即使对占据一年中大半时间的雾和雨，在他的眼中，不仍然是秋天里的橘熟橙实，春天里的桃红柳绿？何况更有李商隐笔下的"千里嘉陵江水色，含烟带月碧于蓝"呢，谁说这里赶不上江南？那句"云山万里，什么时候再相逢呢？"更是屡屡撞击着我心中那最柔软的地方。我以为，这是在告别之际，"下江人"对"内地人"的嘱托，也是我们这一代人立志要把这段历史记录下来，呈现出来，告慰同胞的动力。

2015年，《大后方》如约而至，在抗战胜利70年后，我们终于可以与先辈们相逢于荧屏。

我想，这就是我们对70年前这个"同胞之问""时代之问"的一份答卷，是向伟大历史和无数先辈的致敬，也是向千千万万国人的问候！

《红岩春秋》2015年第10期

跋语：此文乃2015年8月27日为电视纪录片《大后方》首映而作。该片由中央电视台、重庆市委宣传部、重庆广电集团联合摄制，我担任总策划、总撰稿，2017年9月播出。

春天的种子

今年的春天，不同寻常！

先有"奇月报春"，天佑重庆！后有《记忆重庆》，隆重发布！

1月31日，天文奇观——"超级蓝血月"亮相山城夜空，152年一遇。重庆人都有这样的经历，听说月食不少，见到月食很少，主要是重庆的天不作美，让你我几多遗憾。然这次不同，此前好长一段时间下雨、落雪，浓雾弥漫。但31日，专门放晴一天，阳光普照。尤其是那天晚上，云淡风轻，风和月丽，时间长达6小时，让重庆人民千呼万唤，但屡屡爽约的月食天象，而且是"超级蓝血月"，如期而至，惊艳登场，让你我如愿以偿。

立春之日（2月4日），《记忆重庆》发布。这是在春天里为我们这座城市种下了一颗新的文化的种子。

我和傅德岷先生合作编纂这部著作，从创意到出版，花了12年，一个轮回。我们对为这部书的出版而付出心血的同志们、朋友们，深怀谢意！

重庆是一座山城，也是一座江城，江山之城的重庆，自有江山的品格。

江山之城的重庆人，创造了灿烂的巴渝文化，形成了光荣的革命传统，涌现出一大批中华民族的优秀儿女，从而造就了悠久的历史，书写了灿烂的篇章，养育了独特的文化精神。

乡愁是每个人难以割舍的此情绵绵无绝期的故土情结和情感依托，文化乡愁的每一篇文、每一首诗词、每一首歌曲，都深藏着浓厚的文化基因、传统美德和浓郁的家国情怀，是引发和唤起每个人爱家、爱乡、爱国的文化基点。

我们既是巴人的后代，又是湖广移民的后裔，生于斯，长于斯，读于斯，创于斯，对巴渝大地和山城人民始终怀有深深的眷恋。千百年来，那些浸润着巴山夜雨的文字，那些凝聚着爬坡上坎精神的诗篇，就像一束束熊熊燃烧的火炬照亮了我们的人生道路，滋养了我们的情感，冶炼了我们的灵魂，砥砺了我们的心志，激励我们走过了人生悠长而艰难的岁月。风风雨雨中，我们始终不能忘怀那种"怀瑾握瑜"的富足感，这是我们最大的财富。

我们便有了一个梦想，就是把这些散落在沧海中的文化珠贝拾掇起来，奉献给3000多万巴渝儿女，传播给我们的子子孙孙，祈望大家记住我们的家，我们的先人，我们的根之所在。即使你走遍世界，树高千丈，这里依然是你的乡愁所在。

《记忆重庆》旨在展示古今文化名人、墨客骚人、外国人士写重庆、咏重庆的诗文，发掘重庆悠久而深厚的历史文化内涵，解读巴渝历史文化基因，深入展示巴渝文化精神；是巴渝儿女增强文化自觉与自信的载体，以便更好地了解重庆，热爱重庆，服务重庆，建设重庆，宣传重庆，使重庆成为华夏星群中一颗璀璨的明珠。

在3000多年的重庆发展史上，形成了巴渝文化、革命文化、三峡文化、移民文化、抗战文化、统战文化为主体的重庆历史文化体系。其中，巴渝文化和革命文化是重庆历史文化的基础，三峡文化、移民文化、抗战文化、统战文化是重庆历史文化的特色。《记忆重庆》就是我们对重庆文化体系的文学表达。

因此《记忆重庆》是一本传承与弘扬经典的文本，是奉献给重庆这座伟大的历史名城和3000多万巴渝儿女的心香一瓣和深情祝福。

过去，家乡有祖上留下的老屋，家乡有家族共有的祠堂，祠堂里供奉着祖先、祖辈的牌位。那就是根，那就是乡愁之所在。

如今，家乡的老屋没有了，祠堂也不在了，我们的根在哪里？乡愁又该寄托何处？

我想，或可寄托于这部《记忆重庆》之中吧。

这是一粒春天的种子，愿这永不消逝的文化乡愁常驻巴渝儿女的心里，融化在血液中，生生不息，世世代代传承下去……

2018年2月4日立春之时

跋语：此文乃为《记忆重庆》的出版而作。该书由我和傅德岷主编，重庆出版社2017年9月出版。

又见重庆的别样风景

——写在《城门几丈高》首播结束之际

9月6日,《城门几丈高》首轮播完,在重庆,包括国内,都荡起了一阵"城门"热。

今天,9月8日,一大早,一位年轻的网友给我发微信:"周末的时候,回看《城门几丈高》,尤其是带孩子一起看,让下一代也了解重庆的历史,是一个幸福指数很高的事情。""我们还准备带孩子到纪录片中提到的一些地方去看,让自己、让孩子更多地了解重庆,了解历史。重庆需要更多的宣传重庆文化、重庆历史的纪录片。"心中一动,发出"你的来信让我感到,这就是我所希望看到的效果!"

这让我记起,今天是我40年前离开重庆,前往成都,到四川大学报到的日子。这令我感叹,历史,真有如此魅力!

川大四年,我研究的第一个课题是重庆开埠,撰写的第一篇论文是《重庆开埠时间考》,出版的第一部学术专著是《重庆开埠史》。那是一部专业的学术著作,它让今天的人们第一次看到了重庆的别样风景。那是一个正经历着中国三千年未有之大变局的内陆城市的别样风景。

从那以来,我持续不断地拓展"重庆开埠"的研究视野,奔走于海峡两岸和英美各国,终于在《烟台条约》(1876年)和《烟台条约续增专条》(1890年)签订一百三四十年后目睹了这些条约文本的真容;终于在立德乐到达重庆130多年后,组织翻译了他的《长江三峡及重庆游记》;终于在时隔140年之后，整理出版了日本外交官游历重庆和三峡的日记；我的学生终于开掘出当年参加中英宜昌谈判的巴县档案，和中日之间马关谈判中关于开埠重庆的原始记录……

《重庆开埠史》让我成为"文革"后四川大学第一个在校期间就出版学术专著的本科生，后来还获得党和政府的奖励，成为我学术研究的奠基之作。

但是，它毕竟还是书斋的学问，还是只有小众能够欣赏的重庆别样风景。

40年后的9月，我们得以又见重庆的这段别样风景。这一次它变身为电视纪录片《城门几丈高》，从一个小众的学术著作变身为大众喜闻乐见的艺术品。它以权威的学术研究成果，珍贵的历史影像，配以原创音乐演绎的城市民谣、童谣，我们先辈和家庭的影子，尤其是重庆与西部、中国与世界、清末与民国、民国与新中国、改革开放与新时代的大跨度穿越，让这部作品以其独特的魅力走入了寻常百姓家。

而在时代的"变"与"不变"之中，世界正经历着百年未有之大变局。

拍摄《城门几丈高》的动议与《大后方》有关。

2012年，我和徐蓓第一次合作拍摄《大后方》。2015年《大后方》播映后成为当年中国电视纪录片的一个现象。有五个满意：首先是百姓满意，点击量上亿；再是业界满意，获奖无数；还有我把它带到台湾，台湾的民众和学界都满意，说了许多赞誉的话；再加上国际学界满意，在美国、英国、荷兰，许多学者接受了采访，对它的学术水准和电视手法，赞誉多多。最后是党和政府满意，《求是》杂志专门发表评论《"三个必胜"的珍贵史证》。可以说，收获满满。

那年的10月30日，市记协在重庆工商大学开会，请徐蓓和我漫谈《大后方》创作体会。中场休息时，我建议她考虑下一部做"重庆开埠"。

因为重庆直辖快20周年了，新中国、新重庆也快70年了。我研究重庆开埠30多年了，是时候，该做了。几天后徐蓓就告诉我，名字都起好了，"城门几丈高"。原来，这个"城门"在她的心头也已经酝酿多年。

许多朋友和媒体似乎并不满足于这个回答。于是不断地问我，当初你提出这个选题并推动它成功的原因还有什么？

我想，这首先是重庆急需本土题材的作品，以回应人民的关切。当下的舞台、荧屏，似乎更热衷于炒冷饭，走捷径。虽然热闹，但对城市文化的积累和贡献率并不大，观众也不买账。他们更呼唤重庆人的原创作品，重庆题材的原创作品，重庆机构制作的原创作品。纪录片《大后方》之所以受到热捧，一个最重要的原因就在于它是这样一个"三重庆"的作品。回应人民的关切，这是文化人的责任。

其次，小众的学术著作完全可以通过创新性转化，成为大众喜闻乐见的艺术品。《大后方》的成功给了我一个深刻的启示——研究的深度决定作品的高度，转化的程度决定传播的广度。一部电视纪录片《大后方》有上亿的观众，这种传播的广度和受欢迎的程度，是我们现有的学术著作无论如何都达不到的。40年前，影像史学滥觞于美国，随后传入中华，现在还处在起步阶段。加之2014年我们引进《苦干》取得巨大成功。这使得我下决心钻研和实践影像史学。因此决定三度试水——从《苦干》到《大后方》，再到《城门几丈高》。实践证明，主创团队分别从历史和电视两个方面抓住了时代的赐予，用影像的方式再现了重庆城市从传统走向现代的关键几步，从一个侧面记录了重庆城市的发展历程和时代精神，从而实现了学术性成果的"创造性转化，创新性发展"。这个信息在中国影像史、中国城市史学界引起了热议。因为这种将学术著作转化成电视纪录片得以精彩呈现的情况，实为少见。

第三，朝天门是重庆3000年历史来路的标志。城门是一座城市的标识，也是城市人精神的象征。要追溯重庆的城市起源，一定要从城门开始。在古代，重庆是一座军政城堡，称"古渝雄关"，城门就是封闭的标识。到了近代，城门打开了，从此再没有关过。因此，今天的"城门"，已是开放的象征——它既是重庆城市历史的标识，也是重庆人秉性和精神的象征。

第四，这支好队伍需要好题材的历练，才站得住，才稳得起。《大后方》成就了这个团队——他们从"重庆队"成为了"中国队"。这支队伍能吃苦，善读书，吃透历史；他们坚持原创，不炒冷饭；他们追求历史的真实性，努力还原历史；尤其具有高超的讲故事的能力。他们用的不少资料都是我在做学术研究时使用过的，但经过他们的手，又是一番景象。所以，我相信他们担得起，不会糟蹋这个题材。如果从2012年接受《大后方》算起，他们经历了8个年头，他们拍了三部片（《大后方》《西南联大》《城门几丈高》），跨了"三大步"。它表明，重庆题材是宝库，重庆机构有能力，重庆更是有人才。

40年前我开始研究重庆的别样风景《重庆开埠史》，40年后，《城门几丈高》让我们大家又见重庆别样风景。

我的愿望实现了，真高兴！

今天是一个值得再次记录的日子！

我们将《城门几丈高》献给家乡重庆，更献给祖国70华诞！

2019年9月8日于十驾庐
原载《重庆日报》2019年10月5日

己亥清明祭：跨越40年的相聚

今又清明，春和景明。

最让我缅怀和宽慰的是40年前牺牲的失踪烈士们的英魂终于回家。

40年前的清明，我是怎么过的，已经记不起来，大体是在补习功课、紧张备考中过的吧。而我那些仍在部队的战友们，有些则奔赴了南疆的战场，倒在了春风里。到那年的清明时节，有的已化作了墓碑上的名字，成为永恒。

40年后我才知道，其中更有50军150师448团的332位战友，于1979年3月12日，在完成越北作战任务向祖国回撤途中，突遭敌包围。在与险境恶敌的激战中，他们英勇顽强，惨烈悲壮。有的拉响手雷与敌人同归于尽，有的为掩护战友毅然赴死，有的高呼口号跳崖牺牲，血洒山野，为国捐躯！可是他们连名字都没有刻入墓碑，成为遗骨异国的孤魂。

感谢时代！感谢祖国！

2019年3月12日，就在他们牺牲40周年的那一天，332位烈士的名字和脸庞凝聚成一面巨大的"英名墙"终于揭幕，从此永远屹立在祖国的南疆。

40年前，我也是一个军人，一个超期服役5年的军人，即将退伍。当战争动员令下的时候，我也曾热血沸腾地请缨向前。但我们这支核武部队没有南疆作战任务，只好脱了军装回家，成终身遗憾。

现在算来，在我的家人中，有三位参加过40年前的那场战争，历经艰险，九死一生，他们光荣地回到祖国，回到亲人中间，后来成为我们这个大家中的一员。每每谈起，同为军人，是最懂得"凯旋"的意味的——我们回来了，他们留下了，还有什么想不通的呢？

尽管已经过了40年，但我仍有一个心愿未了——总希望能为1979年的那场战争做点什么。

"英名墙"的揭幕弥补了我那"擦肩而过"的遗憾。

揭幕活动分为《英魂回家》纪念会和龙州烈士陵园祭奠暨"英名墙"揭幕仪式，分别于3月11、12日在广西壮族自治区龙州县体育馆和烈士陵园举行。前者是要述说40年后对那场战争的思考，后者则是迟到40年、跨越40年的祭奠，是热泪与国旗、军旗、军功章、军装、军礼、鲜花、美酒相拥的交响。

在龙州，我重新成为一名普普通通的战士。置身其间，就置身于英雄的军队，仍能感受到那种排山倒海、无坚不摧的力量；就置身于雨弹光鞭、血肉横飞的战场，生与死的界限是如此的鲜明；就置身于战友之中，重新理解一次"生死与共"的含义；就置身于烈士亲属们压抑了40年后那呼天抢地、撕心裂肺、热泪奔流的氛围；也置身于为"英名墙"而奔走的那些执着、纠结、无奈和最终奋斗成功的喜悦；置身于广西人民与前线大军浓浓的鱼水深情。

我和他们一起行进，一道呼喊，一样热血涌动，一同慷慨高歌。尽管泪水常常蒙住了我的双眼，但我谨记我这个兵的职责——记录历史，让我的相机忠实地准确地记下了那些历史的瞬间——那一幕幕感天动地的情景，那一声声惊天动地的呐喊，那一个个热脸热泪与冷碑冷像的拥吻，那一张张历经40年沧桑之后仍焕发着青春光彩的脸庞和标准的军礼……

当此，己亥清明，我将这些永恒的瞬间完整地呈现给读者，这是历史学者对义薄云天、慷慨赴死的烈士的告慰，对祖国和时代前进步伐的记录，也是对每一个为"英名墙"而倾情付出的人的感恩。

向胜利致敬！向牺牲致敬！

向伟大祖国致敬！向人民军队致敬！

向我们的青春致敬！

作于2019年4月5日清明之日

跋语：这是我2019年4月，为《重庆史》系列报道《己亥清明祭：跨越40年的相聚》而撰写的编辑手记。

相聚在"天下第一乡都"

站在这里，感慨万千。

对于我们这些湖广移民后代来讲，"孝感乡"是一个魂牵梦绕的地方，因为它是我们的"老家"，更是我们的"乡愁"所在。

从去年国庆节以来，不到一年时间，我已经是第三次踏上这块土地了。

这是因为我们都是这"天下第一乡都"的都民。从小时候起，我们就知道自己是孝感乡的人。但是，孝感乡在哪里呢？并不知道。因此，就常常被人指引到了今天的孝感市。每次到湖北出差，家父就叫我买点孝感的麻糖。结果，直到去年我才知道，此"孝感"非彼"孝感"，真正的"孝感乡"是在麻城市，不是孝感市。一个在武汉西北，一个在武汉东北，相距200公里。所以，这些年我们是吃了不少的冤枉麻糖。昨天重庆来的一位专家，也误把"孝感北"当成了"孝感乡"，坐上火车在那里下车。结果花了400元钱打车才来到麻城孝感乡。这不，还要继续闹出不少的笑话呢。

是麻城的一干专家们，经过辛勤的发掘，让一个曾经的"孝感乡"，一个被历史风云淹没了六百年的"孝感乡"横空出世。更令世人惊异的是，或许是因为从这里走出了一支伟大的移民队伍，繁衍出无数杰出的移民后裔，因此，这里便有了一个响亮的名字"孝感乡都"。据我所知，在中国，除"孝感乡"以外，恐怕还没有第二个以"都"命名的"乡政府"所在地。即使在世界上，以"都"命名的政府所在地，也只有"东京都"等很少的几个大大的地方，而不见以"乡"治为"都"。因此，"孝感乡都"是完全可以自豪地称之为"天下第一乡都"的。能够成为这里的都民，当然是我们共同的骄傲。

这都是因为湖广移民一家亲。我来到麻城，始终被亲情所包围。去年10月，利用国庆假期，我第一次来寻根，人生地不熟，就受到麻城学者们的热情接待，安排我看了"高岸河码头"、湖广移民纪念碑，参观了移民博物馆和"孝感乡都"，拜谒了五脑山"帝主宫"。今年4月，我第二次来麻城，受到了麻城的领导同志们的热烈欢迎和亲切关怀，欣赏了神奇的龟峰山和壮观的杜鹃花海。随后5月，麻城市政府派出一支历史和新闻队伍，专门到重庆寻访湖广移民。这都体现了湖广移民祖籍地麻城和移民后代之间的浓浓亲情。

这更体现为重庆麻城一家人。今年4月我访问麻城后，在《重庆晨报》上发表了一版麻城的杜鹃花，起名"梦里湖广　麻城杜鹃"，引起了热烈的反响。其中最大的反响是《重庆日报》和《重庆晨报》的老总决定发起"君从何处来——重走湖广填四川迁徙路"大型采访报道活动。活动5月30日从麻城开始，到6月18日重庆直辖17周年之际形成高潮。《重庆日报》每天一个版或大半个版，连续推出14组27篇报道；《重庆晨报》除每天整版推出报道外，还派出航拍飞机，拍摄视频、照片，发微博、微信，制作集图文视频于一体的专题，通过新媒体集群进行全媒体传播。整个报道的版面有50来个，阅读人次超过了一千万。

活动引起了强烈的反响，可以说，那段时间，"麻城""孝感乡"成为街谈巷议的热门话题，不但在重庆和湖北屡掀热潮，其影响也迅速扩大到全国。这是有史以来，全国新闻媒体规模最大、动员人力物力最多，对湖广移民历史与现实的第一次集中报道，也是对麻城的一次大规模集中宣传。这个活动受到中宣部的充分肯定，重庆市委宣传部和重庆市新闻工作者协会、重庆市报刊协会还专门为它召开研讨会。这次来麻城，《重庆日报》《重庆晨报》再次派出记者报道旅游文化节。重庆人民，重庆的媒体，之所以如此下力、用心，完全是因为重庆和麻城是一家人。一家人就不说两家话，情义无价，就不算两家账了。

这些年来，麻城市委、市政府着力于发掘保护和传承"湖广移民文化"，尤其是"孝感乡现象"这个宝贵资源，气魄大，力度大，令人刮目相看。这是值得称道的。

在此，我向麻城市委、市政府郑重建议：恢复使用"孝感乡都"地名。主要是基于两点：一是"孝感乡"是麻城移民文化的标志，在国内外都有极大的影响，需要一个传承的载体。而"孝感乡都"就是最好的载体；二是"孝感乡都"更是一块独一无二的品牌，它让麻城拥有了"天下第一乡都"的美誉，绝无夸夸其谈之嫌，具有极大的传播价值，它能够迅速地提高麻城的城市美誉度，提升麻城的文化竞争力，让麻城借此走出大别山，走向中国和世界。

2014年9月26日作于孝感乡都大酒店
《孝感乡社区志》，新疆文化出版社2016年出版

感恩

——写在"11·27"七十周年之日

"11·27"70年了。于党、于国,痛彻心扉;于家、于我则需感恩戴德。有些话要写下来,传之儿孙。

70年前的11月30日重庆解放。第二天,父亲周永林和幸存的同志们立即前往歌乐山,为牺牲在那里的战友们收尸。

10年前的"11·27"前夕,已经90岁的父亲给我说:"我走不动了,你要去歌乐山看看黎又霖、陶敬之、胡有猷他们,去看一看,黎又霖那首诗还在不在。"

第二天,我去了,白公馆、渣滓洞安然,歌乐山静穆,黎又霖的诗完好地保存在纪念馆中。

如今,父亲已经故去。我和姐姐及同事、同学们来到这里,感恩英烈,感恩人民。

这块浸透了烈士鲜血的地方,有五个人与父亲直接相关,他在晚年曾多次给我说起这些事情。

黎又霖,民革成员,当过杨杰的秘书。曾与父亲一起参加南方局领导的重庆统战工作组活动,他以重庆聚康银行业务专员的身份作掩护,从事军运、策反和营救被捕难友等工作。后因叛徒出卖而入狱,关在白公馆。1949年11月27日牺牲在那场骇人听闻的大屠杀中。

重庆解放后,父亲他们第一时间赶往歌乐山。车子往歌乐山开去,只看见戴公祠前的公路上,密密麻麻地摆满了白色的棺材。当时,渣滓洞的大火还未熄灭,牢房外的院坝里到处都躺着烈士们的尸体,楼下的牢房里更是堆满了烧焦的尸体,完全无法辨认。据说当天重庆城的棺材都卖光了。

经人指点,父亲又来到白公馆。守门的是个老人,他说,这里关押的人前几天都逐一带出去枪毙了。在老人的指引下,父亲来到二楼的一个小房间。那位老人说:"你说的那个人(黎又霖)就关在这里。"但见房间内,排放着谷草做成的垫子,上面铺着一张张破烂的篾席和褥子。老人指着其中一张地铺告诉父亲,黎又霖关押时就睡在这里。"我立马把谷草垫、烂褥子和篾席翻了个遍,希望能找到一点黎又霖留下的东西,终于在席子下面发现了一张黄色的草纸。"父亲小心翼翼地将草纸揭下,看见上面写着几行字——

(一)

卖国殃民恨独夫,
一椎不中未全输,
银铛频向窗间望,
几日红军到古渝。

(二)

革命何须问死生,
将身许国倍光荣,
今朝我辈成仁去,
顷刻黄泉又结盟。

又霖　十一月廿五日

啊,这不就是黎又霖的绝命诗吗!

几年后,成立歌乐山革命烈士纪念馆(原来叫"中美合作所美蒋罪行展览馆")时,父亲把这份珍贵的文物送给了纪念馆。

我们读小学了，父亲就教我们背这首诗。当时完全不懂什么叫"将身许国"，尤其是他用地道的四川话把"光荣"说成"光云"，把"结盟"说成"结民"，我们只能背"天书"，倒是倒背如流。直到长大了，读了原文，才理解了其中深邃的意蕴。后来这首诗传播很广，成为那个时代的一个符号。

对黎又霖的牺牲，父亲极为痛惜，"他就是警惕性差，太容易相信人，不然不会被捕的"。这恐怕就是那天他要我来看看这首诗还在不在的原因——那是迄今为止他和黎又霖这些英烈们仍在精神上相通的管道，是他的牵挂。

父亲还有两位上级牺牲在渣滓洞。一位叫胡有猷，是他在北碚工作时的上级。胡有猷是贵州凤岗人，中共党员，曾任中共北碚特支书记。一位叫陶敬之，是他后来到重庆郊区工作时的上级。陶敬之也是四川巴县人，中共党员，曾任中共重庆郊区区委宣传委员。

抗战爆发前，我们家住在沙坪坝磁器口，父亲1936年参加革命后，一直在城里活动。那时抗日救亡运动高涨，国共合作也是高潮，共产党的活动很频繁，很暴露。1938年10月武汉广州失守后，国民党政策向内，形势陡然紧张，开始抓捕共产党人。为此，毛主席、党中央提出了白区工作的新方针"隐蔽精干、长期埋伏、蓄积力量、等待时机，反对急性和暴露"。1939年初周恩来到重庆后，为落实这个方针，提出了"三勤"，即勤学、勤业、勤交友，"三化"，即职业化、社会化、合法化。按照这个指示精神，经党组织同意，1939年，父亲转移到北碚，一直由胡有猷领导。先是到歇马场，在晏阳初先生办的中国乡村建设育才院农业专修科读书，主要研究"柑橘"。1942年夏天毕业，当时国共关系依然紧张，党组织认为他不宜回到城区工作，便继续留在乡下就业。父亲先到设在歌乐山新店子清凉庵的农林部垦务总局当调查员，后又转到设在北碚乡下蔡家场龙居寺的教育部农垦技术人员训练班教书。直到1944年国共两党关系有所缓和，组织上认为父亲可以返回市区了，才离开北碚，转往城区。他在北碚时间长，胡有猷对他的情况相当熟悉。

1948年4月，胡有猷因《挺进报》事件在北碚被捕，关押在渣滓洞监狱楼上二室。1949年11月14日牺牲在电台岚垭。1948年6月，因下川东地委书记涂孝文的叛变，陶敬之被捕，关押在渣滓洞监狱楼上四室。也于1949年11月14日牺牲在电台岚垭。

还有一位曾关押在渣滓洞的人必须提到，他叫李文祥，是父亲到城区工作后的领导，也是他在解放前的最后一位直接领导人。

李文祥1939年入党，曾任中共重庆市城区区委书记。1948年4月，因刘国定出卖而被捕，几次严刑逼供，他都挺住了。但是，他只坚持了8个月，最终还是叛变求生，出卖了16位同志，其中就包括父亲。父亲因此与党组织失去了联系。

李文祥叛变不久，就带领特务来抓父亲。父亲告诉我："那是1948年12月的事了，那天碰巧公司的老板夜里还在加班，我也陪同在旁。天擦黑时分，老板的'长随'（跟班仆役）王道生突然上楼来跟我说，楼下有人打听我在不在，说是要在我手上买房子。王道生看见那人的神色不对，又一想，天都黑了买什么房子，肯定不对头。于是就谎称我已经下班走了，随后就上楼来把情况告诉了我。" 从而支走了李文祥和那帮特务。

父亲听了王道生的报告，知道"出事"了（特务抓人来了），便立马从后门悄悄离开了公司。"当时组织有规定，一旦名单被泄露，立即转移"。于是，父亲在通知其他同志后，连夜离开重庆，避难到了四川内江，躲过了这一劫。1950年，李文祥被我公安机关逮捕，1951年2月，被判处死刑，执行枪决。其判决布告上父亲的名字赫然在李出卖同志的名单中。

还有一个人虽然没有关在渣滓洞、白公馆，但也是绕不过去的人物，他就是刘国定。

刘国定与父亲是在"三里职校"时的中学同学，比父亲长几岁，1936

年他们一起参加革命——重庆学生界救国联合会,又称"秘密学联",1938年入党。后来刘做了中共巴县县委书记、重庆市委书记、川东临委委员、重庆市工委书记。抗战胜利后,原南方局领导的四川党组织一分为二,一部分由四川省委领导,一部由南方局通过"重庆统战工作组"领导。刘国定在四川省委系统工作,父亲则在南方局重庆统战工作组系统工作。他们虽然相熟,但按照规定,工作上互不隶属,横向不发生任何联系。

抗战胜利后,由于当时总的政治形势有所好转,党组织决定从乡下抽调一批同志回到城区,通过各种社会关系"打入"各行各业和机关单位工作。因此经过上级组织批准,父亲先后进入重庆私营益民钱庄、均益公司工作。均益公司设在城区小什字附近蓝家巷。父亲因单身一人,就住在公司里。

1948年4月,刘国定叛变投敌,使重庆党组织受到巨大破坏。

8月的一天,火炉重庆酷热难当,父亲正在蓝家巷办公室算账,突然有门房来通报说有一个叫刘国定的人来找他。刘国定叛变的消息父亲是知道的。听到刘国定来访,父亲心中一惊,顿感紧张,多年的地下工作经验告诉他,这是来抓人了,前后门肯定都被堵住了。最后的时刻到了!

这反倒让父亲镇定下来。他没有转移,而是干脆让门房把刘带进来,并起身让他坐下。刘国定神情暗淡,先是低着头一言不发,后来东拉西扯说了一些地产、黄金的行情。倒是父亲不想和他兜圈子,把桌子一拍,"听说你娃出事了?"刘国定一下就哭了起来。哭了一阵后,父亲训斥刘国定:"人性不可灭啊!要死,死你一个噻。你搞这样一摊子事,其心何忍呀!"刘说:"清算斗争,待诸异日。"临走时,刘国定对父亲说:"你跟那些同学说,以后在街上见到我千万莫打招呼。"说完便起身离开。原来刘国定是来报信的。父亲立即通知了所有同学。

解放后,刘国定去了成都。当年同为"三里职校"的中学同学刘传福,后来去了延安,如今随大军到了成都,任成都市公安局刑警大队长,他下令逮捕了刘国定。随后将刘押回重庆。1951年2月,重庆市人民法庭对刘国定进行公审，执行枪决。

由于刘国定的通风报信，周永林等当年的同学得以避免了牢狱之祸。但在"文革"中，家父却被戴上"叛徒嫌疑"的帽子，审查了8年之久。直到1974年3月，当时单位的造反组织召开大会称："经过对120多人次的调查，周永林政治历史上没有问题"。这是因为他们查到了当年对刘国定的审讯记录。据说，刘曾以没有出卖当年的同学作为立功表现，想免一死。有此记录，父亲才被摘去"叛嫌"帽子，宣布"解放"。

今天，我们来到歌乐山下的渣滓洞、白公馆献花，是要感恩英烈！

尤其要感恩胡有猷、陶敬之、黎又霖这些中国共产党的忠诚战士和伟大朋友。他们是红岩精神的继承者、弘扬者，他们坚贞不屈，用生命诠释了伟大的红岩精神。他们坚不吐实，不变节，没出卖，让父亲在秘密战线上一直战斗到迎来新重庆。否则，后果不堪设想——哪有我们这个家？又哪有我这个人？更哪有我那些可爱的儿孙呢？

我们还要去解放碑献花，是要感恩人民！

是人民创造了重庆，是人民解放军解放了重庆。人民，也是最普通的名字，包括王道生，这个平平凡凡的工人。是他支走了叛徒李文祥，掩护了父亲，他也是我和我们家要永远感恩戴德的人。

当年，父亲只是战斗在隐蔽斗争一线的一个普通党员，对那段历史守口如瓶。不论是他写的，还是对我们讲的，都只是一鳞半爪。但有一点他却讲得明明白白："不管任何时候，共产党员一定要搞好群众关系，这不是一句口号，而是我用生命学会的真理。"

我当永志不忘！

2019年11月27日

跋语：本文初载于《重庆日报》2019年12月1日，发表时有删节。后全文刊载于《红岩春秋》2019年第12期，改名为《父亲牵挂歌乐山》。

《江山红叶》别记
——我所经历的巫山脱贫史

　　散文《江山红叶》创意于2006年，创作于2007年第一届巫山红叶节开幕之日。从那时起就无偿地供巫山县使用。至今也已14年了。

　　这是我们扶贫巫山的举动，只要能帮助巫山脱贫致富添砖加瓦就行了，并无名利之想。

　　2003年，我奉调重庆市委宣传部工作。重庆直辖后，市委就确定市宣传文化扶贫集团定点帮扶巫山县。这里山高路险，土地贫瘠，人均耕地不足1亩。既是老的国家贫困县，又是新一轮国家扶贫工作重点县。三峡工程的动工，更使它成为三峡库区首批淹没和搬迁县。

　　我们具体帮扶骡坪镇，我联系大垭村农民黄成玉、吴祖奎、吴祖新，其贫困状况让我吃惊，尤其是寒惨凄切的"洞房"最让我难以忘怀。那是一个深冬的夜晚，朔风凛冽，寒气袭人。我和两位同事住进黄成玉家。一间泥土堆砌的土屋，屋内没有一件像样的家具，唯一值钱的只有挂在灶门上方的几块腊肉。主人把我们安排在楼上居住，踩着摇摇晃晃的木梯上得楼来，裂痕斑驳的土墙上掏出的一个圆弧形大洞，这就是门。透过瓦缝可以听到户外呼啸的山风。1969年，我曾在"酉秀黔彭"走过一遭，插队落户彭水双鹤公社近四年，对"贫困"并不陌生。想不到30多年后，巫山的贫困仍与之毫无二致。那一夜我们就在这"洞房"里，背靠着冰冷的土墙，昏昏沉沉地过了一夜。

我发现，这里因病致贫的群众比比皆是，一个重要原因是大垭村的人畜饮水极不卫生。大垭是山区，老百姓的生产、生活用水完全"靠天"，且水色浑浊，腥臭不堪，当地群众称之为"命根子泥浆"——既难以饮用，又割舍不得。我与宣传扶贫集团的同伴们商量，决定筹资30万元，不留资金缺口，为大垭村修建四口人畜饮水池，同时铺设2公里管道，将清洁的饮用水直接送到农户家中。我自告奋勇担任这项工程的总监督，做到"三确保"——确保饮水质量，确保水池质量，确保水池装水。而不是"白天装太阳，晚上装月亮"。几个月后，水池建成了，3000村民终于告别了祖祖辈辈饮用的"命根子泥浆"，第一次像城里人一样用上了清洁、干净的"自来水"。

其实，我们的这点力量是完全不足以解决大垭村的贫困的。当时帮扶的资金、项目都不足。我们满脑子都是大垭村民期盼脱贫的目光。

穷困，再也不能成为山区农民的代名词！更不能成为为三峡工程建设作出过巨大牺牲和奉献的巫山移民的代名词！

2006年，大旱。寒冬时节，我和扶贫集团的同志们又去巫山青石调研。那一天，上天对我似乎格外眷顾，难得的冬日阳光洒了一江一船。小船行至登龙峰下，但见满山遍野的红叶把大江两岸的山峰装扮得层林尽染、绚丽多彩。尤其是江风中红叶摇曳，仿佛一群霓裳披肩、曼妙起舞的少女，俏不争秋，寒冬绽放。在寒冷的冬季看到如此壮美的峡江景象，令我抑制不住内心的狂烈，遂弃舟登岸，攀缘绝壁，追寻而去。江山之上，红叶飘飞，那傲视大江的气质，如长城连绵的气势，震撼心灵。

文人墨客书写三峡的诗歌，数不胜数，耳熟能详。但少有对冬日三峡的吟咏，尤其是对三峡冬日"精灵"的评点和咏叹，更是少之又少。

这"俏不争秋"的三峡"红叶"，不就是已经陪伴神女峰千年万载，仍养在深闺，人尚未识的"精灵"吗？这不就是"文化扶贫"的最好题材吗？

创意一旦产生，说干就干。我当天就向县委领导同志提出了打造"三峡红叶"品牌，创办三峡红叶节，探索文化旅游扶贫新路的建议。并立即组织新闻采访。第二天，一则关于三峡红叶的电视新闻从巫山发出，壮美峡江的冬日景象，惊动国人，誉满华夏。

一年后，2007年11月27日，我再去巫山，出席首届三峡国际红叶节开幕式。又是天公作美，早上还是云雾缭绕，中午已经晴空万里。当时的神女峰尚未开发，道路极其艰险，有的地方需要拉着铁链才能攀缘而上，我们花了整整四个小时才终于从江边爬到了神女峰前。适才负重攀行，无暇顾盼。此时登高望远，俯瞰江流，红叶无边，心帜激荡。此处的红叶，大多长在绝壁岩缝，尤其是那独伫悬崖、傲视大江的一树红叶，更添山魂水魄。

或受浓浓的红叶情感包围，当晚的话题全是红叶，"一片淳朴厚重的红叶，一弯浓妆淡抹的三峡""红叶，这壮美峡江的冬日美景，就是江山之上的冬日精灵！""重庆是江山之城，三峡红叶有江山之美！"我的这通即兴演讲，后来写成了散文《江山红叶》。

更没想到，散文《江山红叶》相继登上了《人民日报》、《红岩》杂志等。尤其是2008年被收入教育部审定的《语文读本》七年级下册，成为直辖后描写重庆江山美景并编入国家统编教科书的第一篇重庆作品。

后来，我又应邀创作了歌词《江山红叶》，由著名作曲家作曲、著名歌唱家演唱，又赢得喝彩一片。

从此，冷清的冬日三峡游，代之以俏不争秋、热烈灿烂的冬日红叶游，其火爆程度始料未及——让巫山的冬季旅游由淡季变成了旺季，效益猛增——巫山年接待游客由2007年的135万人次，增加到2019年的1902.83万人次，增加了13倍；旅游综合收入由2007年的6亿元，增加到2019年的83.22亿元，增加了近13倍。"三峡红叶"成了一个真正的富民、惠民宝贝，被《光明日报》称之为"文化扶贫的经典案例"。而今，三峡红叶旅游区已经从原始野生的峡江红叶游,发展成为文峰观——神女峰,再到神女景区南北环线、神女天路、神女溪等红叶观赏精品线路。人们可以近距离尽情地观赏冬日的红叶由高山地带到中山,再到低山地带陆续变红,进而江山一体、层林尽染的万千气象,成为中国南方冬日红叶观赏的第一品牌。

在助推巫山脱贫致富的进军中,与我同行的还有一群艺术家。

我的散文和歌词《江山红叶》一经传播、传唱,便收获满满,还获得了"五个一工程"奖。国内和市内优秀作曲家、歌唱家、艺术家,先后为之谱曲、编配、演唱,形成了五个不同作曲风格、演唱风格的歌曲版本,和五部展示巫山红叶风情的歌曲MV、一部电视纪录片。一时间《江山红叶》为巫山脱贫再添强劲动力。

这件事情从一开始,我就和所有的作曲家、歌唱家、艺术家、企业家约定,我们只是为助力巫山脱贫致富,决不给巫山增加任何经济负担。因此在艺术生产中产生的所有费用,均在他们各自的环节中消化,即作词、作曲、演唱、编曲、配器、演奏、制作、拍摄、剪辑、刻盘等等费用,均由作家、艺术家们自己支付。随后,我们大家把这些作品的著作权无偿地赠予巫山使用。艺术家们不计名,不讲利,心甘情愿,奉献巫山,奉献重庆。这是他们对我们帮扶集团最大的支持,更是对我这个牵头人的最大支持,不敢忘却。

此时此刻,我要说,衷心感谢各位作曲家、歌唱家、音乐家、电视艺术家、书刊编辑家、技术专家的辛勤奉献,无私付出。没有你们,《江山红叶》不会有如此鲜明的中国作风和中国气派,也不会如此精彩地呈现给世人,在巫山脱贫攻坚的决战中发挥出重要的作用。你们的付出,鲜明地体现了坚持与时代同步伐的奋进姿态,以人民为中心的执着初心,以精品奉献人民的价值追求,用明德引领风尚的精神品质。我相信,巫山人民会记得,重庆的山河大地会记得的。

阳光跋涉

2018年3月，习近平总书记在参加全国人大重庆代表团审议报告时对三峡地区的生态建设、脱贫攻坚非常关心。巫山县委书记汇报说，巫山正努力打造"北有香山红叶、南有巫山红叶"的旅游品牌，2007年以来已连续举办了11届长江三峡国际红叶节。习总书记深情地说，"三峡红叶，景色很美！"这极大地鼓舞着我们这些热爱红叶，助推巫山脱贫的人们。

2019年，在庆祝新中国成立70周年之际，巫山终于摘下了贫困的帽子，加入到中华民族致富奔小康的行列之中。巫山的红叶也登上国庆彩车，走进了天安门广场。我是创意者之一。

我和艺术家们商量，我们要扶上快马，再送一程，决定将我们的《江山红叶》著作权无偿授予巫山再用10年。

俏不争秋的红叶催促我与作曲家再度携手，继续描绘脱离贫困、实现小康后的三峡新景，做成新的《红叶之歌》：

  你滋养儿女万千，播雨耕云，舞起翩跹。
  你装点大江两岸，彩云碧水，红透群山。
  平湖高峡，再建新的家园，
  两江春潮，旧貌一焕新颜，
  百舸争流，伴你追梦不懈，
  朝天扬帆，拥抱新的时代。
  啊，江山红叶，吮吸大江精髓，江流千古！
  啊，江山红叶，依傍石壁千仞，千秋万代！

《重庆日报》APP 2021年6月10日

坚守学术　作育英才

一、关于做学问

今天，中国已经进入了深化改革，快速发展的新阶段，并沿着由大而强的轨迹发展。历史学研究也需要与时俱进。

这些年来，我逐渐形成了"中国立场、国际视野、学术标准、一流水平、进入西方主流社会、服务全国大局"的学术理念。

——**中国立场**。我们今天是在开放的国际环境和海峡两岸和平发展的国内环境中进行学术工作的。这就决定了，历史学者必须忠于历史。就抗战研究而言，就是要转变"国共对立"的战场思维范式，树立"国家民族利益和国家民族立场"的文化思维范式。因此，要秉持国家民族的立场，增强中华民族的情怀，顺应历史潮流，把握发展趋势。在这样的高度上去研究历史，评价历史，便能洞察时事，超越创新，建功民族，成就自己。

——**国际视野**。这些年，我比较多地以重庆发生的历史事件为研究对象，去研究中国和世界的历史。因此我提出"重庆史也是中国史、世界史"。这就要求研究者努力培养宏观、开阔的国际视野和中国胸怀，即以世界的眼光看中国，用中国的视角看世界。而不囿于中国一域，更不能画地为牢。这种视角的转变，是学术得以创新的一大途径。

——**学术标准**。既然是做学问，就要坚持学术标准，遵守学术规范，秉持学术精神。一句话，用"学术"说话，而不是用其他的话语体系。这是为学的规则，也是走出重庆，走向全国与世界的通行证。

——一流水平。研究中国问题是我们中国学者的本分。今天，时代已经为中国学者提供了达到一流水平的可能性。只要志存高远，坚持不懈，是完全可以达到中国一流的。研究中国问题，中国学者最有发言权，因此从这个意义上讲，只要达到了中国一流，就是世界水平。

——进入西方主流社会。要立志做一个历史学者，就要使自己的研究成果真正地与世界交流，否则中国立场只是一句空话。因此，要下决心克服自娱自乐的桎梏，按照学术规律，与西方主流社会交流，使自己在某一个领域里成为能够代表中国的学者。

——服务全国大局。这是中国传统的"经世致用"理念在今天的运用。历史学的功能在于存史、资政、育人。存史就是弄清历史的真相，使之成为信史，这是基础；资政，就是探索历史规律，指引未来发展，这是根本；育人，即以历史学的方式、理念、知识来教化人，使之具有中国立场、中国精神、中国作风和中国气派，这更是根本。资政育人就是历史学服务国家民族的具体体现。其实这也是人类的共同认识。

二、关于教学生

——只问耕耘，不问收获。我们不是神仙，都是生活在现实之中的凡夫俗子。这些年，"小确幸"成了某些人唯一的追求。在做学问的道路上，不是不讲回报，而是要埋头向前，不要有太多的功利心。实践证明，只要一门心思做学问，扎扎实实做学问，付出一分耕耘，就一定会有一分收获。所以我们既要"小确幸"，更要大情怀；有了大情怀，便有"小确幸"。这样的例子，太多太多。

——功夫在诗外。胡适当年长上海中国公学时，曾教育在校学子"为学要如金字塔，要能广大要能高"。在我刚刚进入历史学大门的时候，父亲就嘱我一定要谨记这个教诲。这个话今天仍可指引我们追求卓越。"金字塔"讲的是用世界的眼光做学问，意在人要登高涉远、志存高远；"广大"是指中国视野，源于《礼记·中庸》"致广大而尽精微"。对于我们来说，这个"广大"，就是除了学习历史学的知识、理论和方法外，还要努力学习古今中外的学问，从大处着眼、从小处入手，这样你的学问基础就会像埃及的金字塔底部那样广大而坚实。然后在广博深厚的基础上，实现精致极致，达到埃及金字塔顶那样的高度。

我以为，做历史学还需要学好文学，学会并能够运用几套笔墨来研究学问，表达思想和情趣；要学习哲学，掌握理论分析工具，构建科学思维体系；还要学习信息技术，给古老的历史学插上时代赐予我们的科技翅膀；还要学习摄影，善于记录历史，学会图说历史；还要学习音乐，激发灵感，增添想象，等等。我在川大读书的时候就体会到，历史学者不能永远是一副传统的"老夫子"样子，历史学科不能永远是"故纸堆"的形象。历史学家，既应是学术研究的独行侠，要在象牙塔中沉得住气，静得下心，耐得住寂寞。同时，历史学家也要自觉地走出象牙塔，成为活动家，善于组织协调，合作共事，抱团发展，奉献社会。历史学科，应当是朝气蓬勃、活力迸发、欣欣向荣、与日俱进的新形象。

——**有了核桃何愁没有棒棒敲**。这是老家的一个土话。就是说，只要有了果实饱满的核桃，就不愁没有敲开核桃，收获果实的棒子。意指，人首要的是要为实现目标而努力奋斗。不能好高骛远，一定要脚踏实地做出实实在在的成就。确实，在当下，一个人，尤其是一个立志成才，有所作为的人，是需要为自己规划未来的目标和道路的，也就是当下所时兴的"梦想"。然而有的人过分追求物质利益而实际上放弃了对事业的追求。结果，两头都没有——事业无成，物质也不丰厚。其实，处理两者的要义是——在不同的阶段，找到事业和家庭的平衡点。这样，在不同的阶段都会有不同的丰厚，最终两样都有：在当下，同学们处在事业冲刺期，家庭保证温饱就是了，不必过分追求物质利益；在登上台阶、事业有成后，自然会有物质回报。只有耐得住一时的寂寞，才会守得来收获的精彩。这就叫，有舍有得，先有舍，才有得。

——**久坐必有一禅**。这是1988年我到日本京都金阁寺参观时得到的感悟。大殿前有一大片用白色碎石铺就的广场，上面点缀着几片用黑色石头组成的群山，一眼望去犹如一幅清新淡雅的中国水墨画卷。日本人把这叫做"铺山水"。金阁寺管理者要求每位参观者静静地坐在大殿前，细数前面的"山水"中到底有几座山峰。我们一群人很快就数完了，有的报七座，有的报八座，还有的报九座。主人说都不对，叫我们静下心，再数数。结果三分钟后，有的仍然报七座、八座、九座，可有的却报了十座、十一座，我报了十二座。原来，有许多山峰是重叠的，而且有些石头重叠得很多，只有一个尖尖的山峦可以区别。这件事情告诉我，必须集中精力，集中眼力，更重要的要集中心力，静心戒浮，细细分辨，才能发现若干石头彼此的重叠关系，才能数清楚到底有多少山峰。据说，有的人坐在这大殿前，面对这石头的山水，花上几天几月甚至几年的时间来数这山水中的山峰，从而数出了比我们多得多的山峰。

更重要的是，在这个心灵安静达于极点的时刻，他们悟出了许多做人做事的道理，受益终身。当时我的感悟是，做学问一定要坚持，要有定力，决不能学小猫钓鱼，心猿意马，东一榔头西一棒，结果一事无成。这就要求我们在年轻的时候就必须抢占学术的独特领域和制高点——要有一个长计划，要有开采一座矿山的勇气去开掘属于自己的独特领地，坚持不懈地搞它三五年就能形成气候，就会脱颖而出。然后再坚持搞它十年二十年，就终会成为大家。这要有老师的指引，更要有自己的思考和努力。

——**实践是最好的课堂**。记得在川大读书时，我第一次拜见隗瀛涛先生，向他讨教学问。他却对我说："（你）平时莫来，吃饭的时候再来。"我起初不解，后来慢慢地知道了，这是先生在告诫我，学问要自己做，学问学问，要想"学"到真本领，就必须先学会"问"。这样，我就把读书学习中不懂的问题统统记在一个小本子上，然后一个一个地消灭它。其中有的问题通过看后面的书，就懂了，就消灭了；有的问题，和其他同学相互探讨，也找到了答案。只有那些走投无路解决不了的问题，我才去找隗先生。常常是下课之后，在食堂打上饭，到隗老师家里去，他还给我倒一杯酒，边吃饭、边喝酒、边讨教学问。有些问题，当场就解决了。有些问题，老师并不讲结论，而是叫我继续看书，甚至反反复复几个月，都叫我"看书"，直到我在川大图书馆线装书库把几百卷《清季外交史料》看完，方才解决。对于已经成文的稿子，隗先生也并不多动手修改。他总是示范性地改几页，然后就要求我学习领会其中的意蕴，自己动手修改其他部分。然而就是这样的实践学习，引导着我把一篇三五千字的学年论文——《重庆开埠时间考》，写成了一部16万字的《重庆开埠史》。而我也在无意之间成了"文革"以后四川大学在校读书期间就撰写出版学术专著的第一位本科生。这种方法让我受益终身。所以，我非常强调老师带领学生在实践中学习，而不仅仅是坐在教室里我讲你听。这些年我鼓励学生尽可能多地参加学术会议，参与学术课题，开展学术交流，在与大师大家和同学的交流中增长知识。我非常强调学生要善于在学习中发现问题，然后带着问题学，培养起强烈的问题意识，在实践中解决学习的难题。我还学习隗先生那种"君子动口不动手"的传授方法，面对学生交来请提意见的文稿，我总是只给他们讲要领，做示范，并不过多地动笔修改，更多的是要求同学们自己动手修改论文。一遍不行两遍，两遍不行三遍，以至于无数遍。我始终认为，做学问，就是提出问题，分析问题，解决问题，只要问题是科学的，只要方法也是科学的，只要经过自己的最大努力，这就一定是篇好论文。经过这样的"实践学习"，手艺就过手了，学问就能上个新层次。否则依赖于老师修改，这个学问仍然是老师的。

——外语不可或缺。历史学研究的前提是史料，而史料的封闭曾经让许许多多的大陆学者裹足不前。19世纪以来，在西学浪潮的冲击下，中国与西方世界有了越来越多的联系。许多当年在中国发生的事情,更完整更系统的资料甚至就保存在国外。而当下,运用历史资料的条件已经进入了一个全新的时代:档案的开放,史料的披露,档案文献的数字化,加之信息网络的互联互通,世界性的学术平台,再加上国家经济条件的改善给学术研究提供的资金,等等,从某种意义上讲,我们运用国外资料的条件比用国内资料的条件更好一些。因此,学好外语,走出国门,这是深化史学研究,拓展研究领域,尽快走到历史学前沿的捷径。

——**可以取巧,但不可偷懒**。取巧,即把握事物的规律,学会正确的方法,可收事半功倍之效。偷懒,只想收获,而不愿付出艰苦的努力,做事马虎。其实,偷懒的人是对自己不负责任。一个对自己的事都不认真的人,能对学术的事,对别人的事,进而对家园的事认真吗?这就让许多机会从他自己的手指尖中悄悄地溜走了,注定了他只能是无所作为。

——**登高涉远,负重前行**。这是我始终警醒自己,告诉学生的道理。古人云:"君子之道,譬如行远必自迩,譬如登高必自卑。"其本意是登高山须从低处开始,走远路要从近处开始。比喻做事要扎扎实实,循序渐进。做学问同样如此,要从小题目做起,从个案做起。但是,这些年出现了历史研究碎片化的现象——把一个微观问题搞得清清楚楚,但是对于那个历史时代的本质却不知所云。这对于培养高水平的学术人才是无益的。我认为,这个话还有另外一个意思,就是成大事业者,一定要有开放兼容的胸襟和放眼天下的视野,只有站得高,才能看得远。我要求同学们,从小处着眼,从小处切入,但千万不要忘了要说明的是大问题;研究小人物,但一定是要叩问大时代。以这样的胸怀和眼界做学问,干事业,哪有干不好的道理?每当同学们登上台阶、有所成就的时候,也是我最欣慰的时候。

——**得天下英才而教之**。四川大学有一个传统,学生的成长就是教师生命的延续,学生一定要超过老师。蒙文通先生有一句极富哲理的话:

"学生不超过老师，拿你这个学生来做啥子？"2013年是我们川大历史系七九级毕业30周年。在师生座谈会上，蒙先生的嫡传弟子、70高龄的胡昭曦先生再一次向我们讲述了这个故事。其实，这是中国传统文人的追求。孟子曾说，君子人生有"三乐"。一是"父母俱存，兄弟无故"，二是"仰不愧于天，俯不怍于人"，第三就是"得天下英才而教育之"。今天该我来实践这个理念了——我最大的愿望就是培养出超过我这个老师的学生。尽管时代不同了，但是，我们仍然需要堂堂正正地做人，脚踏实地做学问，只要有这两条，就一定能达到这个目标。而对于老师而言，得天下英才而教之，实在是人生幸事。

　　——**教学相长**。中国古代有一部重要的典章制度书籍《礼记》，用散文写成，收有大量富有哲理的格言、警句，精辟而深刻。其中有一篇叫《礼记·学记》，专门讲学习的功用、方法、目的、效果，以及教学为师的道理。其中有这样一段话："学然后知不足，教然后知困。知不足然后能自反也，知困然后能自强也。故曰：教学相长也。"它告诉我们："学然后知不足"，只有学得越多，才会越感到自己的不足。"教然后知困"，当了老师，教授学生，困惑反而越来越大，因为我们会发现自己不懂的东西实在太多了。"知不足然后能自反也"，知道自己的不足，然后能自我反省，这是教学相长的条件。"知困然后能自强也"，知道了自己的不足，然后针对自己的困惑，努力学习，最终便能解决问题，使自己成长起来。"故曰：教学相长也"，所以教与学这个教育活动的两个方面，是互为因果的，相辅相成的，共同提高的。这个话，对我的影响是很大的。因为它告诉我们一个道理，老师的成就不是生而知之的，而是学而知之的，是教而知之的。老师的成就，就是在教育学生的过程中，尤其是同那些最优秀的学生的相互砥砺中造就的。所以，老师的天职就应该是好好地教学生，决不能误人子弟。因为只有好好地教学生，学生才能砥砺你，你才有可能成为一个好的老师，才会有完美的人生。

记得2010年1月2日我和同学们相会于重庆工商大学翠林宾馆，总结汇报2009年学习工作心得，畅想2010年学习工作愿景。我讲过几句话。我说，20100102，这个数字顺数倒数都是一个数，其概率据说万年一遇，我们师生有幸碰上，这叫缘分。我的愿景是：

"学问是人生之本"——因为这个世界需要有学问的人。现在社会非常浮躁，但这决不是常态，所以你不能随波逐流，不能浮躁，浮躁了就叫浪费生命。小蒋曾说，"现在不做，将来会后悔的"。希望同学们赶紧研究抗战大后方课题，抓住这个千载难逢的机会。

"求新是学问之本"——学问的价值在于创新。炒冷饭我不要，低水平重复也是浪费生命。同学们跟我学习的最大价值在于我鼓励你们努力创新。如果没有新东西，实在没有意义。

"勤奋是成功之本"——一分耕耘一分收获。今天只问耕耘，少问收获。功到自然成，水到渠成。历练过程，成就人生。

今天我仍是这个看法。

作于2014年

跋语：这是在我招收研究生十周年时，对同学们的寄语。节选自《重庆时光——周勇教授师生文集》。该书于2015年由重庆出版社出版。

巴渝城记

BAYU CHENGJI

重庆人：要豪放，不要粗俗

重庆人素以"豪放"而为人称道。

到如今，尽管有着"外国的月亮圆""外面的世界很精彩"的诱惑，但，我还是深爱我们这座云遮雾罩的城，山高路不平的城，深爱那些"豪放，进取，点子多，敢为天下先"的重庆人。

当然，也常有难堪，因为不少外地的朋友说起对重庆人的印象，多以"粗俗"二字评之。

曾记否，在那"大革文化命"的年月，重庆人就以"武斗"的厉害而名扬天下。近年来，随着"重庆火锅"的南征北战，东进西闯，重庆人又以冒"三伏"酷暑，打"光巴胴"，摇大蒲扇，吃"麻、辣、烫"的新形象，进一步走向全国。加之不少人"把子"连天，尤其是有的小姐，远看亭亭玉立，近看脉脉含笑，应是知书识礼之人。可待开得口来，那一串串"龟儿，老子，日×"，真要让那些外地来客落荒而逃。真可谓，水流沙坝习气太重。

何以如此？这恐怕要从重庆人性格的两种趋向中去寻找。

今天的重庆人是远古巴人的后代。作为山地民族的巴人，刚烈、粗犷、剽悍、乐观是基本性格。巴人为周王朝作战，"歌舞以凌"；巴将军蔓子宁可授头而不割地的壮举，是其代表。这是受远古时代山地、江城这种险恶的自然环境孕育的结果。重庆在历史上曾三次建都，不论是巴国之都的江州，明玉珍的大夏国，还是抗战的陪都，它首先都是作为军事城堡而存在的。在这种山地文化的氛围里形成的市民性格，自然是勇武多于斯文，这就与以"温良恭俭让"著称的传统文化相去甚远。沿袭至今，这种性格便自然有其不完善的一面。

步入近代，重庆人的性格随着时代在进步，呈积极向上的趋势，分道扬镳为"豪放"与"粗俗"两种趋向。其基本的动力应是经济的发展和文化的融合。

根据《中英烟台条约续增专条》的规定，1891年重庆开埠。随着西方经济的侵入，民族资本的产生，西方文化的传播，"东力"西进，"西学"东渐，重庆在中国内陆最早接受了欧风美雨的浸润，成为了长江上游的经济中心，成为了一个以商业贸易与工业生产为特征的城市。西方的经济与文化，被强制性地嫁接在了传统的巴人性格上。下层民众的反应是，打洋教、烧教堂、逮教士、杀洋奴，爆发了两次重庆教案，特别是大足龙水镇的余栋臣起义。其规模之巨大，冲突之剧烈，在中国内陆是名列前茅的。

然而它对社会上层的影响却更为深远。

它在催生买办的同时，也产生了邹容和杨闇公这样伟大的革命家。邹容性情刚烈，疾恶如仇，为官府和社会不容。为了留学日本，他可以提刀拼命。到日本以后，他的这种澎湃激情驱使他以"革命军中马前卒"的名义完成了"中华共和国"的构想。杨闇公信奉"人生如马掌铁，磨灭方休"，其尚武精神也是有口皆碑的。这促使他东渡日本，学习军事。回国后，成立了"中国青年共产党"，并与刘伯承、朱德发动了著名的顺泸起义。最后，他遇险不避，藐视军阀，而宁遭割舌、斩手、挖眼的惨烈。可以说，他们的刚烈是对巴人性格的继承。但是，这种刚烈已经走出了粗俗，成为真正意义上的豪放。

大规模的移民也深深地影响着重庆人的性格。近百年来，影响重庆最大的移民运动莫过于抗战时期中国东部经济的大规模内迁。重庆以其战时首都和陪都的政治地位，成为中国大后方的工业、商业、金融、交通中心和科技、教育、文化、信息的中心。

伴随着经济格局大变动的是人口的大流动。

抗战前夕，重庆城只有40来万人，虽说移民人口要占一半，但移民中多为四川专县人，对重庆人性格影响并不大。然而到了1946年，城市常住人口已达120多万。其中，移民达80多万，几乎占70%。其中商业人口又占35%，工矿业人口占9%，交通业人口占9%，公务员则比战前增加了9倍多，占7.68%。这些融汇着中国民族精华的高素质的移民，带来了先进的技术和科学文化，也带来了现代的观念和生活方式。东西部人口的交融，产生了重庆人的新性格，那就是开风气之先的精神和做新中国催生者的牺牲精神。特别是形成了在逆境中强烈的竞争意识、拼搏精神，报国之志与救国之行，自由平等与集团主义，等等。重庆人性格中豪放的一面进一步得到升华。这样便有了卢作孚指挥的被称为"中国实业界的'敦刻尔克'"的宜昌大撤退；便有了歌乐英烈"在烈火中永生"的豪情。

"豪放"与"粗俗"，这就是今天重庆人从巴人祖先那里继承下来的性格的两种趋向。这里，有文野之分，有高下之别。

窃以为，其分界在于市场经济的驱动和现代文化的熏陶。身为重庆人的你、我、他，怕得赶紧面对现实，扬弃丑陋，继承传统，振奋当代重庆精神，再塑当代重庆人的新形象。

我们要"豪放"，不要"粗俗"。

《重庆日报》1996年1月14日

重庆历史上的三次"直辖"

重庆是一座具有悠久历史、灿烂文化和光荣革命传统的名城。在漫长的历史发展进程中，特别是经过1891年重庆开埠以来的发展，重庆已经实现了"三个转变"，即实现了从一座封闭的城堡发展成为开放的、连接我国中西部的战略枢纽的转变，实现了从古代区域性军政中心发展成为区域性经济中心的转变，实现了从偏居四川东部一隅的中等城市发展成为立足中国内陆、面向五洲四海的特大城市的转变。

研究3000年来的重庆城市发展史，我们可以发现：中央政府曾三次对重庆实行一级行政机构管理，也可以说重庆曾经经历过三次"直辖"。这种状况往往出现在历史发展的关键时期，"直辖"是重庆发展的历史机遇和强大动力，揭示了重庆城市发展的规律性。

第一次"直辖"：在统一中国的大业中，秦置"巴郡"。

战国时期，秦在统一中国的过程中灭巴国。公元前316年，秦置"巴郡"，以江州城（今重庆市城区）为首府。当时的"郡"相当于今之省或直辖市一级行政机构。这既是统一的中国中央政府对重庆实行一级行政机构管理之始，也是重庆代表中央政府管辖巴渝地区之始。迄今已2312年。秦完成统一中国的大业后，设天下36郡，仍以江州为巴郡。可以说，秦所设之"巴郡"是秦统一中国的结果之一。从中可见"巴郡"在统一的中国全局中的重要地位和作用。

第二次"直辖"：在抗日战争时期，国民政府升重庆市为"特别市——陪都"。

重庆建市于1929年，初为省辖"普通市"。抗战爆发后，国民政府迁都重庆，重庆遂以普通市担负起战时首都的重任。1938年9月，国民政府行政院决定重庆在作为四川省辖市的同时，照特别市（直辖市）组织，其行政地位开始超过省会城市和其他大城市。1939年5月5日，国民政府发布命令，正式将重庆升格为直隶行政院之"特别市"（直辖市）。1940年9月6日，国民政府发布训令："明定重庆为陪都"。当"中华民族到了最危险的时候"，重庆以"特别市——陪都"成为中国大后方的政治中心，为中华民族取得反对日本帝国主义侵略的胜利，作出了历史性的贡献。

第三次"直辖"：重庆"直辖市"伴随着新中国的成立而诞生。

解放以后，党中央设立重庆"直辖市"。当时的重庆是我国西南的政治、经济、文化中心，是西南地区党、政、军最高领导机关"中共中央西南局"（书记邓小平）、"西南军政委员会"（主席刘伯承）、"西南军区"（司令员贺龙）所在地。当"一唱雄鸡天下白""中国人民从此站立起来了"的时候，在邓小平、刘伯承、贺龙等老一辈无产阶级革命家的直接领导下，重庆"直辖市"诞生了。重庆为我国彻底完成新民主主义革命的任务，巩固和发展社会主义政权，发挥了独特的作用，也为重庆的社会主义革命和建设奠定了重要的基础。

今天，当新的世纪就要到来的时候，党中央、国务院再次决定设立重庆直辖市。重温重庆三次"直辖"的历史规律，重庆人应该意识到这历史机遇的珍贵和历史责任的重大。

重庆市委党史研究室编《史鉴》1997年第1期

江山之城与江山品格

古人云："天行健，君子以自强不息。"自强不息，开拓开放都是中华民族宝贵的精神财富，也充分地体现着当今时代的突出特征。

自强不息是山的品质，开拓开放是江的性格。重庆是一座山城，也是一座江城，江山之城的重庆，自有一种江山的品格。

大山大江造就的重庆人，自古以来就性格豪爽，耿直重义，自强不息。近代以来，大山大江造就的重庆人更以"江流出峡，一泻千里"之势，"以汉魂而吸欧粹"，趋东瀛，赴欧美，学苏俄，产生了邹容这样的资产阶级革命宣传家，更产生了赵世炎、杨闇公、刘伯承、聂荣臻、杨尚昆等无产阶级革命家，走出了邓小平这位中国改革开放的总设计师，培育了光耀千秋的红岩精神。他们是革命战争年代"自强不息，开拓开放"精神的代表。

江山重庆也呼唤新时代的江山品格。

三峡工程是国运所系的世纪工程，库区百万大移民是世界级难题。三峡工程成败的关键在移民，移民成败的关键在重庆。推进库区移民开发、实现移民安稳致富和库区长治久安，既是中央和全国人民对重庆的重托，更是我们义不容辞的历史使命。完成这一历史使命，要靠党的坚强领导，靠政策的科学和正确，靠库区人民的奉献与奋斗，靠全国人民的支持与援助，但是，从更长远、更本质的角度讲，真正实现三峡移民的安稳致富和三峡库区的可持续发展，还要靠培育以"自强不息，开拓开放"为主要特征的优秀的人文精神，使之成为全市，特别是库区主流的社会文化意识。

然而，在我们身边，计划经济的定式有之，封闭僵化的思维有之，画地为牢的桎梏有之，温饱度日的企盼有之，……以至于有的同志羡慕外面的精彩而缺乏竞争的勇气，向往小康的繁荣却寄望国家的"无限补偿"。尽管"解放思想"已经喊了多年，但一些同志总感觉思想解放得差不多了，潜力挖得差不多了；有的同志长于苦干，精神可嘉，但眼界不宽、胸怀不广，因此在新的战略转移中瞻前顾后、疑虑重重、安于现状、畏首畏尾。思想上的停滞，必然带来行动上的迟缓；观念上的束缚，必然造成工作上的犹豫。这样的观念和心态，无论什么样的政策，多大的支持力度，也难以形成参与市场竞争的强大能力，使库区真正走上致富的道路。

面对这种精神状态，培育"自强不息，开拓开放"的优秀的人文精神，对于正在"爬坡上坎，负重前行"的重庆人民来说，特别是对于正在致力于推动库区工作重心战略性转移，促进移民安稳致富和库区长治久安的三峡库区干部群众来说，更是具有极大的针对性。

可以这样说，"自强不息，开拓开放"，彰显出新重庆人文精神最鲜明的特征。

人文精神是一个国家、一个地区"内动力"的重要组成部分，是最重要、最基础的"软实力"。正是因为有"软实力"的优良，才会有"硬实力"的强大。"自强不息，开拓开放"的人文精神，既是历史精神之精髓，更是时代精神之昭示。这种精神只有成为整个社会文化意识的主流，才能真正促使民族的强大和地区的振兴。

对于今天的重庆、今天的库区来说，培育自强不息的精神，就是要大力强化全市人民，尤其是库区人民的内在素质，就是要不甘人后，敢为人先，坚忍不拔，锲而不舍。培育开拓开放的精神，就是要立足库区，依托重庆，胸怀祖国，放眼世界，以开阔的胸怀、开放的心态、开拓的思维、开明的政策，迈开大步走出去。

　　有了这种优秀的人文精神，再加上超一流的精神状态和敢拼敢闯的工作劲头，我们就能突破计划经济的定式、克服封闭僵化的思维、打破画地为牢的桎梏、改变温饱度日的企盼，我们就能抛弃只羡慕外面的精彩而缺乏竞争的暮气，摈弃光向往小康的繁荣却寄望国家"无限补偿"的积习。

　　总之，年轻的重庆直辖市需要高举起"解放思想"的大旗，以凤凰涅槃的勇气，来一次思想大解放，观念大更新，去披坚执锐，去攻坚克难，去斩关夺隘，把"自强不息，开拓开放"的优秀人文精神培育成为重庆的"软实力"，实现三峡库区移民安稳致富和三峡库区的长治久安，为重庆经济社会全面发展提供持久的动力。

《重庆日报》2006年7月12日

记录重庆前进的步伐

15年前的3月,全国人民把直辖的重任交给了重庆。

今天,我们站在3月的门槛前,是你们这些摄影家,用你们的热情,用你们的智慧,用你们独特的视角,为我们记录了重庆这座"江山之城"前进的步伐,留下了重庆人这一段奋斗的历程和独特的精神气质。

我不是摄影家。我之所以愿意担任组委会的职务,是要向摄影家们学习,更重要的是向普通的市民推荐和介绍摄影活动。

摄影可以追求新知。摄影活动永远是与新技术、新材料联系在一起的,永远是与新景观、新事物联系在一起的,永远是与创新创造联系在一起的。因此,只要拿起了照相机,就意味着追求新,创造新。

摄影可以愉悦心智。摄影活动永远是与真善美联系在一起的。不论是高山大川,还是奇花异卉,不论是人物肖像,还是记录生活,不论是中华风物,还是世界珍奇,莫不如此。揭示真,崇尚善,追求美,始终是摄影人追索的目标。有了真善美,精神就会更高尚,心胸就会更开阔,心情就能更愉快。

摄影可以锻炼身体。摄影是个创造性的脑力劳动,更是一个非常高尚的体育运动。俗话说,照相要累得、等得、饿得、绵得,这就是体育运动。在我看来,摄影是若干文化活动中,最能够把脑力劳动与体育运动结合起来,把精神愉悦与物质收获结合起来的最好的活动。

摄影可以和谐家庭。据我所知，搞摄影的人大都不熬更守夜打麻将，而是早睡早起抢镜头。而且一起出游，你拿"枪"，我扛架，你拍摄，我P图，一起欣赏好作品，其乐融融。这于爱人是被爱的理由，于子女是良好的示范。老少咸宜，家庭祥和。

所以，每当面对我们这座"江山如画，万紫千红"的城市的时候，我总有一种投身时代，记录历史的冲动，我也就愿意让摄影成为我的一种生活方式。

我希望，不论是普通摄影爱好者，还是专业的摄影师，我们都从这里出发，通过手中的相机，全方位、多角度、多层次地记录重庆前进的步伐，记录一个真实的新重庆。我坚信，这对于向全国乃至全球展现今日重庆的风采，彰显与传播重庆人的精气神，都是一件功德无量的事情。

2012年2月29日
华龙网2012年2月29日

根在湖广

对于今天的重庆人来说，十之八九都是"湖广填四川"的移民后代。而在千里之外的大别山南，却是"湖广填四川，麻城占一半"。这就是湖北省麻城市，就是填川移民的"老家"，更是我们重庆移民的"乡愁"所在。

这里有千百万移民魂牵梦绕的"高岸河码头"，这里有唯一以"都"称名的"孝感乡"，这里有来自重庆的麻城守护神"救厄帝主"，这里留下了诗人杜牧"清明时节雨纷纷"的感叹。这里还有《闪闪的红星》中的"潘冬子"，有"黄麻起义""刘邓大军挺进中原"的现代华章。

这里更有秀甲天下的麻城杜鹃。在我梦中，那是"繁花似锦，连绵不绝，一派匍匐山野、花低人高的景致"。后来，我回乡寻根，终于领略了它的神韵：走上龟峰山巅，密密麻麻的杜鹃花扑面而来，花海荡漾，花浪翻滚，花云漫卷，花瀑奔流，真个是织锦堆绣，万千绚烂，如烈火，如红霞，如旌旗，如号角……更是引发了千千万万重庆父老乡亲、兄弟姐妹们的"乡愁——梦里湖广　麻城杜鹃"。

"湖广填四川"始于元末明初的洪武大移民，到了清代前期达于高潮，迄今已经600多年。这是一次先由政府主导，后成政府倡导与民间自发相结合的大规模移民运动。到19世纪20年代，魏源作《湖广水利论》引用"湖广填四川"民谣，使这一运动进入全国民众的视野。

这一时期迁往四川、重庆的移民来自湖北、湖南、陕西、广东、福建、江西、广西、甘肃、江苏、浙江、贵州和云南等十余个省，尤以湖北、湖南为多，故有"江西填湖广，湖广填四川"之称。从明洪武年开始，政府就以湖北省麻城县孝感乡为湖广移民入川的主要集散地，因此四川、重庆居民大都以"湖北麻城孝感"为祖籍。对于今天的川人、渝人而言，"湖北麻城孝感"就不仅仅是一个地理概念，而成为重庆和四川移民祖籍的代名词。

在"湖广填四川"移民运动中，重庆有着极为特殊的地缘位置——重庆又是湖广移民进入四川后定居、繁衍、创业的重要地域，也是再向全川扩散或"二次移民"的"中转站"。

——"湖广填四川"移民运动促成了川渝人口的迅速增长、土地的大规模开垦、农业和手工业的大发展、大小城镇的繁荣、民族与文化的交流融合。它合理地分布了民族、人口生存的空间，使长期陷于战乱与苦难中的"天府之国"在经济、文化、社会各方面走向复兴，为"康乾盛世"的到来准备了条件，对后来川渝历史的发展产生了深远的影响。

——"湖广填四川"移民运动改变了汉、唐以来由北向南移民的格局，开创了由东向西（包括由南向北）大移民的先例，实现了由政府强制移民到支持鼓励性政策移民的转变，由被动的政治性移民向自发性经济移民的转变。

——"湖广填四川"移民运动导致了川渝人口结构、人口空间分布的巨大变化，使四川生态和自然环境发生了根本变化，对社会结构和社会面貌产生了强烈的震荡，对上自秦汉，下至唐宋以来所形成的四川传统社会来了一次重塑。

——"湖广填四川"移民运动促成了自成一隅的四川对全国的一次大开放。外来人口的大规模迁入，促进了四川人口繁衍和人种的优化，为近代川渝名人辈出奠定了基础。

——"湖广填四川"移民运动促进了楚文化与巴蜀文化的大交融，是中华民族文化交流融合的典型。

对于重庆而言，随着清代巴渝地区的开发，农业快速恢复，手工业开始兴盛，交通运输业不断兴起，区域吸引和辐射能力不断扩大，为重庆经济的进一步发展奠定了基础。到清末，由于西方势力的刺激和民族资本主义经济的产生发展，重庆经济开始加快发展。特别是进入20世纪后，在翻天覆地的社会大变革中，重庆从一座封闭的城堡发展成为开放的连接我国中西部的战略枢纽，从古代区域性军政中心发展成为区域性经济中心，从偏居四川东部一隅的中等城市发展成为立足中国内陆面向五洲四海的特大城市。在21世纪的今天，重庆更成为中国最年轻的直辖市和国家中心城市之一。

其间的苦难、奋斗、曲折、艰辛、光荣、辉煌……可歌可泣，可圈可点，可叹可喟！为此，去年6月18日重庆直辖纪念日时我曾经写道："回眸历史，笑问'君从何处来'？梦里湖广，麻城孝感。展望锦绣前程，耕耘八万里巴渝，众手梦圆当今重庆。"这就是"君从何处来——重走湖广填四川迁徙路"大型采访活动产生的历史逻辑和时代条件。

选自《君从何处来——重走湖广填四川移民路》
重庆出版社2015年版

庚子后方"疫"记

己亥冬，武汉突发新冠病毒疫情，蔓延全国。腊月二十九，武汉封城，湖北告急。及至庚子开年，正月初一，中央开会。随之各省市区一级响应，全国进入非常时期。举国援助武汉、湖北。

遥想1938年，日军进攻武汉，举国保卫大武汉，武汉是抗日前线。彼时，重庆是战时首都，以重庆为中心的西部地区是对日抗战的大后方。川军出川抗战，英雄辈出；川人出粮出钱，倾其所有，大后方人民诠释了"中国不可战胜的秘密"。

此时此刻，武汉再成前线，重庆又是后方。这是将记入新中国历史的事件。

挺身而出，从大后方冲向最前方

年三十，大红灯笼挂起来了，鼠年窗花贴起来了，欢声笑语，其乐融融，桌上摆起了佳肴，杯中斟满了美酒……

就在即将举杯的时候，那一声紧急集合的号令，那一支戎装整齐的队伍，那一声互道珍重的祝福，那一阵紧握不放的双手，那一对热泪相拥的母女，那一架拔地而飞的银鹰，把第一批重庆医疗队员送往前线武汉。

那是开战的模样。41年前的春节，自卫还击作战令下，在我们家就曾经发生过的那一幕，再次上演。

这一次是战武汉，战湖北。

这一刻，我的心揪得紧紧的，悬了起来。因为，湖北，那是我的老家，是我无法割舍的故乡。恨不能，生双翅，同上战场。

对于今天的重庆人来说，十之八九都是"湖广填四川"的后代。600多年前，兴起了"湖广填四川"大移民运动，千千万万的湖广人，抱着祖宗的牌位，怀揣故乡的泥土，扶老携幼，筚路蓝缕，栉风沐雨，艰辛跋涉，从湖北出发，迁往四川、重庆。正是他们的到来，让凋敝的川渝地区人口迅速增长，荒芜的土地大规模开垦，衰败的农业得以复苏和发展，大小城镇星罗棋布渐次繁盛，尤其是荆楚和巴蜀民族的融合、文化的交流，使我们的先祖先辈插占为业，繁衍传承，生生不息。

在"湖广填四川"移民运动中，重庆有着极为特殊的地缘位置——重庆是湖广移民进入四川后定居、繁衍、创业的重要地域之一，也是再向全川扩散或"二次移民"的"中转站"。

因此，过去的"湖广人"变成了今天的重庆人，而今天的重庆人，仍然流淌着"湖广人"的血脉。

而此刻，新冠病毒正在荆楚大地肆虐，亲人的生命岌岌可危，故乡的土地在呻吟，湖北人民在受难，国家处在危难的关头！

亲有难，国有危，故乡的子孙怎能袖手旁观？

后方的重庆人挺身而出！

驻渝部队冲在最前面。

无数的重庆人紧紧跟上，集结成重庆市第一批、第二批、第三批、第四批、第五批、第六批、第七批、第八批、第九批、第十批、第十一批、第十二批、第十三批医疗队……源源不断，召之即来，义无反顾，尽锐出战，踏上未知的战场。

他们赴武汉、去荆门、到天门，尤其是金银潭医院、火神山医院、泰康同济医院这些危难中的危难之地，前线中的一线战场。

在逆行的队伍中有许多熟悉的身影，更有许多年青的朋友，他们中有参加过抗击非典、救援汶川地震的老战友，有入行不久已崭露头角的新人，有医术高超的医生，有精心暖心的护士，有斩关夺隘的专家，有手握重器的机师，有不畏艰险冲在一线的新闻战士……他们的出征肩负着重庆人的希望，寄托着重庆人的乡愁，代表着重庆人对故乡的眷恋和回报。

舍生忘死，慷慨悲歌。何其雄壮，又何其悲壮！

而后方的重庆人，捐资捐物，出人出力，支援前方，是前方将士的坚强后盾；同时也舍生忘死，救死扶伤，尽责守土，站岗放哨。更多的平民百姓，听从号令，自动宅家，推迟婚礼，延缓探亲，在家办公，网上做事，决不添乱。

"武汉胜则湖北胜，湖北胜则全国胜。"在重庆医疗队中有4批584名队员支援湖北省孝感市。

这是党中央的号令，是重庆人的光荣，也让万万千千湖广人眼热心跳。

"孝感"，重庆人更难割舍的情愫

很小的时候，就听父亲讲，我们的老家在湖北的孝感乡，1950年代他乘火车去北京的路上就曾经过孝感站。因此后来我每去湖北，他总要嘱我带回一包孝感麻糖，尝尝家乡的味道。

等到退休了，我终于有机会前往湖北寻根，这才发现，"此孝感"非"彼孝感"。

多年的追踪中，我终于在重庆市巴南区惠民乡龙凤村找到了祖先留下的"八棱碑"，上面明明白白地记载着我们重庆周家来自于今天湖北省黄冈市的"麻城县孝感乡"，地处武汉东北方。

这个小小的乡，却有一个天大的名字——"孝感乡都"。据考察，以"乡"治为"都"者，恐怕全国独一无二，因而人称"天下第一乡都"。明清时代，这里是湖广移民入川的主要集散地，今天的川人、渝人大都认这里为祖籍地。直到明初，孝感乡仍存。到成化八年（1472年），孝感乡废，其属地并入仙居乡。

今天的"孝感市"在武汉西北方。在当年西迁路上，湖广移民就发现了这个叫"孝感"的地方。它是大多数湖广移民陆路西迁的途经地，也是一部分湖广移民的故乡。

不论历史如何变幻，区划怎么演变，"孝感"二字都是深入巴渝儿女血脉，嵌入重庆市民记忆的名字，是挥之不去的乡愁。

如今的我，虽有雄心，但难有机会上前线了，只能按上级的命令宅在后方的家里，略尽绵薄。

我宽慰自己，抗战时期，八路军一部分在前方打仗，一部分在延安搞大生产运动，一部分在大后方搞建设、搞文化，那也是为抗战胜利而浴血的一部分。

遥念前方，让我想起了几年前推动和参加的《重庆日报》《重庆晨报》"重走湖广填四川移民之路"大型采访活动的那些日子，赶紧翻出我编的那本采访报道集《君从何处来》，以慰乡愁。那是重庆新闻人对湖广老家的回馈。

身处后方的重庆学者也没有闲着，大力推动与湖北有关的研究项目的实施：声援处于病毒围困中的武汉学者，希望他们保存好抗疫时期的记忆，那是未来研究城市历史的珍贵史料；加快撰写《湖广填川重庆人》的进度，今年就要出版；赶紧与被隔离在武汉大学的博士生商讨清末中英宜昌谈判与中日马关谈判的著作，也是今年的任务；支持西政大教授撰写抗疫评论，在《重庆日报》和新华网、人民网、重报网三网齐发；支持博士后在家里演唱了《亲你》，并网连四省市共同创作了这首赞颂推迟婚礼、奔赴抗疫前线的情侣的新歌。

同时，还与孤悬在美国、无法按时归国的学生商讨研究抗战大后方的博士论文；完成了《重庆开埠史话》全书；精心编纂《复兴文库》；产生了《先声》的创意并着手实施，等等。

正所谓，你们在前方战疫情，我们在后方抓学术！相信你们赢得武汉保卫战、湖北保卫战胜利之日，也是我们的收获之时。

昨天，重庆派出了第十四批医疗队驰援武汉。至此，重庆共派出14支医疗队1378名队员，加上军队两批350多名，战斗在抗疫一线来自重庆的队伍就有1700之众。这是一支无畏之师，也必将是一支胜利之师。

遥想杜鹃花开，正待英雄凯旋

这些天来，我们对前方将士最深情的期待是"春暖花开之时，我们接你凯旋归来"。那是当然。

而我，还要前往武汉、孝感、孝感乡，看看那里的乡亲，那里的"高岸河码头"，那唯一以"都"称名的"孝感乡"，去领略诗人杜牧笔下纷纷而下的清明雨，去拜望《闪闪的红星》中的"潘冬子"，更要祭拜那些"黄麻起义""挺进中原"的先辈……

还少不了去遍览那秀甲天下的杜鹃花。

"人间四月天，麻城看杜鹃"。

可以想象，抗疫胜利后龟峰山上的杜鹃花，必将如烈火，如红霞，如旌旗，如号角，漫山遍野，密密麻麻，山呼海啸，扑面而来，花海荡漾，花浪翻滚，花云漫卷，花瀑奔流，织锦堆绣，万千绚烂……

山水相连，血脉相通，湖广情浓，生死与共。

湖广前方，重庆后方，一个地方，那就是中国！

重庆人，湖北人，我们都是湖广人！

我们更是中国人！

2020年2月22日于重庆

跋语：此文作于庚子疫情暴发之时。先在重庆《两江观察》网上以《我们都是湖广人》发表，后由《红岩春秋》转载，更名《遥想四月杜鹃盛开》（2020年第2期）。这是原稿。

木洞漫步

木洞，以历史悠久、工商发达、文脉传承、代不乏人而著称于世。

今之重庆，乃清之巴县，再往前追溯，为秦之巴郡、古之巴国。而木洞，就处在这巴县、重庆之东，长江之滨，是享誉"川东四大名镇之一"的"千年水驿"。

早在李唐鼎盛之时，诗人王维在其《晓行巴峡》诗中，就有"晴江一女浣，朝日众鸡鸣。水国舟中市，山桥树杪行。登高万井出，眺迥二流明"的名句，赞述了当年木洞水上集舟成市的盛况。清姜会照也在其诗中描绘出这里"小市人烟簇，茅茨绿水湾。四围多古木，一望满春山。贾舶争来去，禽声自往还。江风无限好，诗酒夕阳间"的繁华景象。

巴渝文化是重庆历史文化的基础，是居于重庆历史文化体系顶层，最具代表性和符号意义的一个文化元素。千百年来，在木洞这片美丽而富饶的土地上，士农工商创造出丰富的农耕文化和民俗文化，因此这里瑰丽多姿的巴渝文化遗存随处可见，更衍生出许多美丽的故事广为流传，对研究巴渝地区的历史文化具有重要的价值。

巴山渝水，人杰地灵。近代以来，从水驿木洞走出了邹容、杨沧白、丁雪松、何敬平等一批颇具影响的历史文化名人，他们像璀璨的群星，照耀着巴渝大地灿烂文明的历史天空。

山歌，是木洞的一张名片，其渊源可以追溯到上古时代的"巴渝歌舞"。中经春秋战国时代的"下里巴人"、刘汉时代的"巴子讴歌"、盛唐时代的"竹枝俚词",直至明清而演化形成了今天响传华夏的"木洞山歌"。它是在巴渝文化的浸润下,千百年来经木洞人民在劳动和生活中不断创造、积累、提炼形成的一种独特的山乡歌谣,近年已入第一批国家级非遗名录。

民族传统文化是增强人民群众文化自觉、文化自信和文化自强意识的精神食粮。文化既是推动社会发展的重要手段,又是社会文明进步的重要目标;既是凝聚人心的精神纽带,又与民生幸福指数的提升息息相关。

如今的千年古镇青春焕发,面貌一新。木洞镇已纳入重庆市高新经济开发区战略规划;迅速崛起的"重庆国际生物城"已成为重庆市最主要的生物医药产业聚集区和区域先进制造业基地、产城融合发展示范区;古色古香的木洞民俗风情一条街,琳琅满目,妙趣横生,集今古巴俗巴风于一体。游人至此,信步五里长街,目接江天一色,无不对物华天宝、地阜民丰的巴山渝水油然而生赞羡之叹。

木洞古镇因水而兴,历经千年沧桑。而今又紧随时代,面向世界,面向未来,英姿焕发,卓尔不群地矗立在重庆主城之东、长江之畔,风姿绰约地邀请八方来客,亲身感受它的前世今生,独特魅力……

2020年4月12日于十驾庐

读图江山之城

人类的文明,记载于"图书",因此人们总是给予图书以最高的肯定与特别的关怀。

中华文明的记载是从"河图洛书"开始的。以图说史,以史证图,中国的历史学就这样铺开写就。那时的"图"大致是山川形胜之"图画","书"则既指档案,也指著作。近代以来,西方地图技术传入中国,"图"与"书"相互渗透,成就了近代历史地理学的诞生。记得40年前上大学时,就研读过谭其骧先生的《中国历史地图集》。这种以地图方式呈现中国历史的著作,让我等学子较为便捷地进入了中国历史学的大雅之堂。几十年来,中国历史学有了长足的发展,一个重要的标志就是城市史学的兴起,在重庆,不独有《重庆通史》《近代重庆城市史》,也有了《重庆历史地图集》《重庆古旧地图研究》。

不过,这些地图集都是历史著作,记远古以来朝代更迭、地域变化之事。而用地图的方式来解说当今的重庆,却颇为鲜见。

近年来,随着信息技术的普及,历史照片、当下地图,逐步走入市民生活。尤其是这本《这里是重庆——每周一图地图集》,凡重庆山脉、江河、地貌、地名、阴晴雨雾、云海日出,以地图的方式,加纯朴的文字,娓娓道来。后来增加到立春、夏至、秋分、大雪,每当节气到来,必有一份过节地图飘然而至,告诉你那些节气的意蕴和传统的味道。更有重阳登高，历史大事，名人过往，巴渝新景，诗意重庆，城门会馆，体育赛事，下乡赶场，自驾出游，垂钓爬山，非遗美食，民间技艺，踏青赏花，露营数星，亲水漂流，山盟海誓，观览红叶，赏雪泡泉，等等。那些独具一格的地图，一图胜千言，且美轮美奂，亲切可人，让你按图索骥，尽享重庆。

这是重庆的一个文化现象。

作为一个城市史学者，我真为重庆有这样的一份能够贴心于你的地图而欣慰。终于有一个机会，我认识了这个团队，知道了他们付出的艰辛，更知道了他们探索的执着。

第一次读到他们的图，真正吸引我的是其中的创新性。古今一图、史图并重。尤其是他们第一次发现重庆的版图极像一个逆时针旋转135度的"山"字，这最好地解释了重庆这"山城"别称的由来。他们让地图活了起来、用了起来，找到了地图在当下的出路，让市民生活离不开地图，从而开辟了"地理文化"这一全新的领域。

这些年见诸媒体的戏说太多，胡说不少。而这些图严格遵循历史学、地理学的规范，融地理、历史、文化、美学为一体，深入挖掘地理内涵，专业涉及地图制图、历史地理、自然地理、景观设计、影视编导、计算机等。力图使其"靠谱"，让人须臾不可离开。

亲近则是他们的情怀。这是一个年轻的团队。因为他们心里有人民，所以他们跋山涉水，跑遍重庆，上天入地，栉风沐雨，不以为苦。倒让他们的这部著作真正做到了既有深入，也有浅出。那些文字专业而灵动，通俗而不媚俗，更不故弄玄虚。他们在服务市民生活，普及地理知识的同时，传播了城市的历史和文化，让人信服，这就是重庆的重庆，中国的重庆，世界的重庆。

我始终称重庆是一座"江山之城"。在这部书里，我找到了知音——

重庆就是这"山、水、城"的生命共同体。

如今,这座"江山之城"终于有了自己的新市谱、新家谱。

《重庆日报》2021年12月17日

经师人师

JINGSHI RENSHI

杜连，吉高

气爽秋高，杜连长80岁了。我们回到他曾经带领我们来到的这个地方——四川广汉，为他祝寿。

老首长叫杜吉高，我们始终称他"杜连长"。那是因为，1972年12月，我第一次见到他时，他就是连长，我们就这样称呼他。世事沧桑，云烟过往。如今80岁的他，慈眉善目，轻言细语。但在我们心中，他依然是那个军姿挺拔，军容严整，军威虎虎，既大声武气，敢批评，严要求，又善解人意、循循善诱的"连长"。

踏上广汉的土地，近50年前的往事，涌上心头。那是我们到达广汉的那天晚上，几十辆解放牌汽车齐集广汉火车站，"申"字车牌，锃蓝瓦亮，只听杜连长一声令下，便载着我们浩浩荡荡开进广汉城去；那是我们两百多新兵在广汉五七中学操场上，听着杜连长的口令，走齐步，踢正步，学瞄准，练投弹，一夜两次紧急集合，那些摸爬滚打、极限训练的日子；还有新兵连全连240人，平均每人每天吃粮二斤四两，而惊动师长的纪录；更有那结束新兵训练时，杜连长一个一个宣布分配单位的关键时刻。

当然，最令我个人难忘的还是1972年在彭水参军的那段时间。

12月初，我从双鹤公社来到桑柘区参加体检，第一次见到接兵首长杜吉高——一个威严、敦实、红脸的汉子。他是新兵连长，驻在区上桑柘坪，要征一个排的兵。在他征的兵中，知青就有十几个，是整个新兵连4

个排中最多的。那时候，大招工已经过了，这些知青都是因为这样那样的原因招不上工而留下来的，大都处在困境之中。我们1969年一起下乡有四个同学，当时只剩我一个人还在农村。

天，无绝人之路。这个天，就是杜连长。他来自四川邛崃，出身农家，1962年入伍，经历过大比武的锤炼。虽只是小官一枚，但他有高贵的灵魂，有一颗最宽厚、最善良的心。是他，用那仅有的一点权力，把我们这一群素昧平生的落难知青带出了彭水，带出了那片旧日的穷山恶水，为我们低落的人生打开了通向光明的大门。我们这支队伍从彭水、涪陵乘船，要经过重庆转火车。杜连长体谅我们思亲之苦，专门叫人通知知青们的家长，在重庆军供站与我们见上了一面。如今，快50年了，我们可以大胆地设想一下，当年如果没有杜连长的善举，我们会在哪里？生计如何？去往何方？！恐怕会是另一番人生了。

杜连长的善举，也引起了一些议论。什么知青不好带呀，等等。但杜连长没有理会，而是一开始就对我们敲打提醒，防患未然。记得是在从涪陵到重庆的大船上，他把新兵中的全部知青专门弄来开了个会，告诫大家，当兵不易，机会难得，一定要听招呼啊，千万不要搞出什么事情来，让人家戳他的背脊骨。真是用心良苦！

杜连长的善举还不止于此。我们那个部队是从事核武器研制的部队，1971年由工改而成。1972年是第一次征兵，我们便成了"基本兵"。部队里对"基本兵"的要求自然是很高的。他便把我们好几个知青，我和万大果、陈文雨、胡家路，一当兵就委以重任，当了新兵连的班长、副班长。这可是最大的信任啊！我们的文化低，还不到初中毕业水平，当然搞不了"核"。但杜连长自有安排。新兵训练结束后，他把万大果、高明清、郑宁分到警通连，当文书，搞报务，管伙食；把我和陈文雨、伍淇元、许增经派到汽车连，学开汽车；把邹荣胜派去师部放电影；把胡家路、王全意派到营建指挥部搞管理；把何德麟、颜泽荣派到科研队工作；把徐柏树派到修理营，让我们都实实在在地学了一门手艺，等等。正是从这里开始，我们走上了真正意义上的职业生涯。

几十年来，大家都没有辜负连长的栽培，没有拉稀摆带，没有跑路掉队。所以，我们感念他的恩情，感恩他是一个善良的人，感恩他那颗博大的心。

就我们家来说，与杜连长还多一重缘分。1972年，我父亲在关押六年多以后，终于从"牛棚"里放出，便翻山越岭到彭水看望当时情绪最为低落的我。在从涪陵到彭水的乌江船上，刚好遇上了前来接兵的杜连长。当他知道是因为父亲的"问题"而让我两次被公社推荐，但两次招工不成，至今仍一个人滞留于马家寨的情况时，深表同情。当年，我又报名参军，再得公社推荐，而杜连长又恰好在我们桑柘区接兵。后来我能得到他的批准，如愿以偿，与他和家父的同船之谊、他对我家不幸遭遇的仗义之情，不无关系。由于这份渊源，杜连长与家父也成为朋友。几十年来，他凡到重庆公差私游，都要专门到家看望我父亲，相见甚欢。

每每想到这些，总是情不自禁，心怀感佩，发乎于心，遂成一联：

吉德播黔州　暖心怜只影　敢忘舟行多提点
高怀尊伯乐　夕照映西川　更期寿考比岷峨

真个是，杜连，吉高！

《重庆日报》2020年10月25日

师 承

走出四川大学，背起《隗瀛涛文集》，踏上回渝归途，心中有一种莫名的波澜。

在沉寂20多年后，"成渝"又成热词。这全拜"成渝双城经济圈"所赐。于是《重庆日报》发起了"成渝走笔看双城"，它的助推更引得风生水起。年轻的学人看到了新鲜，因为直辖以来23年了，这是成长起一代人的时间，他们没有四川人的经历，所以新鲜。而对于我，看到这些文字，有一种非常享受的感觉。这毕竟是两座城市间的一段历史，更是我们这些四川人的一段经历、一条心路。原来，在我的心中，"成渝"从来没有冷过。

新中国成立以来，成渝两地史学界的交流与交融，从师承的视角看，可以追溯到我的老师的老师、史学泰斗徐中舒。

1979年，我考入四川大学历史系，师承徐中舒—隗瀛涛、胡昭曦一脉。

徐中舒先生是中国现代著名历史学家、古文字学家，清华大学国学院第一批研究生，师从王国维、梁启超先生，以《耒耜考》而名动学界。新中国成立之初，西南局、西南军政委员会决定在重庆设立西南博物院（今重庆中国三峡博物馆前身），把建馆重任交给了正在成都的四川大学一级教授徐中舒。1951年7月初，徐中舒等人从成都抵达重庆，与在渝先行入院工作的四名干部，以筹委会秘书处名义正式办公。后又从成都调集一批精兵强将来重庆共同筹建。徐中舒主持建立了西南博物院并任第一任院长，在文物征集、科研调查、资料收集、人才建设、机构设置等方面奠定了四川及重庆文博事业的基础。

我入四川大学四年，徐中舒均任历史系主任。从入学第一课到毕业赠言，都是徐先生讲。他的话很少，安徽话很难懂，但管用。他为我们学生自己办的学术刊物取名"十驾"，并亲笔题名。这是告诫我等，一定要以"驽马十驾，功在不舍"的精神学习钻研历史科学，方能有成。我始终忘不了那句"你不把基本的材料弄清楚了，就急着要论微言大义，所得的结论还是不可靠的"，奉为提笔为文、教诲学生的圭臬。后来，我用"十驾"作为我的书斋之名。这就是传承。

我的业师是隗瀛涛先生。隗先生是开县人，1953年考入四川大学历史系，由徐先生给他们讲先秦史。1957年毕业后一直工作生活在成都，以《四川保路运动史》而载入史册。他是继徐中舒之后四川史学界的带头人、中国地方史研究的重要开拓者之一。他既是四川人，也是重庆人。

我的第一本学术专著《重庆开埠史》就是读本科期间在隗先生的指导和鼓励下完成的。毕业后，我回到重庆。不知何时，我成了"优大生"，组织上安排我到基层锻炼，从而错失到隗先生门下攻读硕士、博士的机会。但我仍自觉地继续在隗先生指导下研究历史。

1986年春夏之交的一天，隗瀛涛先生从北京给我打来电话，说，国家社科基金规划办正在做"七五"规划，提出要研究"中国近代城市史"，准备把上海、天津、武汉和重庆列为第一批研究对象城市。这是国家社科规划的重大项目。

那时，我还是个初出茅庐的小兵，在重庆市委党校工作。我当然力主由隗先生挂帅攻关。

当时的重庆因为承担城市经济体制改革重任，刚刚从四川省的经济计划中单列出来，其他方面的事情也比照单列起来。但学术不同。重庆学界尚没有专门研究城市历史的专家，更无担纲国家重大项目的领军人物。只有四川大学有这个力量，但又不属重庆管辖。由四川大学来承担研究重庆历史项目，又有诸多不便。隗先生便问我如何是好。

于是，我马上将此事报告了正主持重庆文史工作的父亲，由他请示市委书记廖伯康和市委原书记孟广涵。经反复磋商，市委决定，这一项目由四川大学和重庆市地方史研究会的专家学者合作进行，课题组负责人为四川大学的隗瀛涛、胡昭曦和重庆市政协的周永林三人，隗瀛涛主持全书的编写工作，周永林负责重庆方面的总协调，川大的谢放和重庆的周勇分任课题组学术秘书。为确保课题的顺利实施，重庆市专门成立了项目顾问组，由廖伯康、孟广涵亲自担任顾问组长，八位市级领导、老同志担任顾问。这可是开创市校合作研究重大课题先河的事，这在当年是一件盛事，今天仍是一项纪录。

在此之前，中国没有城市史研究这个专门学科，理论、资料的准备均嫌不足，其多学科相交叉的特点更增加了研究的艰巨性。连隗瀛涛先生都称"我们凭着一点探索热忱，边干边学，在工作中随时有重任在肩又力不从心之感"。我等青年更是热情有余，而能力不足。

得先生厚爱，命我一个人承担全书的核心——商贸、金融、交通、工业，共四章的撰写。城市经济是城市史区别于传统通史最显著的特征，是当时绝大多数学者所不熟悉的。尽管我写过《重庆开埠史》，也啃过《资本论》，但对重庆城市经济史也是刚刚入门，知识体系捉襟见肘，只能拼命补课，一切从头开始。大约做了两年的准备，我从1988年秋天开写，到1989年冬天完成，共四章，论述了重庆城市商业、工业、金融、交通中心的形成和发展。这"重庆经济四章"我写了一年多，这一年多是我大学毕业后写得最艰苦的一段时光，也打好了我后来研究重庆城市经济史的基础。好在那段时间，事务相对减少，能够专心致志。先生对我的这四章还是基本上满意的。

对我们这一众学生，隗瀛涛先生总是给以鼓励。1987年课题组第一次在重庆开会，住会仙楼，他几杯酒下肚，便做了一首诗，其中有一句是"恭州五少雄"，就是指王笛、谢放、何一民、胡道修和我。他告诫我们要奋力向前，"只要写出这本书，大家都能当教授"。我们几个当然唯先生马首是瞻。但对于还是助教的我，只能认为那是先生在攻城拔寨之前的激将法。而事实是，1991年《近代重庆城市史》出版，1992年我就破格晋升副教授（提前一年）；1992年此书获得四川省第五次哲学社会科学优秀科研成果一等奖、我的《重庆：一个内陆城市的崛起》获重庆市第三次哲学社会科学优秀科研成果一等奖，1993年我就破格晋升教授（提前四年）。到了1994年，由于隗瀛涛先生率领四川大学在中国近代城市史研究方面取得的巨大成就，经教育部批准，在四川大学设立了以"中国近代城市"为主要研究方向的国内唯一的"中国地方史"（现改名为"专门史"）博士授权点。

这项研究进行了五年。1991年《近代重庆城市史》正式出版。这是以马克思主义为指导，对我国新兴城市的近代化过程及其结构和功能的演变进行周密研究，并在城市学理论上有所创新的一部力著。尤其是提出了以研究城市的结构功能演变及其近代化为主要内容、基本线索的研究模式，在学术界已产生了重大的影响，被称为这一领域的"结构—功能学派"，"在研究城市近代化的理论上有重大突破"。如今，它与上海、天津、武汉课题成果一道，成为中国城市史研究的第一座里程碑。这也是成渝两地史学界携手合作，培育出的一朵最璀璨的史学新花。

于我而言，《重庆开埠史》+"重庆经济四章"，这十年攻坚，奔走成渝，犹如得隗先生耳提面命、精心雕琢而攻下一个博士学位，为我后来担任硕士生导师、博士生导师打下了一个基础。

成渝走笔看双城，双城未来看青年。

2020年12月5日于成都—重庆高铁列车之上
《重庆日报》2020年12月20日

给胡昭曦先生的信

胡老师：

你的两部著作，收到了。因为我家已经搬离沧白路71号，所以邮件辗转几次才到了我的手上。非常抱歉，没有及时把新址报告于你。

拿到大作，急切翻开，你竟称呼我为"学友"，真让我眼睛一热。还是先生厚爱呀！

几乎是一口气就浏完全书，尽管我对其中的不少学术问题并不在行，但你的学风与文风扑面而来，很是过瘾。

细细品读了《综合研究是历史研究的基本方法》和《教书育人重能力科学研究尚创新》两文，更是愉快。你说，"我印象最深的是'文化大革命'后给本科一些年级尤其是77、78、79级同学上课，非常愉快。他们学习的主动性和自觉性强，有渴求知识的热情，上课听讲时眼神特别专注，师生之间往往目光对接，心领神会，让老师觉得特别舒畅"。

这让我仿佛又回到38年前的课堂上，先生那意气风发的年代。记得1982年缪先生给我们讲了一个星期的课，你就写了一个星期的黑板，当时缪先生几近失明，没有讲稿，他讲到哪里，你就写到哪里，一上午写了六块黑板，那个才气和帅气呀……可能是难以再现的经典了！

也想起那些年你栽培我、提携我的日子：

——你在整理《圣教入川记》时，让我参与其中，学到了学术性调查研究的方法；

——你让我沿着你的论文《从甲午战争到辛亥革命时期帝国主义对四川的经济侵略》的方向继续向前，使我得以认识隗先生，走上学术的正途；

——你对我课外作业的精心批阅和严格要求，那是须臾不可忘记的；

——还有毕业30年座谈会上（2013年7月13日）你的那句"学生不能超过老师，拿你来做啥子？"当时怦然心动，至今记忆犹新。

什么叫大作？就是30年后仍能动人心魄的那种文字。什么叫大师？就是能够留下这样文字的老师。我相信，您和《旭水斋文稿》是当之无愧的。

我到宣传部工作十年，后去市人大，去年9月办理退休手续。我主动申请退，是不想再应付差事，多给自己留点时间，做喜欢的有价值的事情。

现在一数，十年中真正留得下的，竟是"抗战大后方研究与建设工程"，这是事业。其他，都是工作，过去了，就过去了。

现在我正做的，一是把承担的课题完成好，这个不少，要有始有终，善始善终；二是培养好学生，这些年虽然奔走于官场，但向学之心没变；三是办好地方史研究会，孟书记和家父都离开我们了，但他们开创的事业我要继续下去。当然，也在当"社会贤达"，支持文化事业，支持年轻人。

我另送上两部书，一是《孟广涵集》，这是我们为纪念他而做的；一是《重庆时光》，这是我带研究生十年之际的小结。权做向先生的汇报。

这些年，跑成都少了，也疏于向先生请安，惭愧！惭愧！将努力改正。

从读书中得知，先生年70方学电脑写作。这让我斗胆提出一个小小的请求：先生《旭水斋文稿·续集》等大作之电子版可否送我一份？这些年我有一个习惯，随身携带电脑，收集大作之电子版，利用零碎时间读书写作。前些年，多数零碎时间被文件材料占用了。现在进入一个新的读书时间，要多读先生的书才是。

　　春暖之际，即颂先生和师母康健！

学生　周　勇
2017年3月12日

厚　爱

今天傍晚，从川大七九级同学群中得胡昭曦先生仙逝的消息，霎时心为悲恸，既沉且乱。

我与先生常通音问，最近者乃9月13日。微信中，我忆及1980年夏，先生指导我回渝调研古洛东先生所著《圣教入川记》撰写及出版事宜。由于当时在校有胡先生提携，在家有家父指导，使我学有所成，得益匪浅。当天先生精神还很健旺，书写自如。不想，今日竟驾鹤西去！

赶忙从信息资料库中搜索先生与我的那些照片和通信，重温先生对我的教诲，心绪渐次平复！立即致信师母"先生山高水长、风范长存！我们对他高山仰止，率为示范，定将薪火相传，不懈奋斗！敬请师母保重、节哀！"

胡昭曦先生是我最敬仰的一位老师。

先生一生治史严谨，著作颇丰，所著《宋末四川战争史料选编》《宋蒙（元）关系史》《张献忠屠蜀考辨——兼析"湖广填四川"》《胡昭曦宋史论集》《巴蜀历史文化论集》等著作，在学术界有重要影响，特别是对宋元历史的研究，贡献卓越。

先生一直关心重庆史研究，贡献良多。对重庆古代历史研究精深，尤其是对大足石刻、钓鱼城等进行实地考察，亲自指导，推进重庆历史学进步，收获丰硕，为学界称道。他与隗瀛涛、周永林先生开拓重庆城市史研究，廓清范围，建立体系，指明路径，细心指导，重庆城市史有今天的发展和学术上取得的进步，赖先生之力不少。

先生待人随和亲切，对后辈极力提携，在渝期间指导后学，一一点题，深入剖析，视野之广，分析之深，给重庆学界留下深刻印象；先生研究宋史最力，师从蒙文通先生，为我国近代以来宋史研究之嚆矢。承继有绪，学术正统，身体力行，影响深远。在他年迈之际还多次来重庆大足指导大足学学科建设事宜，多次出席大足石刻国际学术研讨会，为重庆学界树立典范。

于我而言，有两事，如在昨天。

2017年3月12日，星期天，小雨，我收到胡昭曦先生寄我的《旭水斋文稿·续编》。打开一刻，眼睛一热，扉页上工工整整地写着"周勇学友指正 胡昭曦 二〇一七年三月"。

一下子仿佛回到了1980年春天，胡昭曦先生给我们上宋史课时，我那如饥似渴的日子。370页的著作半天读完，意犹未尽。先生教我这几十年的情景历历在目。心有所动，遂专心致志、认认真真、恭恭敬敬给先生写了一封信，以表达对先生的谢忱与敬仰。

2003年，拙作《重庆通史》出版。恩师隗瀛涛、胡昭曦等受重庆市委邀，莅临重庆，出席《重庆通史》首发座谈会。先生以《构建重庆地方史新体系的力作》为题发言，一如当年，鼓励、指导、探讨，给我教诲无限，如坐春风。那一年，先生已七十岁，风采不减。

如今，哲人其萎，风范千秋！

> 德仰高风，政立卓勋，嘉声赫赫称贤范。
> 学尊泰斗，教多英彦，恩泽汪汪成巨川。

谨以此联敬悼先生，表高山仰止，薪火相传之意。

2019年11月3日夜于十驾庐

老师 学者 朋友
——我的老师隗瀛涛先生

2010年隗瀛涛先生诞辰80周年。

隗瀛涛先生是巴渝大地成长起来的优秀学者，新中国培养的历史学家，是继徐中舒先生之后的又一位史学泰斗。

隗先生是重庆开县人，1953年考入四川大学历史系。1957年毕业留校任教，先后做过历史系讲师、副教授、教授、博士生导师，为四川省学术带头人、国家社会科学基金中国历史评审组成员、教育部哲学社会科学咨询委员会委员。1984年至1988年任四川大学副校长，1983年至2005年任四川省文史研究馆馆长，1985年创办《文史杂志》并长期担任编委会主任及主编，他还是四川省政协第四、五、六、七届常委。

不久前，川渝两地共同举办"隗瀛涛教授与中国近现代史·城市史学术研讨会"，中国著名历史学家、华中师大原校长章开沅教授，中国著名历史学家、中国社科院学部委员、近代史所原所长张海鹏教授，四川大学校长谢和平院士出席会议，来自全国历史学界的专家学者相聚于四川大学这座百年名校，以最纯粹的方式纪念我的从教与从事史学研究一生的先生。这是先生的荣幸，是川大的光荣，更让我们这些学生辈心中温暖，心存感激。

1979年，我考入历史系读本科，从一年级末起就在胡昭曦先生指导下开始研究"帝国主义对四川的经济侵略"这个课题。第二年，昭曦先生把我引到了隗先生门下,从此开始了我30年来研究中国近现代史、中国城市史的漫漫征程。

30年前,先生的教诲言犹在耳;3年前,先生与我握手告别刻骨铭心。

隗瀛涛先生是一个"伟大"的老师

隗瀛涛先生生于1930年,是重庆开县人。他是从小学老师起步而成长起来的一位大学老师,在他身上,集中了中国最优秀的老师的才华和品格,这在我所认识的老师中并不很多。他从小学校长做到了大学校长,在他身上,集中了一个优秀教育家的经历和理想,这在今天,恐怕也是凤毛麟角。

先生秉承了中国"师者"所担当的传道、授业、解惑的责任,在他的身上,可以看到徐中舒、蒙文通、缪钺,以及张秀熟先生的风范与品格;他培养了一批又一批青年学子,我们中的许多人,包括许多非历史专业的学生,都曾以不同的方式领受过先生的学业教诲与精神指引;先生既潜心于学术研究,更以自己对中国近代历史的深刻认识和对新中国风雨历程的深切感受,关注现实,服务社会,尤其是教书育人。在20世纪70年代末、80年代初,他努力探索出了一条用中国近代历史对广大青年学生进行爱国主义教育的路子,享有"南隗(隗瀛涛)北李(李燕杰)"之誉,堪称"师者典范",受到青年学生的爱戴,赢得了广泛的赞誉,受到党和国家的褒奖。

他以渊博的学识、杰出的学术成就,揭示了中国近代历史从爱国主义到社会主义的发展规律,而他自己作为一个知识分子,则完整地走过了从爱国主义者到社会主义者、共产主义者的伟大历程,成为"人之模范"。

我想,称这样的老师为"伟大"是可以的,而先生则当之无愧。

隗瀛涛先生是一个"创新"的学者

从20世纪50年代求学于四川大学始，先生便潜心学术，直至著作等身。60年代，他的学术事业从中国近代史起步，以优异的成绩崭露头角。虽历经动乱，仍心无旁骛，学研不辍，终于在科学的春天里喷薄而出，他和他同辈的学者们奉献出了一批皇皇巨著，而他则独树一帜——相继主持了国家哲学社会科学七五、八五、九五重点课题，发表了《四川保路运动史》《邹容》《巴蜀近代史论集》《近代重庆城市史》《中国近代不同类型城市综合研究》《近代长江上游城乡关系研究》《辛亥革命史（中册）》《辛亥革命与四川社会》等重要学术专著和学术论文，其成就在学界有口皆碑。更为可贵的是，在年届六旬、功成名就之时，先生又发起在中国地方史领域里开疆拓土。他指导我们从"重庆开埠史"开始，进入"近代重庆城市史"，深入"中国近代城市史"，进而创立了"中国地方史"学科，并以七旬高龄，受国家委托，担纲编撰规模浩大的国家清史工程的《清史·城市志》。

先生执教50多年，对学生的培养是他一生所获成就中最为光彩的又一件。他为本科生上的中国近代史课已经成为我们对那个时代最深刻的记忆和最精彩的记录，他指导历史专业本科生毕业论文所下的功夫和达到的水准，决不在当今许多硕士、甚至博士论文之下，让我们受益终身。从20世纪80年代中期起，他通过主持国家课题精心培养创新团队，只短短几年，就帮助一班青年学子迅速地完成了从助教到教授、从讲师到博士生导师的跨越。这里面浸透了先生的心血，也包含着他的同辈学者们的精心栽培和悉心呵护。

新中国成立60年来，新人辈出，成就斐然。先生便是新中国培养出来的一位历史学者。"学者"的生命在于创新，也只有创新才能堪称"学者"。而隗瀛涛先生最可贵之处就在于不断地"创新"，因此他是可以称为"学者"的人，是可以被称为"大学者"的人。

隗瀛涛先生还是一个"真诚"的朋友

3年前,先生弥留之际,我专程到成都去看他,他拉着我的手说,"我还想再见到你们。如果见不到,我们就告别了","你不光是我的学生,我们还一起写过书","可以说,从那个时候开始,我们既是师生,又是朋友"。

先生对生命的豁达,已让我盈满热泪。先生过去对我们多是警醒和告诫,而弥留之际却留给我褒奖——与先生并肩做"朋友"!我感知到了先生的绵绵激励,让我从此在任何艰难困苦中都无法放弃他交到我手上的那份对事业的执着!这就是他的高贵所在!

按川大的规矩,本科生在三年级时要写学年论文。二年级时有胡昭曦先生的指导,我就对"重庆开埠"产生了兴趣。到了隗瀛涛先生门下,便把学年论文定名为《论重庆开埠》。照常例,学校对学年论文要求并不很高,几千字、说清楚、做规范就可以了。由于我从二年级即开始收集资料,一年多时间中,资料积累较丰,写起来就收不住,一气写了四五万字,不像学年论文了,不知如何是好。我拿着稿子请教于先生。他很认真地看了几天,然后把我叫去说:"你这篇文章已经有点专著的味道了,干脆写成一本书吧"。写书?这是我从来没有想过,当时也不敢想的事,我一个在校的本科生,连学术论文都没写过一篇,怎么能写书呢?先生鼓励我说,"不要怕,写!"我还是没有胆量,就说:"我研究的全部是经济问题、外交问题,没有研究过与此相关的政治问题。"此话刚刚说完,先生马上说:"不怕,我把我的东西全部给你!"就这样,他把自己在研究四川保路运动史中涉及重庆开埠史的珍贵资料和他自己的有关研究成果全部给了我。作为一位老师,同时也是一位历史学家,他不假思索、毫不吝惜地拿出自己的成果,无偿地支持一个还看不出有什么发展前途的毛头学生,真是难能可贵啊!那是1981年底的事情。不到一年这部名叫《重庆开埠史稿》的专著写成了,由先生和我共同署名,1982年内部出版。社会反响超过了我们的预期，1983年便由重庆出版社正式出版，定名为《重庆开埠史》，而且1984年就被四川省人民政府授予四川省首届哲学社会科学优秀成果三等奖，我也因此成了四川大学第一个在校期间出版学术专著的本科生，跨上了学术发展的第一个台阶，也由此奠定了我后来的学术基础。

1983年毕业后，先生在成都，我在重庆，但声息相通，交流不断，甚至成为通家之好。我在先生的指引下，顺着《重庆开埠史》的路子，继续延伸着研究的领域。1986年，时值辛亥革命75周年，我的个人专著《辛亥革命重庆纪事》出版，先生欣然为我作序，称之为"这是第一部比较全面系统地论述重庆辛亥革命的书，是近年来四川辛亥革命史研究的一项新成果，作者做了一件很有价值的工作"，"这种精神是值得赞扬和提倡的"。这一年，他又带领我们拿下了"七五"期间国家哲学社会科学重点课题《近代重庆城市史》。这是一项具有开拓性质的事业，是一个以城市为对象，以城市的基础结构和基础功能——城市经济中心为基础和主线的全新研究领域。先生让我当课题组的学术秘书，并鼓励我一个人独立承担这部著作的核心任务——重庆经济中心——的研究与撰稿，这几乎就是把这个课题的主要责任放在了我的身上。因此，从1986年起，我经历了从事学术研究30多年中最为艰难的一段时光。在先生的统领下，我几乎放下了所有的事业，潜心于以重庆为中心的城市经济史之中。资料短缺、借鉴无依、头脑干涸……逼迫我去攻坚克难，真正体会了专心致志，经历了殚精竭虑，也感受了挥汗如雨，直至江郎才尽。这部书提出了以研究城市的结构功能演变及其近代化为主要内容和基本线索的研究模式，在学术界产生了重大的影响，被称为这一研究领域的"结构—功能学派"，是中国城市史研究的奠基之作，也为四川大学创立全国第一个"中国地方史"博士点奠定了学理基础。这部书1990年出版，先后获得四川省政府授予的哲学社会科学优秀成果一等奖，在新中国成立50周年时获得全国哲学社会科学规划项目三等奖，我也因此被国务院授予政府特殊津贴。这成为我学术发展的第二台阶。

进入20世纪90年代，我在很短的时间内连续被破格晋升副教授、教授。先生并没有表露出多少欣喜之情，却老是告诫我，学术是没有止境的，"高级（职称）就要有高级的要求"。不久，我又担任了学校的领导职务。先生专门把我叫到川大家中，很恳切地对我说："当官了，当然好，可以多为国家干点事情。但是学问不要丢哟，这才是安身立命之本。不管是搞学术，还是当干部，没有学问都是不行的。"正是先生的激励，使我努力于"双肩挑"，既负责繁杂的行政工作，同时又站在学术的前沿，作为重庆的学术技术带头人，承担了大量的教学和科研工作。实在说，很累！但是，我坚持下来了。2003年，我的《重庆通史》出版，73岁高龄的先生亲笔撰写了《承前启后继往开来的力作——读〈重庆通史〉》一文。随后从成都专程赶到重庆，在出版座谈会上发表了《雷鸣之前的闪电》的演讲。他借用海涅的诗："思想走在行动之前，就像闪电出现在雷鸣之前一样"，激励"重庆的历史学能成为重庆经济建设雷鸣之前的闪电"。我常常想，如果没有先生的鞭策，我坚持不到今天，也迈不上事业发展的这第三个台阶。

2009年春，台湾"中央研究院"邀请我参加当年的"海洋史研讨会"，会议的主题是港口城市史、贸易史。我婉言谢绝了，告诉他们，自《重庆开埠史》《近代重庆城市史》出版后，我已经多年不搞这一段了，没有什么新东西。但他们说，在这个领域里你的这些成果仍然具有代表性。这句话让我眼睛一热，这都得益于先生当年的鼓励和扶持，所得成果到今天依然有用。10月，我率"重庆抗战历史文化参访团"访问台湾，去"中央研究院"参加了研讨会。在那里，我见到了好多来自大陆和台湾的著名学者，他们都不约而同地讲到了与隗瀛涛先生的愉快交往。这让我为之感动，更深以为荣耀。在作学术报告时，我用了大约5分钟时间感念先生给我的教诲和引导，"滴水之恩，当涌泉相报。今天我在'中央研究院'发言，加说这一段话，就是要表达我对隗瀛涛先生的怀念，谢谢他对我的指引和教诲"。

什么叫"教学相长"？什么叫"教书育人"？什么叫"甘为人梯"？什么叫"为人师表"？隗瀛涛先生已经告诉了我们。

亦师亦友，是"为学"的最高境界。因此，成为隗瀛涛先生的学生，是我一生的荣幸。

在先生诞辰80周年的时候，我想，纪念他的最好方式就是像他那样走正路，出成果，服务人民，贡献社会。

2010年4月17日于四川大学

《重庆日报》2010年4月23日

隗家的酒香

新年伊始，隆冬时节，《隗瀛涛文集》进入"四川大学建设世界一流大学文化传承创新项目"，由四川大学出版社出版。全书凡140余万言，收入先生的成名之作《四川保路运动史》，再就是他带领我写的《重庆开埠史》，其余为先生自传及代表性学术论文。今天，四川大学和四川省文史馆召开"隗瀛涛学术思想研讨会暨《隗瀛涛文集》新书发布会"。这让我心中充满了暖意和敬意，便有了不惧严寒和新冠疫情而奔赴成都出席首发式的勇气。

先生一辈子教书育人，立德树人，桃李天下，语言极富感染力。其中"平时莫来，吃饭的时候来"就是专门为这本书说的。40年过去了，仍是那么清晰地响在耳边，激荡于心。

我是1979年考上四川大学的，那是"老三届"的末班车。那时的老师和学生都怀揣"担负起天下兴亡"的责任感在校园中拼搏，用"拼搏"形容一点不过，只要能读好书，教好书，做好学问，不论是师还是生，总是倾力而为，全力以赴。第一学年结束，胡昭曦先生就带领我们几个本科生如同研究生一样开始学做历史研究了。当时胡先生教宋史，也做四川古代史研究。他带着我做的第一项研究就是在1980年暑假调查《圣教入川记》和法国作者古洛东的情况。完成以后，便开始做他在本科时就开启的"帝国主义对四川的经济侵略"研究。那时文献资料相当缺乏，我把川大图书馆中的相关图书几乎翻了个遍，但收效甚微。于是胡先生就指引我钻进了图书馆的线装书室。那时的线装书室完全不似如今的古色古香，安静典雅，崇高无比，而是屈居底层边上，原木书架，开敞放置，蓬头垢面，管理松懈，整天难见一二人。那是因为"文革"十年中几乎无人问津，弃如敝履所致。但对我而言，能近坐书架之旁，随取随拿，任意挥洒，得以把《光绪朝东华录》（记载光绪朝中的史料，220卷）、《筹办夷务始末》（收录道光、咸丰、同治朝涉外事务档案资料，260册）、《清季外交史料》（含光绪、宣统朝外交史料，273卷）翻了一遍，但凡见到与四川、重庆有关的内容就做成卡片，抄写下来。待天黑出门，满脸、满身黢黑，鼻孔里全是黑灰。

如是半年，我终于找到了一些感觉，凝练出"重庆开埠"这个选题——重庆开埠是四川和重庆近代历史的起点。但是前人的研究让人莫衷一是：重庆开埠的法律依据是什么，到底是1876年的《烟台条约》，还是1895年的《马关条约》？重庆开埠的标志是什么，到底是条约的签订日期，或是其他什么事件？还有重庆开埠与近代重庆，乃至四川、西南地区社会发展的影响如何评价？等等。我越发感到，要取得突破性进展，搞清楚重庆开埠是一个关键。于是就开始深钻下去。大约到1981年上半年，胡先生说，你再往前做，我就不熟悉了，给你请位我的老师来带你。于是他领着我就去了隗瀛涛先生的家。

那时，隗先生住在桃林村，住房虽有三间，但比较小，到处是书。先生中等身材，笑嘻嘻的，师母也很娴静和善，有一儿一女。落座书房后，胡先生说明了来意。隗先生问了我一些学习和家庭的情况后便说，"平时莫来，吃饭的时候来"。这让我一下子有点蒙。但又不敢多问，只是记住，照办就是了。

慢慢地我了解了隗老师，也逐渐懂得了这句话的意味。当时正值"文革"过后，拨乱反正，百废待举之新时期，也是他们这一代知识分子终于挣脱束缚，得以放手大干的新时代。1981年，国家将纪念辛亥革命70周年，先生正在撰写《四川保路运动史》，主编《辛亥革命史（中册）》，分分秒秒都不可闲抛。

再后来我更明白了，"平时莫来，吃饭的时候来"是隗先生培养学生的一种特别的方法。既指他工作很忙，惜时如金，学生不要随便打扰，以便先生能全力攻关。又指学生不要完全依赖老师，要学会独立思考、自主研究，只有那些实在解决不了的问题才去请教老师。当然还指，在吃饭时去请教老师，学生一定不会长篇大论，而只能拣最紧要的问题，用最简练的语言提问；老师也同样，一定是把最关键的办法，用最精确的语言，解答学生提出的问题。再有，两杯下肚，微醺时刻，先生更是妙语连珠，要言不烦，点到为止，让你记忆深刻。这是一个相得益彰，效益最大化的办法。

按川大的规定，本科生到第三学年要写一篇学年论文，几千字足矣。我便准备以《论重庆开埠》为题。记得我是在1981年12月一个寒冷的冬夜，坐在川大校园南边的临江馆开笔的。那里毗邻农田，安静人少，夜不熄灯，通宵可用。我从考证重庆开埠的历史过程、法律依据、开埠标志写起，然后再按照帝国主义的政治侵略、经济侵略，封建主义统治的变化，民族资本主义经济的产生与发展，民主革命的兴起与成功等铺展开去。结果，一气写了10来万字，完全不像一篇学年论文的样子。如照这个写法下去，我又茫然，收不住了，不知如何是好。

我只好去隗先生府上请教。一天上午下课后，我照例打上饭去到隗家。先生正在吃午饭，他照例也给我倒上一杯峨山二曲，边喝边吃，边听我的汇报，没有表态，叫我留下文稿，离去。他很认真地看了几天，然后把我叫去说，"你这篇文章已经有点专著的味道了，干脆写成一本书吧"。说实话，真吓住我了——一个在校的本科生，连论文都没写过一篇，怎么能写书呢？那可是高不可攀的呀！但先生当真，"不要怕，写！"我还是不敢。因为我只研究了中英、中日关于开埠的交涉,以及开埠以后经济与社会的变动,而对由此引起的政治运动和斗争还完全没有涉及。隗先生几乎是不假思索地说,"不怕,把我的东西全部拿去!"这样,他就把自己在研究四川保路运动史中涉及重庆开埠后,由于帝国主义的侵略而发生的辛亥革命运动有关重庆的史料,和他本人已经写入《四川保路运动史》的有关成果全部给了我。这让我用最快的时间补上了这一课,站到了学术研究的最前沿。

我真赶上了好时光。党的十一届三中全会以后,国家进入以经济建设为中心的新时期。为了正确认识重庆在社会主义现代化建设中的地位和责任,1982年3月,中共重庆市委以市委研究室和市经济学会的名义,召开了"发挥重庆中心城市作用讨论会"。这是后来重庆计划单列的理论准备。会议组织者约请我的父亲周永林撰写《重庆经济中心的形成及其演进》与会,我打下手。同年6月5日,《重庆日报》全文刊载。

在协助父亲撰写这篇论文的过程中,我深深地感到,在新的历史时期,在摒弃了"以阶级斗争为纲",确立了"以经济建设为中心"的指导思想以后,社会科学应该紧密联系社会实际,为经济建设服务,为改革开放服务。我们的城市急切地呼唤历史学家重新认识重庆,研究重庆的历史和现状,从而确立重庆在未来发展中新的地位和作用,这更是我们青年史学工作者的责任。

有鉴于此,在隗先生的指导下,我们确定了以重庆开埠及其影响为基本线索,着重叙述1876年《中英烟台条约》至1911年辛亥革命的重庆经济史和政治史,揭示重庆城市发展的特殊规律性,为确立重庆经济中心城市的地位提供学理支撑。

有隗瀛涛先生指导,只一年多一点时间,我便完成了《重庆开埠史稿》。经先生精心修改,到1982年下半年这部书内部出版、1983年改名为《重庆开埠史》正式出版,因"《重庆开埠史》更是有关四川区域社会和城市研究的奠基之作，具有开创性意义"（四川大学出版社语），1984年获得四川省首届社会科学优秀成果三等奖。让我跨上了学术成长的第一个大台阶，也因此奠定了我后来学术发展的基础。

可以说，《重庆开埠史》是一部追随时代步伐，酝酿于桃林村隗家饭桌，诞生于临江馆，散发着酒香的学术著作。40年过去了，它与隗先生的成名作《四川保路运动史》一起被收入《隗瀛涛文集》，这是我获得的最为崇高的荣誉，感动、感念，难以言表。

40年来，我始终没有放弃对"重庆开埠"的深入研究，1997年《重庆开埠史》出了第二个版本；2019年根据这部著作拍摄的电视纪录片《城门几丈高》播出，好评如潮。2021年，我将启动《重庆开埠史新编》的研究，然后带领我的学生们，填补当年研究的空白，弥补那个时代的遗憾，再创一部学术精品，奉献给未来的40年。

《当代史资料》2022年第2期

跋语：这是我2021年1月19日在四川大学召开的"隗瀛涛学术思想研讨会暨《隗瀛涛文集》新书发布会"上的发言。

亦师亦友
——再忆老师隗瀛涛先生

老师隗瀛涛，离开我们已经13年了。

今天时值四九、疫情封控，但我仍从重庆赶往成都，全为纪念先生隗瀛涛诞辰90周年。他的《隗瀛涛文集》收录了40年前他带领我写的《重庆开埠史》，这让我心中充满了暖意和敬意，便有了不惧严寒和新冠的勇气。这是庚子年的收官之作。

这样的会，10年前在川大就开过。但先生离我们越远，我们对先生的人生、学问和功德看得就越清。作为后学，隗老师对我说过的几句话，非常受用。这或可助力完成隗老师的教育和学术思想的拼图，让先生的形象满血复活。

第一句话叫"平时莫来，吃饭的时候来"

记得我1979年考上川大，第一学年结束后，就在胡昭曦先生带领下开始学做历史研究。当时胡先生教宋史，也做四川地方史研究。他带着我做的第一个事情就是做《圣教入川记》和作者古洛东的调查，第二个事就是继续做他在本科时就开启的"帝国主义对四川的经济侵略"的研究。那时资料相当缺乏，我就懵懵懂懂钻进川大图书馆的线装书室，把晚清时期的《东华录》《筹办夷务始末》《清季外交史料》翻了一遍，见到与四川、重庆有关的内容就抄下来。半年以后，有了一些感觉，慢慢地凝练出"重庆开埠"这个选题。大约1981年春,胡先生说,再往前做,我就不熟悉了,我给你请位我的老师来带你。于是他领着我就去了隗先生的家。

那时,隗先生住在桃林村,中等身材,笑嘻嘻的,师母也很娴静和善,住房三间,但比较小。在书房落座后,胡先生说明了来意。隗先生问了我一些学习和家庭的情况后便对我说,"平时莫来,吃饭的时候来"。这让我一下子有点蒙。但不敢多问,只是记住,照办就是了。

慢慢地我了解了隗老师,也懂得了这句话的意味。当时正值中国"文革"过后,拨乱反正,百废待举之国家新时期,也是他们这一代知识分子焕发精神,拼搏奋进的生命新周期。1981年将纪念辛亥革命70周年,先生正在撰写《四川保路运动史》,主编《辛亥革命史(中册)》,分分秒秒都不可闲抛。

后来我明白了,"平时莫来,吃饭的时候来"是隗先生特别的一种培养学生的方法。既指他时间很忙,学生不要随便打扰,以便先生能全力攻关。又指学生不要完全依赖老师,要独立思考、自主研究,实在解决不了的问题再去请教老师。还指,在吃饭时去请教老师,学生一定不会长篇大论,而只能拣最重要的问题,用最精练的语言提问,老师也同样把最关键的办法,以最简要的语言回答学生,解决提出的问题。还有,在两杯下肚,微醺时刻,妙语连珠,要言不烦,点到为止,记忆深刻。这是一个相得益彰,效益最大化的办法。

最初的打算是写一篇学年论文,几千字足矣。结果,我一气写了四五万字,完全不像学年论文,不知如何是好。我便去请教隗先生。他很认真地看了几天,然后把我叫去说,"你这篇文章已经有点专著的味道了,干脆写成一本书吧"。说实话,真吓住我了——一个在校的本科生,连论文都没写过一篇,怎么能写书呢?可先生当真,"不要怕,写!"我还是不敢。因为我只研究了中英、中日关于开埠的交涉,以及开埠以后经济与社会的变动,而对由此引起的政治运动和斗争还完全没有涉及。隗先生几乎是不假思索就对我说，"不怕，我把我的东西全部给你！"这样，他就把自己在研究四川保路运动史中涉及重庆开埠后，由于帝国主义的侵略而发生的辛亥革命运动有关重庆的史料和他本人已经写入《四川保路运动史》的有关成果全部给了我。这让我用最快的时间补上了重庆开埠后社会政治变动这一课，站上了这一块学术研究的最前沿。在隗瀛涛先生指导下，只一年多一点，我便完成了《重庆开埠史稿》。经先生精心修改，到1982年下半年这部书内部出版、1983年改名为《重庆开埠史》正式出版，1984年就获得四川省首届社会科学优秀成果三等奖，让我跨上了学术成长的第一个大台阶，也因此奠定了我后来的学术发展的基础。

可以说，《重庆开埠史》是一部伴随着桃林村隗家饭桌而诞生的，是伴着酒香的学术著作。40年过去了，这部书与隗先生的成名作《四川保路运动史》一起，被收入《隗瀛涛文集》，让我感动无限。40年来，我获得过党和国家的许多名号以及奖金、奖状、奖牌等等，但在我看来，这奖，那奖，都抵不过40年前与先生同著一部书，40年后被收入先生文集这一最为崇高的荣誉。

第二句话是"高级就要有高级的要求"

1983年本科毕业后，我回到重庆工作。因为组织把我归入"优秀大学毕业生"（简称"优大生"），安排我在党校锻炼、工作，让我失去了在隗老师门下攻读硕士、博士的机会。先生给我说，"你就好好研究重庆，一样可以成才的"。我谨记先生教导，始终追随先生学术前进的步伐。

1986年，先生领衔拿下《近代重庆城市史》这一国家"七五"期间的社会科学重点项目，命我当学术秘书，一个人承担其中关于"重庆经济"（共四章）的写作。当时的课题组成员都是出于先生门下的一众师兄，高手云集，意气风发。我年纪最小，学历也低，却担负最重。这让我诚惶诚恐，不堪重负。先生自有先生的办法。有一次在重庆会仙楼开会，他指着王笛、谢放、何一民、胡道修和我说,"只要写出这本书,你们都能当教授"。对于当时还是助教的我,只认为那是先生在攻城之前的激将法。而事实是,1991年《近代重庆城市史》出版,1992年我就破格晋升副教授(提前一年)。那一年,我39岁,当时是重庆社会科学界最年轻的副教授,引起了小小的轰动。

有一次去成都,到隗老师家拜访,先生对我说,"高级就要有高级的要求"。他进一步解释说,副教授只是个开始,做学问前面的路还长得很。我知道,这是先生怕我骄傲自满,止步不前,希望我不骄不躁,在学术的道路上踏踏实实攀高峰。这是一个十分重要的提醒,让我丝毫不敢懈怠。在此之后,1992年我分别获得四川省和重庆市政府颁发的社会科学优秀成果一等奖,1993年破格晋升教授,成为重庆社会科学界最年轻的教授。1995年获得国务院颁发的政府特殊津贴。这都是按照隗老师说的"高级就要有高级的要求"去做的结果。如果当了副教授以后松懈了,歇气了,我可能就是另外一番情况了。

第三句话是"工作再忙、官当得再大,也要坚持做学问哟"

从1984年起,我担任党校的教研室副主任、主任,一直在教学科研岗位上工作。1991年7月,四川省委将我下派到潼南县委,任副书记,使我从一个专业的党校老师变成了主干线上的县级领导干部,跨进了党政系统这个主战场,成了一个"官"。

这年底,利用到成都出差的机会,我又一次来到川大桃林村,到隗府上拜见老师。我告诉先生,由于公务繁忙,不能像过去一样在你家中聊上半天,然后陪着你喝几杯酒。隗老师听了,眼中闪过一丝不易察觉的失望,但仍是和颜悦色地对我说,"工作再忙、官当得再大,也要坚持做学问哟"。他还说,你们潼南的杨闇公就曾经是我们川大历史上的老师,这些历史就应该好好研究。轻轻的一句话,对我是醍醐灌顶。当时我这个

"县委领导"真是两眼一睁，忙到熄灯，有开不完的会，讲不完的话，哪有时间做学问嘛。但这个话，我是第二次听到了。前一次是我父亲告诉我的，我并没有太在意，只认为是他对基层党政领导工作的繁忙不理解，并没有想出什么解决的办法，在迷茫之中。听了隗老师的话，一则让我顿时清醒了许多，一则让我找到了在潼南挂职锻炼的同时做好学问的切入点。

我在潼南预定的挂职时间是一年。这年8月，我设计了一个党政领导和学术研究双肩挑的政治经济学实验——将潼南的革命传统资源优势转变成经济发展、民生实惠。为此，我提出了以实施杨闇公烈士牺牲65周年、诞辰95周年纪念活动为契机，整理出版一套杨闇公档案、拍摄一部杨闇公传记文献纪录片、召开一次杨闇公全国性研讨会、举办一个杨闇公生平展览、修复杨闇公旧居、整修杨闇公烈士陵园。更重要的是，在做好这些学术工作的基础上，请江泽民、李鹏等党的第三代领导集体为潼南题词。一年挂职到期时，任务还没完成，我向市委申请延长了一年。终于实现了全部学术任务，还经中央批准，给了了潼南县国家贫困县待遇，争取到更多国家政策的扶持，加快了潼南脱贫富民兴县的步伐，圆满地实现了"双肩挑"，双丰收。潼南挂职，让我了解了新时期的国情与"官情"，也尝试了一边为"官"，一边做学问的搞法。

从1994年起，我又当了重庆市委党校副校长，随后是常务副校长，市委宣传部副部长、常务副部长，市委党史研究室主任，市人大教科文卫委员会副主任等职，那是相当的繁杂。但我仍然坚持了最基本的学术研究和指导硕博研究生工作量，一天都没有丢掉学术研究、教书育人的工作。这使得我在重庆纷繁的风云中，保持了人生的定力，坚守了做人的底线，没有迷失道路，走偏方向。今天，我已经退休了，无非就是做完党政领导工作，换个地方，变个身份，安全地、顺利地开始新的习学人生，开始愉快、踏实、安定的新生活。

先生晚年，常常回忆起我跟着他做学问的那些望江楼边的时光。我对病中的先生说,"能够成为您的学生,是我们这群学生一生的幸运"。而先生却认为,"可以说,从那个时候开始,我们既是师生,又是朋友"。还握着我的手,使劲地摇了摇。这是隗先生弥留之际留给我的最后的话。

"亦师亦友"是隗瀛涛先生的人生总结,也是他终身追求的教书育人的至高境界,也应该成为四川大学建设世界一流大学的宝贵财富,由我们这些后学一代一代传下去。

2021 年 1 月 19 日于成都祥宇宾馆

著史育人先驱者

我1979年入学之时，正值改革开放初期，国门一开，各种思潮纷至沓来，充斥校园。亟需有人振臂一呼，指点迷津。

隗先生曾告诉我们，他发现，"文化大革命"给学生思想上造成的危害很大，如果只教书不教人，单纯传授专业知识而不去帮助学生从思想上拨乱反正，不仅难以培养出国家需要的德、智、体全面发展的人才，而且历史专业课也教不好。

"文革"之后，先生既潜心于学术研究，对中国近代历史有了深刻的认识，对新中国的风雨历程更有深切感受。因此在党的十一届三中全会以后，即20世纪70年代末、80年代初，他就开始结合教学、辅导、指导论文等工作，开展对川大学生的爱国主义教育，宣传四项基本原则，进而走出校门，努力探索用中国近代历史对广大青年学生进行爱国主义教育的路子。

1981年，胡绳同志的《从鸦片战争到五四运动》由人民出版社出版。同年中共中央政治局委员、国务院副总理王震接见该书责任编辑邓卫中（时为人民出版社编辑），就学习近代史开展爱国主义教育作出重要指示。

这给了隗瀛涛先生以巨大的鼓舞。到1983年，他先后风尘仆仆地奔走于成都、重庆、自贡、阿坝、武汉、贵阳、长沙等20多个市、县，向高校学子、厂矿工人、机关干部、部队官兵、科研人员等宣讲中国近代史130

多场次，直接听众达十余万人。根据各单位的需要，他在讲稿的基础上编了一本《中国近代史讲话》（四川大学校刊增刊，后以《八十年的苦难与奋斗》为名，由重庆出版社出版）。1983年他曾回到家乡开县作报告，那真是万人空巷。

隗先生的报告不只是讲讲历史故事，也不是简单地传授历史知识，而是运用史实宣传以爱国主义思想为基础的社会主义思想，也就是今天讲的社会主义核心价值观，以达到对青年学生思想教育的目的。

比如：有的青年对昨天的中国了解太少，不懂得新中国来之不易。隗老师就着重讲帝国主义侵略中国血迹斑斑的史实，讲我们民族在近代遭受过的苦难，激发他们的民族义愤。同时，讲解近代中国人民救亡图存的英勇斗争，和这些斗争被帝国主义绞杀的终天之恨，引导他们去思考：到底是谁把我们的国家和民族从灾难深重中拯救出来和怎样拯救出来的。

比如：有的青年人不能正确认识我们既要坚持开放政策，又要反对资产阶级自由化，进行反腐蚀斗争的道理。隗老师便着重讲近代史上求进步的中国人学习西方的曲折历史道路。突出两条历史经验：一是爱国者学习西方是站在维护民族尊严的立场上学习。林则徐是"师夷长技以制夷"，孙中山学习欧、美、日本，是为了振兴中华。这说明，只有树立了爱国的立场，才能明确应该向西方学什么和怎么学，学了干什么用，才能有益于自己的国家和民族。二是近代史上求进步的中国人拜侵略者为师，但老师总是整学生。他用太平天国、辛亥革命被侵略者勾结封建势力绞杀和破坏的史实，用邹容被害死于他的老师帝国主义租界监狱中的事实，去帮助青年认识帝国主义的本质。

再比如，有的理工科学生认为，英、法、美、日等国没有社会主义制度，没有共产党领导，也实现了工业化，因而产生了中国搞"四化"也可以不要社会主义和共产党领导的想法。对此，他就着重介绍近代中国的国情，列举中国民族资产阶级发展的严重困难和洋务运动失败的大量史实，从正反两方面说明没有国家的独立就没有国家工业化的道理。进而从历史经验中阐明党的领导和社会主义制度是我们实现"四化"的根本保证。

对面临分配工作的大学毕业生来说，他们最关心的是理想和事业、爱情和家庭问题。隗老师就讲中国近代史上的民族英雄、爱国志士为振兴中华抛头颅、洒热血的故事，讲邹容为国忘家，二十岁英勇牺牲；讲林觉民以"愿天下有情人都成眷属"为理想，自愿赴死，帮助这些学生在如何正确对待个人和国家、民族的关系上得到启示。

在报告中，隗先生总是以他渊博的综合学识、扎实的史学功底、杰出的学术成就，尤其是富于激情的语言，揭示了中国近代仁人志士从爱国主义到社会主义的发展规律，唤起了学生的爱国热忱。因而他的报告在社会上产生了广泛的影响。

1982年6月4日，《光明日报》在头版头条以《四川大学历史系副教授隗瀛涛结合近代史教学进行爱国主义教育 激发学生爱国热情 在工厂、部队、机关、学校、科研单位作报告引起强烈反响》为题，报道了隗先生的事迹，许多关心祖国命运的同行和朋友们对隗先生的工作表示了赞扬和支持。后来隗先生专门写成《了解祖国的过去，更爱祖国的今天》的文章，总结了他爱国主义教育的成功经验，主要是：首先必须有正确的政治方向；其次要有扎实的专业基础知识和理论知识，又要注重普及和应用；第三要有切合实际的内容，即尊重史实，突出重点，阐明规律，总结经验。这篇文章后来发表在《光明日报》上。他本人也成为全国知名的青少年思想政治教育专家，受到青年学生的爱戴，赢得了广泛的赞誉，受到党和国家的表彰，当时就有"北李（李燕杰）南隗（隗瀛涛）"之誉，堪称"师者典范"。1982年10月，他受邀参加了由中宣部和教育部在京召开的思想教育座谈会。国内史学界不少知名人士都赞扬他"给中国近代史学如何为建设社会主义精神文明服务闯出了一条新路子"。美国俄亥俄州立大学历史系美籍华人朱昌峻教授也给他来信，深表赞赏和感慨。他的讲稿成为许多单位爱国主义教育的生动教材，被成都军区政治部、四川省高教局、成都铁路局、贵州省社科院等单位翻印下发学习。他被评为四川省劳动模范、四川省大中学校优秀政工干部，光荣地加入了中国共产党。

20世纪80年代初的那场爱国主义教育，是历史科学与爱国主义教育相结合的一次重大实践。到了90年代，隗瀛涛先生对此进行了实践基础上的理论升华。

1997年，时任四川省文史馆馆长的他，组织撰写了《历史科学与爱国主义教育》一书，该书由胡绳同志题写书名。全书围绕历史科学与爱国主义教育相结合的理论、实践这个中心，以精深的功力与独到的见识，论述了爱国主义的时代性和阶级性、爱国主义和社会主义本质上的统一性、历史科学中的爱国主义内容、历史科学在爱国主义教育中的地位和作用等理论问题；提出了把爱国主义同无产阶级的国际主义、社会主义道路及改革开放联系起来，进一步加强和改进运用历史科学进行爱国主义教育的建议；回答了如何借鉴古代和外国运用历史科学进行爱国主义教育的经验，如何继承无产阶级革命家运用历史科学弘扬爱国主义的传统，如何运用历史教材、历史遗迹和文物以及纪念日、纪念活动进行爱国主义教育等理论和实践中的一系列原则性问题，从而进一步充实了爱国主义教育的历史科学内涵。这本书在学术性方面洋溢着蓬勃的科学精神，实用性和操作性都强，对运用历史科学进行爱国主义教育具有重要指导作用。

隗瀛涛先生他自己作为一个知识分子，在故乡开县读小学，读中学，当小学校长，然后到四川大学读大学，当老师，当校长，完整地走过了从一个爱国主义者到社会主义者、共产主义者的伟大历程，成为"人之模范"。

现在回想起来，40年前先生结合历史教学对学生进行爱国主义思想教育的尝试，就是今天"课程思政"的先声。从40年来的长时段观察中不难发现，他和当时众多先生、多种力量的共同努力，催生了一门课程——后来在大学里普遍开设的"中国近代史纲要"这门思政主课,开辟了一个研究学科——一级学科"马克思主义"中的二级学科"中国近现代史基本问题研究",培养出一支队伍——全国高校马克思主义学院中的中国近代史纲要教师队伍。

因而先生之于我们这些学生思想的塑造,居功至伟。先生之于国家教育事业、民族精神的塑造,同样居功至伟。

跋语:这是2021年5月9日,我在"隗瀛涛学术思想与学史育人座谈会"上的发言。

章师，吾师

5月28日10时左右，从群内发现"章开沅先生去世"的信息。我立即打电话给先生的秘书刘莉老师，得到证实。当时，我尚未从母亲去世的悲痛中缓解过来。不想，先生又去了。这让我再度陷入巨大的悲痛之中。

心乱如麻，无法提笔，只能在微信圈中写了数语"沉痛悼念章开沅先生！章开沅先生是可以称为'先生'而永垂不朽的！当年有幸讨教先生，得益太多！今成永诀，先生音容笑貌犹在眼前！"并点发了章先生在重庆的几张照片，以表哀悼之情。

章先生去世的消息在重庆学界引发了强烈的震撼。因为可以说，今天重庆的中国近现代史领军人物，几乎都受到过章开沅先生的教诲和学术熏陶。使我们常常能从中体味到章开沅先生对重庆学界倾力支持之意。今天，章开沅先生驾鹤西去，我们重庆学界为他送行，向他致敬。

七天中，我们痛失了袁隆平先生，痛失了章开沅先生，这是于国。于家者，我痛失了母亲。真是创巨痛深，家国齐哀。

因隗师而得识章师

我1979年考入四川大学历史系。从1981年起，跟随先师隗瀛涛研究重庆开埠课题。先生曾告诉我，章开沅先生正带领一众弟子搜集整理苏州商会档案，从而开拓出中国近代史研究的新领域与新生面。因此隗先生也要我搜集整理重庆商会档案史料。

放假以后，我回到重庆，一头扎进档案馆查阅重庆商会档案。结果发现，重庆档案馆保存的商会档案大都为20世纪三四十年代的。进而追踪才发现，清末的商会档案大都保存在巴县档案之中，不在市档案馆。因此我沿着巴县档案的保存线索继续追踪，但毫无收获。后来，有一位工商老人告诉我，巴县档案曾经秘藏在南岸觉林寺报恩塔中，后来搬走了，在塔内或许能够找到一点残篇断简。于是我又跑到尚处于混乱破败中的觉林寺，在我的软磨硬泡之后，守门的大爷终于让我进入塔内。塔内漆黑一片，梯道狭窄，只每层有一尺把见方的空洞算是窗户透入微弱的光亮。我逐层搜寻，没有光亮之处，我就用手在地上逐一摸索，直达塔顶，但有价值的档案片纸未得。后来我才得知，解放初期，清代巴县档案已被全部调往四川大学，进而被藏入四川省档案馆，从此秘不示人。而当时，四川省档案馆并不对外开放。我也就此放下了搜集整理重庆商会档案的念头，转而搜集整理重庆开埠的历史档案，最终写出了《重庆开埠史》，在近代城市史方面迈出了坚实的一步。

这件事没有圆我商会档案梦，但却使我知道了章开沅先生，也认识了章开沅先生，进而我们全家都认识了章开沅先生。

我虽然不是先生的入室弟子，但40年来，隗瀛涛先生带领我们在不同场合拜见过章开沅先生。先生对我，进而对重庆历史学界的指引和扶持是自始至终的。因此，我始终把先生尊为我的学术及人生导师，而自己一直以私淑弟子自称。2003年，在我从事研究生教育十年之际，同学们编了《重庆时光——周勇教授师生文集》，在讲述学术师承的时候，我选用了徐中舒、缪钺、隗瀛涛、章开沅和家父的手书，用的章开沅先生手迹就是那句名言"历史是划上句号的过去，史学是永无止境的远航"。

如今，先生仙逝。40年前我得识先生的这一幕涌上心头，不敢或忘。

为我埋下研究重庆辛亥革命史的种子

1983年7月，我从川大毕业回到重庆。8月，章开沅先生路经重庆。1981年，章开沅、林增平主编的三卷本《辛亥革命史》正式出版，这是中国学界第一部大型辛亥革命史专著。章先生成为在中国扛起辛亥革命研究大旗的第一人。

家父当时在重庆市政协负责文史工作。得知这一消息，他立即在市政协（原重庆府中学堂、沧白堂旧址）组织了一个规模不小的座谈会欢迎章先生。与会的除重庆市政协领导外，几乎囊括了重庆高等院校、科研院所、党政机关、文博机构中的重庆史学界头头脑脑。我有幸敬陪末座。

在会上，章开沅先生详细地向大家介绍了国内外辛亥革命研究的现状，尤其是他到台湾出席纪念研究辛亥革命的学术会议，与台湾同行学术论争、交流的那些精彩的细节。当时，大陆和台湾隔绝已久，他们一行几乎就是1949年以来大陆学界访台的最高层级的事件。

他特别指出，重庆在辛亥革命中具有重要的地位。邹容就是重庆人，《革命军》阐发了孙中山的革命纲领。重庆又是四川辛亥革命的领导中心，这里（重庆府中学堂）就是同盟会重庆支部所在地，蜀军政府是四川的第一个革命政府。这一段历史是应该深入研究的。在场的我刚刚从四川大学毕业，不敢接招。但写出重庆辛亥革命史的种子就此埋下。1986年我完成了《辛亥革命重庆纪事》，2011年出版了《重庆辛亥革命史》。

指导我推进"重庆大轰炸调查研究"

2006年4月，章开沅先生偕夫人从成都到重庆寻访抗战时期他在重庆读书、当兵的遗迹。

当时，我已经到市委宣传部、市委党史研究室工作，同时在西南大学历史学院兼职，正在组织实施"重庆大轰炸调查研究"。这是根据2005年中央关于纪念抗日战争胜利60周年的指示精神，由重庆市委决策开展的。

这既是一项社会科学工作，更是一项历史研究的事业。

章开沅先生于20世纪90年代远涉重洋，从西方社会搜集到大量的档案资料，对日军犯下的南京大屠杀罪行提供了铁证。经先生亲自加工整理，研究考订，公开出版了《南京大屠杀的历史见证》（1995）、《南京：1937年11月—1938年5月》（1995）、《天理难容——美国传教士眼中的南京大屠杀（1937—1938）》（1999）、《从耶鲁到东京——为南京大屠杀取证》（2003）、《南京难民宣教师证言集》（2005）、《南京大屠杀史料集：美国传教士的日记与书信》（2005）等重磅著作，进入西方主流社会后产生了广泛的影响，章先生因此又成为我国具有国际声誉的研究南京大屠杀的专家。

我立即向市委领导同志汇报了这一情况。市委领导指示，要我全力协助章先生在重庆的寻访活动，尤其是要请他具体指导我们的"重庆大轰炸调查研究"工作。因此我打算亲自陪同章先生夫妇寻访，以便就近请教。

不巧的是，就在先生来渝的4天中，一位主管宣传工作的中央领导同志到重庆视察，我是重庆方面的主要工作人员，难以分身。为此，我对章先生的寻访做了精心安排，并立即布置市委党史研究室副主任陈全同志带队全程陪同、协助。几天中，章先生夫妇先后寻访了渝中区朝天门码头附近的原国民政府粮食部重庆仓库旧址、在铜梁县的原国军201师603团驻地、在江津区的原国立九中旧址，参观了重庆中国三峡博物馆、湖广会馆。我们还邀请先生到西南大学讲学。

4月28日，在紧张的陪同中央领导视察的间隙中，我主持召开了一次学术座谈会，欢迎章开沅先生夫妇再度访问重庆，专门向他请教，如何借鉴他研究南京大屠杀的经验，指导我们做好做实"重庆大轰炸调查研究"工作。市委、市政协领导同志和重庆市委宣传部、党史研究室、重庆中国三峡博物馆、重庆大学、西南大学、重庆师范大学、重庆医科大学、重庆市档案馆、重庆市图书馆、重庆市地方史研究会的领导同志参加了座谈会。

重庆大轰炸是侵华日军的又一项暴行。但与南京大屠杀相比，学界对重庆大轰炸的研究相对滞后。因此，我向市委建议要加强调查和研究，并提出了一套可操作的计划。我的建议得到了市委的采纳，包括"八个一+1"：编辑出版一套日军大轰炸档案文献资料，编辑出版一部受害者、幸存者的口述证言集，出版一部学术专著，修建一座大轰炸死难同胞纪念碑，在2007年召开一次适当规模的国际性学术讨论会，拍摄一部《重庆大轰炸》电视连续剧，建立一批宣传研究基地，搜集一批文物，办一个专题展览在全国巡回展览。在这"八个一"的基础上立项建成一个高水平、高标准的爱国主义教育基地——重庆大轰炸纪念性建筑（馆、园）。

我向章先生呈送了市委批准的方案，并就其中的档案文献整理、幸存者口述证言、国际学术会议召开等重大事项征询章先生的意见。

那天，章先生非常高兴。一方面是他寻访到了60多年前流落重庆求学，进而投身抗战当兵的遗迹，另一方面是因为看到由于市委的重视，重庆历史学界欣欣向荣的发展趋势。他较为详细地向我们讲解了他在美国发现的贝德士文献及其整理、研究工作。

然后，他比照几十年来南京大屠杀研究的经验教训，提出"研究重庆大轰炸的历史，是一项非常严肃的学术工作，因为其全部史事陈述与相关论断都必须具备谨严而细密的实证基础，只有这样的成果才能经得住任何推敲并取信于世界"。因此向我们提出了两条最为中肯和关键的建议，一是要坚持学术规范，就是要坚持实事求是的原则，伤亡人员的数字不是越大越好，一定要以原始的档案文献说话，不能妄言臆断，这是一个基础。二是要遵循法律规范，因为重庆大轰炸是日军的暴行，是要追究其法律责任的。因此我们今天的研究，从一开始就必须把材料做实，尤其是口述史的资料，一定要办成毋庸置疑的铁证。他讲的这两条对我们后来的研究具有极其重要的警示和指引作用。

按照我们的工作计划，2007年将举行重庆大轰炸国际性学术讨论会。我们恭请章开沅先生出席指导，先生愉快地答应了我们的请求。

2007年9月18日,"重庆大轰炸暨日军侵华暴行国际学术讨论会"在重庆开幕。这是中国学界专门研究重庆大轰炸的第一次国际学术性活动,也是迄今为止最系统、最翔实、规模最大的一次。章开沅先生因为前往剑桥大学访问的时间推迟,而不克莅会。他专门从英国致信给我,并撰写了书面讲话稿,题目是《我怎能保持沉默?》。

他对我们正在从事的重庆大轰炸史料的编纂出版寄予厚望。指出,与南京大屠杀、七三一细菌战、慰安妇等研究领域相比较,重庆大轰炸史研究虽然起步稍晚,但在史料资源的开发方面具有更大的优势。因为南京大屠杀的史料直到1945年日本战败才正式进行全面调查,早已时过境迁,资料征集与社会调查都有许多困难。尤其日方的相关档案文献之绝大部分已经销毁或隐藏,至今所能发掘者为数极少。与此相对照,重庆大轰炸的相关原始档案、文献,保存的数量要多得多,当年受害者、亲历者及其亲属至今健在者为数也不少,加以重庆市领导与相关部门(如市政协、档案馆、党史办等)又一贯重视本地重大史事档案文献的保管与整理、编辑,所以已有多年雄厚的资料工作基础,这必将为重庆大轰炸历史研究的顺利发展提供足够的资源保证。

在章先生的指导下,我们的"重庆大轰炸暨日军侵华暴行国际学术讨论会"取得了圆满成功。主要是我们确立了以科学的态度和科学的方法开展研究的理念和做法,使得重庆大轰炸历史档案资料的整理和出版取得重大进展,重庆大轰炸历史研究取得新突破,日军暴行研究拓宽了新的领域,更重要的是培养了一批青年才俊,呈现出后继有人的好局面。

章开沅先生的这篇书面讲话稿,成为我们当时准备出版的《重庆大轰炸调查研究系列丛书》的总序,以及会议文集《给世界以和平》的代序。

支持和指导"重庆中国抗战大后方历史文化研究和建设工程"

2008年,重庆开始酝酿将对重庆大轰炸的研究扩展到更大的视野和更广阔的领域——整体性开发、传承抗战大后方历史文化。2009年，经中共重庆市委三届五次全委会正式决定，实施"重庆中国抗战大后方历史文化研究和建设工程"。

为此市委成立了专门的工作机构，我当办公室主任，具体操盘。这是一项具有国家战略意义的文化工程，也是近年来中国在抗战研究方面最具雄心和影响力的研究计划。我非常清醒，光靠重庆特别是我个人的才学和能力是完全不够的。因此我非常希望得到章先生这样的学术大师的指导，既做好工作，更锻炼自己。这一年先生已经82岁高龄。我怀着忐忑的心情向先生求教。先生非常耐心地听取了我的汇报，并就重大学术活动要注意的问题给了我一些非常具体管用的指导。

2009年10月，国家新闻出版总署决定设立国家出版基金，这是政府对文化传承发展的又一重大举措——这是继国家设立自然科学基金、社会科学基金之后，面向全国设立的第三个文化基金，专门资助重大出版项目。这对我们正在实施的抗战大后方工程是一个历史性的机遇。我们迅速策划了《中国抗战大后方历史文化丛书》总体方案，规划了100卷的规模，这在当年申报的项目中首屈一指。我首先提出请章开沅先生作为《丛书》的总主编，我当助手，做副总主编，干具体工作。当时我正在台北带队考察抗战大后方档案文献，我便第一时间从台北给章开沅先生打电话征询意见，他表示一定全力支持这个项目。2010年初国家批准了这一项目。

2010年7月30日，受市委领导的委托，我恭恭敬敬地给章先生写了一封信。我说："几十年来，关于中国抗战大后方的历史研究非常薄弱，是一个极大的缺陷。这有思想不够解放、党和政府不够重视、两岸分裂的原因，更重要的是重庆没有像您这样的学术大家来领军奋斗。现在，市委领导高度重视，史料整理和学术研究的基础性工作也已开展起来，两岸交流的渠道和平台已经建立，资金也不成主要问题。作为具体负责此项工作的我，深感机会稍纵即逝，但又力不能逮，难当重任，更恐贻误时机，有负时代。因此，重庆各界，尤其是领导此项工作的市委、市政府领导同志委托我，恳请您担任《中国抗战大后方历史文化丛书》总主编，给我们以方向的指引和学术的指点，并且为这套《丛书》撰写总序。"

先生几乎是不假思索地答应出任总主编，并允诺适时为《丛书》作总序。

章先生的支持是不遗余力的。这一年，是抗战胜利65周年，重庆召开了"海峡两岸中国抗战大后方历史文化学术研讨会"，这是中共重庆市委宣传部与中国国民党党史馆2009年8月13日签署的《会谈备忘录》中约定的重点项目，是全市纪念抗日战争胜利65周年的重要活动，是"重庆中国抗战大后方历史文化研究和建设工程"的重要内容，还是1949年以后海峡两岸学者对中国抗战大后方历史文化的第一次同场研讨，备受瞩目。

会议于8月15日正式举行。这是一个特殊的日子。

章开沅先生冒着盛暑，为研讨会发来了贺信，他饱含深情地说："我对四川与重庆市常怀感恩之心，因为在国破家亡之际，是当地老百姓满腔热情接纳了我们这批流离失所的小难民，他们把最尊贵的宗祠建筑提供给我们作为校舍，他们从来没有与沦陷区学生争夺升学机会，并且把最优秀的教学骨干稳定在国立中学。这是多么宽阔的胸怀，多么真挚的爱心！""我也是在川江的水、巴蜀的粮和四川、重庆老百姓大爱的哺育下长大的啊！这是我终生难忘的回忆。"

在贺信的末尾附言："贺信太长，可印发，不必宣读。是否可以作为序言，请酌并不吝斧正。"这封信后来便成为章开沅先生为《丛书》作的总序的重要组成部分。

带领我担纲编纂《中国抗战大后方历史文化丛书》（100卷）

2010年国家批准《中国抗战大后方历史文化丛书》（100卷）立项后，编纂工作提上了议事日程。章开沅先生从世界的角度来审视中国抗战包括大后方抗战的历史，要求以国际的视野对大后方抗战的历史地位和作用作出中肯的评价，进而指出了研究和建设的意义，对《丛书》的具体编纂提出了应当着力的若干方向性、原则性的问题。

这些集中地体现在他为《丛书》所作的总序之中。

2010年国庆期间，他便发来了写成的总序稿。他首先指出了中国人民抗日战争的历史地位，为《丛书》的编纂指出了正确的政治和学术方向。他继而指出了中国人民抗日战争与世界反法西斯战争的关系，使《丛书》一开始便以中国的眼光看世界，也从世界的眼光看中国，既体现了中国立场，又具有世界眼光。他非常强调抗战大后方研究的国际合作，这对提升《丛书》的学术品质和国际影响具有重要的战略意义。他对重庆实施中国抗战大后方历史文化研究和建设工程大为鼓励，寄予厚望。特别是有一段写得动情，他说："在民族自卫战争期间，作为现役军人而未能亲赴战场，是我的终生遗憾，因此一直不好意思说曾经是抗战老兵。然而，我毕竟是这段历史的参与者、亲历者、见证者，仍愿追随众多中外才俊之士，为《中国抗战大后方历史文化丛书》的编纂略尽绵薄并乐观其成。如果说当年守土有责未能如愿，而晚年却能躬逢抗战修史大成，岂非塞翁失马，未必非福？"

这些刻骨铭心的记忆和饱含深情的文字，道出了一位耄耋学者对重庆学界的鼓励，更是对我们这些年轻学人的期望。

按照市委的部署和章先生的指导，《中国抗战大后方历史文化丛书》（100卷），以档案文献、学术专著、通俗读物、电子出版物为主要形态，以反映中国抗战大后方历史文化为全貌，以中国大陆、台湾和海外保存的档案文献合集出版为特色。此前规划的《重庆大轰炸档案文献史料丛书》不再另出，全部纳入《中国抗战大后方历史文化丛书》（100卷）这套大书之中。

2014年，《中国抗战大后方历史文化丛书》（100卷）编纂完成，并已经出版了80余部。4月23日，我带领重庆市委抗战工程办公室同志们专程前往华中师范大学，拜访88岁的章开沅先生。

那天，章先生身体硬朗，思维敏捷，谈锋甚健，嘱咐甚殷，让我们如坐春风。我向章开沅先生汇报了丛书编纂的工作情况，章开沅先生对编纂工作感到满意，并就最后部分书稿的出版提出了意见和建议。我向章开沅先生赠送了我的音乐作品集《红色与金色的交响》。章开沅先生向我赠送了《章开沅演讲访谈录》。

经过十年努力，《丛书》于2018年出齐，2019年经国家验收，评为"优秀"，成为中国一流、国际水准、垂之后世的经典文献，也成为"重庆中国抗战大后方历史文化研究和建设工程"的标志性成果之一。

在先生远行之际，谨以此告慰我的老师，章开沅先生！

2021年5月30日于十驾庐

选自《章开沅先生追思集》，

华中师范大学出版社2022年出版

小鹏同志

定格在长征路上，定格在红岩村中。童小鹏，一个和蔼可亲的长者，一个坚忍不拔的长征战士，一个高风亮节的红岩村人，一个怀念山城情系人民的重庆老乡。

我1983年大学毕业以后即从事历史研究工作，特别是抗日战争史与第二次国共合作史的研究。由于这个原因，我认识了童小鹏同志。20多年来，或在重庆，或在北京，或在家里，或在会中，或为家事，或为学问，或为公务，或为私谊，多得他和紫菲同志的教诲、提携。

在这位慈祥的老人面前，我全然不会感到拘束，完全忘记了他是一位大人物。我也同父辈们一样，亲切地叫他"小鹏同志"。我向他请教过许多关于中共党史、南方局党史、抗日战争史的问题，也怀着浓厚的好奇心请他给我讲那些追随领袖的难忘岁月，他总是有问必答，娓娓道来。但是，谈得最多的话题还是周恩来和红岩精神，讲得最多的故事则是他在周恩来身边工作的时光。

后来，小鹏同志从北京去了漳州老家，我要见他就很不容易了。近几年，小鹏同志因患脑梗死，又返回北京居住。因此我每次到北京，总要去看看老人家，这已经是规定动作了，不然心里总是空落落的。

同时，父亲也常常嘱咐，我是走不动了，你一定要去看看小鹏同志。

他对我们全家那么亲切,在重庆搞南方局研究,如果没有他是搞不到今天这个局面的。还有你本人,他对你关心支持多大哟。如果可能,你把东东(我的儿子周昌凌,在北京上大学)也带去。而到了北京,小鹏同志对我父亲和我们一家,也总是问长问短。因此,每次北京归来,我也总是如实相告,担负起疏通两家音信,传递友情的任务。

2006年12月底,快过元旦了,适逢我到北京出差,照例又去万寿路看望他老人家。那天,老人精神很好,坐在轮椅上,正聚精会神地观看电视连续剧《长征》,脸上安祥而肃穆。我叫了他一声,没有反应。丹宁说,他特别喜欢这些电视剧,一看就入神。那一天,丹宁送给我一本书,叫《老爸童小鹏的长征情怀》。封面上,耄耋之年的童小鹏头戴八角帽,身着红军服,背上背着一顶竹斗笠,站在一棵青松下,气宇轩昂地看着我们。这本书是丹宁为父亲收集整理的长篇回忆录,分为"长征日记""长征回忆""长征报告""长征情怀"四个部分。在这部书里,首次发表了小鹏同志于2006年在92岁高龄时,用左手书写的毛主席《七律·长征》。几个月后,小鹏同志就去世了。这是小鹏同志关于长征的绝笔,十分珍贵。

那天我离开的时候去向小鹏同志辞行,他艰难地站起来,又艰难地但却笑眯眯地和我握手。我大声地对他说:"明年来北京,再来看你。"他招了招手,和蔼可亲。丹宁在一旁说,只要重庆来人,或者说到重庆,他就高兴得很。

这个画面已经永远地定格在我的头脑中了:一个和蔼可亲的童小鹏,一个长征战士童小鹏,一个红岩村人童小鹏,一个重庆老乡童小鹏。

继续发扬"红岩精神",编好南方局党史资料,成了童小鹏晚年生活的主旋律。丧妻之痛,大难不死,历经十年风雨,终于完成《风雨四十年》的写作和出版。耄耋之年,他仍在为进一步征集和研究中共党史而继续努力。江泽民总书记对这位红岩老战士表示敬意。

童小鹏在周恩来直接领导下工作了近40年，特别是当了8年总理办公室主任。因此，他非常自觉地意识到，把他所知道的周恩来写出来，是义不容辞的责任。同时，这也是许多老同志的愿望。为此，早在1984年他就制订了《风雨四十年》的写作计划，专门征求过陈云、杨尚昆同志的意见。陈云、尚昆同志极表赞成，陈云同志为他题写了书名，尚昆同志为这本书作序。陆定一同志认为，童小鹏"是当时历史的见证人"，"这种工作没有别人能代替他"。

可是，更多的事情等着他。

在我们党的历史上，南方局党史是整个中共党史的一个重要组成部分。过去由于种种原因，南方局的党史资料没有进行很好的征集与研究，因而在各种中共党史著述中没有得到应有的反映。因此，党的十一届三中全会以后，立准立好南方局党史，成为曾经在南方局工作的老同志们的最大心愿和历史责任。小鹏同志更感到责无旁贷。1982年，他刚从中共中央统战部领导岗位上退下来，便又担任了中共中央党史资料征集委员会的副主任、南方局党史资料征集小组副组长、《南方局党史资料》编辑小组组长的职务，担起了编辑第二次国共合作时期党史资料的重任。

从20世纪80年代中期到90年代初期，他组织北京、四川、云南、贵州、湖南、湖北、广东、广西、江西、福建、重庆等地的老同志和各方面的力量，克服了许多难以言状的困难，主持编纂了《中国共产党历史资料丛书》之一的《南方局党史资料》，共6大卷200多万字。这件事得到了当时担任中共中央总书记的胡耀邦同志的支持，耀邦同志欣然为之题写书名。随后，在童小鹏的领导下，又编纂出版了《抗战初期的中共中央长江局》和《中共中央南京局》的党史资料书。其间，他编辑和出版了两本摄影集《第二次国共合作》《历史的脚印》，和中央档案馆编辑了《中共中央抗日民族统一战线文件选编》，在纪念红军长征40周年时出版了他在红军时期写的4本日记——《军中日记》。

完成这些皇皇巨著对于一个年逾古稀的老人来说，已经是超负荷的劳动了。可是，只要是与第二次国共合作的研究，与南方局党史有关的事情找到他，他又总是尽自己最大的力量去支持，去实实在在地帮助。

1990年，这些书都完成以后，童小鹏决心"落叶归根"，离开北京，返回福建，在漳州定居，去专心完成他心中的宿愿——《风雨四十年》的写作。临行前，他把这些年来编著的著作送了一套给江泽民总书记，1990年7月7日，江泽民总书记复信给他："所送影集及南方局各历史资料均已收到，我将抽暇逐一拜读……希望您有更多新编书籍问世。"这是党的总书记对一个红岩老战士晚年情怀的敬意。

在漳州，童小鹏全身心投入到《风雨四十年》的写作之中。然而，正当他醉心于那些难忘的岁月，流连于在周恩来领导下既紧张繁忙，又得益匪浅的日子的时候，年届八旬的老人又遭受到老伴紫菲不幸辞世的打击。童老以坚强的毅力，把对从红岩起就相识、相知、相爱、相伴达50年之久的老伴的悼念，深深地融汇在《风雨四十年》中。以至于1993年秋《风雨四十年》第一部脱稿后，童小鹏心脏病复发，病情危急，所幸经抢救脱险。但刚刚脱离危险的小鹏同志在病床上又提出要继续撰著《风雨四十年》第二部。医生再三叮嘱一定不能再写作，而童小鹏却执意不肯停笔。后来在漳州市委的支持下，成立了一个编写小组，又经过两年的努力，协助小鹏同志完成了书稿，并于1996年1月周恩来同志逝世20周年的时候出版问世。

小鹏同志对我说："《风雨四十年》不是一部个人的回忆录，而是根据党史资料，根据我个人了解的情况写的一部以回忆周恩来为主要内容的书。"确实，《风雨四十年》和现在已经出版的一二百部有关周恩来的著作有明显的不同。绝大多数著作是根据资料或访问有关人员而写成的。而

《风雨四十年》则是童小鹏的亲历、亲见、亲闻，透露了不少鲜为人知的事情。童小鹏写书的一个突出特点是严肃认真。这部著作除写下了作者的亲身经历以外（他保存着几十年间记下的100多本工作笔记和日记），也在经过认真甄选鉴别的基础上引用资料和别人的研究成果。完稿以后，又分门别类送请熟悉这方面情况的同志审阅，以保证这部著作的翔实可靠。可以说，《风雨四十年》是周恩来在四十年（1936—1976）中所经受的风风雨雨的生动记录，是他坚贞的革命精神和崇高的道德风范的真实写照。同时也是童小鹏晚年的杰作，是他对自己四十年风雨历程的回顾与总结。

后来我在重庆访问他时谈到了这部书，小鹏同志淡淡地说了一句话："到漳州8年了，我就做了这么一件事。这算是尽到了我的一份应尽的责任。"

> 晚年的童小鹏，念念不忘创办《红岩春秋》，成立"南方局党史资料研究室"，编写《南方局史稿》，寄望于后来者，让南方局和红岩精神研究，长盛不衰。而今，我们告慰小鹏同志，还需要努力奋斗。

当南方局党史资料的整理工作告一段落后，童小鹏要回漳州了，但是，他对南方局、对红岩的事情仍放心不下，他希望重庆市委把深入研究、准确宣传南方局历史和红岩精神这件事情继续进行下去。1988年6月6日，童小鹏在与重庆市委领导交谈时就建议，在市委党史工作委员会领导下成立专门的"南方局党史资料研究室"，加强对南方局历史的研究，并且办一份刊物，编一套《南方局史稿》，向社会宣传南方局历史功绩。重庆市委采纳了他的建议，指示市委党史工委着手筹备成立。

最先做的是办刊物的事。市委党史工委在上报的《关于创办南方局党史刊物的请示报告》中称："为了进一步推动南方局党史和周恩来等老一辈无产阶级革命家的史料征集和研究，拟创办一个面向全国的资料性、学术性刊物。以抗战时期南方国统区党史为主，兼及建党以来重庆地方党史，努力为推进党的基本路线，发扬党的优良传统，加强两个文明建设服务。"后来，刊名定为《红岩春秋》。

为了《红岩春秋》的早日诞生，74岁的他亲自出面，八方联系，办理刊物审批手续。为此感动了许多人，也赢得了各方面的支持，很快就在当年三季度争取到公开刊号。据说这一年四川全省才新增两个刊号。

《红岩春秋》是全国范围内集中宣传周恩来和"红岩精神"的刊物。拿到出生证后，童小鹏的喜悦溢于言表，他马上就将这些情况向邓颖超同志作了汇报，邓大姐很高兴，欣然题写刊名。童小鹏同志讲，那时邓大姐已经85岁，早已封笔，不再题词了。可见邓大姐对《红岩春秋》寄望之殷，嘱托之重。1989年5月《红岩春秋》正式创刊。迄今，19年了。19年来，小鹏同志多次听取《红岩春秋》的办刊工作汇报，直接指导我们运用南方局光辉的斗争历史和重庆丰富的文化资源，在弘扬红岩精神，资政育人方面发挥了积极的作用。这其中饱含着邓大姐的嘱托，饱含着南方局老同志的关心支持，饱含着重庆市委的精神培育，也饱含着小鹏同志的心血。

> 责任、事业与友情，延续了三代人的缘分。一份责任，造成了两个家庭的情谊。一个承诺，付出了十年努力，促成了一部"大书"的问世。一件小事，成为一老一少真情的流露和永恒的纪念。

在纪念童小鹏逝世一周年的时候，我告诉家父，我要写一篇怀念小鹏同志的文章。他特别要我好好地写一下小鹏同志，以表达他这位耄耋老人和我们全家对小鹏同志的怀念和敬意。

我父亲在抗日战争时期，曾经秘密参加过南方局重庆统战工作组的工作,但由于小鹏同志在红岩村南方局长期从事机要工作,他们并不认识。直到全国解放后,同在统战部门,他们才有了工作联系。尤其是十一届三中全会后,共同的课题,共同的责任感,使他们从工作的上下级成为了事业的同事、人生的朋友。特别是他们从《重庆谈判纪实》开始,完成《第二次国共合作纪实丛书》的"北京约定"感人至深。

我们家与小鹏同志的交往还有一些小事,很是有趣,也令人难忘。那是1988年的夏天,小鹏同志和夫人紫菲到重庆指导工作。一个周末,家父和母亲带领我们一家,到市委招待所看望小鹏夫妇。当时我的儿子也就四五岁,天真可爱。见到小鹏同志一点也不拘束。小鹏同志对他也疼爱有加,一老一少其乐融融。

当时电视台正热播电视连续剧《济公》,风靡神州。那天晚上,儿子自告奋勇地要给小鹏爷爷、紫菲奶奶表演一个节目,于是拿起一把蒲扇,装成济公,唱起了《济公》的主题曲,边唱边舞,一副疯疯癫癫的样子。而小鹏同志呢,开始还安然地坐在沙发上双手打着拍子,欣赏儿子的表演,快乐而沉醉。忘情之时,儿子拿起一张报纸,折了一个济公和尚帽给小鹏同志戴在头上,自己也同样戴了一顶。这样便激起了小鹏同志的童心,这一老一少,就面对着面,既唱且跳,手舞足蹈,得意忘形。全家人一起鼓掌欢呼。

如今20年过去了,儿子长大成人,已经成了中国政法大学的学生,比我还高。2004年9月,小鹏同志90寿辰,我专门带儿子去给小鹏同志拜寿。当时小鹏同志住在中央统战部培训基地,大病初愈,听力不好,说话也很困难。儿子叫他"童爷爷",他没有什么反应。我告诉他,这是我的儿子,他也摇摇头,不认识。于是我就唱起了"鞋儿破,帽儿破,身上的袈裟破。你笑我,他笑我,一把扇儿破",并学着电视里济公的样子,手舞足蹈。小鹏同志的脸上一下子就放出动人的光彩,大声地说,这么大了,并用手比画,当时才这么高呀。如今,小鹏同志已经作古,儿子则已长大成人,这一老一少合唱共舞的动人情景,已成绝响,令人感叹。

音容笑貌:半年前微笑着艰难地拉手。12年前表示,生是红岩嘴的人,死做红岩村的鬼。

去年7月20日,党中央要在北京召开纪念杨尚昆同志诞辰100周年座谈会。为此,7月19日,我和重庆的许多同志来到北京。当天深夜,我从一位同志的电话中得到小鹏同志18日去世的消息。当时我完全不敢相信这个消息的真实性,只以为是病情紧急,又送医院抢救了。于是,我立即打电话给丹宁同志。在电话那头他那低沉喑哑的话语中,我不得不接受了这个现实。当天晚上便对有关事宜作了安排。

第二天早上到了人民大会堂,我把噩耗报告了汪洋书记,他要我代表重庆市委向小鹏同志的亲属表示哀悼。当天上午会议结束后,我便带领市委宣传部、市委党史研究室的同志到了万寿路。走进客厅,半年前小鹏同志与我艰难地拉手,微笑着告别的场景仿佛又映入眼帘。耳边,仿佛又响起了12年前(1995年)小鹏同志的亲切话语:

"抗战时期,我和我的老伴紫菲一起,喝了八年嘉陵江水。我们在红岩共同战斗,后来恋爱、结婚,在这里生了两个娃娃,他们现在都已经50多岁了。所以,红岩是我们的第二故乡。我们以前就商量过,将来去世以后不保留骨灰。把骨灰一半撒在嘉陵江里,一半深埋在红岩的泥土中,不搞墓,也不写名字。去年紫菲去世了,我把她的骨灰送了回来,并宣布了我们生前的约定。现在我要再次重申,我将来去世,骨灰不放在漳州,还是请我的儿子、媳妇把我的骨灰送回红岩,一半撒在嘉陵江,一半埋在红岩,和紫菲在一起。我们曾经生活在红岩,战斗在红岩。我们生是化龙桥红岩嘴的人,死了还要回到红岩,做红岩村的鬼。当然,鬼是没有的,魂兮归来,魂归红岩。这也是'红岩精神'的体现!"

这段话是1995年童小鹏同志对我说的。那一年,四川省委和重庆市委在重庆召开"中共南方局党史暨《新华日报》报史座谈会"。我当时在市委党校工作,担任《理论建设》杂志的主编,对他作了一次专访。这段话最使我震撼,也难以忘怀,让我深深地体味到一个老战士继承和弘扬"红岩精神"的伟大情怀。

斯人已逝,风范长存,红岩村将迎来这位伟大的战士。

2008年8月17日于重庆十驾庐

节选自《红岩春秋》2008年第6期

我所认识的孟广涵

前几天,《重庆日报》发表了《点点滴滴忆广涵》,全文4500字,在当下报纸上算是"长文"了。但读来并不嫌长,意犹未尽。这篇东西好就好在"真",一是"真人",20世纪七八十年代,孟广涵曾经当过重庆市委书记(相当于后来的副书记,因当时市委只设第一书记和书记),后来到市政协工作,许多干部都在他领导下工作过,很亲切。二是"真事",文章没有讲多少军国大事,只讲了四件实事小事:办事、用车、住房、出国,这些事大多数我都见过或听说过,很真实,毫无编造、想象、推论、拔高之处。三是"真情",字里行间都是情感的流露。文字更是朴实无华,小处着墨,娓娓道来,其实道理不小,达于至臻境界。更让我想起了那些亲历过的事情。放下报纸,我给张小良总编辑打了电话,祝贺《重庆日报》的同志们组织发表了这篇好文章,让我们在当下还能看到一个真正的共产党员的朴实风貌,一个真实的高级干部的精神境界。

大领导扶持小教员

我在川大读书时就听说过孟广涵这个名字,当然我们这些小青年是见不到这位"大领导"的。近距离接触他是在1983年。当时我刚大学毕业,被分配到市委党校,是一个普普通通的小教员。

1983年冬天,全国政协布置重庆市政协研究"抗战时期的国民参政会"这个课题。那一年孟广涵刚从市委领导岗位转到市政协工作。而市政协恢复不久，一时找不到合适的年轻人承担这项工作，有人就推荐了我和另一位比我更年轻的刘景修。当时我父亲也在市政协工作。孟广涵组织纪律性很强，没有因为与家父熟悉而放弃程序，而是通过政协和党校的党组织，对我和刘景修进行了一番详细调查，结论是可以信任。于是，他就把我们两个年轻人安排进了课题组，担纲干起了这个大课题。那是一个白手起家的项目，需要从最基础的资料搜集干起，极有挑战性。他作为项目的最高领导人，提出总体要求，牢牢地把握着正确的方向，对我们则完全放手。我们尊称他为"孟书记"，但没有拘谨，甚至不知天高地厚，于是提出了一个跑北京、天津、南京、成都搜集资料，要找陆定一、许德珩、胡子昂、梁漱溟、史良等党和国家领导人采访的宏大计划。他并没有批评和指责我们，而是亲自为我们协调事务，亲自带着我们到北京走访有关部门，拜访有关领导，尤其是完全保证了研究所需要的诸多条件，甚至让我们这些小教员，第一次乘坐了飞机。

在他的直接领导下，研究工作进展很快，只一年多工夫，就编成了100万字的《国民参政会纪实》（上、下卷），于1985年8月抗战胜利40周年时由重庆出版社推出，一炮打响，获得四川省1979—1989优秀图书铜帆奖。

接着，我们又写了几篇大论文，其中我的一篇被"民国档案与民国史国际学术讨论会"选中。1987年，经中央批准，会议在南京金陵饭店召开。参会者都是国内外最负盛名的专家学者，孟广涵也在被邀请之列。当他带领我们到南京参会时才知道，我还被安排在大会上作学术报告。古人说："来而不可失者，时也。蹈而不可失者，机也。"

正是当年孟书记的一个决定，让我这个刚刚入道的小教员，一步就迈上了最高水平的国际学术论坛。30年过去了，我仍在享受着他为我搭起的这座人梯。

做小事起了大作用

孟书记是延安时期的老革命，解放后又管过工业经济、组织人事、宣传文化，当过一方主官，干的都是军国大事。但是对搞课题这些小事，他也做得精心细致。

1986年，我的老师、四川大学隗瀛涛教授承担了国家"七五"期间社科规划重点项目"近代重庆城市史研究"。当时，不光重庆，全国的历史学界对城市史研究都相当薄弱，研究团队主要来自四川大学。孟书记深知这件事情对于正在进行城市经济体制综合改革的重庆的重要性。因此，他并不因为这是四川承担的课题就袖手旁观，而是主动尽其所能地予以帮助。

他一方面支持我和胡道修作为重庆学者参加研究，另一方面，由他亲自出面，邀约重庆市一大批退下来的老领导、老同志，组成了一个顾问组帮助指导研究工作，组长是廖伯康、孟广涵，成员有：孙先余、张文澄、段大明、马力等10位，那可算得上重庆社科研究历史上最为豪华的顾问班子。

顾问组同时又是课题组在重庆的工作站，设在市政协文史办，我父亲是文史办主任，孟广涵就是总后盾。大事小事他都要关心，诸如成都来的专家学者和同时在研的上海、天津、武汉城市史课题组同志来渝查阅资料、采访老人、研讨交流、召开会议等等。对于这位"大领导"来说，这都是些非常具体，也非常繁杂的"小事"。

经过5年的努力，当研究任务完成的时候，我们出版了两部书——《近代重庆城市史》《重庆：一座内陆城市的崛起》，出了一批人——五位当年的讲师、助教全部晋升教授，出了一个博士点——第一个"中国地方史"博士点落户四川大学。更为重要的是，经过多年的考验，《近代重庆城市史》在新中国成立以来国家举行的唯一一次社科规划项目评奖中荣获三等奖，已经成为国际城市史学界公认的中国城市史研究的经典，也成为研究重庆历史的代表之作。

这让我懂得了"天下大事，必作于细"的道理，受用终身。

出差北京住陋室乘公共汽车

1984年4月，孟广涵带领我们到北京，向全国政协汇报国民参政会课题研究情况，并请中央领导同志作序题词。他到北京后，没有住宾馆，而是前往重庆驻京办事处。那是在一幢居民楼中几间非常简陋狭小的房子。服务员也不认识他，当他摸出工作证登记时，把服务员吓了一跳，"孟广涵，重庆市委书记"。

有一天，全国政协领导同志会见孟广涵一行，听取汇报，我有幸随同前往。出门时不见小车来接，他带着我们就上了一辆公共汽车，车上很拥挤，60多岁的他和我们一样，站了好几站路。后来他告诉我们，全国政协提出要派车来接，我不让，太麻烦人家了，坐公共汽车不是一样到了嘛。

30年过去了，这一幕始终不能让我忘怀，也永远不会忘记。因为这样的经历，对于今天的干部来讲恐怕此生再难见到了。

讲话稿都是亲自动手

在我的印象中，孟书记身边好像没有专门操刀写讲话稿的秘书，因为他讲话从来都是亲自动手，自己起草，讲自己的话。

到政协工作后，他就成了重庆地方史学界的灵魂。1989年成立重庆市地方史研究会，他就任会长、名誉会长，直到去世。研究会是专门从事重庆地方历史研究的学术性团体，专业性很强。作为会长，每次开会讲话他都要事先向我们了解会议的情况，做到心中有数，然后自己拟订讲话提纲。到了会上，他总是非常认真地倾听专家学者的发言，然后形成自己的观点。所以，他的讲话很有特点：语气总是那么平和，点评总是那么到位，指导总是那么精到，从来没有拿腔拿调的官话，夸夸其谈的套话，更没有矫揉造作的空话。研究会内那种坦诚交流、奖掖青年的学术氛围与他的作风是分不开的。20多年来,地方史研究会始终以学术为本分,没有搞一点与学术无关的"事情",出了一大批成果,更出了一大批人才,尤其是年轻的学者。

现在,他的夫人谷钧岚和孩子们正在搜集整理他的著作和文稿。我盼望着《孟广涵文集》的出版,因为,这是一份最可宝贵的精神遗产,更是我们对这位真正的共产党人最简朴也是最崇高的纪念。

晚年才显露文学才华

孟广涵是一位职业革命家。长期的军事工作、党的工作、行政工作成为他人生的主色调,稳重、亲和、淡定是人们对他行为举止的总印象。其间,也偶尔作点诗,写点字。直到晚年,我们才发现他还是一位有着文学梦想,而长期被压抑的作家。

几年前的一天,父亲告诉我,孟书记写了一部小说,这让我大为诧异,赶紧到他府上拜访。

他告诉我,写这部小说的想法,始于1980年代初。他生于1921年,与党同岁,是山东莱芜人。抗日战争时期,他在山东做过地方工作和八路军的侦察工作。后来到延安进抗大总校学习,然后到山西太行山八路军总部、延安联防军政治部工作。

抗战胜利后,他所在的部队前往东北,其中派他带了一批干部到内蒙古科尔沁右翼中旗去建立根据地。他在那里工作了一年多,团结蒙汉干部,贯彻执行党中央的指示,建立党的组织、人民政权和各种群众组织,建立人民武装,开展清匪平叛、清算蒙奸、减租减息运动,逐步把根据地建立起来了。孟广涵是那里党组织的创始人、革命的开拓者,深受当地汉蒙干部群众的尊敬和爱戴。他的小说《莽原传奇》就是以这段经历为背景的,其中塑造了一位年轻的共产党员孔东的文学形象。

最初他拟了34个题目，然后就边回忆，边思考，边写作。1984年他还回到当年战斗过的地方搜集资料。所以写得时断时续，有时一停就是一年半载。在写作的过程中，对原来拟定的题目也作过多次修改。

他告诉我，这部小说所描写的地方和事迹，是整个革命历程中的一小段，也是他当年亲身经历过、非常熟悉的战斗生活。但是，既为小说，就不完全是历史的重现，而是源于生活又高于生活的文艺创作，是传奇。孔冬不是我，也没有特定的原型，切不可对号入座。

他更谦虚地说，我不是文化人，更没有写过小说，对自己写的东西像不像小说心里也没有多少把握。这个稿子我是不大满意的，但再大改也没有这个精力了。你也帮我改改吧。

他的这番话，对我这个后生晚辈来讲，真是莫大的荣幸。我先睹为快，感到这是一部进行革命传统教育的教材，和《红岩》一样，都是由亲身经历者写作的，更是难得。不过他署名时使用的是笔名，我提出还是用真名好。他告诉我，主要是怕有人说他写小说来吹嘘自己，同时对书稿也不大满意。这其间，许多同志和出版社都提出了用真名的意见。最后，他采纳了。

2008年，长篇小说《莽原传奇》出版。那一年，他87岁。大家向他表示祝贺，称这部书是"感受到一颗滚烫的心"，"难得的厚重之重"（李敬敏）；"珍贵的革命传统教科书、高昂的革命英雄主义的壮歌、民族团结奋斗的史诗"（蓝锡麟）；"今年重庆文坛的一个重要收获"（黄济人），称他本人是"重庆年龄最大的作家"，一时传为佳话。

2013年11月22日写于重庆至北京旅途之中

《重庆日报》2013年12月18日

异国友朋

YIGUO YOUPENG

读懂中美并肩抗战历史的一扇门

如今，史迪威将军当年的官邸，依然静静地站在嘉陵江畔，静静地面对着日新月异的重庆，更面对着百年未有之变局。

这是一扇窗，中国面向世界的开放之窗。

这是一扇门，通向历史之门。

我就是在这里，读到了二战期间中美两国并肩对日作战的历史。

一

"岁月难忘　友情难忘"是我1994年为《史迪威与陪都时期在华美国人展览·前言》写下的两句话。

2015年是世界反法西斯战争和中国人民抗日战争胜利70周年。我把它再次写进《史迪威将军与中国战区统帅部影像集》之中，是想纪念中国人民和美国人民为世界反法西斯战争的胜利做出的重大贡献和结下的深厚友谊，是为记录这20年来中美两国许许多多老前辈、老朋友和同行专家们对继承和弘扬这份历史遗产的追求与坚守，也是为了却20年前我心中的那个愿望。

抗日战争时期，重庆是中国的战时首都，是中国政治、军事、外交、经济、文化的中心。1941年珍珠港事件爆发后，中国政府正式对日宣战，与美国、苏联、英国等结为盟国，在中国设立世界反法西斯同盟国中国战区统帅部,由蒋介石担任中国战区最高统帅,统一指挥中国及在越南、泰国、缅甸等地的盟国军队对日作战。中国便成为了世界反法西斯战争东方战场的重要力量,中国战场则成为亚太地区反法西斯同盟国重要的战略支柱和后方基地。

1942年,史迪威将军受美国总统罗斯福派遣来到重庆,担任同盟国中国战区统帅部参谋长和中缅印战区美军司令。史迪威是一个典型的美国军人,在华任职期间,他始终着眼于美国的军事战略,矢志不渝地争取反法西斯战争的胜利。但是随着两次入缅作战,在军队指挥权、援华物资分配、战略战术等一系列问题上,史迪威将军与蒋介石之间发生了许多矛盾甚至是严重的冲突。史迪威坚持认为,无论从政治、经济,还是军事方面来看,在中国战场上,美国都很难单独依靠国民党去战胜日本侵略者。而中国共产党为代表的新兴力量则是中国的未来。因此他同情共产党,希望平行地支持国共两党共同抗日。正是在他的推动下,1944年7月,第一批美军观察组进驻延安。由于上述矛盾冲突的累积,以至于最终激化。1944年10月18日,史迪威将军被罗斯福总统召回,1946年10月12日在美国病逝。

在重庆中国战区统帅部度过的这段时光中,他身先士卒,指挥中美军队和民众并肩作战,为中国抗日战争和世界反法西斯战争的胜利做出了不可磨灭的贡献。他在这一历史时期的中美关系中发挥了重要的作用,同时也与中国人民结下了深厚的情谊。因此,以中国战区统帅部为载体的战时中美军事合作,是中美关系史上的重要篇章,他也因此成为中美关系史上最重要的人物之一,是中国人民的真正朋友。

二

史迪威一直是中国现代史、中国抗日战争史上重要的研究课题,对他的研究,几乎就是与他在中国的活动同时开始的。但是,真正进入高潮,则是20世纪90年代以后。

20多年来，我和我的家庭亲身参加了这一系列重要的活动，也亲身见证了其中蕴含的学术研究的历程，至今记忆犹新。

1979年1月1日，中美两国建立正式外交关系，从而结束了长达30年之久的不正常状态，也使中美关系史的研究得以复苏。

1991年时值史迪威将军逝世45周年。为了纪念他对中美两国共同抗击日本法西斯侵略做出的贡献，研究由此以来的中美关系，促进两国人民的相互了解、友谊、交流与合作，促进世界和平和人类进步事业的繁荣与发展，中国国际友人研究会和重庆市政府共同发起，在重庆成立了"史迪威研究中心"，并于10月11—13日召开了"史迪威将军研讨会"。会议得到了中美两国政府及有关机构的热情支持。中共中央顾问委员会常委、国务院原副总理、全国人大常委会原副委员长、中国国际友人研究会会长黄华出席会议并发表了重要讲话。除中美两国学者外，史迪威将军的女儿南希·史迪威·伊斯特布鲁克夫人（Nancy Stilwell Easterbrook）及外孙、外孙女，全国政协原常委、中国国际友人研究会副会长爱泼斯坦，当年曾在中缅印战区工作过的杨孟东，曾在史迪威将军指挥下在缅甸作战的已故戴安澜将军的儿子、女儿和曾锡珪将军的女儿等出席会议。中外人士汇聚重庆，以对这位反法西斯坚强战士的缅怀之情，共颂友谊，探讨、展望中美关系的发展前景，产生了十分重要的影响。

也是在1991年，重庆市人民政府收回了已作工厂使用的原史迪威将军旧居（1942年3月—1944年10月他在重庆时的住址和办公场所），辟为"史迪威博物馆"。同年，举办了简单的"史迪威将军生平图片展览"。

我姐姐周敏当时在重庆市人民政府外事办公室工作。市外办安排她担任史迪威研究中心办公室主任、史迪威博物馆馆长，专门从事以"史迪威"命名的历史、文化、教育及经济方面的交流。这样的安排，可能与我们的家庭背景有很大关系。

我父亲是一位20世纪30年代上半期就参加抗日救亡运动的老战士，经历了红军时期、抗战时期和解放战争时期，在农业、金融、工商、房地产等领域中从事党的秘密工作。1978年他到重庆市政协，负责文史资料的搜集、整理、编辑和出版，离休后创办了重庆市地方史研究会。他通晓重庆历史，著述不少。

　　而我呢，1983年从四川大学历史系毕业后，就回到重庆，在市委党校做教学与研究工作，长期从事抗日战争时期以重庆为中心的中国近现代历史研究。

　　因此，市外办领导对周敏的这一安排，显然是希望我们家庭能支持她，使"史迪威事业"能更好地发展，在重庆的改革开放、对外交流与现代化建设中发挥更大的作用。

　　1993年3月19日是史迪威将军诞辰110周年纪念日，重庆市政府又以"历史回顾""经济合作""展望未来"为主题，举行了第二次史迪威将军研讨会。后来，研究史迪威的国际性研讨会在重庆举办过多次，会议分别以中美内陆经济发展（1993）、国际资本市场与内陆经济发展（1994）、基础设施与城市发展（1995）为主题，这样就把对史迪威将军的研究范畴从历史扩展到经济、外交领域，研究的重点也从历史延伸至当下，研究的程度也逐步引向深入。

　　在这一进程中，史迪威博物馆的兴建成就卓著，搜集到的史迪威将军及其相关史料极大地丰富起来。1994年，重庆市外办决定，扩大"史迪威将军生平图片展览"内涵，将其更名为"史迪威及陪都时期在华美国人展览"，以此带动整个博物馆的改陈布展，以更好地展示史迪威将军在华戎马生涯，展示许许多多的美国朋友为支持中国人民的抗日战争，在中国大地、在印缅战场浴血奋战的光辉业绩，以纪念他们为世界反法西斯战争做出的历史性贡献。

　　我有幸受邀主持了《史迪威及陪都时期在华美国人展览》的总体设

异国友朋

计、历史研究、文本撰写和审定等工作。这个展览由史迪威研究中心主办，重庆市博物馆承办，重庆市地方史研究会协办。由时任市外办副主任的张东辉、胡正荣策划。展览包括史迪威将军在中国、"驼峰"飞行、飞虎队来华作战、美军驻延安观察组、战时中国与美国，以及今日重庆与美国。20多年过去了，展览也几经改陈，旧居几经修缮，但还保持了那时的结构和基本史实。

展览得到了中华人民共和国外交部、重庆市人民政府、中国人民对外友好协会、中国国际友人研究会、重庆市人民政府外事办公室、重庆市人民对外友好协会、美国驻中国大使馆、美国驻成都总领事馆等有关机构和友好人士的支持和指导。美国新闻总署、美国亚洲文化交流协会、美国胡佛图书馆、美国史迪威基金会、《今日中国》杂志社、云南省航空联合会、重庆市地方史研究会、重庆市博物馆、重庆市图书馆为展览提供了资料。史迪威将军的女儿南希女士向我们捐赠了珍贵文物，提供了宝贵资料，对我们在美国收集资料鼎力相助。

1994年10月，这个展览正式展出。为此，美国国防部长威廉·佩里（William Perry）乘军用专机飞抵重庆。此举是第二次世界大战结束以来，美国军用飞机第一次降落在重庆的机场。开幕式当天，更是盛况空前。中国国防部长迟浩田、美国国防部长佩里、史迪威将军的女儿南希·史迪威·伊斯特布鲁克出席了开幕仪式。出席开幕仪式的中方人员还有：中国人民解放军副总参谋长李景上将、国防部外事局长傅加平少将、成都军区司令员李九龙上将和夫人、中共重庆市委书记孙同川、重庆市长刘志忠、重庆警备区司令员牟大明大校；出席开幕仪式的美方人员有：美国驻中国大使芮效俭、美国驻成都总领事康普、美国参议员沃纳。中美两国国防部长向展览大厅正中的史迪威将军铜像敬献了花圈，中外来宾参观了"史迪威与陪都时期在华美国人展览"。迟浩田部长为博物馆题词"史迪威将军是中国人民的真诚朋友"，佩里部长的题词是"博物馆展示了中美合作历史上极为重要的篇章，它可以看作是未来更多合作的象征"，南希的题词是"对我和整个史迪威家族，这都是美好的一天"。

2003年3月，重庆市举行了"纪念史迪威将军诞辰120周年座谈会"及纪念史迪威将军诞辰暨重庆史迪威博物馆开馆仪式。

2012年6月，举行了纪念史迪威将军来华70周年暨中缅印战区图片展。

2013年6月，中国国际友人研究会、中国公共外交协会和中国社科院又在重庆共同主办了纪念史迪威将军诞辰130周年图片展。

2015年，我主编出版了《史迪威将军与中国战区统帅部影像集》。

2019年11月22日，由重庆市人民对外友好协会举办的"纪念中美建交40周年暨史迪威将军与中国研讨会"在重庆举行。中华全国归国华侨联合会原副主席唐闻生、中国国际友人研究会常务副会长顾品锷大使、美国驻成都总领事林杰伟、美国驻华大使馆国防武官戴若柏准将，以及来自中美两国政府、企业代表和专家学者等出席。

20多年来，重庆市对史迪威旧居的抢救和保护投入了大量的力量。2013年3月，经中国国务院批准，史迪威旧居以"同盟国中国战区统帅部参谋长官邸旧址"被列为第七批全国重点文物保护单位。

三

我在研究史迪威及中美关系的过程中，与中美学界都建立起了密切的联系。

受美国政府邀请，我以中共重庆市委党校副校长、历史学教授身份，于1995年6月17日—7月16日，对美国进行了为期30天的专业访问。这次访问的主要目的是对美国的公务员制度，特别是公务员培训进行考察，与美国历史学界就第二次世界大战期间的中美关系史、史迪威研究进行学术交流。在美期间，先后访问了华盛顿、费城、波士顿、春田、奥斯汀、大峡谷、菲尼克斯、蒙特雷、旧金山等城市，与美国有关公务员培训的政府机构、社会团体、高等院校，有关历史研究的学术机构、档案馆、博物馆等单位进行了交流。特别是查阅了许多史迪威及相关美国人的档案史料，拜访了许多重要的历史当事人，对我后来研究史迪威及战时中美关系很有帮助。

这是我第一次访问美国，对美国这个发达的资本主义国家有了一个比较直观的认识，对美国公务员制度，特别是公务员培训制度，有了比较深入的了解，学到了许多可资借鉴的东西。特别是时值第二次世界大战和中国抗日战争胜利50周年，我与美国同行们、史迪威亲属和有关历史当事人，探讨了二战时期的中美关系史，就中国共产党与美国政府的关系、美国与中国在军事方面的合作、日本军国主义对中国的侵略、日本发动的太平洋战争，特别是纪念第二次世界大战和中国抗战胜利50周年的意义，作了广泛、深入的探讨，既交流了彼此的学术观点又交换了有关历史资料，富有成效。

我深深地感到，这种两国人民，两国专业人员之间的直接交流，有助于推动我们各自所从事的专业工作，有助于加深对双方国家的了解，有助于发展两国人民的友谊与合作。

2020年7月于十驾庐

从史迪威故里向西望去

——忆史迪威将军长女南希

在我的美国朋友中，南希女士是最为特殊的一位。

南希·史迪威·伊斯特布鲁克（Nancy Stilwell Easterbrook）是史迪威将军的大女儿，自己取了一个很中国的名字"史文思"。

多年来，她不遗余力地搜集史迪威将军的遗物和二战文物，并且把它们捐赠给重庆史迪威博物馆。她以古稀之年，仍频繁地奔走于中国与美国、重庆与美国之间，推动民间友好交流。有时她还把孙女们带到中国，带到重庆，通过耳闻目濡，传承中美友好的事业。因此，我们全家都认识了这位热情干练的老太太，而成为好朋友。

1995年夏天，我到美国作访问学者，拟定专程拜访南希。7月12日我从菲尼克斯飞抵蒙特雷（Monterey, California）。此前她就告诉我一定要亲自到机场迎接，让我心中感动。但我一再告诉她千万使不得。

然而一下飞机，我就看到了这位身着大花衬衫，满头银发，精神镬烁的老太太。那时她已年过八旬了，亲自开着一辆轿车在前面给我们带路，我们的车跟在后面。这位老太太开的车跑得飞快，我们需要紧赶慢赶才能跟上她的速度。那一天，她带我参观游览了以风光美丽而著名的十七英里海滩，参观了20世纪初年史迪威将军的两处旧居。让我充分领略了美国西海岸美丽的夏日景色，也让我持续了一个月学术性访问的紧张神经，终于松弛下来。

傍晚时分，她领着我来到她所居住的小镇——卡梅尔（Carmel）。

卡梅尔是蒙特雷半岛一个精致的海滨小镇，位于美国西岸著名旅游观光景点——十七英里（17 Mile）之南。卡梅尔建镇不到百年，人口也少，仅5000余人。但是以人文荟萃、艺术家聚集，充满波西米亚风味而闻名于世。这里集世界上陆地、海洋、蓝天之大成，碧海蓝天，鲜花礁石，随处可见松鼠、海鸟和海豹，悬崖峭壁，古老的松柏，构成了十七英里迷人的画卷。真如世外桃源一般。张大千先生晚年曾居住于此，为其居所命名为"可以居"。

20世纪初年，史迪威将军就把家安在卡梅尔镇上。

他在这里度过了与家人和孩子们其乐融融的欢乐时光，并且带着家人四到中国。他在这里得知了日军偷袭珍珠港的情报。后来又从这里踏上第五次到中国的行程，而这一次是他一个人前往，到中国重庆。最后，他又回到这里，那是被罗斯福总统从重庆召回，郁郁寡欢，最后与世长辞。

如今，我就站在史迪威故居前面，花园的门敞开着，望得见波光粼粼的太平洋，再向西望去，那一定是大洋彼岸的中国。

史迪威将军的两个女儿南希和她的妹妹爱利森（Alison Stilwell Cameson）也定居在这里。她们建起了美中人民友好协会的分会，经常组织促进两国人民友谊和了解的活动。爱利森生在北京，从小就师从著名画家，专攻山水人物、花鸟鱼虫。她的中文名字叫"史文森"。她在镇上开了一家"中国画室"，教授美国人学习中国画，介绍中国文化。1991年去世。

南希把我带进了她自己的家——她一个人独住这里。这是一幢非常普通的平房，土灰色的外墙，石片作瓦，竖木条作的窗户，阶沿由红砖砌就，远远看去与中国的普通农家似乎没有什么两样。只有走近它，走进它，才能感受到它的非同寻常。

宽敞的客厅里，一派东方情调，处处都透着史迪威将军的气息。当中一套中式的家具，正面墙上是中国国防部原部长张爱萍将军潇洒的题诗：

"史迪威尔名犹存，重洋难阻旧友情。京华欢宴将军女，谈笑风生如故人。"记述着这位中国名将对一位美国名将的情谊。题诗两边是两堂饰金木雕条屏。一面墙上是著名书法家端木蕻良的题诗："史迪威名公路在，苍心犹记将军情，一门四代来中国，花簇长江打桨迎。"据说这是1985年南希从重庆乘扬子江号轮船东下，在船上偶遇端木蕻良一行。当端木得知南希乃美国名将之后，极为高兴，诗兴大发，一挥而就，同行的文艺家罗工柳、公木、萧乾等也纷纷在题词上签名留念。因此，这件作品的尺幅很大，装裱后几乎占去一面墙。南希在作品两边用中国瓷盘进行了装饰。

还有一面墙上是高低错落的博物架，上面摆放着中国的瓷器和古玩。墙角斜放着一个黄铜质地的柜子，大约有1.5米高，上部呈梯形，正面是两扇双开柜门和三面柜壁，均是镂空雕花，下面是一个黄铜的座子，极为精致。一看就知道不同寻常。我不知这是何种宝物，便请教南希。方知，这就是难得一见的清代皇宫的空气降温器，是皇宫专用的特殊之物。据说每到冬季，宫中就将冰块贮藏在地窖中，到了夏天，就把冰块拿出来，放进这个黄铜柜子里，使冰块在其中逐步融化，散发冷气，给炎热的皇宫带来些许清凉。过去只是听说，想不到在美国，在史迪威家中才一睹真容。

在她家的其他房间里，还摆放着许多中国古董，展出着一些中国字画。整个室内充满着浓郁的中国氛围。对于我这个从事历史研究的人来说，都有些应接不暇。南希告诉我，史迪威醉心于中国文化，这些东西都是他五次到中国工作时辛勤搜集的成果。我建议南希，这批文物是一笔宝贵的遗产，千万要保存好，不要散失。我提议，将这些文物集中登记，拍摄照片，公开出版。如果可能，回到中国展出。

南希给我看了许多史迪威将军的遗物，其中有一张照片给我留下了非常深刻的印象。史迪威跪在地毯上拉着手风琴，而他的听众则是一只名叫"加里"（Gary）的硕大的狗。南希告诉我，史迪威的兴趣爱好非常广泛，对艺术颇有造诣。这张照片摄于1945年底，当时他已经被从中国召回，困于家中，郁郁寡欢。确实，在这张照片上，忧郁的史迪威专注地拉着手风琴，只有他的爱犬懂得主人的心思，专注地倾听着主人的琴声。一年后，史迪威将军就去世了。好一个对狗拉琴的史迪威，让我看到了这位四星上将的另一面，也使我看到了当时处在中美矛盾焦点上的史迪威将军郁闷的境遇。

晚上，南希请我在卡梅尔街上一家中国餐馆吃饭。她告诉我，张大千在世时，就住在附近，经常光顾此餐馆，或独酌，或宴客。因此，这家餐馆至今还保留着一道招牌菜——大千鸡。这是当地美国人最喜欢的也是最辣的菜。南希说，你从重庆来，恐怕很久没有吃辣椒了吧，所以特意点了"大千鸡"。上得菜来，但见大块的鸡肉，配上大块厚实的青红椒，鲜香油亮，赏心悦目。但吃在嘴里，却淡而无味，完全没有一点辣味。问过老板才知道，原来美国人怕辣，要让美国人喜欢这道大千鸡，就只好去其味而留其形，让大千鸡来适应美国人的口味。看来，大千鸡早已与时俱进地融入了美国的主流饮食潮流了。

晚饭后，我们告别，南希和我拥抱告别，相约重庆再见。她告诉我，一定还要去重庆，还要去史迪威博物馆，还要去看望我父亲、我的姐姐和我那可爱的儿子。

然而不到两年，噩耗传来。1997年4月16日，南希在卡梅尔的家中逝世，享年83岁。这让我们全家都心情沉重。我眼前始终浮现的就是她满头银发，穿着大花衬衫，开车飞快的样子，再就是她那充满了中国文化情调的家……多好的老太太呀！她在天堂，一定会想念着远在中国，远在重庆的我们吧？她的那些中国宝贝，还好吗？

从那天起，我就想要做一件事来传承这段中美人民的友谊。

南希去世以后，南希的儿子约翰·伊斯特布鲁克（John Easterbrook）担负起搜集史迪威文物，沟通中美两国学界和民众的重任。尤其是进入21世纪后，他多次来到重庆，有时甚至把太太和两个漂亮的女儿也带来，参加以史迪威为主题的中美交流与友好活动。伊斯特布鲁克还告诉我，南希去世后，南希所拥有的那些中国宝贝，目前分别保存在南希的几个子女手中。这让我稍感欣慰。我与史迪威家族的友谊又传递到了第二代身上。

因为工作的关系，我和我的家庭收集了一批史迪威将军和他的家庭的照片资料。2008年起，重庆实施"中国抗战大后方历史文化研究与建设工程"。2011年，重庆市委宣传部委托重庆工商大学徐重宁教授主持"史迪威将军与中国抗战大后方海外档案资料集"项目。几年来，在徐教授的主持下，我的姐姐周敏和冯嘉琳女士等，为此付出了极大的辛劳。他们到了美国斯坦福大学胡佛档案馆、美国国家档案馆、美国国会图书馆和中国第二历史档案馆、重庆市档案馆、重庆图书馆等，收集到大量的有关史迪威抗战时期在华档案、文献、史料、照片等。在过去20多年中，她们三位与史迪威家族都有良好的私人关系，结下深厚的友谊，做了许多交流合作的事业，所以，她们的工作都得到了以约翰·伊斯特布鲁克为代表的史迪威家族的帮助和支持。

正是由于30年来的积累和方方面面的支持，到2015年中国人民抗日战争胜利70周年之际，在我的主持下，终于编成《史迪威将军与中国战区统帅部影像集》。由我和南希的儿子约翰·伊斯特布鲁克分别为之作序。

这部著作共13个部分，1000张照片，记录了史迪威将军早年生涯和四次来华、第五次来华出任中国战区统帅部参谋长、初败第一次缅甸战役、整训中国军队、打通中印公路、开辟"驼峰航线"、中国战区的"飞虎队"、统帅"梅里尔突击队"、赢得缅甸第二次战役、派遣延安观察组，以及他被解职归国，然后又新负重任，与世长辞的历史。

这是新中国出版的有关史迪威将军的第一部图片著作。这是对史迪威这位中国人民伟大的朋友和他的后代们，尤其是我所熟悉的南希老人最好的纪念。这也承载着中美人民的友谊代代相传。

2015年8月15日于十驾庐

不要忘了延安精神
——访谢伟思

1995年夏天，我有机会飞往大洋彼岸作访问学者，考察美国的公务员制度，并就世界反法西斯战争和中国抗日战争的历史作学术研究和交流。

在短短的一个多月的时间里，我两次横穿北美大陆，访问了负有盛名的美国东、西海岸的明珠波士顿和旧金山，首都华盛顿，历史名城费城，以及中部粮仓斯普林菲尔德，南部的奥斯汀，西部沙漠城市菲尼克斯等，考察了有关的美国政府机关、高等院校、科研单位、社会团体，和许多美国学者和普通的美国人进行了广泛的接触与交流。

每当我想起那些繁忙而充实，愉快而疲惫的日子，总有一位老人的音容笑貌出现在眼前。这不仅因为他是我访美期间会见的最后一位著名学者，也不仅因为他在中国曾经有很高的知名度，对我这个历史学者有着强烈的吸引力，更因为他时至今日仍对中国，对中国人民，对中国共产党人怀有深厚的感情，寄予着很大的希望。

他乡遇"老乡"

约翰·谢伟思（John S. Service），住在美国加利福尼亚州奥克兰的一座公寓里。我们到达时，他早已在门口等候多时。这是一个面容清癯，和蔼可亲的老人，思路清晰，腰板硬朗，精神健旺，很难相信他已年高86岁，进入耄耋之年。

我的访问是从他对四川、对重庆的印象开始的。他用普通话对我说，1909年他生在四川成都。我问他，还能不能说四川话，对四川、对重庆还有什么印象。他马上用四川话对我说，"你们刚才拢了"。这纯正的四川话是我踏上美洲大陆以后听到的第一声"乡音"，备感亲切，引起了在场的几位中美两国朋友的喝彩。接着，他就如数家珍地说起了四川的历史和名人。他说，近代以来，四川出了不少伟人，如朱德、邓小平、陈毅、聂荣臻、刘伯承、罗瑞卿、张爱萍。我的英语翻译舒先生风趣地加上一句，还有谢伟思。老人马上很认真地说："不，不，我不能算。我虽然后来在重庆待过，但做的事情不多。那时很年轻，职位不高，对那时发生的事情不能占什么功劳。"当他知道我的家就在解放碑附近时就说，抗战时期，国民党在那里搞了"精神堡垒"。那时，重庆公路很少，他们每次出去都搞不清楚要不要开汽车去。因此不少时候就到不了，因为重庆的公路太少，路也不好。我告诉他，重庆现在的变化很大，是中国汽车城之一，已经有高速公路了。老人露出惊讶的神情。

我说，我们虽然没有经历过抗日战争，但是，我们的父辈对抗日战争记忆犹新，特别是对先生您记忆犹新。谢伟思说："您很客气。"我说，这不是客气，而是尊重历史。当初在讨论访美计划时我就提出希望能够见到谢伟思先生。因为我是研究历史的，在纪念抗战胜利50周年之际，我希望能听到一些曾经在中国工作过的美国朋友对50年前的历史，特别是对当时中国和美国交往的历史方面的意见，所以提出一定要见见您。

从大上海到雾重庆：初识中国共产党人

谢伟思先生首先向我谈到了他抗战时期在中国的经历。

他说："当1940年到来的时候，人们已经普遍感到日美之间的战争不可避免。我当时在上海，就想到要把家属送回美国去。果然不久以后，战争就爆发了。由于家在美国，我一个人在上海，因此，就自愿到重庆去。"

当时，重庆是中国的战时首都，生活条件相当艰苦，大多数美国人并不喜欢这里。因此谢伟思一申请，国务院马上就把他送去了。

他说，初到重庆，就碰到日本飞机的轰炸。由于重庆很少能见到太阳，一旦太阳出来，日本飞机就来轰炸。当时美国大使馆在南岸，尽管没有遭到轰炸，但是也给美国人带来了很多麻烦。

谢伟思到重庆不久就到曾家岩去见了周恩来。五十多年后的今天，他谈到对周恩来的第一印象，仍充满了崇敬之情。即使周恩来手下的人，比如陈家康、龚澎，他仍然认为，他们都是很能干的人，而且对人很客气，很友好。

在美国大使馆里，由于谢伟思的中国背景，他就成了代表美国政府与中国共产党接触的人。而王炳南则是共产党和八路军的代表。不久，美国陆军部希望有一个懂中文的人去那里工作，谢伟思就从大使馆借到了美国陆军驻重庆的总部，作政治顾问。

当时许多人都主张，美国应该像在欧洲登陆一样对日本发起进攻。而在中国唯一能够用于出发，发起进攻的地方就是山东。只是由于山东在八路军的控制之下，而美军并没有与八路军合作。

但是，随后发生了几件事情。首先是在太平洋战场上，战争的发展比预计的要好得多，到1945年，美国拿下了菲律宾，拿下了冲绳岛，还拿下了一些像塞班这样的岛屿。第二就是美国已经制造出了原子弹，而这是许多人做梦都没有想到的。第三是赫尔利被任命为美国驻重庆大使。他这个人对中国事务几乎完全不懂，但又异想天开，自以为是。当时国民党方面有人提出争取苏联与国民党政府合作，条件是把中国的东北让给苏联，以换取斯大林对国民党政府的支持，进而迫使中国共产党承认蒋介石在中国的领袖地位。

谢伟思说："这简直是瞎扯。凡是当时去过延安，与毛泽东、周恩来谈过话，打过交道的人都知道，毛泽东在作为一个共产主义者的同时，又是一个民族主义者，他首先考虑的是中国的利益，决不会作为斯大林的傀儡而存在。当时美国研究共产主义的专家们只了解苏联的情况。在他们的印象中，似乎全世界所有的共产党都听从莫斯科的指示。而我们这些对中共了解较多的人告诉他们，中共和其他党不一样，他们是已经中国化了的共产主义。但是由于我们当时的职位低，声音也小。因此，尽管我们很了解中国的情况，了解延安的情况，但是赫尔利并不愿意采纳我们的意见，反而认为我们是瞎扯。"

当时，罗斯福与斯大林在雅尔塔已经有一个协议，明确表示了苏联在中国东北的权益。赫尔利就想把国民党方面的这个主张向罗斯福提出，他认为，只要把东北的利益让给苏联，中国的问题在30天内就可以解决了。谢伟思遗憾地说，30天不到罗斯福就去世了，而美国的新总统对中国问题一窍不通，中国事务实际上就由赫尔利大使全权管理了。这样，未来所有（"扶蒋反共"政策）的根基都已奠定了。

美军驻延安观察组：美国政府与中国共产党交往的起点

1944年7月，谢伟思以美军驻延安观察组政治顾问的身份飞赴延安。从此开始了他和中国共产党人长达半个多世纪的友谊。

据当年中共中央南方局外事组的罗清回忆，美军派观察组驻延安，是由美国大使馆二等秘书约翰·戴维斯最先于1942年提出来的。谢伟思在其中担任了重要的角色。有一次在重庆，戴维斯见到周恩来，提出可派少量的美国军事人员到延安去看一看。周恩来很肯定地告诉他，美国可以派军事代表团到中国的陕西、山西一带，并设立军事观察组。随后，谢伟思据此向美国国务院写了一个报告。关于观察组的筹建，1943年以后就开始酝酿，经历了一个很长的时间，参加酝酿的人也很多。

由于蒋介石力图封锁中共的消息，不让美国人了解真实的情况，因此美国军方不断试图派人到华北八路军控制区去的要求，都遭到了蒋介石的拒绝。蒋介石只同意美方派人到华北的国民党控制区去。但是国民党军队当时根本就没有在华北，所以这不过是一张空头支票而已。1944年1月，霍普金斯到中国来，史迪威再次向他提出了这一要求。霍普金斯回国后，罗斯福总统听了他的汇报，并看了谢伟思的报告，认为谢伟思的报告言简意赅，一语道破。因此，马上就同意了。然后，就打电报给蒋介石。蒋最后也不得不同意美军派一个观察组去延安。

观察组是由美国军方组建的，成员都是军人。只有谢伟思一个人是文职（外交官），他担负着美国政府与中国共产党人联系的任务。观察组于1944年7月和9月，分两批由重庆出发去延安。

美军驻延安观察组对外叫"迪克西使团"。为什么叫这个名字一直是我想弄明白的问题。在华盛顿时，我曾到美国国家档案馆查阅资料，也访问过著名的二战档案专家泰勒博士，除意外地找到不少毛泽东、朱德、叶剑英等中共高级领导人与美军观察组和美国政府的文电以外（实为意外的惊喜），也没有找到准确的答案。于是，我请教谢伟思先生。他说："'迪克西'是观察组在战争时期使用的一个代号。有两个意思，一是'迪克西'是内战时期美国南方的一个地名，而南方就意味着叛乱。二是，太阳照耀的地方。当时我们的意思就是，'迪克西'是一个很好的地方，一个很令人向往的地方。"

我向谢伟思先生介绍了中国历史学界对延安观察组的研究成果，也谈到了我在美国国家档案馆、军事历史中心查阅档案，以及和一些学者进行学术交流的情况。我告诉他，不少中国学者都认为，50年前的美军驻延安观察组的历史作用在于，它开始了美国政府与中国共产党之间的交往。为此，我请作为历史见证人的谢伟思先生在50年以后评价一下延安观察组（迪克西使团）的使命。

谢伟思先生开宗明义地告诉我："在50年后的今天，我不得不承认，延安观察组的使命是失败了，因为它没有完成它应该完成的使命。它可以说是一个开始，但却是一个破产的开始。我们和中国共产党人的友谊是存在的，但是我们没办法影响（美国政府的）政策。"

我问他能不能进一步谈谈所谓"失败了的使命"具体指什么。谢伟思说："刚才说的使命失败了，实际上说的是长期的使命失败了。而从美国军方的短期目的来说都是达到了的——利用美军提供的无线电台，共产党和八路军为美军提供了大量的情报。从这个意义上讲，军方的目的是达到了。

"但是长期的使命，就是美国国务院要我们研究、了解日本失败以后中国政治局势，并制定相应的国家政策的使命，并没有达到预期的目的。因为，我们的结论是：中国共产党是不可战胜的，中国的未来是属于中国共产党的。这种结论赫尔利当然不高兴。再加上当时我们的声音小，起不到什么作用，也就没能影响（美国）政府根据我们的研究结论而制定相应的政策。"

延安印象：毛泽东曾打算访问美国

当时的重庆与延安是两个完全不同的世界。尽管历史已经过去了半个多世纪，但谢伟思谈起对重庆与延安的印象仍然是那样清晰。

谢伟思几乎是不假思索地说："当时重庆与延安的反差实在太大。在重庆，最大的特点是等级森严，所有军官的住地都有人站岗。高级军官是绝不会同百姓、士兵交流的。

"一到延安，整个气氛都变了，甚至天气都不一样。重庆的天气阴沉，见不到太阳，还不断地下雨。而一到延安则万里晴空，使人感到很亲切。"

在延安，物质是清贫的，但一切都显得那么和谐，那么充满了活力。谢伟思告诉我，当时的延安，几乎每个星期六都有舞会。舞会在梨园的露天举行，所有的人都可以来参加。比如毛泽东和江青、周恩来与邓颖超、朱德与康克清，还有国际和平医院的小护士们都在。所有的人想找谁跳都行。去找毛泽东跳也行，虽说毛跳得不好，但也会和她们跳。

在延安，中国共产党的高级领导人和美军观察组组长包瑞德、政治顾问谢伟思进行了广泛深入的交谈。回忆起在延安窑洞的那些彻夜长谈，那些难忘的日日夜夜，谢伟思仍激动不已。他说："在重庆，蒋介石给人的印象就是很专制，什么事情都要管，就他一个人讲。而在延安就不同，你会感到一种安详、平和的气氛，有一种相互信赖的关系。尽管毛泽东是最高的领袖，但并不自以为是。如果去找他了解经济方面的问题，他就会安排你去见博古。要是了解军事方面的情况，就会让你去找林彪谈谈。"

在延安，毛泽东与谢伟思一共谈了三次话。其中最重要的是第二次，即1944年8月23日，持续了六个小时。中心是，中国要与美国长期合作，即不仅在战时合作，战后也要合作。这对于战争，对于将来，都有很大的意义。到8月底，毛泽东又约谢伟思谈了一次，把23日谈的内容具体化，归纳成10点。在这次重要的谈话中，毛泽东通过谢伟思向美国政府透露了一个重要的意向，那就是他打算直接到美国去会见罗斯福总统。谈话结束时，毛泽东要谢伟思马上打电报给美国驻重庆大使馆，说他要到重庆去，然后从重庆去美国。但不知由于什么原因，这个电报一个月以后才到达重庆。从重庆到美国国务院，又花了一个多月。这样两个多月过去了，形势也变化了，这个事就没法再谈了。

我从美国归来以后，又见到了当年在重庆的中共中央南方局外事组工作的老同志，也是谢伟思的老朋友和回忆录的中译者罗清同志，他也向我讲述了这段鲜为人知的历史内幕。他说，作为历史的见证人，谢伟思在他的回忆录里记录了这件事。这本书出版以后，在美国很轰动。当时好多人都谈论这个问题，并作为研究中美关系的重要材料，广为引证在自己的著作里。

谈起延安，谢伟思兴味盎然，滔滔不绝。他以一个美国外交官的眼光，对当年在延安的高级领导干部进行了比较。他告诉我："在延安的高级领导人,比如朱德、彭德怀、林彪、聂荣臻等,他们都很乐意坐下来和我们谈对战局的分析,谈解放区的现状,谈对中国未来发展的设想。谈话往往整天整天、夜以继日地进行。当时担任翻译的是后来的中国外交部长黄华。谢伟思不乏幽默地说,我们谈多久,黄华就得翻(译)多久,真是累坏了"可怜的黄华"。尽管每个领导人谈的内容都差不多,但方式就不一样。朱德说共产党是鱼,老百姓是水。从他的言谈举止中,你会感到他是真正相信这个道理的。而林彪则不同,他也说同样的话,但你会感到他完全是实用主义的做法,好像只是因为党制定了这样的政策,所以不得不依靠群众而已。"

谢伟思接着说:"当时共产党还没有掌握政权,只有八路军、新四军,根据地也很分散。但新四军在南方,实际上延安根本就没有办法控制它。尽管如此,你仍会感觉到这些共产党人彼此非常信任,他们没有重庆那样的钩心斗角。这可能是因为他们经过了长征,在十分艰苦的环境中建立起互相信赖的关系。这方面的例子多得很,我可以谈几个小时。"

一往情深:不要忘了延安的精神

在即将结束这次愉快的访问的时候,我请谢伟思先生作为一个历史的见证人,作为中国人民的老朋友,谈谈他对今日中国的希望。

他深深地吸了一口气,沉思了一会儿,然后,眼睛里闪现着激动的光彩,一字一句地说:"中国的抗日战争是第二次世界大战的一个组成部分。中国战场牵制了日本军队的力量,为战争的胜利作出了贡献。"

他接着说:"当年的延安有一种精神,一种民主的精神,一种奋发向上的精神,这是十分宝贵的。这不但对中国共产党是十分重要的,而且对我们这些不过20来岁的美国人来说,也得益匪浅,可以说这些东西深深地影响了我们的一生。我想,这种精神决不应当因为时间的久远而淡忘,而是今天中国人民应当好好继承和发扬的。"

这时，坐在旁边一直静静地听着我们谈话的谢伟思夫人插话说，她的先生是一个很好的人。但是，美国政府不喜欢他，因为他头上长角。中国人能记得他，你能来看他，他非常高兴。

我们知道，尽管谢伟思生在中国，但在相当长时期内对中国共产党了解并不多。而1944年他参加美军驻延安观察组奔赴延安，则是他一生中最重要的转折点，从此与中国共产党人建立了亲密的合作关系。新中国成立以后，美国实行麦卡锡主义，谢伟思因此而受到迫害，但他对中国人民的友好感情和深刻认识毫无改变。1972年尼克松访华，打开了中美交往的大门。在此之前，周恩来总理特别邀请他先于尼克松访华。当时美国政府不允许他到中国，他只得转道加拿大，在那里才拿到中国政府的签证（当时，黄华任中国驻加拿大大使），终于得以访华。此后，他曾七次访问中国，对中国共产党、中国政府和中国人民抱有深厚的感情。

看着客厅墙上挂着的周恩来总理1972年接见他的大幅照片，望着先生激动不已的神情，我们在场的中国人，都能感受到这位历史见证人这番话中沉甸甸的分量，都无不为他的真情所感动。

晚年生活：86岁的老人，仍自己开车，每天工作

到1995年，谢伟思已经86岁了。他告诉我，他已退休好几次了。最初是从国务院退休，然后在加利福尼亚大学伯克利分校当教授。后来教授不当了，便去了加州大学出版社工作。三年前，他编辑完最后一部著作——英译本《三国演义》，以83岁高龄最后一次从加州大学出版社退休。现在基本上不再工作了。

尽管话这么说，但我在他的书房里看到的仍然是一位学者勤奋工作的情景。20来平方米的书房里充满了明媚的加州阳光，左边是传统样式的写字台，上面摆着老式英文打字机，右边是现代样式的办公桌，上面放着一套微型电脑和打印设备，摆着摊开的书籍和各种资料。墙上挂满了由他自己制作的各式图表，其中包括他每天的工作日程表。

看到这位86岁的老人还如此勤奋地工作，还要自己开车，自己安排每天的生活。联系到前一天我在卡梅尔见到史迪威将军的女儿——83岁的南希·史迪威时的同样情景，我一时说不清是国情不同使然，还是得益于这些对中国人民怀有深厚感情的老人的精神。

在分手的时候，他很豁达地说："非常感谢你专程来看我，这说明你们中国人没有忘记我，这就使我非常高兴了。"握着他的手，我深深地祝福他们夫妇健康长寿，希望能够再见到他们，特别是在中国，在重庆再见到他们。

第二天，我从旧金山登上波音747，踏上归程。飞机在12000米的高空向西飞行，天上碧空如洗，机下云海壮观，烟波浩瀚的太平洋时隐时现，令人心旷神怡。因为旅途有12个小时，所以习惯性地摆弄着那台笔记本电脑，不知不觉中记下的竟只有上面这些文字。

这就是我所认识的谢伟思，一个86岁的学者，一个历经半个世纪，仍然眷念着重庆，眷念着延安，眷念着中国，一个对中国人民，对中国共产党人怀有真挚感情的谢伟思先生。

草成于太平洋上空
改成于雾中的重庆

《政协时报》1996年10月25日起连载

对话基辛格

在40年来研究重庆史的过程中,我形成了一个认识,即"重庆史就是中国史世界史"。那是因为重庆不是一个小地方,而是个大地方。重庆史,不仅仅是8.24万平方公里土地的小历史,由于重庆是在中国历史和世界历史发展的关键时刻,产生过重要作用的城市,因此重庆的历史便成了中国历史和世界历史的重要部分。

正是因为重庆城市的这个特质,我有幸见识了一些重要的人物,经历过若干重要的时刻。其中较有意义的是曾接待过中美关系史上的一位大人物——亨利·基辛格博士,我们作过一次很有意义的对话。

1996年9月8日,基辛格第二次访问重庆。当时他的公开职务是基辛格联合咨询公司董事长,与他一起来的还有几位著名的企业家,其公开的使命就是为美国的财团提供咨询服务。

当时,党中央、国务院已经做出设立重庆直辖市的决定。从7月份起,就开始筹备工作。我参加了直辖市发展战略的研究工作。当然,这在对外是严格保密的。但在海外则不然,"重庆直辖"的消息早已在海外媒体上传开了,重庆在海外媒体上的曝光率直线上升。进入9月,对重庆直辖的猜测越来越多。当时,合众国际社在香港发了一条消息《重庆:中国的下一个热点吗?》,英国的《经济学家》杂志发表了一篇文章《北京让长江龙尾舞起来》。再加上9月5日,党中央、国务院批准了四川省关于委托重庆市代管万县市、涪陵市、黔江地区的请示，这都发出了重庆即将成为中国第四个直辖市的信息。因此，重庆直辖已经是一个公开的秘密。

但是在国内，"重庆直辖"却是一个不能公开谈论的话题。尽管筹备工作已经紧锣密鼓地进行起来，但从法律上讲，设立重庆直辖市还必须经过1997年初的全国人大八届五次会议的审议之后才能公开报道。而在此之前，"重庆直辖"的字样是不能在公开的报道中出现的。为防止出错，一般不安排领导干部接受新闻采访，尤其是不接受外媒采访。

对于我来说，稍有特殊。或许是当时我担任市委党校副校长、教授，是一个学者，我的身份具有一定的弹性。因此市委的代管领导小组宣传教育组（市委宣传部）曾多次安排我接受英国《经济学家》杂志社香港分社主任徐道民先生等境外媒体的采访。这次基辛格来，也派我陪同参观，讲解有关历史，并与之交谈。

在这个背景下，基辛格来到重庆，是来做中国经济，特别是中国西部经济开发的战略性研究的。由于他的特殊身份，中国政府给予了他很高的礼遇：一是允许他的专机飞行，二是由曾任联合国副秘书长的中国外交官谢启美在重庆迎接并陪同考察。

8号那一天，基辛格在重庆的活动很多。他提出要参观二战时期中美两国合作打击日本的那些旧址。因此，我们一起参观了桂园，那是1945年毛泽东蒋介石在重庆谈判后，国共双方签字的地方。随后便来到了史迪威将军博物馆。

史迪威博物馆（史迪威研究中心），位于重庆市渝中区嘉陵新路63号的嘉陵江边。这里曾是抗日战争时期，史迪威将军担任盟军中国战区统帅部参谋长时在重庆的官邸。建筑依山就势而建，共有大小不等的房屋10余间，包括史迪威将军的卧室、办公室、会议厅、餐厅、客厅及副官、翻译、警卫住房。旧居还有隐蔽的地下室1层，十分坚固，墙体为钢筋混凝土结构，厚达半米，具有良好的掩蔽、抗震和防炸功能。1991年，重庆市人民政府将史迪威旧居收回并进行维修，对外开放。

我主持了博物馆的《史迪威及陪都时期在华美国人展览》策划和展陈大纲撰稿工作。展览由"史迪威将军""驼峰飞行""飞虎队""美军驻延安观察组""战时中国与美国"五个部分组成。比较全面地展示了史迪威将军五次来华，特别是1942年，史迪威将军受美国总统罗斯福的委派来到中国，担任中缅印战区美军司令及同盟国中国战区统帅蒋介石的参谋长，与中国人民一起抗击日本法西斯的历史。以及那一时期，许许多多的美国朋友也来到中国，来到了重庆，在缅甸、在印度、在各个不同的战线，和中国人民一起抗击侵略者的历史。他们飞越白雪覆盖的世界屋脊，开辟了举世闻名的"驼峰"航线；他们和"飞虎队"一起，组建了十四航空队，从空中阻击日本空军；他们还来到延安的窑洞，探讨和八路军共同抗日的途径，与中国人民结下深厚的友谊。这是在中国大陆第一次比较系统地展示抗战时期中美合作的历史。1994年10月正式展出时，中美两国国防部长亲临揭幕。这个展览在中美两国都引起了热烈的反响。

刚开始，基辛格表情严肃。他仔细地听取我的讲解，偶尔就展览中涉及的历史提出问题。展览中有一份相册引起了他的关注。那是一本用延安制造的粗黑色的纸张装订的本子，约十六开大小，上面贴着中国共产党在延安的一些小照片，特别是有当年毛泽东、朱德、周恩来等在延安与美军观察组的珍贵照片。那是当年远在延安的朱德，在史迪威将军离任时送给他的礼物。见基辛格对这本相册特别感兴趣，我们便把相册从展柜中取出，基辛格便仔细翻阅浏览起来。

大概是这本相册勾起了基辛格对毛主席、周总理的怀念。他情不自禁地向我们讲起他20世纪70年代，与毛泽东、周恩来在北京多次会见，由此打开中美交往大门的往事。因为这次是他同夫人一起访问重庆，因此他那位高他半头的夫人非常抢眼。我专门向他问起1975年毛主席会见他时，对着他们夫妇的身高比画着、分别向他们俩竖起大拇指，并说出的那段风趣的话，引得展厅里的人们哈哈大笑。

参观结束时，我看气氛比较融洽，便问基辛格对博物馆的印象。他说："我们今天再一次回顾了第二次世界大战期间中美合作抗击日本军国主义的历史，同时再一次亲眼目睹了重庆的可喜变化，访问给我留下了深刻印象。"他随即在史迪威博物馆留言簿上题词："中美两国在反法西斯战争期间的崇高而史诗般的合作是双方将来更加辉煌合作的基础。"

我当时正在做市政府委托的课题《重庆直辖市城市发展目标研究》。因此，希望听听这位大战略家的意见。

基辛格告诉我，综观中国城市的发展进程，都是以港口发展为先导的。重庆本身就有这个条件，三峡工程完成后，重庆与武汉可以直通万吨船队，条件就更好了。加上重庆人有干劲，有献身精神，整个城市充满了活力。

他特别指出，1987年他访问上海时曾"预言"浦东将得到巨大的发展。可是有人并不相信，说浦东开发是永远不可能的。然而两年前（1994年），当他再次访问上海的时候，浦东已经是一座拥有152万人口的"新城"。因此，基辛格预言："重庆的发展将取得像浦东一样辉煌的成果"，"重庆将具有辉煌的未来"。

当时我以为这只是外交家的戏言。结果，当晚市委书记张德邻会见他的时候，基辛格又讲了这一番话，发表在《重庆日报》1996年9月9日第一版上。后来，他在美国、在香港还说过类似的话，对于重庆的直辖起到了很好的宣传作用。

2017年5月于重庆十驾庐

傅高义先生远去的背影

老傅，走了！

"老傅"是傅高义先生留给我的最后两个字。

2020年12月21日，一进办公室，环球网的一条信息抢入眼中，"朝日新闻刚刚消息称，美国著名中国问题专家、哈佛大学荣休教授傅高义当地时间20日去世，享年90岁"。心中一惊，不久前他还在中国接受采访嘛。仔细看，信息是东京时间10:07发出的，美国东部时间仍在20日，显然是第一时间发出。一会儿，相同和类似的信息不断传来。

当天，中国外交部发言人说："傅高义教授是美国著名中国问题专家，是中国人民的老朋友，中方对他的逝世表示深切哀悼，对其家人表示诚挚慰问。傅高义教授为促进中美沟通与交流、增进两国人民的相互了解作出了不懈努力，我们将铭记他为推动中美关系发展所作贡献。"

三九之日，哀思如潮……我爱人说，这么好的老头儿，怎么说走就走了？

我赶紧拟就唁电，发往哈佛大学费正清中国研究中心。我说："傅高义先生是一位能够超越意识形态，真诚推动东亚和平的学者。他的逝世，使世界失去了一位思接全球，博学睿智，沟通中外，通晓中日的大师，中国和重庆学界失去了一位享誉世界的好朋友。"

我认识傅高义先生，缘于章百家、杨天石先生的引见。正是在傅高义先生的推动下，促成了"中日战争国际共同研究"进入中国，落户重庆。

2012年：首次拜会于哈佛傅宅

2009年在重庆召开"中日战争国际共同研究"第四次会议后，重庆的抗战工程呈加速推进之势。一个重要的标志就是拉开了海外史料寻访的序幕。当年10月，我率领一个大团到台湾系统地搜集到一批史料，随后又派到台湾一批，收获颇丰。2012年2月，寻访团又去了英国，3月去了日本。9月，我率一个更大的团队"重庆中国抗战大后方研究海外资料搜集考察团"去了美国。

此次赴美寻访，是2008年"重庆抗战工程"正式启动以来规模最大的一次中美文化交流活动，也是一次具有很强档案、图书、文献专业性质的考察。10多天时间里，考察团的专家兵分四路，分赴美国斯坦福大学胡佛档案馆、国会图书馆、国家档案馆、罗斯福总统图书馆，以及哈佛大学燕京图书馆，搜集馆藏史料。

作为团长，我最重要的日程就是到波士顿，去哈佛大学拜访傅高义先生，邀请他参加在重庆召开的"中日战争国际共同研究"第五次会议，向他汇报和请教开好会议的一系列重要问题。

傅高义的家是一幢两层的木结构独栋白色别墅，平平常常，但坐落在哈佛大学校园内的核心地带，那可不是哪个随便可以盖房子的地方。当我们一行到达的时候，穿着蓝色西服的傅高义站在门口彬彬有礼地与我们一一握手，并用流利的汉语说："你好！你们好！"傅高义请我们在客厅落座。进门左边前半部是一圈沙发，后面是一张小型的会议桌；右前方是一个茶水台，右墙上是壁炉，炉台上摆放着七八个相框，都是傅高义和家人不同时期的合影照片。这个场合似曾相识。仔细一想，原来傅高义先生在这里接待过来自世界各地的学者，接受过全球媒体的采访，所以从传媒上已经让我有所了解了。

异国友朋

几句寒暄后，便进入了正题，我向傅高义先生讲述此行率团从西海岸旧金山登陆，然后一路向东寻访资料的情况。话音未落，傅高义就说："我给你们找一位朋友来，他可支持你们。"随后拨了一个电话，5分钟后，哈佛大学燕京图书馆馆长郑炯文来到傅宅。郑炯文落座后立刻就与我深入交谈起来，他爽快地表示支持重庆抗战工程，并承诺他的哈佛大学燕京图书馆将检索关于中国抗战的资料，协助考察团在哈佛进行资料收集。

傅高义此举送上的这第一份大礼，让我们心中充满了暖意。这老头儿真有点重庆人的秉性，人对了头，飞机都要刹一脚。

随后，我向他详细报告了"中日战争国际共同研究"第五次会议的主题与筹备情况。他对会议的前期工作表示满意。尤其非常感谢我们一行专程来波士顿邀请他参加会议。他更风趣地说："我很想支持您的工程。要是您派遣专家小组来到哈佛大学查阅资料，我当然会尽量给他们以支持。"

那天谈话的一个重要内容是他的新著《邓小平时代》。2000年，傅高义70岁时开始研究和写作《邓小平时代》。他的学风是非常严谨的，一切从最基础的资料工作开始。既阅读中国大陆出版的相关著作、报纸和回忆录，又广泛运用港台和英文、日文出版物；对美国的档案更是用得充分；还做了大量的访谈，对象都是国外政要、研究邓小平的专家、邓小平的亲属和朋友、手下干部等，共300多人。他还曾前往邓小平生活或工作过的地方进行考察。

傅高义对我2009年送给他的《邓小平西南工作文集》大表赞赏，说："邓小平在重庆主政西南，为他后来到中央工作打下了很好的基础，你的书提供了他在重庆最重要的资料。"他拿出《邓小平时代》的英文版和香港中文版，分别签名后赠送给我。并告诉我，目前正在与北京三联出版社谈出版合作事宜，估计不久会在中国大陆出版。

我邀请他在2013年到重庆时，在重庆图书馆做一场《邓小平时代》的新书推荐会。他欣然同意。

谈起《邓小平时代》与当下重庆发展的关系，傅高义说："20多年前，我去过重庆。2009年再来重庆，感觉这个城市的现代化步伐很大。这说明中国的政策非常好，应继续沿着邓小平的道路前进。要不断地改革开放，不要停止；中国要继续韬光养晦，不要打仗，中国与日本可以和谐共进，这对中国前途有好处。"

分手时，傅高义向我谈起了3年前在重庆剃须受伤，紧急处置后离开重庆，平安回到美国的经历。82岁的傅高义哈哈大笑，像个孩子。

2013年：在重庆推广《邓小平时代》的中国大陆版

2013年1月18日，是邓小平南方谈话21周年纪念日。傅高义的《邓小平时代》在国内正式发售，随即刮起强劲旋风——首印50万册被销售一空，出版方加印30万册。

1月24日，《重庆日报》用整版篇幅对《邓小平时代》的出版进行了报道，长期从事抗战大后方历史报道的《重庆日报》记者匡丽娜对我进行了专访，核心话题仍是傅高义。标题是《"今年4月，他将来渝做一场〈邓小平时代〉讲座"——傅高义的重庆缘》，讲述了他与重庆的交往，更披露了傅高义将到重庆办讲座的信息，引起社会的热议和期待。《重庆晨报》也用专版进行了报道，标题是《在哈佛接受晨报专访 应允来渝做新书推介》，是2012年9月随我去哈佛拜访傅高义的晨报记者杨昱写的，很有现场感。

2月，农历春节期间，我写信给傅高义，按中国的习俗向他和他的全家拜年。我写道："自您的大作《邓小平时代》在中国大陆出版后，得到中国人民的广泛欢迎。仅今年春节七天假期中，重庆地区就售了550本，进入各类图书销售量的前三名。据我周围的朋友说，《邓小平时代》不仅是了解邓小平的最佳著作之一，更是认识改革开放时代不可多得的著作。更难能可贵的是，此书由您撰写，扩大了中国读者的视野，很多不为大众知晓的历史过程跃然纸上，阅读此书，也是一个思想解放的过程。不少记者知道我与您的关系，纷纷前来采访，其中《重庆日报》专门为您和《邓小平时代》做了一个整版。现送给你看看。"并随信寄去了日报的专版。并再一次邀请他光临9月在重庆召开的"中日战争国际共同研究"第五次会议，我说："您的与会必将使会议具备更高品质，使中国抗战大后方历史研究更上层楼"。

不久，我们商定了他来重庆的日程。4月8日上午，傅高义携夫人和孙子，抵达重庆。83岁的他似乎不知疲倦。进入要客休息室刚刚落座，他就向我抛出了一个问题：为何当年四川能出像朱德、刘伯承、邓小平、聂荣臻、陈毅、杨尚昆这样的英雄与名人。我让他休息一下再讨论，他却说，这次来是工作，最重要的是工作。我便与他讨论起来。

当天下午，他便参加了第一场活动，在重庆书城与媒体和读者见面。虽然风尘仆仆，但一样笑容可掬。

那天的气氛非常热烈。当我和他一起走进会场时，他风趣地用汉语说："我现在成为了一个卖书的小商人了！"我则回应道："大学者，小商人。"这个精彩的开场，让整个见面会热烈起来。他开宗明义就告诉读者，"我不是商人，我来到这里，一方面是介绍《邓小平时代》这本书，另外一方面，也是与各位交换看法，多听听各位读者的意见。因为你们来自于邓小平的家乡，你们对邓小平的了解比我多"。这样更进一步接近了这位享誉世界的学者与普通重庆读者的距离。

那天交流的话题非常广泛，不知不觉间见面会进行了两个多小时。这时室外已经排起了长长的轮子，读者们手捧《邓小平时代》期待着傅高义的签字。见面会才在热烈的掌声中结束。等待傅高义的是另一个场面，他像一位明星一样，在粉丝的包围中，为一本一本的《邓小平时代》签下他的中英文名字。

第二天下午，傅高义又如约来到重庆图书馆，举办了题为"邓小平和中国道路"的讲座。而那天的主持人则是我，还要对他的演讲作出评点。

傅高义的演讲，没有事先拟就的完整稿本，而是以1924—1997年的数十张老照片为引线，向听众讲述邓小平伟大一生，尤其是分享他搜集到的史实和对这些事件的评点。

傅高义的演讲结束后，就是我的评点时间，主要是与他讨论一些问题。

我说，傅高义是一位享誉世界的学者，他的巨著《邓小平时代》今年一月在中国发行，不到三个月，已经卖了五十万册。足以说明他当得起"享誉世界"这个评价。而今天的报告，则是另一种风格，既是教授讲课，引经据典，有根有据；又如邻家大爷讲故事，他83岁了，图文并茂，绘声绘色；更如长辈教诲，娓娓道来，令人深思。所以，他今天带给我们的完全是一场学术和思想的盛宴。

这让我突然冒出了一个问题："傅高义为什么能？"我看，这是因为他能够实事求是看待中国，研究中国，研究邓小平和他的时代，而没有西方人的偏见。他是一个美国人，《邓小平时代》是一本运用西方人的视野看今日中国的书，是为西方人写的介绍中国的书。但是，描述的却是中国道路、中国精神、中国梦想。所以，中国人读到便非常亲切。所以，他的书，在中国卖得好，在美国也卖得好。

我以为，在他身上，有非常浓厚的求实真实的东西方相结合的治学精神。他完全是以一个学者的心态与研究方式来看中国，实事求是地写中国，而不是戴着有色眼镜看中国。所以，他在书中所呈现的内容与结论，就比较真实可靠，这将大大地鼓舞今日中国人坚定对中国道路、理论、制度、文化的信心。所以，这是一个严肃的态度，是我们今天非常需要的治学精神。这是一个真正的学者所应该的态度，这也值得我们中国学者学习。

随后，我换一个角度，提出了两个与他所著《邓小平时代》有关的问题进行探讨。一是对邓小平早年（1919—1920年）在重庆的史实记述不足，可以适当补充；二是对邓小平主政大西南时的史实也不足，也可以稍加补充，并作适当的分析。

随后，我就此谈了一些自己的观点。我说，是清末民初风云激荡的社会历史背景，激发了邓小平爱国主义的思想基础，求学重庆则是他走上革命道路的起点。

邓小平1904年出生于四川广安，1919年到重庆求学，考入重庆留法预备学校，在重庆学习一年后于次年乘船东下，由上海赴法国勤工俭学。少年时期他之所以能萌生爱国思想，完全是那个风云激荡的时代所致，社会的熏陶、学校的教育、家庭的影响等综合因素使少年邓小平的思想发生了明显变化，对他以后走上革命道路奠定了重要的思想基础。重庆求学这一段经历，对于刚刚从穷乡僻壤来到城市、年仅15岁的邓小平来说其影响无疑是深远的。

我说，昨天下飞机时，傅高义先生便向我提出了一个问题，即四川重庆为什么能出那么多了不起的人物：朱德、刘伯承、邓小平、聂荣臻、陈毅、杨尚昆，以及此前的邹容、杨沧白这样的英雄与名人？我以为主要有三点，第一，四川是中国内陆最贫穷的地区，对四川人而言，穷则思变。所以当年有句话，冲出夔门方为龙。这是社会基础。第二，重庆得长江地利，商贸物流发达，早在1891年重庆就对外开放，重庆成为西方的政治、经济、文化、科技、教育最早进入内陆的必经之地，得风气之先，对重庆的影响非常重要。这是时代条件。第三，当年四川是个移民地区，明末清初湖广填四川，四面八方的人来到这里，造成了兼容开放的环境。这是人文环境。

第二个问题，主政大西南是邓小平辉煌人生的重要篇章，是他走上中央领导岗位的伟大起点。

前几年我参与编纂了《邓小平西南工作文集》。我感到，这三年既是中共执政实践的第一步，又是其探索执政规律的第一步。邓小平主政西南工作，丰富了他的职业履历，获得了重要的地方管理经验，积累了重要的执政经验，对党的执政规律进行了初步探索，也为后来邓小平理论的形成提供了一个实践的基础和理论的准备。所以，重庆以及西南，在邓小平的生命与工作中，占有相当重要而特殊的地位。所以，我今天要把《邓小平西南工作文集》送给傅高义，希望对他修订这本著作有那么一点点帮助。

我讲完以后，会议就结束了。我和傅高义立即赶往重庆北站，他要搭乘火车前往成都。在候车室，他很认真地对我说，刚才要赶路，没来得及说，"我完全接受你的两点建议，你说得太好了"。

2019年：我们的哈佛三大约定竟成永诀

2019年7月，我再访美国。哈佛是一定要去的，目的只有一个，就是拜访傅高义先生。因为这一年傅高义先生已经年满89岁，按中国传统该做90大寿的生日了。

7月29日下午，我们一行如约来到哈佛校园中那幢熟悉的小楼，傅高义教授身着T恤、短裤，一副邻家大爷的模样，仍然操着他那软和亲切的话语开门迎接我们。那一次我带去了快6岁的孙女小诺，她没见过傅高义，但并不陌生，进门就祝傅爷爷生日快乐，健康长寿。让老爷子开心得很。看到小诺对屋里摆放的照片很感兴趣，傅高义立即拿出他们全家的影像册给我们看。其中一本引起我们极大的兴趣，那是2015年，傅高义率领全家到广安拜谒邓小平故居，共25人，包括他们夫妇、三个子女夫妇、5个孙子女；以及他妹妹的三个子女夫妇、6个外孙子女。毫无疑问，这是他们家族的一个重大行动，可见傅高义不仅研究邓小平，而且真是对邓小平怀有深深的敬意。

转入正题，那天的话题广泛得很，达成了三个约定。

他首先告诉我，他的新著《中日两国：面向历史》（英文版）出版了，签名送给我一本,他说,"你是我签名赠送的第一位中国学者"。在这部新作中,傅高义揭示了1500年来中日两国文化政治互动史,并指出为了世界稳定,两国必须建立新的关系。其中,日本需要为侵华战争彻底道歉,而中国则要承认日本是该地区潜在的重要伙伴;这两个亚洲巨人,可以在环境保护、救灾、全球经济发展和科学研究等方面共同合作。这些观点一如既往地秉持了他对推进中日战争国际共同研究的初衷。他告诉我,明年(2020)将在香港大学出版繁体字版。随后将在中国大陆出版简体中文版,已经与中国中信出版社签订了合同。我们约定,犹如2013年出版《邓小平时代》一样,他来重庆时我一定全程陪同他。这是第一个约定。

我郑重地请他明年(2020)参加在重庆举行的"中日战争国际共同研究"第七次会议,并汇报了会议筹备的情况。我们共同回忆起2009、2013年在重庆召开的两次会议对中日战争研究的推动,尤其是傅高义先生的巨大贡献。他说:"这是我们共同的愿望。当然我已经老了,89岁了,老人家了。但是我很想去,只要我的身体没有问题。前两次你们把会议办得那么好,这次一定能办得更好,就按你们确定的9月份召开吧。"这是第二个约定。

那次我特意带上博士研究生刘婧雨,她正在美国丹佛大学访学,是我们西南大学与丹佛大学共同培养的学生,专攻二战时期西方视野中的中国战时首都。我带她去的目的,就是拜老师,请傅高义对她给予悉心的指导。他详细地询问了刘婧雨的研究计划和在美学习情况。他说:"我想我可以帮助你,我们哈佛非常欢迎中国学者。哈佛的图书馆是非常好的,有两个比较重要的图书馆可以供你使用,一个是哈佛燕京图书馆是比较广泛的,还有一个小的图书馆是费正清研究中心。我可以带你去,介绍你和图书馆的馆长认识,这样你不论到哈佛还是远程访问,都可以方便地使用那里的资料了。"

那天,我们还谈到了正处于困境中的中美关系。我问他对此怎么看,他能做点什么来推动中美关系的健康发展。他明确地告诉我:"特朗普是美国历史上最不好的总统,我们不要他。美国的民主制度有好处,也有问题,就是也会选出不好的总统,这没有办法。因此我们是寄希望于下届总统。我正在组织一批学者给下任总统写个报告,2020年11月美国大选时出版。我们将建议下一任总统,对中国的关系应该做得更好。这是我们的责任。至于下一任总统会不会听我们的话,我不知道,但至少我认为是友好的建议,是实事求是的。就如邓小平说的一样,是向前看的,是实事求是向前看的建议。"

傅高义谈兴很浓,我便问起他90岁以后的研究和出版计划。他告诉我,他还要做两件事,一是写一部自己的回忆录,二是写一部关于胡耀邦的书。他认为,把胡耀邦研究好,这对于世界更好地理解中国很有意义。他告诉我,胡耀邦的儿子胡德平很支持他。他准备2020年到重庆时,还要去四川南充查阅原川北行署的史料,因为胡耀邦当过川北行署主任。我们约定,届时我一定陪同他前往南充查阅史料。这是第三个约定。

这时,时间快到晚上6点了。我们的谈话意犹未尽。他很抱歉地告诉我,因为夫人正住医院治疗,他要去看望,不能请我们吃晚饭。他约我明天上午再谈一次,并请我们一行吃午饭。

我们立马起身告辞。傅高义出门后,身手矫健地开起他的轿车飞驰而去,全然不像个九旬老翁,真是不知老之将至啊!

第二天(7月30日)上午,我们再去傅高义家,他带我们去了一家名叫"常熟"的中餐厅吃饭。吃饭的过程中,我们继续着昨天的话题,那一顿饭也成了一次浓度极高的交流。饭后,他亲自带领我们一行去往哈佛大学费正清图书馆,与馆长南希见面,并带领我们参观了藏书,还与在那里做研究工作的中国学者见面,收获满满。

7月底的波士顿,骄阳似火,室外直射的阳光猛烈地灼烤着大地。我们已略感疲惫,更担心90高寿的傅高义。我们提出告辞,请傅先生也回家休息了。于是我们共同走出费正清图书馆，我们一行送傅高义先行离开，在一处小教堂前握手告别。

看着九旬老者傅高义渐渐离去的背影，心中升起一种莫名的感慨，我举起了手机：略显佝偻的身躯，却未见蹒跚的步伐，而是一步一步坚定地走向前方。旁边是一排高大的橡树，幽深的浓荫伴随着道路伸向远方，更显一种深邃的意境。

时隔一年，2020年7月傅高义先生年满90岁生日。11日，我给他发去一封电子邮件："在您九十华诞之际，祝先生寿比南山，为世界而珍重！""你的学识和睿智令人动容，是世界的财富！""愿先生保重，期待在中国相见！"

他给我回信："我也感谢您对二战研究的贡献。我记住您来到哈佛大学。我非常高兴您对二战想继续工作。现在因为新gan病的问题，自己现在工作不多。希望将来会继续工作，也会继续联络。老傅。"

这些天，我为傅高义拍摄的那张背影老是盘桓于脑海，挥之不去：远去的傅高义先生，或许正思考着90岁后如何去迎接那些更有意义的挑战，或许正计划着如何履行我们的哈佛三大约定，或许他正以这种优雅埋头、执着前行的姿态，在向我们告别，走入历史的深处……

如今，老傅，走了？

老傅，走了，真的走了！

老傅，走好！

2020年12月21日—2021年1月10日于十驾庐

《红岩春秋》2021年第1期

为了与战时首都的重逢
——促成美国奥斯卡奖纪录片《苦干》回归

2014年7月5日以前，我从来没有听说过这部名叫《苦干》的美国电影，更不知道它是第一部获得奥斯卡纪录片奖特别奖的美国电影，并且是一部影响过二战历史的美国电影。后来得知，即使是电影史学家，甚至是专门研究抗战大后方电影史的专家，也对它知之甚少，甚至闻所未闻。

那一天，美国费尔菲尔德大学终身教授李丹柯女士用电子邮件告诉我，住在夏威夷的美籍华裔女电影制片人罗宾龙（Robin Lung）发现了一部名叫《苦干》的美国电影纪录片，其中有许多抗战时期重庆的镜头。该片曾获得1942年度奥斯卡金像奖，但战后被遗忘而无人知晓。

李丹柯是我在四川大学历史系读书时的老师，她知道我近年来致力于重庆抗战工程（即"重庆中国抗战大后方历史文化研究与建设工程"，简称"重庆抗战工程"），因此希望我研究一下《苦干》，并组织有关中国学者观摩评论，以帮助这位美国电影制片人完成她的电影纪录片《寻找〈苦干〉》。

经过李丹柯教授的牵线搭桥，我认识了罗宾龙，并在第二天就拿到了罗宾龙发来的三个《苦干》片段，共25分钟，都是关于重庆的内容。其中有相当长一段日军飞机轰炸重庆的画面。这是我第一次看到如此近距离拍摄的疯狂轰炸重庆的全过程的影片。我从事抗战研究40余年，纪录片《苦干》是由西方人拍摄的记录重庆大轰炸时间最准确、史实最完整、内容最翔实、画面最震撼的电影资料。这将是揭露日军暴行最原始、最真实、最客观的新铁证。前所未有，独一无二，令人震撼。当时我内心的激动是难以言表的。直觉告诉我，这是一部伟大的作品，也是极其珍贵的史料！

2008年以来，重庆市实施"中国抗战大后方历史文化研究与建设工程"，我和我的同事们在美国、英国、俄罗斯、日本、荷兰等国和中国台湾地区广泛搜集有关史料，收获丰硕。但还没有见到过如此撼人心魄的影像资料。

因此，我立即致信罗宾龙女士，欢迎她携带《苦干》访问重庆，现场采访，研讨交流。两周后，7月26日，罗宾龙携《苦干》抵达重庆。

为了让更多的抗战史研究专家和相关人士能够看到《苦干》，了解和鉴定它的价值，我与罗宾龙商量，安排中国抗战大后方研究协同创新中心为这部奥斯卡获奖影片举办一场看片暨研讨会。

28日，我在重庆中国三峡博物馆学术报告厅主持召开了关于《苦干》的放映和专家研讨会，罗宾龙介绍了《苦干》背后的精彩故事，并放映了《苦干》。这是《苦干》在中国大陆的第一次放映。

尽管原版《苦干》让我并不能完全听懂它的解说，但它所展现的画面是见所未见的，它的历史魅力和视觉冲击力、艺术震撼力是前所未有的。这部由美国记者拍摄的纪录片少有偏见，不仅客观描述中日之间的战争，更重要的是着眼于揭示中国人民抗战之不可战胜的秘密及其精神气质，为中国的抗战赢得了世界的同情、尊重与支援。

那天的放映同样极大地震撼了前来观影的专家学者。有的认为："《苦干》是我国继德国人约翰·拉贝的《拉贝日记》、美籍华人张纯茹的《南京暴行——被遗忘的大屠杀》之后又一重大发现。"有的认为："它与埃德加·斯诺的《红星照耀中国》一样，帮助中国赢得了世界。""对揭露日军法西斯罪行，维护和平都有很重要的价值。""用人类学的观察方式，让我们感觉非常震撼。""《苦干》为大后方时期中国电影纪录片'重庆记录学派'添加了新内涵。""这是我见过的记录中国抗战历史的第一部彩色纪录片。"

经过罗宾龙的介绍，我才知道，该片由居住在夏威夷的美籍华人李灵爱（Li Ling-Ai Gladys Li）投资，美国人雷伊·斯科特（Rey Scott）摄制。我为李灵爱的爱国义举和人文情怀所感动，佩服她的勇气和毅力，尤其是其中所体现的自强不息的精神。雷伊·斯科特则是一个有良知、有责任感和冒险精神的杰出新闻工作者。当时我就产生了一个强烈的愿望——一定要在2015年中国人民抗日战争胜利70周年的时候，让这部由美国人拍摄，真实记录中国抗战历史的纪录片回到中国，回到重庆，让中国观众、重庆观众能够领略我们先辈坚韧勇敢、不怕牺牲的风采，重温那段艰苦卓绝的岁月，感受我们民族伟大的抗战精神，真正领悟到它所揭示的"中国不可战胜的秘密"。

当天，我便向罗宾龙提出了购买《苦干》，让它回到中国的愿望。

2014年8月，新华社重庆分社、《重庆日报》公开报道了这一活动，报道了电影《苦干》和创作者李灵爱、斯科特的故事，使《苦干》在它开拍77年后第一次进入中国公众视野。

从那一天起，隔着广阔的太平洋，用互联网的方式，我与罗宾龙开始了长达9个月关于《苦干》回归中国的谈判。谈判的过程一波三折。这是一场边谈、边学、边实践的跨国文化及商业谈判，涉及历史、法律、知识产权、地缘政治、电视技术等一系列难题。

谈判伊始，美方就提出商业性使用并转让《苦干》的意见。我则坚持纯粹的学术性研究和公益性使用的原则，我告诉他们，我希望购买《苦干》，使它在中国抗战和世界二战胜利70周年之际回到中国，让更多人知道日本侵略中国的事实，让中国的学者能够以此为素材，研究抗日战争的历史。"因此，不论是在博物馆中使用，还是编辑图书，还是制作电视节目，都将是非营利性的。"8月26日，我通过李丹柯向美方表示，希望能在考虑公益性使用的前提下,商谈双方的合作。而美方提出的价格高得离谱,谈判一开始就陷入僵局。

不久,一家内地影视公司愿以高价购买《苦干》在中国的放映权。我们只能退出,另寻他路。

就在我们与美方谈判引进《苦干》全版的同时,也对全球范围内《苦干》的版本进行了深入的调查。得知,在美国国家档案馆里有一份《苦干》前35分钟的电影版,而且已经电子化了,这是可以提供给各国研究使用的。

我认为,水路不通走旱路。要做好最坏的打算,即使《苦干》全版拿不回来——没有日军飞机轰炸重庆的镜头,我们也可以到美国国家档案馆把其馆藏的35分钟《苦干》拷贝拿回来先用着。这其中至少有一段战时重庆城市岁月和城市生活的珍贵资料!

为此,我马上给我在荷兰的博士研究生 Vincent K. L. Chang(张克雷)发电,让他去与美国国家档案馆联系办理使用手续。结果很顺利地办成了。

事情往往在面临绝境时会有转机。2014年年底,罗宾龙给我来信称:有关《苦干》在华版权卖给内地公司的事情进展不顺利,未能按照原计划进行。她希望还是与我方谈判转让事宜,并表示她愿意到重庆来和我们谈判。

为稳妥起见,我们拟定了谈判方略:第一,我们只是购买《苦干》的资料使用权,而不是版权。因为,根据相关法律规定,其版权保护期已过,已经进入了公版期。但由于斯科特家族保留有《苦干》唯一一份完整的85分钟拷贝,可考虑给斯科特后人适当的保护补助费,以换取使用权。第二,转让涵盖的区域在中国,即既包括中国大陆,也包括港澳台地区,我们中心具有在这一区域内的独家使用权。第三,《苦干》影片的技术指标应达到电视台播放级。

围绕上述三个问题,我们又通过互联网谈判了两个月。

最终,美方接受了我们关于《苦干》使用权转让的提议,对《苦干》转让涵盖的范围也并没有提出异议;中方也同意将《苦干》的技术指标确定为家用录像级(受时间和当时拍摄条件限制)。双方初步确定:4月5日,罗宾龙来渝协商合同细节。

就在这时,意外再次发生。

3月13日,罗宾龙发来邮件表示,美方将把《苦干》授权给台湾一家基金会,因此在与我们的合同中不能包括台湾地区。

这当然是我们所不能同意的——在中国的使用权不能分割。

经过艰苦的谈判,最后,双方同意"港澳台地区的学者可以到中国抗战大后方研究协同创新中心观看《苦干》"。美方放弃转让给台湾机构的提议。

经过9个多月的艰苦谈判,2015年4月2日,受斯科特后人的委托,罗宾龙一行三人来渝参加了《苦干》转让签字前的最后谈判。4月3日,我们签订《苦干》影像资料转让合同,实现了共赢,也产生了轰动效应,成为当年的一个新闻事件。

这一刻,不论对于美国人还是中国人来说都是重要的,但是对于中国人尤其重要。因为,获得过美国奥斯卡奖的纪录片《苦干》,在它诞生70多年后终于回到了拍摄地,终于可以与中国观众见面了。

作为一位历史学者,作为中国抗战大后方研究协同创新中心主任,为了与70多年前战时首都的荧屏重逢,能够在抗战胜利70周年的时候,为祖国、为重庆做一点贡献,我真的感到很欣慰。

事非经过不知难。在签字那一刻,也感慨万端。因为我是第一次从事这种国际间历史影像的转让。

我心里有许许多多的如果:

——如果不是李灵爱和斯科特,以巨大的勇气和无畏的精神,拍摄了这部记录中国人民抗战精神的伟大作品,中国抗战大后方和我们重庆的这段历史将会湮灭于历史的风尘之中。

——如果不是奥斯卡评委会把"小金人"授予了从未拍摄过电影的《苦干》摄影师,这部电影的影响力会大打折扣。

——如果不是罗斯福总统和美国的许多朋友对《苦干》的理解和传播,这部作品便会失去影响世界的魅力。

——还有一个如果就是,如果没有斯科特的后人们精心地保存了这部拷贝,使之在今天具有全球唯一性,我们中国观众恐怕就没有机会见到这部作品了。

我衷心地感谢罗宾龙女士和李丹柯教授——是罗宾龙的"寻找《苦干》",是李丹柯的"牵线搭桥",促成了中美两国历史学者和艺术家的合作,才有了《苦干》的转让,也才有了今天的签字。

其实在我心底要感谢的,更多的还是我那许许多多的中国朋友,为了与战时首都的这一场重逢,是他们的支持、鼓励、鞭策和资助,让我能够坚定、坚持、坚守,直到梦想成真。

2015年4月5日

难忘相模湖

那是我们访日活动的第一阶段即将结束的时候，主人在东京西北神奈川县风景优美的游览胜地——相模湖，为我们安排了与日本青年"合宿"。所谓"合宿"，用我们的话来说，就是同吃、同住、同交流。虽然只有短短的3天，但它使我们有机会经历了一次两国青年之间难忘的"人与人的，心与心的"情感交流。

我们下榻的相模湖研修中心，是日本经济青年协议会开办的专门进行国际青年交流的服务机构。功能相当齐全，住宿设施分为和室（日本式）与洋室（西式）两种，一改其他宾馆单门独户的格局。和室每屋4人，洋室每屋3人。浴室也为日式共用型。研修设施为大小不等的4个会议室，装有良好的音响和影视设备。还有正规的体育馆和综合性运动场，可进行篮球、排球、体操等项目的训练和比赛。连餐厅也全部是长条桌，没有独酌和对饮的场所。这一切都服务于"人与人的"交流。

我和代表团的老李与两位日本青年同住一间和室，大约20平方米，呈正方形。地板是厚厚的榻榻米，由麦草编成，每块约1.5平方米。房屋中间是一张做工很精致的长方形矮桌，类似中国的炕桌，周围放了4张蓝底白花的锦缎坐垫。进门左面是一个顶天壁柜，内装4套卧具。左前方墙根是一台长条形空调机。正面墙为横贯玻璃窗。左右两壁及室内无任何装饰品。

时值深秋，离开了五光十色的东京，来到这枫叶点染，斑斓多姿的相模湖畔，第一次住进这清新淡雅的日式房间，确有赏心悦目，超凡脱俗之感。

我们的日本同伴，一位叫吉谷武志，32岁，欧洲教育史博士，现任日本文部省大臣官房调查统计企划课的专门企划系长。从外表看，他与其说是一位政府官员，不如说是个白面书生。说话略显腼腆，喝上一杯啤酒就满脸通红。与吉谷比起来，落合嘉弘显得要洒脱一些。他41岁，是神奈川县立上乡高等学校（高中）的历史教师。1979年夏天访问过中国，他带来了那次中国之行拍摄的一大本照片。言谈中得知，他已有2女1子，妻子理家，生活相当满意。他乘坐的那辆漂亮的小汽车，就是他自己的财产。

年轻人希望了解别人和被人理解的急切心情，使我们很快就消除了初识的陌生感，热烈地谈起了各自的家庭、经历、工作，以及业余生活、兴趣爱好等。我作为一位史学工作者，有机会与日本青年史学工作者交谈，中日关系史自然而然地成了我们的共同话题。

落合告诉我，虽然经文部省审定的教科书掩盖了日本侵华战争的真相，但作为历史教师，他还是坚持把历史的真相告诉学生们。他希望了解我们对第二次中日战争的观点。我简要地谈了我对从"九一八事变""七七事变"到"八一五日本投降"这段历史的看法，特别是讲了日军在南京的大屠杀，和日机对我的家乡重庆的狂轰滥炸。他说，有许多事实过去他并不知道，听了以后更感到日本对不起中国。他特意写到"日本——侵略"，"责任——关东军"。他还告诉我，这次来与我们欢聚的30多位日本青年中，有5位是从事历史教学和研究的。因此他特意请了另外几位来到我们的房间，一起参与讨论。有一位说，否认南京大屠杀，推卸战争责任，是无视事实。正是因为侵略别人，日本才受到了严厉的惩罚。

当天晚上，或许是因为第一次与两位日本人共居一室吧，躺在榻榻米上，久久不能入睡，一天的活动历历在目。我深深感到，用正确的历史观教育中日两国的青年一代，让他们自觉地尊重和维护历史的真实性和严肃性，珍惜来之不易的中日友好，是两国青年史学工作者的责任。

在三天的时间里，我们一起清晨散步，黄昏漫游，深夜畅饮，一起打网球，打乒乓；一起做游戏，唱歌，跳日本舞，还学习了日本的柔道、剑道等，彼此之间逐步建立起了真挚的友谊。

最后一天晚上，主人举行送别招待会。虽然时值深秋，窗外秋风瑟瑟，但会场内欢歌笑语，高潮迭起。招待会结束时，灯光逐渐熄灭，随着《星光》的旋律，中日青年手拉着手，几十支五彩斑斓的荧光灯翻飞摇曳。真所谓：星光与荧光同舞，歌声共笑声齐放。

在互道"塞约那那"的时候，我深深地感谢主人的盛情，留恋这愉快的时光。

相模湖，友谊之湖，难忘的湖！

《重庆日报》1989年6月28日

跋语：1988年我作为中国青年考察团成员访问日本。本文是归来后发表的一组散文随笔之一。

更泛沧浪万里长

电视纪录片《沧浪万里长》今天首映，并即将向全球播出，作为本片的总策划和学术顾问，我当然非常高兴。

荷兰王国地处欧洲西端，是著名的欧亚大陆桥的欧洲始发点。荷兰很小，国土仅4.18万平方公里，人口1680万，都大约为重庆的一半。但是，荷兰曾经是老牌资本主义国家，现在是高度发达的资本主义国家，以繁荣和开放的经济而闻名于世。荷兰是欧洲运输枢纽，鹿特丹曾经是全球第一大港口；荷兰农业已经实现了高度机械化，畜牧业也是世界闻名，是世界第二大农产品出口国（仅次于美国）；荷兰金融服务和保险业发达，是欧洲国家中吸引外国直接投资最主要的国家之一，因此，小国荷兰已经成为西方十大经济体之一。

荷兰是最早承认新中国的西方国家之一。中荷合作规模和水平都处于中欧合作前列。荷兰已经连续11年保持中国在欧盟第二大贸易伙伴地位。荷兰也是欧盟第三大对华直接投资来源国。中国是荷兰除欧盟外第一大贸易伙伴和第二大投资来源国。

2013年，中国国家主席习近平分别提出建设"新丝绸之路经济带"和"21世纪海上丝绸之路"的合作倡议，成为国家发展战略。2014年3月，习主席从荷兰开启访问欧洲之旅，亲迎重庆"渝新欧"专列，重庆成为"新丝绸之路经济带"的重要联结点。

荷兰与重庆具有很强的互补性。但我们对荷兰知之甚少。其实早在抗日战争时期，荷兰就在重庆设立了大使馆，汉学家、外交家高罗佩就曾在荷兰驻重庆大使馆工作三年。他以终身研习中华文化为志，将中国士大夫的文化精神内化于心，外化于形，是西方世界为数不多，稔熟中国传统文化的最伟大的汉学家。重庆三年，使高罗佩的汉学水准达到了他艺术与学术生涯的颠峰，也借此迎娶了"中国名媛"水世芳为妻。

今年3月，谭敬南总领事到市委宣传部拜访我，希望我帮助他们在领事馆开馆的时候做两件事，一是拍一部讲述"荷兰与重庆"关系的电视纪录片，二是组织一个由中国与荷兰学者参加的研讨会。

这对我所从事的中国抗战史而言是一件好事。但也有一点意外。一个外交官，不远万里，来到重庆，馆还没开，就要搞两个大的文化活动。这是什么精神？这肯定是一个"中国通"的文化精神。

我们一交谈，果真如此。他毕业于荷兰莱顿大学汉学系。说起这所学校，那可是真真正正的西方汉学重镇。系主任科雷教授告诉我，就汉学系的图书馆而言，其他学校要赶上"可能需要一百年、二百年都不止"。正因为如此，从这里走出了许多卓越的汉学家和优秀的外交官，他们当中有高罗佩，也有眼前这位谭敬南。我当时就答应他，由中国抗战大后方研究协同创新中心与他合作。从那时起到现在，只用了短短的八个月时间，我们的第一个目标就实现了。

我们"中国抗战大后方研究协同创新中心"是一个以中国抗战历史文化，尤其是大后方抗战历史文化为主要研究对象，以服务国家重大战略任务为宗旨的创新型、学术性智库机构，是重庆市的"2011计划"单位。"2011计划"全称"高等学校创新能力提升计划"，是我国高等教育领域继"211""985"之后的第三个重大国家工程。我们中心最突出的特点是服务祖国统一、国家外交、经济文化发展和重庆的文化强市战略。我们以项目为纽带，跨学科、跨单位、跨部门、跨地区、跨体制，统筹协同，整合资源,承担了一批国家的研究、咨询项目,出了一大批成果。

过去,中国学界着重关注于二战时期中国与西方大国的关系。而我们中心既研究大国关系,三年前又开始关注荷兰这个"小而富有创新力的国家"。三年来,已经完成了中国与荷兰在大后方历史的两部著作,一部叫《旧日重庆中的荷兰影像》,一部叫《走向平等》。这些严谨扎实的学术性研究,还原了那段即将被湮没的历史,填补了学术研究的空白,也为拍摄纪录片打下了坚实的基础。《沧浪万里长》便成为我们有关荷兰的第三项成果,是我们史学研究与新闻媒体、外交机构合作,进行成果转化的成功尝试。

这部片子以我的荷兰籍博士研究生张克雷的家世为主线,忠实地记录了第二次世界大战时期荷兰王国在重庆设立外交机构,与中国共同抗击日本法西斯侵略,从而建立起深厚友谊,并延续至今的历史。同时也反映了今天重庆开辟"渝新欧"国际铁路联运大通道,推进重庆与欧洲特别是与荷兰的经济贸易联系,努力建设"新丝绸之路"的现实。

这部片子发掘了一部历史,也延续了一段情缘。其中既有张克雷的家族,还有杨乐兰和他的父母,有高罗佩和他的中国太太及一对儿女,更重要的是荷兰和中国、和重庆的情缘。

这部片子更记录了当下中国和荷兰的友好关系,预示了双方未来发展的美好前景。

可以说,真实可信,容量很大,标准很高,画面好看,情感动人,是近年来重庆拍摄得最好的纪录片,是我们向世界二战和中国抗战胜利70周年最好的献礼。

谭敬南总领事称赞该片是"第一部反映中国与荷兰历史的纪录片"。它还原了那段即将被湮没的历史,也填补了相关学术研究的空白。这部片子可以让荷兰人和西方世界更多地了解认识重庆,深刻认识历史上重庆对世界反法西斯战争做出的巨大贡献和发挥的重要作用,同时,也深刻认识充满活力、蓬勃发展的今日重庆。

作为这部片子的总策划和历史顾问,我将该片的中文名字定为《沧浪万里长》。这取自高罗佩送给中国友人的一首七律。全文是:

> 漫逐浮云到此乡,
> 故人邂逅得传觞。
> 巴渝旧事君应忆,
> 潭水深情我未忘。
> 宦绩敢云希陆贾,
> 游踪聊喜继玄奘。
> 匆匆聚首匆匆别,
> 更泛沧浪万里长。

全诗表达了这位来自荷兰的大汉学家、外交官对重庆的留恋,对友人的深情,更表达了他对中国文化的景仰,对两国人民情谊源远流长的愿望。

我们用高罗佩的诗句做片名,也是出于一份期许。我相信,我们会共同珍视二战期间中国与盟国合作的历史,并期待携手合作,用学术的力量,文化的表达,传承友谊,推动交流,共同为和平与发展贡献一份力量。

在拍摄《沧浪万里长》的同时,我们还推动高罗佩文物向重庆的回归和研讨会的筹备。

抗战时期高罗佩与费正清、李约瑟都住在重庆,从事历史文化工作,是享誉世界的伟大汉学家。

在荷兰,我拜访了高罗佩和水世芳的长子高惠连教授和女儿高保琳女士、高罗佩的朋友及《大汉学家高罗佩传》的作者万莲琴女士、莱顿大学汉学系主任柯雷教授和彭轲教授、莱顿大学东亚图书馆高罗佩藏书室管理员高柏先生，寻访到一批高罗佩与重庆有关的文物，也助推了高罗佩子女将高罗佩部分文物捐赠于重庆中国三峡博物馆这一善举，以及高罗佩国际研讨会的召开。

11月21—22日"高罗佩家族捐赠文物展"开幕式暨"高罗佩在重庆"国际学术讨论会在重庆中国三峡博物馆举行。活动由重庆市人民政府外事侨务办公室、重庆市文化委员会、重庆中国三峡博物馆共同举办。我在会上发表了论文《在荷兰寻访的高罗佩有关重庆文物》和《战时重庆在世界反法西斯战争中的历史地位与作用》。

后来我和张克雷合作出版了专著《走向平等：战时重庆的外交界与中国现代外交的黎明曙光》，第一次勾画了抗战时期中国外交在重庆的完整图景；张克雷则出版了《旧日重庆中的荷兰影像》；我在西南大学还主持召开了中荷"历史记忆与当今时代"学术研讨会，荷兰莱顿大学彭轲教授率团出席。

2017年以来，我们又花了5年时间，合作编撰了《荷兰盟友的中国重庆岁月：他们的生活与时代（1938—1946）》。这是一部有关中国抗日战争及第二次世界大战期间荷兰王国在华外交官、军事代表、政府顾问等相关群体的历史著作。既忠实地反映了该时期在中国战时首都重庆的荷兰人的所闻、所见、所得及个人经历，也包括这些外交官的朋友、同事以及学者等第三方撰写的有关荷兰在战时重庆相关事件的研究论著。

2014年10月30日于十驾庐
2022年10月8日增补于十驾庐

得天下英才而教之

一

张克雷（Vincent K.L. Chang）是我指导的第一个外国留学的博士生，是西南大学历史文化学院中国近现代史专业招收的第一位外国来华留学的博士研究生。

张克雷，是华裔荷兰人。抗战时期，他爷爷随国民政府来到重庆，在外交部工作，1945年被中国政府派往荷兰王国当外交官。他的父亲生在重庆，母亲是匈牙利人。1950年荷兰与中华民国断绝外交关系，转而承认中华人民共和国。此后，张家便留在了荷兰，繁衍至今。为了追寻家族在中国、在重庆的历史，研究战时中国与荷兰的关系，2008年张克雷来到重庆，在重庆大学当了一名法学教师。2010年，他和妻子郭婷婷在重庆定居，并生下了他们的第一个儿子。2011年底，张克雷辗转求学，拜访了我。他聪慧、勤奋、有悟性，既热爱荷兰，也热爱中国的文化与历史。2012年他申请攻读西南大学中国近现代史博士课程，并成功地被录取为博士研究生。

四年来，他圆满地完成了学业。在学术研究方面尤其突出。入门之初，我就给他制订了一个"三步走"的宏大计划，当时我想，能够完成80%就不错了。但四年下来，已经全部变成了现实：第一步，研究二战时期荷兰在中国重庆的情况，这是学习历史、从事研究的基础。他为此编写了一本书，叫《旧日重庆中的荷兰影像》。2014年时值荷兰驻重庆总领事馆成立，该书由荷兰驻中国大使馆出版；随后以这本书为基础，我们与荷兰驻重庆总领事馆、重庆广电集团合作，拍摄了电视纪录片《沧浪万里长》。第二步，研究抗战时期的重庆外交界，这是研究中荷关系、战时外交的背景和环境。其结果是我们合作撰写出了《走向平等——战时重庆的外交界与中国现代外交的黎明曙光（1938—1946）》，这部书已经于2015年交付重庆出版社，将于2016年用中英两种文字出版。第三步，研究以抗战时期为中心的中国与荷兰的外交关系，这才登堂入室，这本书就是他已经完成而今天答辩的博士论文。

这几年，他参加了西南大学以及在中国和西方国家举办的学术研讨会，都有论文入选。其中2013年他参加中日美三国举办的"中日战争国际共同研究"第五次会议时写的《回顾战时重庆》一文，已经被英国剑桥大学 Modern Asian Studies（现代亚洲研究，SSCI）采用，明年将公开发表。

同时，他还承担了荷兰国家的委托研究项目，如抗战前荷兰与中国在水利方面的合作。尤其是他为荷兰与重庆的经贸发展、人文交流做了大量的工作，这包括为重庆"渝新欧"铁路大通道在荷兰的落地，包括为引进美国奥斯卡奖电影《苦干》的使用权，等等。

总之，在张克雷的身上，融汇了东方的睿智和西方的务实精神，表现出积极的学习态度和良好的研究素养，这些都体现在他的论文之中，有待答辩委员会各位专家的评判。

二

经过近四年的努力，张克雷同学完成了全部学业，今天又通过了博士论文答辩，被答辩委员会建议授予博士学位。

这对于张克雷，一个荷兰人来讲，是一件大事。他来重庆8年了，在这8年当中，他收获了一个儿子，是他们爱情的结晶，是第一个儿子，后来回去又生了第二个儿子。他收获了他们家族的梦想——追寻70多年前他们祖辈在重庆的足迹。在这个过程中，他自己也成长起来，今天又收获了博士学位。

对于学校来讲，今天也是极有意义的。西南大学是一座正在走向世界的大学。我们所培养的张克雷，已经成为中荷关系史上新一代的研究者，成为中国和荷兰、荷兰和重庆友谊的使者。今天，凯罗大使和施柏青总领事出席旁听答辩会，也见证了西南大学博士研究生培养的质量和水平。刚才休息的时候，施柏青总领事告诉我，这个答辩有点难，比在荷兰的博士论文答辩要难一点。

对于中国近现代史学科来说，张克雷的研究填补了现代中荷关系史的一段学术空白。两年前，我访问荷兰，认识了莱顿大学教授，也是荷兰研究中荷关系史的NO.1包乐史先生（Leonard Blussé），那是在阿姆斯特丹的运河上。当时我就告诉张克雷，你一定要把博士论文做好，成为第二个"包乐史"。看来，他是朝着这个方向努力前行的，而且卓有成效。

韩愈曰："师者，所以传道受业解惑也。"因此对于我来说，只是尽到了一个学者的本分。刚才张克雷说到了孟子，我也讲一句孟子的话。孟子把"得天下英才而教之"称为人生"三乐"之一，与之并列的还有"仰不愧于天、俯不怍于人""父母俱存、兄弟无故"。我深以为然。

张克雷的硕士学位是法学，在荷兰莱顿大学获得。今天能够在中国的西南大学通过历史学博士论文答辩，实在不容易。这得益于他的勤奋，四年来他把绝大多数的时间用在了做学问上。得益于他的执着，他学历史，就爱历史，更钻研历史，我们可以从他使用过的档案史料之广、之多可见一斑，没有心无旁骛、孜孜以求的精神是做不到的。还得益于他的求新。尽管我给他制订的研究计划很庞大，对中国学生都是困难的，对他而言更难。但他没有退缩，没有敷衍，而是知难而进，在一个全新的领域里去求新，去创造，从而完全实现了计划目标。四年时间，三部著作，这就是他的博士答卷。他是我这些年来所带学生中，最不用我担心的学生之一，他的开题报告我经常拿给我的博士生、硕士生作为他们的范本。这不是为师之乐吗？

"新松恨不高千尺"。这是中国伟大诗人杜甫的名句，也是此刻我对张克雷的希望。

完成博士学业只是"万里长征第一步"，尽管它是人生道路上的里程碑。作为老师，我感到，在你的身上还蕴藏着巨大的能量，你还有许多优势。因此我希望你，继续深耕开拓中荷关系史的研究领域；更加主动地积极地向世界介绍重庆这座城市和我们的学校，因为我们这座城市对世界做出过巨大的贡献，而它又有着非常独特的发展之路；再有就是为中国与荷兰、荷兰与重庆的友谊和发展多做贡献。

当然我对凯罗大使也有希望，希望从荷兰政府的角度，对张克雷和西南大学所进行的有关中荷关系历史的学术研究继续给予支持和鼓励。我期待与荷兰方面做进一步的合作，共同推进中国与荷兰在近现代历史学术领域里的合作与交流。

跋语：这是我2016年5月29日在张克雷博士论文答辩会上的致辞。

亲情无限

QINQING WUXIAN

老家磁器口之"六问"

磁器口是我的老家。

如今,它很火。但凡重庆人,要是过年没去磁器口挤一挤,那就不叫过年。外地人来重庆,如果没去磁器口看一看,就称不上到过新重庆。所以,这个弹丸之地一年到访的游客达千万之众。磁器口,俨然已成老重庆的缩影、新重庆的窗口。

对我来说,磁器口曾经是一个传说。小时候,我父亲常对我说起磁器口,那是堪称"三绝"的"毛血旺""千张肉丝""豆瓣鲫鱼",还有香脆可口的"椒盐花生"、"聚森茂""玉祯祥"的麸醋豆瓣,加之"天申斋""天和斋"茶馆,还有就是金蓉、金沙、金碧三条大街,当然还少不了"宝轮寺"和"天上宫""禹王宫""地主宫""文昌宫"……那是一个遥远的磁器口。

后来,对我来说,磁器口是清冷,是古朴,是曾经的一处老屋。那是20世纪80年代初,日子一天一天好起来。有一次,父亲带着我们一大家子来到清冷的磁器口。那是我第一次踏上磁器口的土地。我才知道,我们的老家在磁器口的凤凰山下,那里曾经有一处大大的院落。那些骡欢马叫,那些革命年代,那些求学农桑,那些救亡奔走,伴随了父亲他们三姊妹的童年、少年和青年时代……那可不是一个等闲之地哦。彼时,远远望去,已经没有了旧时的风貌,只见得有一座丝纺厂。经过厂方的同意,我们穿过两边都是车间的窄窄的厂道，来到凤凰山下。老屋已经没有了，唯一可以记录那段历史的只有那块印有"大碑"字样的门牌。

从那以后直到磁器口开发之前，大年初一，父亲母亲都要带着我们一家三代到磁器口老街的青石路上走一走，与老街坊们摆摆龙门阵。中午就在街上随便找个小店，几钵豆花，一笼粉蒸肉，几盘小菜，就着几碗甑子饭，随意而亲切，算是我们新春的第一餐。饭后，下到江边，老人家看着两个孙子尽情地在江边嬉戏，玩弄河沙，享受冬日难得的阳光。

到了20世纪90年代末，听说磁器口要开发了，父亲的心情是复杂的。他写了一篇文章，叫《世纪回眸磁器口》，开篇就是"磁器口是重庆城北嘉陵江畔的一个古镇，以附近青草坡盛产土陶磁器而得名"。文中记述了他所经历的小镇过往，也写下了他对即将进入历史的磁器口的感情——"今天漫步小镇街头，古朴的小镇风貌，狭长的青石铺砌的老街，香烟缭绕的寺庙，茶馆里悠闲自娱的人群，缓慢的生活节奏随处可见。磁器口已成为近代重庆城镇经济与文化的标本。"

从那以后，我也就关心起磁器口的历史来了。然而我发现，尽管由于旅游的需要，写磁器口的文字不少，但有关磁器口历史的著述多数语焉不详，查考无着，或者传说当家，附会颇多。因此，喧闹的磁器口其实还是一座湮没在历史风尘中的老家。

于是，出于对家乡的眷念，也出于历史学者的责任，心中生出许多疑问，细数起来，择其要者有六个。其中，首推小镇为何以"磁器"命名。

不久前读到《磁器口沙坪窑青花瓷》，认真梳理了磁器口的来历、演变，对磁器口瓷器的生产发展历史脉络进行了一番考证，还请陶瓷、考古专家对出土瓷器作了鉴定，对"磁"和"瓷"还进行过一番论证，大体靠谱。原来"磁""瓷"二字相通，本无贵贱之分；几百年来（至少不会晚于清初康熙年间）磁器口不仅是瓷器交易集散地，还是生产瓷器的好地方，其影响广及川、渝、黔、滇、鄂、湘等地区，甚至对重庆周边的生活风俗习惯都有影响。程丽琼先生曾言："在重庆众多的古瓷窑址和瓷器中，磁器口沙坪窑和青花瓷无疑是最具影响力和传播力的窑口瓷器之一。"

这算是对我心中"六问"的第一个回答——破解"命名"之问。我还有五问，还需得求解。

——"丝厂"之问。缫丝业是近代重庆工业中使用机器生产的第一个行业。1891年重庆开埠以后，西方势力加紧掠夺四川生丝资源，也刺激了重庆机器缫丝业的发展。20世纪初年，合川人张明经在重庆磁器口创设恒源丝厂。当时，第一次世界大战爆发，西方列强无暇东顾，中国丝在国际市场上销量猛增，促成了四川丝业的大发展——以重庆磁器口为中心，开设了华康、天福、同孚、谦吉祥等丝厂，重庆成为四川丝业的中心，也是近代中国缫丝工业最发达的四大中心之一。我的爷爷就是在那个时候，从巴县长生桥惠民乡三合土来到磁器口，进入华康丝厂做工的。这是近代以来在中国西部机器工业创立之始，是磁器口对区域经济的历史性贡献。

——"革命"之问。由于缫丝业的兴盛，在磁器口便有了重庆历史上第一支产业工人队伍——以缫丝青年女工为主，加上其他男性辅助工，共有2000多名工人。他们为古镇的经济与社会发展带来了蓬勃生机，也为大革命时期重庆工人运动的兴起提供了阶级的基础。因此，1926年中国共产党重庆地方执行委员会成立后，便派四川早期的妇女运动领导者、重庆各界妇女联合会宣传主任、二女师学生游曦到磁器口，开展革命宣传。其中一个重要举措就是开办工人夜校，宣传和动员工人群众。当时我爷爷和婆婆很开明，同意游曦把夜校办在我们家中，游曦也吃住在我们家中。我大姑与游曦年纪相仿，她们便成为朝夕相处的好朋友。1926年，游曦离开了磁器口，去武昌上了中央军校。后来得知，她去了广州，参加了广州起义，英勇牺牲，是中国共产党领导的革命武装中第一个女英雄。我的姑姑和父亲对她始终念念不忘。这段历史在中国妇女运动史和重庆大革命历史上都是可歌可泣的。

——"教育"之问。随着近代以来工商经济的发展、新文化的传播和社会的进步,磁器口的文化教育率先得到了大的发展。到"五四"前夕,由当地乡贤倡导,磁器口人自筹资金办起了第一所新式小学——"龙山学校",办起了初具规模的小型图书馆;随即联合附近各乡,以"肉税附加"的提留经费,在磁器口兴办了"西里中学";20世纪30年代,磁器口又创办了重庆的第一所省立高等院校——"四川乡村建设学院"和在全国位居七位的"四川中心农事试验场"。从此,磁器口人文鼎盛,文化发达,蔚为大观。所以磁器口人常常自诩:小孩子不出家门就可以由小学读到大学。这不要说附近各个乡镇无法相比,就是一般的单州小县,也都自愧不如。我父亲就是在这里上完了小学、中学,受到系统的教育而成为"小镇名流"。这恐怕就是沙坪坝成为后来的沙磁文化区、如今的文教大区的最初基础。

——"救亡"之问。进入20世纪30年代,巴县政府决定将"西里中学"和"东里中学""南里中学"三校的一年级与"巴县县立高级农业学校"合并,改称"巴县县立三里职业学校"(简称"三里职校")。当时正值大革命失败后的白色恐怖时期,重庆的共产党人已被屠杀殆尽,党的组织也去了成都。1936年,担任中华苏维埃政府卫生部保健局局长的共产党员漆鲁鱼回到重庆,创建了重庆各界救国联合会(简称"重庆救国会")。然后,以"三里职校"为基础,成立了重庆学生界救国联合会(即"秘密学联")。重庆救国会是重庆抗日救亡运动的领导核心,秘密学联则是它的先锋队。抗日战争爆发后,中国共产党在重庆重新建立共产党组织,我父亲那一批重庆救国会的核心成员便成为重建的中国共产党重庆地方组织的第一批骨干,转为中国共产党党员。再后来,在南方局的领导下继续奋斗。这是磁器口历史上的光荣一页。

——"小重庆"之问。抗日战争时期,重庆是中国的战时首都。中央大学等一大批内迁高校和张伯苓等文化名人,以及许许多多美术家,都聚居于沙坪坝磁器口一带，使其成为著名的文化区域。随着文化的进一步繁盛，于是因地命名，"沙磁文化"横空出世，成了战时重庆的一张文化名片。由于当时的重庆城专指渝中半岛，故时任国民政府主席林森为磁器口题词"小重庆"。

　　沙磁文化这一独特的文化现象，不应为沙坪坝磁器口所独享，而是属于中国和世界的文化旗帜，我们更应珍视。我期待有更多的干部和学者能够关注乡梓历史，推出学术著作，以实事求是之心，摒哗众取宠之弊，严肃而系统地回答"命名""丝厂""革命""教育""救亡""小重庆"这"磁器口六问"。因为今天我们对磁器口的研究，就是对沙坪坝的研究，就是对新重庆的研究，于中国和世界善莫大焉。

2015年6月18日于十驾庐

选自《磁器口沙坪窑青花瓷》，重庆大学出版社2019年出版

我们家"春天的故事"

有一首歌，每当旋律响起，总有一种特别的东西在胸中涌动。

> 1979年，那是一个春天……
>
> 啊，中国，你迈开了气壮山河的新步伐，走进万象更新的春天。

40年了，那一年我们家"春天的故事"，又上心头。

读大学，从小就是我的一个梦。但是，1966年，高考制度的废除，让万千学子梦碎一旦。当时，我刚读初中一年级，对世事还似懂非懂。10月，我作为学生代表到北京受到毛主席接见。回到重庆，则是风狂雨暴，四处阴霾，家不成家，一分为四……到了1969年，不满16岁的我，只能跟着学校，下长江，进乌江，去到武陵山区大山深处一个叫"梅子垭"的地方，成了一个年龄都不合格的"知识青年"。

1970年，部分高校开始招收工农兵和下乡知青做学生，这便是"工农兵大学生"之始。招生的方法是"群众推荐、领导批准、学校复审"。这对我的大学梦是一线微光。那时我在公社已有一点小名气：年纪最小，15岁；劳动表现好，16岁就能挑起清粪"飞埂子"，17岁就能背200斤牛粪下水田。农村人很朴实，让我过了"群众推荐"这一关。但在"领导批准"这一关卡了壳。因为当时我父亲还关在"棚"中，罪名是莫须有的"叛徒嫌疑""现行反革命"。我叫天不应，叫地不灵，便与大学擦肩而过。随后的几次招工都是因为过不了"领导批准"的关，而屡屡受挫，戛然而止。当时心头的郁闷难以言说，甚至都不想回家，只是埋头劳作，什么农活都干。没多久，凡是10分全（男）劳力应会的农活，什么犁田呀，犁土呀，背斗（打谷子用的木斗）呀……我几乎都学会了。只有"耙田"不行，因为人小体轻，压不住牛拉的耙，便平不了冬水田。从那以后我再没有读大学的念头了。

1971年"林彪事件"后，形势有了好转。1972年，我爸爸终于出"棚"回家，尽管还留有"尾巴"，没有安排工作。但补发了工资，一家人可以互通气息，终于又有了家的温暖。对我而言，最大的变化是当我再次获得"群众推荐"之后，终于过了"领导批准"这一关——1972年底我当了兵，走出了那片穷山恶水。

我是在大渡河上"泸定桥"所在的泸定县，从广播里听到党的十一届三中全会公报的。1978年12月，我在部队当汽车班长，带着战士们在二郎山上进行山地驾驶训练。那天晚上，我们住在县委招待所，全城的大喇叭都在播。公报正文第一句话便是："全会决定，鉴于中央在二中全会以来的工作进展顺利，全国范围的大规模的揭批林彪、'四人帮'的群众运动已经基本上胜利完成，全党工作的着重点应该从一九七九年转移到社会主义现代化建设上来。"这可是惊雷呀！让我激动不已，终生难忘——直觉告诉我，"天，要变了！"那一年，高考开考了。

1979年1月，已经解放并安排工作的父亲专程来到部队，把我叫到广汉公园（今房湖公园），作了一次极其严肃的谈话。他说："三中全会开了，'文化大革命'结束了，国家形势要变了，今后要靠科学和教育吃饭了。过去我影响了你，现在你不能影响你自己哟！你初中都没有毕业，以后不得行。赶快退伍回去，准备考大学。"

我们那是个从事核武器研制的部队,遍地都是北大、清华的高才生。我等初中学生打下手都不行,根本入不了流。新兵连结束后,我先分到施工连洗石灰,房子修好后分到师汽车连。由于老老实实干活,踏踏实实学车,几年中,我开汽车,当标兵,成教练。由于上上下下都肯定,1977年入了党,1978年转了正,已经进入提干部的程序了。我离当兵人的圆梦时刻只差一步之遥!

父亲的话,真是"一语惊醒梦中人"。我对部队虽有不舍,但还是坚决申请退伍,于3月上旬回到重庆,重新开始。

回来第一件事便是报名参加了母校29中的高考补习班。

那时大家并不看好我,因为我只读过不到六年书(小学5年、中学不到1年),考大学,谈何容易!但大家都不说,怕打击我的积极性。但在补习班就不同了,相当多的同学是从1978年初就开始补习备考的,有的甚至已经有参加77、78级考试的经验。而我,一无所知,又绝无退路。我也顾不得那些不屑、轻蔑的目光和嘲笑的话语,只顾埋头读书。

那一年,我妈妈刚50岁出头,正是盛年。她知道我的处境,可她什么都没说。一声不响,只几天时间就办完了退休手续,回到家里,操持家务,成为全家的"大后方"。那个时代,就业十分不易,子女就业只有"顶替"一路。所谓"顶替",即父母提前退休,腾出岗位让子女就业。而我们家当时并无需要"顶替"就业的子女,因此妈妈的提前退休让许多人不能理解。可正是这一招,让我天天能吃上妈妈的味道,天天能按时到校补课,天天能挑灯夜战攻书,天天都能美美地睡上一觉……

就这样,三个月后,我走进了考场。记得第二天下午考地理,考试结束时,天降大雨,全体考生只能挤在黑黢黢的教室走廊里。7月的重庆,闷热之极,加之走廊空间狭小,大家汗流浃背,但已顾不得那么多,讨论起刚才考试的答案来。我一言不发,只管静听。一会儿,便如释重负,顿感清凉。原来我的答案比大多数人的答案要对得多。分数下来一看,比预想的还好，地理考了全省第一、语文全省第四，历史、政治都还可。尽管数学、英语很差，但总成绩上了重点线，一举考上四川大学，全家人喜出望外。那一年，四川文科的录取率是2.5%，全国最低。后来我一查，那也是40年来中国高考最低的录取率！

就这样，1979年9月，我便来到了望江楼旁的川大校园。此时，离我中止初中学业（1966年春）13年。一个小学只读过5年，初中不到1年的青年，就在这特殊的时刻，以这种特殊的方式走进了四川的最高学府。

正是跨出了这最为紧要的一步，我的命运和祖国的山河一起改变。

人的生命中总有几个最紧要的时刻和最重要的人。

——1978年12月，泸定城内那夜的"三中全会公报"；

——1979年1月，爸爸和我在广汉的那次"房湖谈话"；

——1979年3月，妈妈为保我高考的"五十退休"，无疑是我生命中最紧要时刻和最重要的人。

不久前，妈妈90岁了，我们全家给她做寿。我说，当年如果没有妈妈那默默无闻的惊人之举，没有妈妈那始终温情和鼓励的目光，没有那些热饭热菜，没有那些香甜的睡梦，不到百日，我哪能补上缺了13年的课，又哪能毫无压力，信心满满地走上考场，去挑战那2.5%？又哪有我40年来的一路成就呢？这让我真正懂得了，什么叫"妈妈的爱"，什么叫"恩重如山"！

如今，爸爸与我在广汉"房湖谈话"的照片仍挂在客厅墙上。我要告诉他，我们会永远记得，我们的家和国的那个历史时刻；永远懂得，我们的家与我们的国的命运，是如此的紧紧相连。

春天的故事，

春天的故事，

……

难忘的春天……

原载《重庆日报》2018年11月23日

父亲的遗产

2008年，爸爸自编了一部文集，取名《尹凌文稿》，共十卷。他对我说，"我一生没有干过什么轰轰烈烈的壮举，也未留下什么灿烂辉煌的业绩。我是一个红军时期参加革命的共产党员，但我不是职业革命家。解放前住在国民党统治区，党一直处于地下，我所从事的革命活动，主要是通过我的社会职业来进行的"。之所以想编个集子，写点回忆录，只是希望"尽可能地把我的家庭、职业和革命实践记录下来，对近八十年来漫漫人生之路的陈年流水，作一番历史的回顾"，因此称为"稿"，"可算是我的一部自传，也是我在垂暮之年对人生的总结"而已。因此，他谢绝了有关部门为他公开出版《尹凌文稿》的好意，只自费印了十套，分送家族内各家保存。

他对自己和家庭的财产历来是这个态度。

——**书画**。我们家祖上曾经收藏了二三百件字画。我都见过，1960年代时，就放在三楼进门右边楼梯下面的一个贮藏室里。后来就没有了，妈妈也不知道哪里去了。后来问爸爸，他说，捐给重庆博物馆了。从1950年代起，分好几次捐的，他从来没有与家人商量过。后来我去重庆市博物馆查过，只有几十件有记载。不过这也好，否则"文革"抄家还不知去哪里了呢。

——**文物**。爸爸爱收藏东西。但只要国家需要，他都会捐出去。比如：他解放前保存下来的《挺进报》、解放后他发现并保存的黎又霖烈士的遗诗、1949年12月他花了很多钱买的一套完整的歌乐山渣滓洞、白公馆监狱大屠杀后拍摄的照片等等。1963年，他把这些都捐给了刚刚建立的"重庆中美合作所集中营美蒋罪行展览馆"（今天的"重庆歌乐山革命纪念馆"）。保存在家中的，"文革"中几乎损失殆尽。"文革"后他从幸存下来的朋友处继续收藏了一批珍贵照片，都送给博物馆了。

——图书。爸爸一辈子爱书、买书、读书，他的书占据了我们家最大的地方，真是花钱不少。但绝大多数都在"文革"抄家中损失了。1972年恢复自由后，他又开始买。"文革"前我家住房较宽，"文革"后搬进单元房，没那么多地方放了。他就决定捐赠给重庆图书馆。我记得家中20多平方米客厅，除留下过人的一条窄路外，中间全都是捐出去的书，大约有到大腿这么高。好像也没有登记，也没有办什么手续。还有一些他常常要用的，一部分放在家里，另一部分放在我和姐姐的家中。他告诉我们，如果你们不用了，也捐赠给图书馆。

——存款。爸爸一生靠工薪生活，但家里吃饭的人多，基本没有什么积蓄。晚年，劫后逢生，待遇逐渐提高，多少有一点积蓄。去世前他曾说过，留下的钱，全部供妈妈生活。因为妈妈为了这个家，提前退休，收入很低。

——住房。爸爸除了公家按他的职级分配的住房外，没有其他房产。去世前曾说过，房子留给妈妈，不由子女继承。

所以，作为他的儿子、女儿，他没有为我们留下什么物质的遗产。我们感到欣慰的是，他留给我们的精神遗产实在是太丰厚、太丰厚了。

爸爸深以我们这个家庭为傲。我刚上大学不久，他就给我写信说，"我们的家庭的确是一个令人欣慰的值得骄傲的家庭，我们大家在政治上有崇高的理想，在感情上有丰富的内容，在事业上有进取的雄心。决非一般庸碌之辈可比"。

今年，是他诞辰百年。我们编了《尹凌文稿选》和《永林长青影像集》，作为对他的纪念。这使我有机会系统地读了一遍他一生的文稿，特别是重读他给我写的那些信件，让我又想起了一些零零碎碎的事情，其中最多的是教育我们要学会做人，而做人的前提是好好做事。只有认认真真做好每一件事，才能做一个正派的人。

有信仰，能坚守

爸爸是一个真正有信仰的人。

记得1972年他刚刚恢复自由，便翻山越岭走了三天，到彭水县双鹤公社马家六队来看我。当时，大招工已经过去，同队和附近生产队的知青都走了，而我因为未能通过"政审"，三次推荐，三次落选，一个人待在那里，思想非常消沉。他告诉我："人要有信仰，人生总有起起落落。我被关了6年，看到一些人受不了折磨自杀了。我也曾想过自杀，但最终打消了自杀的念头。因为我是个共产党员，不能背叛党。再有就是我死了，妈妈和你们怎么办。我就是要看他们这样乱搞，到底怎么收场。"这对处于极度苦闷中的我，是很大的鼓舞。

我上大学后，他曾在信中说："我总认为，一个人应该有点抱负，有点精神；何况我们都是共产党员，生活在世界上不光是为了'吃饭'。一个人有了理想，有了抱负，不管环境多么困难，只要情操高尚，就会觉得生活很充实，工作起来也就有劲，人生就有意义了。"

1997年，他重病在身。市委派我到中央党校学习。那是直辖后重庆派出的第一批中青班学员，学习一年。过去在四川省，这样的机会极少，因此上上下下都感到弥足珍贵。

我到校不久，重病中的爸爸给我写了一封很短的信，"勇勇这次去中央党校学习，正值党的十五大召开之后，机会难得。希望一定要把握十五大的主题、灵魂，认真学习领会。至要！至要！"

在儿子周昌凌保存的信件中，他也反复讲这个道理。他说，"你现在正在大学念书，在学会做一个'品德高尚的人'的同时，更重要的是悉心攻读，刻苦钻研""千万不要放过大好时光，浪费青春""一个人立身社会，对国家、对人民要有所贡献，重要的是你自己要有相当的学识，才说得上为人民服务，报效国家"。

有追求，能成事

事业，是爸爸一生的追求，是他的信仰不至于"空"的基点，也是对我们说得最多的话，他自己做得最好的事。

1979年，我从部队退伍后考入四川大学。那时也是他工作最为繁忙，最有成就的时候。他创办了全国范围内省级以外地方政协第一家《文史资料选辑》和全国第一家文史书店，多次受到全国政协肯定，并在全国政协文史资料会议上发言，还得到邓颖超主席的接见。他曾给我一信，"这些年来，我们都在一种十分困难的情况下，工作，学习，假若自己不争气，不努力，能够取得像现在这样的收获吗？"

他所说的"十分困难"，主要指在"文革"结束后落实政策时碰到的极大障碍。在爸爸获得"解放"时，在他的档案中还留有"尾巴"，还有一些"黑材料"。因此他1977年被分配到政协工作时，连个职务都没有。后来给他安了个"重庆市政协政治学校副教务长"职务。这个职务是1956年他曾担任的职务。而后来政协根本就没有这个学校，因此给他安排这个职务是"莫须有"的。真有点"猪尿包打人，不痛人，气胀人"。因此但凡碰到分房子等生活待遇时，总会碰到这样那样的"梗"。这种情况直到彻底拨乱反正，彻底清除了"黑材料"，特别是1980年他任市政协副秘书长以后才好转。他对我说，"这都说明，只要自己努了力，人民和历史是会作出公正的结论的"。因此"更希望你们多多努力。我们家里应该出点人才，这不是个人英雄主义，而是一个有上进心的人应该具有的态度和志向"。

后来我当了领导干部，管干部，更能深切地理解他当时的难处。如果没有追求，没有精神，是绝对做不出那些成就的。

1982年，爸爸生病住院，仅四个月时间他就写了10万字的文稿，包括《抗日民族统一战线的理论和实践》讲稿、《重庆谈判纪略》《论马寅初教授反对官僚资本的斗争》，还代笔写了一篇悼念老同志的文章；编了四部书，后来都陆续出版了，即《邹容文集》《马寅初抨官僚资本》《〈沁园春·雪〉考证》和《重庆谈判纪实》。这还不包括市政协文史资料办公室的那一大摊子事。

那年暑假，我和金杭去新桥医院看望他，只见他的病房俨然一个办公室，病房中还有书架，书架上全是书，桌子上是一大堆稿子，哪像个住院治疗的样子。我们都劝他不要搞狠了，他说："目前我总感到时间过得太快，要做的事，要读的书很多，就是时间不够。这次生病也有一个好处：这里环境安静，离城较远，我可以摆脱机关许多杂事的干扰，认认真真的（地）做点工作。"他还半开玩笑地说："如此一想，生病还是一桩好事了。"

能忍让，会放弃

爸爸是个胸怀宽广，不记仇，更不整人的人。

1951年，他在"三反"运动中被人诬告，遭到停职审查8个月。后来审明是为诬告，予以解放。1957年整风期间，有些人乘机提出，要他借这件事给党提意见。爸爸语重心长地告诉那些同志，要相信党。"我虽被诬告审查，但党组织对我是负责的，最终还是把诬告我的那些情况搞得清清楚楚，最后并没有冤枉我。"所以他没有借机乱提意见。而有些人则不然，乱提一气，结果被打成右派。

在"文革"期间，他被隔离审查。即使他不在家，造反派并不放过我们家人，包括我们这些孩子。在宿舍里过上过下总有人高喊"打倒三反分子周永林！""打倒走资派周永林！""打倒反革命分子周永林！"以此来羞辱我们。

"文革"结束落实政策后，爸爸又成了当权派。但他并没有沉湎于"文革"旧账，尤其是对在"文革"中整过自己，甚至置自己于"现行反革命"罪名的同志，他也不记仇，没有反攻倒算，更不秋后算账。这让很多人都不理解。他告诉他们，"要为那些同志设身处地着想，那也是形势使然。加之有的同志本来文化程度就不高，自己又是糊涂虫，所以干出一些蠢事。现在'文革'结束了，我的政策落实了，人家过去再对不起我，今天我们都不要记恨人家，报复人家。"反倒是这些同志遇到困难时，爸爸还真心实意地帮助他们写材料，落实政策。

他对官场上有些自私自利、整人害人的人深恶痛绝，因此他自己身体力行。他曾给我写信说："我最反对自私、奸诈。对人应该老实——当然这是指对正直的人。"特别说："刘、柳和许多古人的事例，对我们是很有教益的。可以熟读。"他这里讲的"刘柳"指刘禹锡、柳宗元。柳、刘是中唐时期的文学名家。二人并称，但诗风不同：柳诗沉重、内敛、骨峭淡泊简古；刘诗昂扬、外扩、气雄风情朗丽。但这并不影响他们的友情，而是相交相知多年，后来二人同为"永贞革新"的中坚力量。

守清廉，讲奉献

爸爸一生都靠工薪生活，生活衣食无忧，但无额外收入，故从未置办贵重物品，更无非分之财、之物。在他生命的最后几年，曾多次谈到过身后之事。他说，"我那件大衣就留给你吧。"这是父亲解放初期置办的，他穿了几十年，这也成为父亲明确交给我的唯一遗物。

在我的记忆中，20世纪八九十年代，他编写了不少书，也有不少稿酬收入。但他明确告诉我们全家，这些钱，不能属于他一个人。他全部用在公家的事情上了：

一是用在政协文史资料办公室的部分工作上。因为当时政协文史资料工作根本就没有钱，开始全靠他到处化缘。后来他提议为筹备市地方志工作，专门成立重庆市地方史资料组。市委批准后，财政每年给了1.5万元经费。他便将政协的文史资料办公室和市地方史资料组两个机构合署办公，这样一份钱就可以办两件事。但这点钱既要维持工作运转，又要出《重庆文史资料选辑》《重庆地方史资料丛刊》，是远远不够的，仍然需要化缘。尤其是政协机关人手极少，他便请了几位过去一起工作如今已经退休的老同事来帮忙。这些同志因为不在政协机关编制内，故许多经费无法开支到他们头上。他的一部分稿酬就补在这上面了。

二是用在1989年成立的重庆市地方史研究会上。研究会没有政府给予的经费补助。他和孟（广涵）书记都明确表示，他们不但不拿一分钱报酬，反而要把他们个人的全部稿酬用于地方史研究会工作中。钱虽然不多，但解了燃眉之急。正因如此，不论政协文史资料工作，还是地方史研究会工作，都具有极大的凝聚力。这个传统也一直传承到今天，当会长的不但不拿报酬，反而要为研究会出钱。

不争官，享平凡

父亲对官位的态度很明确，不争不抢。重庆一解放，他就是第一任重庆市零售公司的经理，离开财贸系统到统战系统后是处级干部。这个职务一直到1981年，长达32年之久。这其中原因很多。但他在家里从来没有抱怨过，只要能工作，他都一心一意，全心全意。对有些人争抢官位的做法，嗤之以鼻。

近期读他给我的信，让我想起了一件事。1980年10月15日，市委常委会决定，任命父亲为重庆市政协副秘书长，免去其市政协政治学校副教务长职务。父亲的职务在经历32年的停滞后，终于进了一步。10月27日，他在信中讲到的是"多年来一直悬起的政策问题总算落实了"。他告诉我，"有关领导同志同我谈办公室、坐汽车等生活待遇，和工作分工问题，我正式表态：两个'一仍旧贯'。即生活待遇一仍旧贯，工作分工一仍旧贯。升了官不改变任何生活待遇，在工作上仍然搞文史资料工作"。又过了一段时间，他给我说，"我的新职发表后工作更忙一些，同时在言论行动工作上更要谦逊、谨慎，勤勤恳恳才行。'盛名之下，其实难副'。斯言不差，对我也是一大鞭策和促进"。

他是地下党中不多的红军时期干部，但是他从来没有把自己看得多了不起。"文革"结束后，不少老同志、老领导对他的职务安排都提了不少建议，只要他同意，他可以到北京、香港工作，安排重要职务。但他都谢绝了，一门心思搞文史资料工作。

抗日战争时期，他曾经在南方局重庆统战工作组领导下工作。那时对党员的要求就是"三勤""三化"。"三勤"就是勤学、勤业、勤交友。他曾说："周恩来同志倡导的'勤学、勤业、勤交友'是每一个从事统战工作的同志必须认真学习和遵循的工作方针和准则。"他是这样说的，更是这样做的，这"三勤"他都保持传承下来了。

当时搞文史资料一无钱，二无权，靠什么打开局面？他第一就是勤学。他过去读书学的是农学，后来长期搞工商、统战，并未学过文史，更没搞过文史工作。但他肯下功夫，学得快，很快就理出个工作头绪。第二就是勤业。文史资料、地方史工作都是新事，没有经验可循。他就跑北京、跑成都，请教行家，搞清政策。然后是结合重庆实际，马上干起来，而且是身先士卒地干，不只是个嘴把式。第三就是勤交友。这更使他得益匪浅。他本来就有不少老朋友，更因为文史资料工作而广泛地结交了不少的新朋友。每次开会照相，他都是让各方面的老同志、专家学者坐中间，他则坐边边、站后排。特别是他的热情、内行，将心比心，以心换心，大家对他的工作就非常支持，让他的稿源丰沛，尤其是高质量稿子源源不断。

他对名利看得是很淡的，把职务行为和个人著述分得清清楚楚。1977年他到市政协开始做文史资料工作，写了一些文章，均用集体署名，而不署他个人的名字。他说那是职务行为。如他写的《深切的关怀 难忘的教诲》《春风和煦暖心田》，都是以"政协重庆市委员会秘书处"的名义发表的。后来他主持创办了《重庆文史资料选辑》《重庆地方史资料丛刊》。1983年1月，重庆市政协党组决定成立重庆文史资料编辑部，作为市政协办公厅的职能部门，设总编辑一人。但在他主持其事期间所主编的《重庆文史资料选辑》（1—30辑）、《重庆地方史资料丛刊》（1—12辑）上，均未署他这位总编辑的名字，也从来没有拿过一分钱总编辑应得的总编费，一直到他1988年离休。

正是这种对职务、名利的淡然和以平凡自居的作风，让他安享了职业的安全和丰硕。正因如此，他也从来不要求我们努力做官，反倒是一而再、再而三地要求我们这些子女和大家庭的子侄们，一定要努力做事，成为专家，为人民服务。这让我们得益良多，幸免了许多难以预测的灾祸。

大家庭，不特殊

父亲和他的姐姐、妹妹共同经营了我们这个大家庭，在相互扶助、相互照应中一路走来。

1943年以前，爷爷在丝厂工作的收入是家里唯一的经济来源，家道小康。1943年，由于伤残和其他原因，爷爷丧失了工作能力，便无力支撑这个家。而当时父亲还没有稳定的工作，这时他的姐姐给了这个家很大的支持，以其微薄之力辛劳一生，尽到照顾父辈、照料家庭、抚养晚辈的责任。解放后，父亲接过了支撑这个大家的主要担子，我们这个家庭真出了不少人才。

1981年，安明也考上了四川大学历史系。由于他努力学习，受到学校的表彰。爸爸知道以后十分高兴。他要我转告他："凡事头要开好，一步一个脚印,稳扎稳打,坚持下去,我想会学有所成的。我就不另外给他写信了,望转告他,继续努力!不断努力!不要枉自读了一个大学。"

记得1982年国庆节期间,大姑妈和二表姐夫妇从北京回重庆省亲。父亲正在新桥医院住院治病。医院虽照常放假,但不准他在家过夜,当晚必须回院。尽管如此,父亲仍精心策划了一次在渝14位家人的大团聚。当时我在川大读书,10月3日凌晨5时他就起床给我写信说:"前天(10月1日)我简单总结了一下,这20年真不好过。所幸还好,一、家族中除李贤官逝世外,其余都还活着。而且现在无论是在政治上、工作上,大家都很好,实在难得。二、每一家现在都有大学生了(包括你幺爹、三孃孃他们一家),说明后继有人。有此两条,大家就该高高兴兴地玩上一玩。"可见,是这劫后余生大家庭的亲情让他难以入眠。

他特意提到:"事情非常凑巧,今年恰好是你爷爷诞生(辰)100周年、逝世20周年,安培里50岁生日,开舜50岁生日,吴胜洪十周岁生日。"他唯一担心的是大姑姑"年岁渐渐老了,明年满七十,身体一天比一天差。……岁月催人老,自然规律很难违抗"。这表明,一家老老少少都在他心中。这亲属之间亲密相处,各尽所能,相互扶助,相互照应,正是他们三姊妹希望我们这些晚辈传承下去的优良家风。

在这个家庭中,父亲并没有给我和姐姐什么特殊的待遇:儿童时代大家都读同一个幼儿园。少年时代都读嘉陵小学。到该读中学了,父亲也没有动用关系让我读"红五类"学校,而是就近读了"花五类"的29中。到该下乡了,他不允许我们两姐弟单独到綦江,担心因为他被迫害的原因而影响了王幺娘一家,而要我们随各自的学校插队落户。从农村出来,姐姐招工到了松藻矿务局,一个女孩子去到水泥厂,再后来去到有机化工厂工作,他也舍得。而我最后从农村出来,也是自己参军入伍的。大学毕业以后,我听组织分配,到党校当了一名普通教员。

如果说有什么特殊之处的话,那就是他督促我做出的一项重大抉择。

1978年底，我正在基建工程兵部队当兵。我们那是个从事核武器研制的部队，遍地都是北大、清华的高才生。我等初中学生打下手都不行，根本入不了流。新兵连结束后，我先分到施工连洗石灰，房子修好后分到师汽车连。由于老老实实干活，踏踏实实学车，几年中，我开汽车，当标兵，成教练。由于上上下下都肯定，1977年入了党，1978年转了正，已经进入提干部的程序了。我离战士的圆梦时刻只差一步之遥！1979年1月，父亲专程来到部队，把我叫到广汉公园，作了一次极其严肃的谈话。他说："三中全会开了，'文化大革命'结束了，国家形势要变了，今后要靠科学和教育吃饭了。过去我影响了你，现在你不能影响你自己哟！你初中都没有毕业，以后不得行。赶快退伍回去，准备考大学。"父亲的话，真是"一语惊醒梦中人"。我对部队虽有不舍，但还是坚决申请退伍，于3月上旬回到重庆，投入高考补习大军。7月，我参加高考，在一个特殊的时刻，以这种特殊的方式考入四川大学。我的命运和祖国的山河一起改变。

老子在《道德经》中说："圣人不积，既以为人，己愈有，既以与人，己愈多。"这是告诫我们，为人要不存占有之心，而应该尽力给予他人，这样自己才会更富足。只有尽力给予别人，自己才会更丰富。这是自然的规律，也是行为的准则。

父亲虽然没有给我们留下什么物质的遗产，但他高贵而丰厚的精神却是我们永远引以为傲，子子孙孙受用无穷的遗产。

2020年1月16日
选自《永林长青》，重庆出版社2020年印行

爸爸教我读书学习

今年是爸爸诞辰100周年。

妈妈和我们决定为爸爸编一部文稿和影像集。这个任务我首先承担起来。这使我对他有了许多新的认识,过去不太知道的事情明了了原委,已经模糊的记忆逐渐清晰起来。于我而言,最多的还是他教我读书学习的那些事。这对我是成长的指引,对后代则是人生的借鉴。

一

爸爸非常强调实践是最好的课堂,从事学术工作首要的是文字功夫。

1966年"文革"初起,学校停课,我便失学在家。1969年下乡彭水。那时爸爸系狱,也顾不上我们。林彪事件后,他可以"回家"了,就想出了一个教我学习的办法。他要我经常给他写信,谈学习,谈劳动,谈生活,这一方面是要了解我在农村生活、学习、劳动的情况,开导我正确面对招工过程中屡屡受挫的境况。同时也把写信当成应用文练习,提高我的作文能力。我每次写回去的信,他都仔细修改,改掉错字、病句,斟酌遣词造句。然后把修改后的信寄回给我,要我仔细体会。这种方式坚持了相当一段时间。1979年我高考时两个半小时的语文考试,我一个多小时就完成了,40分的作文,我得了36分,与这样的实战训练是分不开的。

上大学后,爸爸一方面要求我系统地学习知识,从理论上打好基础。

另一方面则鼓励我及早动手研究学问,在实践中锻炼本领。

　　1981年冬,为了为即将到来的经济体制改革试点作理论准备,市委以市委研究室和重庆市经济学会的名义,召开"发挥重庆经济中心作用讨论会",指定父亲写一篇《重庆经济中心的形成及其演进》,希望用近代以来重庆作为经济中心城市所发挥的作用,来论证今天由重庆来承担城市经济体制改革重任的历史逻辑。那时,我刚入史学之门,还派不上什么用场,他就叫我当助手,"跟着走"——他拟提纲,我去查资料,抄初稿。他写好后,还寄到成都来,让我核资料,提意见。事情虽然琐碎,其实是让我参加研究工作的全过程。这让我学到了,如何从历史学的视角研究城市经济,更学会了历史学如何服务于国家、城市经济发展战略。十年后,父亲和我合作撰写了《再论近代重庆经济中心的形成及其演进》一文,由我执笔,这是继前文之后十年来研究的新进展,也是运用历史学的理论和方法对这一课题作了更周密的论证。这时,重庆早已成为计划单列市,这篇《再论》是爸爸对我学习成效的一个检验。

　　1980年,胡昭曦先生正在点校《圣教入川记》。那是由天主教法国传教士古洛东撰写的一部记叙明末清初天主教在四川传播活动的著作,在重庆出版。那年暑假,他要我回重庆调查这本书的作者、撰写、出版等事宜。那时我对此类学术性调研非常茫然,不知该如何下手。我在爸爸指导下拟定了调研计划,搞了近一个月,冒着高温酷暑,跑了很多地方。

　　但是到了撰写调研报告时,发生了很大的困难。那时我的文字功夫不行,写了一稿,爸爸说不行。指导我再写一稿,还是不行。主要是一大堆调查材料怎么也理不清头绪,捏不拢。

　　于是爸爸就亲自动手,在我用钢笔写成的二稿上,用毛笔修改。结果,最后的成稿上,除少数几个我写的钢笔字外,全都是他写的毛笔字。他实际上为我重写了一遍,就此定稿。回校后我向胡老师交卷,他当然满意。

　　这是我第一次参与并完成的学术工作,也是我第一次经受极其严格的学术训练，他让我知道了什么叫"提炼"，什么叫"归纳"，什么叫"概括"，什么叫"结构"，再就是什么叫"苦心栽培"。极其难忘。

去年，我偶然翻出了爸爸的手稿，告诉了胡昭曦先生。胡先生说："这是很有意思的家庭教育，而且所见不多，是你受到家庭影响激励而在学术上逐渐成长的经历。若有适当处，望能影出其原件一二。"不久胡先生就去世了。如今，家父的手稿已收入《尹凌文稿选》中。

二

1983年，我从川大毕业，回到重庆。我的意愿是进入重庆社科所（重庆社科院的前身），从事研究工作。但未能如愿。这时我才知道，我在校期间即被四川省委组织部列入优秀大学生行列，毕业后需要下放到基层锻炼，按照未来从事党政工作的方向培养。鉴于我此前已有农民、工人、军人的职业经历，市委便把我分到市委党校教书。

爸爸并不主张我当什么党政干部。他告诉我，你刚从大学毕业，做官没有基础。今后不论做什么工作，一定要坚持做学问，只有做好了学问，这才是为人、立身的基础的基础。

他对我讲的好些话至今还记得：只问耕耘，不问收获，久坐必有一禅。

他常常用自己的实例教育我，他在读高中时就开始研究柑桔，积累了许多资料。因此，高中毕业，才20岁，就在中国农学的权威杂志上发表学术论文，受到国内著名专家，时在香港的李沛文先生的青睐。后来参加革命工作，仍没有放弃，一直把"中国柑桔经济地理"专题调研作为研究方向，以至于晏阳初先生打算送他到美国深造。只因受中共南方局安排，转入工商界工作，研究工作才告一段落。

这让我获得了许多定力。

三

大约进入大二时期，他就写信给我，"从现在起重点应该把课程学好，同时也要考虑写作问题。自己在科研方面认真下些功夫，写点东西，对将来无论是考研究生或者分配，都是大有补益的"。

从1980年起，我在研究帝国主义对四川的经济侵略时，逐渐聚焦于"重庆开埠"的时间问题，希望为未来的研究提供一个科学的时间坐标。他特别嘱咐我："关于开埠问题的事要狠下功夫，不是写篇短文的问题，而是搞一本书的问题。"他具体设想，一是在隗老师具体指导下写一篇关于考证重庆开埠时间的论文，"这篇文章要扎实，有水平，有见地。即观点鲜明，材料丰富，不是写成《历史知识》上那种短文""内容应从帝国主义对中国对四川的侵略说起，把开埠之后对四川和西南的影响等等都加上去"。二要写出《大事记》，"逻辑性要强，材料要核实"。三是把有关资料文件尽量收集。这样就可以搞出一本十多万字的书。后来，我在隗老师指导下，基本上是按这样的路子做重庆开埠研究的，最终写成了一部学术专著。

这部书写好，1982年6月便出了一个内部的稿本《重庆开埠史稿》。1983年就由重庆出版社正式出版。这成了我的看家本领。

四

刚入川大不久，爸爸就嘱咐我，学问犹如金字塔，既要广博又要高。

父亲对我的要求首先是"广博"。就是既要系统地学习历史学的知识、理论和方法，还要努力学习古今中外的各种学问，同时系统地阅读和搜集史料，通过知识的积累，把做学问的基础打得像埃及金字塔底部那样广大而坚实。

在1980年代，我开始学习历史专业时，基本上找不到系统的重庆史，特别是经济史、城市史、政治史的资料。他要我从阅读和整理史料做起：

——为了研究重庆开埠史，我花了半年时间，在川大线装书库一页一页地翻完了线装本的《清季外交史料》（273卷，164册），搞清了中国与英国、日本关于重庆开埠的谈判过程，知道了中英、中日关系。

——为了研究国民参政会，我花了两年的时间，跑遍了大陆的主要图书馆、档案馆，搜集了约5000万字的国民参政会和重庆谈判、政治协商会议、第二次国共合作的史料，编成了四题八卷500万字的《第二次国共合作纪实丛书》；其中为了查阅抄录国民参政会档案，我在南京待了几个月，住在新街口二史馆的招待所。眼看元旦就要到了，爸爸要我坚持把档案看完再回重庆。冬天的南京，滴水成冰，没有暖气，我只能买个电热水杯，烧杯热水，靠点蒸汽取暖，坚持了下来。

——为了研究邹容和重庆辛亥革命史，花了近30年时间搜集邹容的史料，编成了《邹容集》《邹容与苏报案档案史料汇编》。

整个80年代我基本上就是这样过来的。青年时代的这种训练和积累，让我受益终身。

进入20世纪80年代后期，爸爸要我专注重庆通史的研究。需要由博而精，努力提升学术研究的高度。

经过20多年来地方史学界的共同努力，编撰《重庆通史》的条件基本成熟。1989年重庆市地方史研究会成立后，他便把编撰《重庆通史》作为研究会工作目标。因此，1990年就由地方史研究会和市委党校共同申报了《重庆通史》项目，经中共四川省委同意，四川省哲学社会科学规划领导小组将其批准立项为四川省"八五"期间哲学社会科学重点科研项目。由我担任课题组组长。

这件事情一干就是12年，其间碰到的困难无数：重庆的地域发生了变化，研究对象发生了变化，读者对象发生了变化，研究团队发生了变化，那时虽有课题，但没有一分钱课题费……真是千难万难，有足够的理由放弃。

但爸爸总是鼓励我坚持，鞭策我创新。他和妈妈为我分担家里的事，要我全力以赴攻下这个难关。到2002年7月《重庆通史》终于出版。重庆终于有了一部属于自己的通史著作。爸爸很是高兴。

五

大学毕业后，我被选进了省委组织部的"第三梯队"，这可是令有些人艳羡的机会。果不其然，大学毕业刚一年，我就当了副主任（副处级）。他一点没有高兴的意思，而是忠告我，"你可千万不要只学当个杀猪匠！"

"杀猪匠？"我不明白其意。

"丢刀穷！"他回答我。

仍然不懂。

他给我说，你看农村那些杀猪匠，很是风光，走村过寨，吃香喝辣。但是，一旦不杀猪了，他能做什么呢？丢下杀猪刀，就是穷人一个。

哦，原来是这个意思。

他继续说，你现在当官了，成了杀猪匠了。可千万不能把学问丢了。否则，哪一天不当官了，你不能杀猪了，刀一丢，无所事事，穷光蛋一个！所以，你今天当官了，当然首先要把官当好。但千万不要把专业废了。要坚持做学问，要随时为不当官的那一天作准备。那时你还有个专业，对社会还有用。

因此，身在官场的他从来不指点我如何谋取职务晋升之阶，从来不为我的职务晋升去托人找人。甚至有位老同志要他说服我去某个单位担任一把手（正厅级实职）时，他都说："他就在现在职务（副厅级）上安安心心做学问的好。"

这些年来，我一直尝试坚持学术与行政工作两手抓。在学术上，由助教而讲师，由副教授而教授，由硕士生导师而博士生导师。与此同时，我的行政职务渐次提升。而每一次提职，他都要把上面这些话说一遍。我知道，这是给我敲警钟，让我始终头脑清醒。因此，我即使在越来越繁忙的职位上，也常常记起他说的那些话，也要坚持最低的学术工作量，始终没有放弃对学术的坚持。

回首过往的六十多年，我在纷繁的政坛风云中，保持了人生的定力，即使在副厅级位子上7年、在正厅级位子上15年，也没有迷失道路，走偏方向。今天，我已经退休了，无非就是做完党政工作，换个办公室，安全地、顺利地开始新的习学人生，开始我们幸福和谐大家庭的新生活。

2020年1月6日

选自《永林长青》，重庆出版社2020年印行

庚子清明忆

庚子清明，恰逢父亲百年诞辰之日。

五年前，父亲安详去世。今年疫情宅家期间，我静心地系统地看了一遍他的《尹凌文稿》，又得新的教益。

今天我影响你，明天你不要影响你自己

在小时候，我们最深刻的印象是爸爸常常去解放碑新华书店、古旧书店看书买书，家里到处都堆满了书。其中有一个箱子是专门为我和姐姐买的，那是整套整套的连环画，《三国演义》《红楼梦》《西游记》《水浒传》《林海雪原》《敌后武工队》《红旗谱》《山乡巨变》，等等，有好几百本。在我们同龄的孩子中，这是我们最富有的地方。

他对我们的教导就是从教我们背诗开始的。他自己用自己的方式，摇头晃脑、拖声悠悠地读，不论是唐诗宋词，还是毛主席、鲁迅的诗词。他也要求我们像他那样背，"月落——乌啼——霜——满天，江枫——渔火——对——愁眠……"那时我们并不懂这些诗意，但他那种忘情的样子却留在了我们的心里。三十年后，我在川大聆听叶嘉莹先生讲唐诗宋词，她也是这番表演，我才知道，那叫"吟诵"。中国古人就是这样来朗读古典诗词的，只有大声地、拖声悠悠地读出来，才能对作品的内容、情意有深入的体会和了解。吟诵之目的不是吟给别人听，而是使自己的心灵与作品中诗人之心灵,借着吟诵的声音达到深微密切的交流和感应。

"文革"开始后,这一切都不复存在。家被抄了,几乎洗劫一空,包括我们那满箱的小人书。全家四人,天各一方。我下乡之前,妈妈给了我几本书,除《毛泽东选集》外,还有《唐诗三百首》《古文观止》。她说:"这是爸爸给你的,叫你好好读书,不要荒废了时光。今天我影响你,哪天我的问题解决了,你不要自己影响自己哟!"

彭水是个大山区,俗话说"养儿不用教,酉秀黔彭走一遭",足见其环境之险恶。到了乡下,一切都要从头开始,首先是生活,挑水、背水、砍柴、舂米、推苞谷面;其次是下地,挑粪、背粪、挖地,薅草、犁田、犁土、打谷子、背斗,身体常常疲惫到极点,心灵也贫乏到极点。读书就成了我忘记苦难,向往美好的唯一选择。晚上躺在床上,就着煤油灯,翻看《唐诗三百首》《古文观止》。白天,披一件蓑衣,提一把沙刀,巡山"照苞谷",靠在青冈树上,伴着杜鹃花和布谷鸟,再加上头顶温暖的阳光,让我得以暂时离开残酷的现实,读一读"好雨知时节,当春乃发生""木受绳则直,金就砺则利"的句子,进入中国文学的圣殿。正是在那里,我第一次感受到了文学的清泉流进干涸的心灵土地的感觉。这真是最大的慰藉。

1969年冬天,我从彭水第一次回重庆时,带回了两腿狗肉。大年初一,妈妈炖好了狗肉汤,带着我去看望关押在市委党校中的父亲。我们已经两年多没见面了。可他对我说的第一句话还是下乡时他托妈妈带给我的那一句:"你要好好读书,不要荒废了时光。今天我影响你,哪天我的问题解决了,你不要自己影响自己哟!"在那里,他特别给我讲了一遍李白《与韩荆州书》。那是一文不名的李白初见韩朝宗时写的一封自荐书。既赞美韩朝宗谦恭下士,又毛遂自荐。爸爸特别以"(李)白虽长不满七尺,而心雄万夫"来鼓励我。今天你落难彭水,但志不能灭,而定要"心雄万夫"啊!

一定要从零做起，老老实实地读，把底子打好

1979年，我退伍后考上了四川大学历史系历史专业。当年读过的《唐诗三百首》《古文观止》《人民日报》帮了我很大的忙。这说明，他的问题解决后，我没有自己影响自己。全家人当然是非常高兴的。

但爸爸有更多的担心。1979年9月7号，我离开重庆前往成都，去川大报到。随后把历史系的课程设置、学习安排等，详详细细地写信向他作了报告。9月20日，他给我写了第一封信，那是一封长长的信。

开宗明义就说："现在，在你的生活史上进入了一个新的历史时期。关于高兴和庆贺的话，以前已经说过了。现在主要是应该放在如何学习上面来了。"

他说："大学，'四人帮'解释为'大家来学'。这是胡说。我的解释，应该是'大大的用心以学'。千万不要以为文科容易读，把宝贵的时间白白浪费。我们不仅要入门，而且要登堂入室才行。"

他特别嘱咐我，"一定要从零做起，老老实实地读，把底子打好"。万丈高楼从地起，这点千万不要忽略。

写了这封信，他似乎还不放心，专门买了两本专供少年儿童读的历史书《春秋故事》《战国故事》寄给我。他特别指出，"不要认为自己是大学生，少儿读物可以不读，假若那样就不是从零开始了"。这让我丝毫不敢懈怠，一直努力向前。

你写的书上了架就决不要下架

川大四年，在隗瀛涛、胡昭曦先生的指导下，我写成了《重庆开埠史稿》，1983年以《重庆开埠史》出版。后来连续写了几部学术著作，开始有了一点小小的影响。

爸爸多次对我讲到著书的质量问题，意在给我敲警钟。他说："我一贯认为，写文章一定要考虑质量，发表更应慎重，要搞就搞好，不要把招牌搞坏了。写文章更不是把自己的名字排成铅字，出名、出风头，而是应如古人所说的立德、立功、立言。望你谨记。"再有一次是写信时对我说："不要求急，要稳扎稳打。做学问，要老老实实干。写文章，编书，不是为了出风头，而是以此来促进自己的学习，努力上进。""一定要有高质量。我常常记住毛主席的一句话'首战必捷'，第一炮要打响，千万不要粗制滥造。"

　　再到后来，我写书、撰文似乎顺了许多。但他极少表扬我，还是以敲打为主，有一句话至今不忘："你一定要立个志向，你写的书上了架就决不要下架"。

　　这个话开始也是不懂的。随着阅历的增长，我越来越体会到其中的意味。尤其是我到宣传部工作以后，每到年底，我办公室的那几壁书架总要下架一批书，那是为更重要的新书腾位子。看着有些曾经喧嚣一时、大红大紫的书，被无情地下架了，我才越加体会到爸爸这个话的意味。所以，后来我每著、编一部著作，写一篇论文，总要在心里掂量一下，到底价值几何，会不会被下架。这让我少出了一些废品。

　　现在，我已经退休了，无非就是做完党政工作，换个办公室，安全地、顺利地开始新的习学人生，开始我们幸福和谐大家庭的新生活。

　　"你写的书上了架就决不要下架！"

　　父亲敲的这个警钟，管用！

《重庆日报》2020年4月4日

父亲与新闻出版二三事

今年是父亲周永林的百年诞辰。

亲情是无法选择的，也是无可替代的，是世间最宝贵的感情，是最值得珍惜和维系的情感。爸爸常说："千万不要一辈亲二辈表，三辈四辈认不到。"因此我们决定编两本书来纪念他老人家。

一本叫《尹凌文稿选》。尹凌，是父亲曾使用较多的笔名。在生前，他自编有《尹凌文稿》十卷，收录了他1940—2005年间撰写并发表的文章。今年我们从中精选了部分学术性文稿，加上部分书信，以及新闻媒体对他的采访，按照作者自述、专题论著、文史工作、口述实录、书信拾零五个部分，编成《尹凌文稿选》（上、下册），大体反映了他的学术生涯。

另一本叫《永林长青——周永林影像志》。"永林"是爷爷给爸爸起的名，"长青"是他的字；"志"是记在心里或记载的文字。我们用影像为载体，辅之以文字，来记录爸爸的形象和他的学术人生。

先人真有智慧，一百年前就为这本书定下了书名，"永林"加"长青"，既是爸爸的名字，也是我们的心愿，他就像森林中的一棵大树，永远长青地站在那里，长在我们的心里。

父亲生前，有关部门曾提出将他自编的《尹凌文稿》十卷公开出版。他谢绝了领导的好意。嘱：《尹凌文稿》不公开出版，只印十套由家族内各家保存。今天我们仍遵父命，《尹凌文稿选》《永林长青》均不公开出版。只印行出来，由亲属保存，分送亲朋好友，并供有关方面作为资料研究使用。

父亲一生，与新闻和出版是颇有缘分的。

1936年他读初中时就参加了"重庆救国会"之"秘密学联"，16岁便走上革命道路。1938年加入中国共产党。后来到晏阳初先生创办的乡村建设育才院读书，开始研究柑桔。毕业后，即到国民政府农林部中央农业实验所《农报》社当助理编辑，以此掩护所从事的地下革命工作。这是父亲的第一份职业，谁料想，他一生最后的职业也是编辑，只是加上了一个"总"字——《重庆文史资料选辑》《重庆地方史资料丛刊》《重庆地方史通讯》总编辑。

1940年，由于国共关系紧张，父亲上了国民党的黑名单。党组织便要他离开市区，到北碚歇马场晏阳初先生新办的"中国乡村建设育才院"学习。到1943年底，国共关系有所缓和，党组织又叫父亲回重庆市区工作，先后在益民钱庄、均益公司搞金融和地产。

1944年，中共南方局成立了秘密的"中共重庆统战工作组"，领导和推动党的统一战线工作。抗战胜利后，周恩来率南方局、中共代表团去往南京，便指定彭友今（时任重庆《商务日报》总编辑）等负责，直属南京局领导。那以后父亲就在"重庆统战工作组"领导下，以工商、新闻两界人士的身份从事党的秘密工作。

根据党的指示，1945年，父亲筹备成立了中国农村经济研究会四川分会，任总干事，并接办了重庆《商务日报·中国农村》双周刊。在接办的第一期上，发表了由他和刘秋篁共同执笔起草的《中国农村经济研究会四川分会成立宣言》，明确昭示分会将继续坚持总会反帝反封建的政治立场，团结广大会员，大力开展对四川农村的调查研究。这是父亲一生中，除学术著述之外，在报纸上发表的第一篇政论文章。

随后，父亲在这个阵地上组织了反对美蒋勾结对中国农村进行经济掠夺的"笔谈"。组织了针对"中美农业技术合作考察团"的茶会，以欢迎为名，行揭露批判之实，重庆《新华日报》和《大公报》作了详细报道，《新华日报》还发了社论。随后，父亲撰写并发表了署名文章《美货与农村》。

这一年，国民党政府颁布了新修订的《土地法》，背离孙中山先生"二五减租"的土地政策，大幅增加农民的负担。父亲撰写了《评"二五减租"》一文发表，并接受《大公报》的专访，对国民党新《土地法》的虚伪性作了详细揭露。

父亲后来回忆，"欢迎"中美农业技术合作团来渝考察和抨击蒋介石自食其言，对田赋继续"征实""征购"，篡改孙中山对"二五减租"立法精神的斗争，是中国农村经济研究会四川分会成立后开展的一次重大战役，也是他由农村回到城区，从柑桔研究转到新闻战线之后的第一场战斗。

1947年，父亲在内江目睹了大规模农民进城游行事件。在深入调研的基础上，他认为，这是因土地分配极为不公与甘蔗"预卖"造成的农民请愿斗争。甘蔗"预卖"的实质是地主、糖房、高利贷者"三位一体"对农民的超经济剥削，应当予以揭露。他便撰写了通讯《内江归来》，在《商务日报》发表。随后，《新华日报》负责人张友渔、漆鲁鱼约他写了长篇专论《论糖蔗纠纷》。当时国共斗争已经非常激烈，《新华日报》已不便用新闻报道的方式公开支持内江蔗农进城请愿，同时也为了保护周永林，便将他的长文，以学术论文的方式刊登在1947年2月1日《新华日报》的《友声》专栏上，作为中国共产党对内江农民斗争的支持，真是煞费苦心。27天后《新华日报》便被国民党查封，返回延安。

随着政治形势的逆转，原来那种以民主社团的形式，以个人具名撰写文章或公开发表谈话的做法已难以为继，党组织便派父亲在重庆两家知名的经济报纸《商务日报》《国民公报》担任"主笔"和"社论委员"，继续在新闻战线上开展隐蔽斗争。他便根据董必武同志在重庆时对《商务日报》要"在商言商"的指示，撰写了一批拯救农业和农村经济，支持民族工商业同官僚资本斗争的社论和文章。

父亲与新闻出版战线的缘分，完全是因为党组织的安排。他学的是农业，干的是金融和地产业，但党要他去搞新闻，他二话不说，便按照周恩来对党员"三勤"的要求（勤学、勤业、勤交友），干一行，学一行，爱一行，钻一行，成一行。这种精神是他留给我们最大、最宝贵的财富。

解放后，父亲虽然不在新闻战线工作，但他在报刊杂志上发表了不少文章，与新闻界的老朋友们交往甚勤。离休后，更常常参加老新协的活动。父亲90岁时，老新协牛翁、王先高、刘集贤、黄铁军、张开明等专程前往家中看望祝寿，牛翁题诗云："未必离岗便赋闲，欣看大作载连篇。六旬写为迎新功，九十书存实史传。昔处庙堂勤政务，今居俚巷贴群言。狷词几句聊相祝，体弱思强笔更妍。"次年，牛翁90寿辰，父亲要我代表他前往祝寿，愿他"百岁之期，当不在远"。

2014年12月，父亲去世时，牛翁题写了挽联："对党忠诚半世折磨毫不馁；于史求真一生勤奋积宏篇。"他们生前是文友好友，往生是同样的方式。这更是缘分。

如今，他撰写的这些社论和文章都收集在《尹凌文稿选》中，他与新闻界的交往都记录在《永林长青——周永林影像志》里，成为历史。

《老记新讯》2020年8月20日

荷花开了

六月到了，荷花开了。

从我有记忆开始，妈妈就是那朵美丽圣洁的荷花。

这是我从爸爸收藏的照片中看到的。一张是中景，妈妈身着具有唐朝风格的长裙，裙下缀着荷叶盘，盘上四面各有一枝亭亭玉立的荷花，清新脱俗，飘逸潇洒。虽是黑白照片，120大小，但妈妈在空中舞动的双手，曼妙的身姿，那真叫风姿绰约，美若天仙。另一张是大景，远远望去，宽大的舞台就是静静的荷池，一群美丽的荷花仙子穿行其间，翩然起舞，好一幅夏日荷花清丽图。

后来我才知道，这支《荷花舞》是1953年根据周恩来总理的提议，由中央戏剧学院创作，戴爱莲先生领舞、刘炽先生作曲的。舞蹈以圆润流畅的舞步，舒缓变化的队形，营造了浮游流动的水面上涟漪层起的意境，展现出亭亭玉立，出淤泥而不染，圣洁美丽的荷花形象。"蓝天高，绿水长，荷花朝太阳，风吹千里香。祖国啊，灿烂辉煌，像那荷花正开放"，这正是刚刚建立不久的新中国一派生机勃勃、欣欣向荣的美好景象。后来，这支舞在全国广为普及，许多专业和业余的舞蹈团队都以演出荷花舞为荣。

1953年，妈妈25岁，是我出生之年。我猜想，妈妈生下我后，便怀着巨大的喜悦投入到《荷花舞》的排练之中，把热爱生活、热爱祖国，更热爱孩子的激情，化作了这两帧定格永远的影像。

1969年，我还不到16岁，要下乡了。当时我们全家四人天各一方。妈妈给了我一本《古文观止》。那是"棚"中的爸爸要她送给我的，叫我"好好读书，不要荒废了时光"。《古文观止》是专为学生编选的古代散文教材，名篇佳作，珠玉迭出，尽善尽美，所以敢称"观止"。这是一部得优秀传统文化真传的精品，是一部读上一遍便可享用终身的范文，更是一部可反复阅读，使你心灵温润、学富五车的杰作。后来父亲释放出来闲居在家读古书古帖，也来信叫我也读。其中就有周敦颐的《爱莲说》。很短，百多字。即使许多年后仍让我浮想联翩，"予独爱莲之出淤泥而不染，濯清涟而不妖，中通外直，不蔓不枝，香远益清，亭亭净植，可远观而不可亵玩焉"。那不就是我小时候看到的照片中的妈妈吗？她让我在身体达于疲惫的极点，心灵贫乏也达于极点的时候，心中仍有一束引导我前行的光。也让我如有父母的陪伴一样，心中总有希望的那一天。

和爸爸干革命的一生，做学问的一生，跌宕起伏的一生比起来，妈妈似乎要平淡许多。

妈妈进入暮年后，我也退休了。历经磨难、走过风雨，我才慢慢地懂事起来。妈妈走后的第二天，我和金杭独自守在妈妈灵前，那一刻，很安静，有顿悟，我似乎才真正读懂了妈妈。

妈妈的一生陪伴父亲，抚养子女。这种陪伴是常人难以做到的。繁重的工作，使爸爸废寝忘食，妈妈不离；世事的风雨，常常使爸爸徘徊在生死之间，妈妈不弃。尤其是爸爸70岁以后，一度病重如山，形容枯槁，甚至让西医束手。但妈妈始终没有放弃，而是随着爸爸辗转医院，执着于她所学到的中药知识，每天为爸爸煎熬中药，长达20多年。有相当一段时间，爸爸晚上难以入睡，80多岁的妈妈就陪着90岁的爸爸竟夜交谈。正是这些点点滴滴，让病重的爸爸逐渐恢复了生机，进而恢复了智力，恢复了写作的能力，创造了医学的奇迹，也创造了人生的奇迹。他生活大体自理，工作基本坚持，直到95岁高龄还能心心念念于他钟爱的文史事业，最终在家里无疾而终。没有妈妈的鞠躬尽瘁，这是不可想象的。这样的作为，岂止是"伟大"可以形容。这不就是"中通外直，不蔓不枝"吗？

妈妈还是一个"亭亭净植"的人。舞台上的妈妈，一袭唐服，裙裾飘飘，宛若荷花仙子，光彩照人。但从那以后，妈妈再没有留下过演出的剧照。现实中的妈妈，始终是朴朴素素的穿戴，零零碎碎地做事，不温不火的言谈。在平淡中显示着"濯清涟而不妖"的力量，在默默中，能做出常人难以做出的事来。

2020 年，是爸爸诞辰 100 周年，我们几个孩子决定编一本《永林长青——周永林影像集》来纪念爸爸。这一年妈妈 92 岁了。她说，她要写一篇文章来纪念爸爸。几十年来妈妈几乎从来不写文字的东西，更没有写过或发表过文章。因此，我们不敢给她压力，更不敢寄予什么期望，有个三二百字，足矣。结果，不久以后我回到家中，姐姐告诉我，妈妈居然写了近万字，题名《怀念永林》。这完全是她自己一个字一个字写出来的，工工整整，文从字顺，情真意切。这让我们几个陡增压力，哪敢懈怠，而是人人奋发，终于成就了这部"新家谱"。这是妈妈的新作，也是妈妈的绝笔，更是妈妈灵魂的表达，她以这样独特的形式去与爸爸会面了。

妈妈走了以后，我们去办理她在公司的相关手续，表上赫然写着她的退休手续办理时间是"1979 年 4 月 1 日"。这让我内心大恸。想起 1979 年那个难忘的春天，想起她那不同凡响的"五十而退"。

那年 3 月上旬，我从部队退伍回来，准备考大学。与同场竞争的老高中的同学们比，我的条件是相当差的。我 1960 年上小学，读了五年，1965 年便上了中学。一年后的初夏，动乱就开始了，我便辍学在家。所以我的在校学习经历满打满算不到 6 年。从 1966 年算起，到 1979 年，离开校园整整 13 年。而在此期间，我当过农民、当过战士、开过汽车，后来又当了工人，都在一线，都在基层，都是脏活儿、累活儿，还有险活儿，都是不需要高学历、高知识的活儿。所以世人知道我放弃在部队"提干"的大好前程，退伍回来考大学，议论纷纷。总之，并不认为这是一个正确、划算的抉择。

3月23日，我报名参加了母校重庆市第29中学的高考补习班。进去以后才知道，这个班从1978年9月就开班了，绝大部分都是七七、七八年的落榜生，复读一年，志在必得。而我，虽然也能看书读报，但对学科意义上的语文、数学、历史、地理、政治、英语知之甚少，连考题长什么样都不知道。每每看到课间休息时，同学们围着老师提问、讨教，我几乎无问可提，因为一无所知，有何问题可以讨教？这种心中的惶恐，是难以言表的。

爸爸、妈妈看出了我的心思，毫无责备之意，而是宽慰我说，今年就试一下，明年再正式考。我知道，这是为我减压。但越是这样，我越是执着地向前。但不敢说出来，因为我没有这样的金刚钻，所以不敢揽这个瓷器活。家里的气氛是比较沉闷的。

再者，当时爸爸还在任上，正是百废待兴之时，他的繁忙使他几乎只在家里吃早饭。姐姐远在川黔交界的松藻煤矿工作，无暇顾家。我回到家中，连吃饭都有问题。

打破这种沉闷的是妈妈。

那一年，妈妈刚50岁出头，正是盛年。她一声不响，只几天时间就到公司办完了退休手续。回到家里，立马操持家务，做饭、洗衣、扫地、抹屋……成为全家的"大后方"。那个时代，就业十分不易，子女就业只有"顶替"一路。所谓"顶替"，即父母提前退休，腾出岗位让子女就业。而我们家当时并无需要就业的子女。再者，退休就意味着收入的大幅度减少，提前退休就意味着提前大幅度减少收入。因此妈妈的"五十而退"让许多人大为诧异，不知何为。

只有妈妈知道，只有她的退，才能让我吃饱饭、吃好饭，才能让我天天精神抖擞地按时到校补课，才能让我心无旁骛地天天挑灯夜战，才能把每天攻书、作业的时间精确到分，周密安排，才能让我天天都能美美地睡上一觉……

这是多大的动力呀！称得上威力十足的原子弹！当儿的，能不感恩？而感恩的唯一选择就是奋发，就是拼命，就是不受那些不屑、轻蔑的目光和嘲笑话语的干扰，投身书海、学海，死拼一把。

你别说，经历了初期的懵懂以后，我清醒了许多。我掂量了一下，中学的数学，我没学过，现学已经来不及了，学也是得不偿失，干脆放弃；英语，从来没学过，且当年只按10%计入总成绩，我也放弃了。堤内损失堤外补。聚精会神专攻语、史、地、政四门。

从那以后，我几乎天天都能感受到自己在学业上的进步——慢慢地构建起几门学科的认知体系，渐渐地能感悟出一些答题的诀窍，甚至有时能听出那些曾经嘲笑过我的同学的破绽。尽管他们对我仍然是轻蔑的，自我感觉是良好的，自身定位是优越的。

就这样，三个月后，我走进了1979年的高考考场。

记得第一天（7月7日）上午考语文，两个半小时。我只花了一小时便在草稿纸上做完了全部做得出来的考题，包括作文的结构和草稿。然后便轻松地放眼四望，在心中琢磨那几道没有把握的小题。监考老师可能以为我一筹莫展，做不出来，便走近我，轻轻地说："同学，不着急，慢慢做，时间还来得及。"我不能说什么，便埋头思考。然后，便开始将答案誊写在试卷上，字写得工工整整，标点符号用得规规范范。写完，还有20分钟，我再一次在大脑中搜索那些没有把握的试题的答案，蒙了一遍，完成了考试，第一个走出了教室。回到家中还不到12点，只有妈妈在家。她一句都没问考得如何，而是极温和地说，"洗把脸，快吃饭，睡一觉"。那天的午饭是妈妈和我一起吃的。那种感觉很好。

第二天（7月8日）下午考地理。考试结束时，天降大雨，全体考生只能挤在黑黢黢的教室走廊里。7月的重庆，闷热之极，加之走廊空间狭小，大家汗流浃背，但已顾不得那么多，便讨论起刚才考试的答案来。我一言不发，只管静听。一会儿，便如释重负，顿感清凉。原来我的答案比大多数人的答案要对得多。

分数下来一看，比预想的还好，地理考了96分，全省第一；语文考了86分，全省第四；历史、政治都还可。尽管数学、英语很差，但总成绩上了重点线，一举考上四川大学，全家人喜出望外。但妈妈似乎并没有特别高兴的样子，她的喜悦深深地藏在温暖的目光里。

那一年，四川文科的考生有16万，录取了4000人，录取率是2.5%，全国最低。后来我查过，那也是40年来中国高考最低的录取率！历史证明，1979年是命运给我参加高考的最后机会。因为在1980年四川大学历史系的新生中，几乎清一色的都是应届高中毕业生。像我这种缺这少那的老三届学生，是完全没有能力和他们同场竞技而胜出的。我庆幸自己1979年的一蹴而就，而那一蹴，是妈妈给我的。

但是，也正因为妈妈退得如此的早，她的退休工资相当低。但她从来没有抱怨过。爸爸生前曾说，他分得的房子全部留给妈妈，用于养老。我爱人也主动为妈妈买保险。这让我每每想起总是心潮涌动。

妈妈走了以后，人们给我讲了许多不曾听过的故事。

妈妈对同事们的困难总是尽心尽力地帮助。她的那些解放初期参加工作的老同事的退休金都相当低。近年来国家有了新的政策，凡符合规定者可以提高待遇。但需要一大堆证明材料，这对于八九十岁的老人们来说是一件难事、烦心事。妈妈便与老同事们在我们家里反复商量，回忆起当时的许多往事，逐渐还原了当时的场景，最后清晰地梳理出既符合政策要求，又具有操作性的路线图。其中还包括她去请我90多岁的爸爸（当时任公司经理）亲笔提供证明材料，并到档案馆查阅到当年公司职工的名单。这一过程相当长，但最终还是搞齐了各种材料，使问题都得到了解决，老同事们都共享到改革开放的政策红利，让他们的晚年生活质量多多少少得到了一些提高。

　　妈妈对其他亲属的爱，更是温暖而无声的。她不论对周家人、刘家人，还是万家人，以及亲属的亲属等等，都一视同仁。而对我和姐姐，却没有什么特殊之处。只要亲属们有什么需求，她总是尽心尽力，巴心巴肠。不论是看病、抓药，还是读书、住房，还是工作、子女抚养，等等，都是来者不拒。即使她帮不到多少忙，解决不了什么问题，过了很久，她听到一个什么信息，都会告诉他们可以如何得到解决。

　　这也让我读懂了什么叫"香远益清"。

　　妈妈一生没有做过官，没有当过领导。从她认识爸爸时起，爸爸就是官了，后来一直当官。但妈妈从来没有因此而得到过什么好处。她唯一带"长"的职务是"伙食团长"，是全公司的领导和同志们"公选"出来的。

　　那是三年困难时期，是毛主席都不吃肉，与全国人民同甘共苦，渡过难关的时候。可以想象，饥饿、浮肿，以及由此引起的疾病，是那个时代最大的问题。当时的农村死了不少人。在城里，因营养不良、身体浮肿而虚弱具有普遍性。因而凡是能避免饥饿的职位，就是最好的职位。在伙食团工作，尤其是能当上伙食团长，那可是人人羡慕的职位呀。

　　当时实行严格的计划经济体制，具体到人们的口粮，就是实行粮食定量供给制。不同的岗位，有不同的定量。一般干部每月定量28斤。妈妈的公司办了一个伙食团，其任务首先是管理好每个人的口粮。在今天看来，每顿三两饭是很多的了。但是在那些没有油水、捞肠刮肚的日子里，这可是悬吊生命的最重要的保障啊！伙食团还要负责组织代食品，以补充主食的不足，如红苕、洋芋之类。团长职责的第一要务是公平，计划的公平，实施的公平，让每一位职工都能公平地享受到自己应该得到的那几两饭，维持生命，渡过难关。团长，那可是个掌握生命的权力啊。正是在这个巨大的考题面前，有些人不能抑制自己的饥饿，不能遏制自己的贪欲，不能管住自己的手、自己的嘴，而成为众矢之的。

领导和同志们最终选择了我的妈妈，这个普普通通的干部。

当时妈妈在计划科工作。在计划经济时代，这可是公司最重要、最体面的科室。但在饥饿压倒一切的时候，领导和同志们把"伙食团长"这个没有级别，但关乎生命、关乎人心的职务交给了她。

我不知道妈妈是如何上任的，如何表态的，如何操持这几百号人的生计的。但有几件事我的记忆是很清晰、很具体的。她首先要把全公司几百号人的口粮计划好、管理好，精确到一日三餐每一顿。记得她为公司职工设计了饭卡，好像是在牛皮纸上油印的，将每月的粮食定量分配到每一天每一顿，每一顿就是一个小格，每天三格。吃一顿饭，由炊事员剪去一格。这样做的目的是，确保每个人每天有饭吃，能维持生命。尤其是对那些不善管理自己的年轻职工，让他们被迫地、计划地吃饭，不至于寅吃卯粮，饱一顿饿一阵。还有一次她回家来提回一只大口袋，里面全是些小小的红苕，还有就是红苕的梗子。那是她不知通过什么渠道买到了一车红苕，平均分配给全公司的职工。分在前面的都是大个的，至少是成个的红苕。她是团长，最后一个分，她那一份就只能是剩下的小个的、破损的，更多是不成个的红苕梗子了。她回家后给全家人说了这个情况，语带歉意。但大家都没有任何意见。

正因如此，在妈妈当了伙食团长后，公司的职工们都放放心心地工作，再不担心短斤少两、被人多吃多占，因此这个职位再也没有换过人，平平安安地度过了艰难的三年困难时期。直到困难过去，国家经济好转，大家又能吃饱饭的时候，妈妈才卸下了"伙食团长"的职务，重新回到她的计划科里。

我实在敬佩当时的领导和同志们做出的这个重大决策。因为当年选择妈妈当团长，就是选择了在巨大饥饿的威胁下，把大家的健康、生命交给她；在国家困难时刻，把人民对党和政府的信任交给她。也是把一顶公平、公正、清廉、勤勉的桂冠奖给了她。"文革"中父亲蒙难，妈妈公司的造反派并没有太为难她，或许都与此有关吧。

妈妈去世后我守在她的身边，脑海中突然冒出一个词"高光时刻"。对！这才是妈妈一生的高光时刻。

原来世界上真有"出淤泥而不染""同流而不合污"的人，她，就是我的妈妈。

妈妈走得很突然。那天，我得到姐姐的电话，立即赶了过去。她几乎是和爸爸走的时间、方式一模一样，没有任何预兆地离开了我们。那种撕心裂肺的痛是难以言表的。

上苍有感。我送妈妈到石桥铺后，天上就下起了霏霏细雨。许多事情一齐涌上心头，虽然心绪很乱，但有一点我很清醒，要以一种最符合妈妈的方式送她远行。

触景生情，我写成一副挽联，献在妈妈灵前：

明随昭德流芳远
霞映荷花洒泪多

我们选了妈妈88岁时以春天的红枫为背景的肖像作为遗像，红色的基调，沧桑的面容，慈祥的目光。那是我为她拍摄的。音乐我选的是《荷花舞》，悠扬、舒缓，让我们总想起妈妈生我时那清新、飘逸的模样。荧屏上是妈妈生平照片的循环播放，展现着她平凡而不凡的人生。我们以这样独特的方式送妈妈上路。

这雨一连下了三天，我们对她的追思一直在雨中进行。到第三天，妈妈遗体火化后，我们送她的骨灰前往千秋堂。安放毕，走出门来，阳光便洒满天地。这对我们真是极大的慰藉。

妈妈叫刘明霞，生于1928年农历六月十八。今年是她老人家诞辰93周年。

六月,这是荷花盛开的季节,故有"六月花神"之美誉。这几天,远远近近的荷花陆陆续续都开了。荷叶摇曳,荷香阵阵,荷风袅袅。或菡萏凌波而出,或初开芙蓉一丛。不几天便罗裙一色,水照霓裳,满池碧红,飘逸灵秀,圣洁美丽。

可今年,我看到的,却只是"出淤泥而不染""濯清涟而不妖""中通外直""不蔓不枝""香远益清""亭亭净植""可远观而不可亵玩焉"的"2021之荷"。

今天,那是妈妈寄望我们的眼睛。

今后,我们年年都会收到这温暖的目光。

2021 年 7 月 27 日妈妈诞辰纪念日

心仪已久　印象高原

2008年的金秋时节，我们来到川西高原。已不记得这是第几次走进这片红色的土地。但这是我第一次与金杭来到这里，心中的情感，是怀念，是景仰，是激越，是久久不能平静……

这里是岳父战斗过的地方。

岳父逝去已经快30年了，岳父叫郭济民，1916年生于山东昌乐，早年求学，追寻新知，立志高远，济世救民。后投笔从戎，历经红军时期、抗日战争、解放战争、抗美援朝战争及新中国国防建设。1955年授大校军衔。20世纪50年代，他率领大军驻守在川西高原，身先士卒，栉风沐雨，忠贞不渝。

金杭告诉我，"今天，这沿途的高原景象仿佛都还留着他跋山涉水、剿匪平叛的匆匆身影。那时他军务繁忙，根本顾不上我们这些孩子，便把我们交付给了成都军区八一小学。因此，每到放暑假时，军区便派上一辆大卡车，拉上我们这一群孩子，翻山越岭两三天，才能见到风尘仆仆、又黑又瘦的爸爸和妈妈。"

在金杭的记忆中，那些川西高原上的夏天是最幸福的日子，鲜花开满在草原上，姹紫嫣红，无边无际，好看极了；不知名的野果，红绿青黄，有酸有甜，很是馋人；牛羊成群，草地如茵，真是"蓝蓝的天上白云飘，白云下面马儿跑"。如歌如画，如痴如醉！当然，最好的还是可以和爸爸妈妈在一起，也只有这一段短短的时光她们才能感觉到是有家的孩子。

等到夏天一过，孩子们就又要回成都了。那里虽富为天府之国，又有舒适的好气候，但长长的一年里，尽管同学众多，却是没有父母，真是心里寂寞的日子，实在难熬。特别是一到冬天放寒假，因为大雪封山，她们只能待在学校，一天一天地挨，虽也过过"春节"，但印象却是那样模糊。

金杭的一句话让我泪目——"真正属于我们的'春节'在夏天"，因为那是与爸爸妈妈在一起的时光，是那些与蓝天、白云、鲜花、野果和牛羊相拥相伴的欢乐。

那种苦涩的甘甜，是今天的孩子们无法体味的。虽然时光已匆匆流泻数十年，但那些乘坐大篷车往返于成都与青藏高原的印象，那些崇山峻岭，那些美好的"夏日春节"，至今仍然清晰地留在她的印象中，经年累月，挥之不去……

岳父把一生都献给了他所忠诚的事业。除了记忆，他没有给我们这些儿女留下多少可资凭借的资料，便穿着他沾满征尘的戎装匆匆去了。让我们很难用文字追溯他的生平，记录我们的怀念。

如今，我们来到他曾经战斗过的川西高原，仰望着巍然屹立的红军长征纪念碑，把深深的怀念寄托在金碑之上！

作于2008年秋

选自《红岩春秋》2009年第1期

济民永春

生我者父母。

2017年是父亲郭济民诞辰100周年、母亲张永春诞辰95周年。因此这个年份是我们家最重要的节日。

为此，我们决定编一部《济民永春——我们的家影像集》。

之所以书名叫"济民永春"，就是为了永远记住父母亲的名字，没有他们就没有我们，也没有我们大家，我们要感恩父母。

之所以副题为"我们的家"，是为了永远记住我们这个大家庭。亲情是无法选择的，也是无可替代的，是世间最宝贵的感情，也是最值得珍惜和维系的情感。我们兄弟姐妹8人，要心心相印、守望相助。

之所以用"影像集"的方式，是为了永远记住亲人的形象。

老一辈常常教导我们，"千万不要一辈亲二辈表，三辈四辈认不到"。父亲是个善学习的人，但戎马一生，他写下的文字大都散失了。母亲跟随父亲奔波，如今可以凭据的资料也不多。而他们留给我们最多的就是那些或带着硝烟，或饱含慈爱的照片和功勋荣誉奖章，这已成为我们永远的念想。因此，我们把这些珍贵的影像搜集起来，印制出来，留存下来。

南宋词人陆游诗曰："王师北定中原日，家祭无忘告乃翁。"这是父亲对儿子的告诫。如今我们8个子女的每一个家庭都是和睦的家庭，兄弟姐妹相亲相爱，子女儿孙事业有成，第四辈聪明伶俐、活泼可爱。所以，我们把各自家庭的照片和回忆父母的文字一并印入,这是对父母亲在天之灵最好的祭告。

收入本书的还有父母亲的兄弟姐妹和他们家庭的照片。他们都是我们的亲人,这是对他们的挂念。

每个人都有父母,每个人都有家乡。过去,家乡有祖上的老屋,家乡有家族的祠堂,祠堂里供着祖先、祖辈的牌位。那就是根,那就是乡愁之所在。

如今,家乡的老屋没有了,祠堂也不在了,我们的根在哪里?乡愁又该寄托何处?我们想,我们的根和乡愁,或可寄托于这部《济民永春——我们的家影像集》之中吧。

春天到了,花开了,草青了。今天,父母亲永远地安息在绵阳烈士陵园流芳园中。

兄弟姐妹们、住在家乡和远在他乡的至爱亲友们,我们相互珍重吧!

2017年2月25日于绵阳

跋语:这是我为《济民永春——我们的家影像集》撰写的《后记》,该书于2018年由重庆日报出版公司印行。

从"爱众"到"济民"的青春记录

五四,这是一个庆祝成长,纪念青春,瞻望未来的节日。

中华民族百年复兴的历史,那是一幅青年探索、青年革命、青年奋斗、青年成长、青年永恒、青年长青的恢弘画卷。其中就有这样一位革命青年的青春记忆。

1955年12月15日,重庆市西南军区大礼堂中,正在举行新中国成立以来首次人民解放军军官授予军衔仪式。军歌声中,一位面容清癯、目光坚毅、军容严整的中年军人,从成都军区司令员贺炳炎上将手中,接过盖有国防部长彭德怀元帅印章、授予大校军衔的证书。那时,他刚从朝鲜前线调任四川。12月17日,重庆市委、重庆市政府举办晚宴和晚会,对他们表示祝贺。

这位开国大校原名郭爱众,出生在山东一个勤劳农家。父亲为其取名"爱众",乃寄望他以热爱苍生为志。因此这个长在山东水泊梁山的孩子,从小就有一个英雄梦。

那是一个中国贫穷落后,深受帝国主义凌辱的时代。当时山东昌乐、临朐一带的农民,为欧洲的资本家种植烟叶,而最终发财的是资本家,农民则成了破产者。自己亲眼所见和家乡农民的亲口讲述,让他体会到什么是帝国主义对中国的经济侵略,也看到了那些走狗帮凶的嘴脸。后来上中学了,他把这些见闻写成短篇小说《烟》,用稚嫩少年的笔记住了农民的苦难，也开始思考着底层民众的命运。

那也是一个马克思主义开始传播，中国共产党创立发展的时代。山东是中国共产党创始人之一王尽美的故乡，是我国最早建立共产党组织的省份之一。

1933年，16岁的郭爱众考取了济南乡村师范学校。他如饥似渴地读书学习，知道了红军，知道了打土豪，分田地，劳动人民翻身作主人的道理。面对"九一八"事变后日本侵占东三省的惨状，青年郭爱众积极组织参加讲演会、读书会、时事讨论会，逢会必讲，讲必动人，被誉为"学生中的俊杰"。

1935年，日本侵略军蚕食侵犯华北地区，山东成为日本侵略的下一个目标。这年底，在中国共产党领导下，爆发了公开揭露日本侵略中国、吞并华北，揭露国民党妥协投降的"一二·九"爱国学生运动。

消息传到济南，18岁的郭爱众便以时事讨论会为核心，联合各年级同学罢课响应，被选为学校抗日救国会的常委之一，投身抗日救亡运动。

当时的山东，由军阀韩复榘任省主席，他大肆捕杀共产党员、无辜群众，镇压共产党领导的农民武装暴动。1936年7月，19岁的郭爱众被山东省警察局逮捕，关进省会监狱，遭受刑讯逼供。

正是这段经历，让郭爱众有了一段奇遇，走过了人生飞跃的关键一步。

这时的郭爱众还不是共产党员，但以共产党人为榜样，坚不吐实。特务见审不出什么，就露出了凶恶的面孔，打了郭爱众二十军棍。打了又问，问不出又打，一连四次，他共挨八十军棍。郭爱众坚贞不屈，早已作好受更多的刑，吃更多的苦的准备。

在狱中，他得到了共产党员的教育和帮助，知道了共产党在乡村中如何组织农民，如何开展借粮、反地主的经济斗争，如何组织游击活动。他因为生长在农村，下定决心将来出去后，一定找共产党干革命去。

军阀韩复榘标榜自己是个"包青天",经常要亲自审案,做做"清官为民""大公无私"的样子。这次他决定亲自审问郭爱众。郭爱众早就听说韩复榘是个心狠手毒的军阀,作好了牺牲的准备,说:"如果让我死,临死也要骂他几句。"

那天审问时,韩复榘坐在大堂上,旁边一人拿着本子,宣布罪证:在郭爱众居住处搜出一本《学生暑假工作大纲》和笔记本,其中有亲共言论。

韩复榘对着郭爱众说:"学生是念书的,暑假还有什么工作大纲?"

郭爱众答:"是呀,暑假工作也就是看看书,写写字,笔记就是随便抄点报纸什么的。"

韩复榘也没有听到有没有"大纲"二字,就说:"学生嘛,就是要多看看书,写写字,念书就行。"看看也没有什么,就说"过了"。

韩复榘审后,案子进入检察起诉阶段,年轻的郭爱众在法庭上进行了精彩的自我辩护。

检察官说,你的同学是共产党员,已供认不讳。你与同学住在一块,你也是共产党。

郭爱众说:"我同学是不是共产党员,我不知道。我们并不住在一起,他住西园,我住学校,相距一里多路。"

检察官说,在你的笔记中,有时事讨论会记录,上面有"红军长征进抵川西"之句。你称"赤匪"为红军,你是共产党无疑。

郭爱众答:"时事讨论会是合法组织。我只是保存会议记录,上边的文字不能由我负责。即使称'红军'者,亦未必是共产党。"

检察官说,会议记录上有"中国的革命须靠劳苦大众",这是共产党用的名词。

郭爱众说:"劳苦大众也是我们乡村师范的用词。中国的农民占80%,不为不众,不为不劳苦,劳苦大众就是指他们。我是乡村师范的学生,将来就是要为乡村的劳苦大众服务。"

1936年11月，法院以证据不足，宣判郭爱众无罪释放。

出狱后，中国共产党组织确认郭爱众在狱中英勇斗争，机智勇敢，有理有节，经受住了考验，于1936年12月吸收他加入中国共产党。这时他还不到20岁。

从此，郭爱众改名"郭济民"，以表自己永远跟着共产党兼济天下，服务人民的坚定决心。

4个月的囹圄生活，使抗日救亡的热血青年"郭爱众"，完成了向共产党员"郭济民"的历史飞跃。

一滴水，可以反射出太阳的光辉。

一个人，则映照了一个时代青年的形象。

《重庆日报》2020年5月3日

永德昌荣共守传

这是一个见证爱情的时刻。

都是因为昌凌和培璇这美好的姻缘。你们一个从重庆出发,一个从临沂起步。27年前,你们出生的地方相距1400公里,10年前你们上学的地方相距30公里,5年前你们身处的地方相距5公里,两年前你们还有10米的距离,而现在,前面就是零距离了……真是走过千山万水,梦里的期待,从素不相识,到北京相恋,再到今天的携手,走进婚姻的殿堂。对你们来说,这叫天作之合,更是天生一对。

对我们来讲,也是人生幸事。中国古人称人生有三大幸事,"洞房花烛夜、金榜题名时、他乡遇故知",我们都经历过了。而此时此刻,我想人生应该还有第四件幸事,那就是"儿大女成人"。是啊,你们长大了,成人了,这个姻缘成就了你们,也成就了我们。

今天也是亲情感恩的日子。

我和金杭要衷心地感谢参加今天婚礼的所有亲朋好友,大家拨冗出席,让我们铭感在心。你们中甚至有的不远千里,不远万里来到这里,见证我们家庭这个最重要的时刻。

我们要感谢爷爷、奶奶,感谢姥爷、姥姥,以及所有的先贤先辈的护佑,没有他们,也就没有我们,也就不会有你们。

我们要感谢昌凌的姑姑、舅舅和姨妈们,还有昌凌的兄弟姐妹们,是你们的爱和数之不尽的付出，才有了昌凌的健康、成长和成才。这是千金难买的，更是无以回报的。

我更要感谢的是昌凌的妈妈。27年前的夏天，伴着来自东方的狂风暴雨、雷鸣闪电，然后是阳光普照，旭日东升，她生下了我们的昌凌，起小名"东东"，希望他像东方的太阳，历经风雨，但蒸蒸日上。昌凌尽管早产，但是非常可爱，是她一滴奶一滴奶的喂养，才有了昌凌的健康。还有就是她的宽容，让昌凌享受了比许多孩子更多更快乐的时光，也才有了他后来的成长，才有了今天的一切。对我来讲，却是令人遗憾的——当时没能陪在她的身旁，因为那时候没有手机，无法及时地通知我。因此直到今天我还为之愧疚。

我们还要特别地感谢行华和文英，是你们养育了一个如此优秀的女儿，成就了这门姻缘，这其中，还包括了所有长辈和亲朋好友对培璇的爱与呵护。我们喜欢她，更会爱她、呵护她、帮助她。

今天更是梦想开始的地方。

昌凌、培璇，从今天起，你们结束了单身生活，走进二人世界，一定怀着美好的梦想。但要知道，前面有阳光也有风雨，有鲜花也有坎坷。

你们是在齐鲁大地上开始追寻新的梦想的。乘着齐鲁之风、沂蒙精神，中华先贤的教诲言犹在耳，这是我们根之所在。就送给你们三句老话吧。

孝敬父母。按中国的观念"百善孝为先"。

互敬互爱。因为"爱"是家庭的基础。

服务社会。这才是人生的大境界。

今天，2012年12月14号，是今年最重要的一个日子。尽管在这一年中，中国和世界都发生了许许多多的大事情，但是，都比不上这一时刻重要。因为12月14号就是"1214"，就是"一爱一世"。

尊敬的亲朋好友们，尊敬的各位来宾，昌凌与培璇的爱情小舟今天启航了，我相信你们会一如既往地爱他们，帮助他们。

让我们再一次祝福他们，幸福美满，天长地久，平安吉祥！

示昌凌培璇

字水渝州绕市环，岱宗齐鲁显儒贤。
吾家有子殷求凤，客旅他乡配淑娟。
喜得治平遵孝悌，能于安乐识危艰。
相扶互励新趋步，永德昌荣共守传。

跋语：这是2012年12月14日，我在儿子周昌凌、媳妇王培璇（山东）婚礼上的讲话致辞；《示昌凌培璇》是2013年3月31日我在他们（重庆）婚礼上致辞讲话的部分内容。

邮与传

我喜欢邮票，几十年来，与邮票、集邮多多少少有一些交集。

还是20世纪60年代初念小学的时候，受父亲的影响，我开始集邮。那时可不像现在，极少有钱去集邮公司买盖销票，更无钱去买新邮票。我都是从实寄的信封上揭取邮票——先要把信封上的邮票剪下来，然后用水来浸泡。等邮票和信封都泡透以后，小心翼翼地把邮票和信封分离开来，用清水把票面上的污垢和背面的糨糊清洗干净。然后把邮票贴在干净的玻璃上，使其平整。待其大体晾干以后，再轻轻揭下，夹入书中，以备使用。

有了邮票，就要有集邮册来展示。那时，一本正规的32开集邮册是非常贵的，因而只是梦中的想象。父亲曾经奖励过我一本，我视若珍宝。

但更多的还得自己制作。

先要备料：找好几张硬纸板，裁成32开大小；再找一点比较大张、无色或有色但透明的"玻璃纸"，切成邮票宽度的长条。

然后制作：用锋利的刀片在硬纸板上切出长条的凹形口子，口子的高度要低于普通邮票，以便于未来展示邮票。再把切成条的"玻璃纸"从背面插进去，然后用糨糊把"玻璃纸"粘上，固定起来。这样就可以在"玻璃纸"的后面插进自己收集的"纪""特"邮票了。这只是集邮册最初步的制作。

后面还有若干工序，要把硬纸板的背面裱上一张白纸，再把已经做好的若干张硬纸板并联、装订起来，还要做一番装饰、修饰，一部土集邮册才算大功告成。

那时候国家出的邮票少，我集的邮票也就不多，因此对土集邮册中的每一张票几乎都能说出个所以然。因此这本土集邮册就成了我在同学间显摆的"家伙"，也成为我与同学们交换邮票，调剂余缺的平台。

这样的日子已经过去五十多年了。但每每想起，1949年10月8日发行的纪1《庆祝中国人民政治协商会议召开》、1951年10月1日发行的特1《国徽》，以及大套的牡丹、菊花、蝴蝶、金鱼、黄山、民族歌舞……那些伴随了我快乐童年的记忆，依然是那么鲜活、生动，回味无穷。

后来可玩的东西多了起来，集邮的方式也变得多了起来。尤其是随着家庭经济条件的改善，购买新票、购买邮集成为主要方式，我也告别了从实寄封上揭取邮票、自制邮册的集邮时代。

从此，我们家的集邮也开始玩出了新花样。

老人家有老人家的玩法。我已记不得父亲是什么时候开始成为集邮公司的订户的。每到岁末年初，父亲都要买上几部当年的邮票年册，一是自己保存起来，二是分发给我们各家。我们有了孩子后，孙子辈也是人人有份。这便成了我们家新年春节期间的规定动作。即使到他96岁去世那年，依然如此。

如今，这个动作从父亲那里传到了我的手上。

2012年我儿子要结婚了。送个什么礼物呢？真想不好。我和夫人商量，就给他们做一套个性化的邮票吧，或许更有长久的保存价值。于是我就精心构思了一款邮折：

封面是儿子媳妇携手奔跑的照片。

封二是两张生肖票，一张是2012壬辰龙年票，代表他们在山东举行的婚礼，一张是2013癸巳蛇年票，代表他们在重庆举行婚礼。旁边是儿子媳妇写的一段话：

从重庆出发，从临沂起步
27年前我们出生的地方相距1400公里
10年前我们上学的地方相距30公里
5年前我们身处的地方相距5公里
两年前我们还有10米的距离
而现在……
真是走过千山万水，梦里的期待
从素不相识，到北京相恋，到今日携手

今夕何夕
有清风、流云、瑞雪、细雨相拥
有朝阳、晚霞、繁星、朗月相伴
有腾蛇乘雾、飞龙乘云护佑
有巴渝江山、沂蒙长水滋养
更有你们的真诚祝福
天地间书写下这亘古不变的永恒

封三是主体。我精心设计的一版个性化邮票。我选了12张80分的"中国结"普通邮票作为个性化邮票的主票，寓意同心同行。然后选了儿子和媳妇的11张婚纱照作为附票，彰显青春风采和勃勃生机。正中是儿子媳妇在大海上挥手的合影，我把它做成小型张的样式。然后把主票、附票、小型张拼制成一版大16开的个性化邮票。

封底是婚礼当天的时间。

邮折外面再配上大红色、金字封套，庄重、喜庆、大方，既有传统文化,也有现代意味。整体设计精巧,印制相当精美。

婚礼当天,由儿子媳妇亲自赠送给每一位来宾,代替喜糖,使人惊喜,更让人啧啧称奇,艳羡不已。

两年后,第一个孙女小诺(荣瑾)出生了。我为她准备的礼物仍然是邮票。我买了一本当年的生肖马票全集,把孩子出生时的小脚印用宣纸拓下来,然后裱在生肖全集的首页上,写下孩子的姓名、生日、时辰,并且请孩子的长辈签上姓名。我把它作为爷爷奶奶送给孙女的第一份礼物。后来的双胞胎佐佐(荣玥)、佑佑(曦瑶)也是如此的礼物。这可是天底下独一无二、不可再现的极限邮品,也是只属于我们全家祖孙三代的集邮绝品。

如今,这样的集邮已是我们家的新传统。这是血缘纽带的凝结,这是家庭亲情的传递,更是高尚情趣的传承,值得代代相传。

选自《"邮"览重庆》,2018年出品

后 记

这是我写的一些具有散文、随笔意味的文字。承蒙重庆出版集团的雅意，从中选出一些，结集出版。

我生在重庆，长在重庆，上过学，下过乡，当过兵，做过工，教过书，研过史，从过政，至今仍孜孜于历史文化事业。

这部集子有五个板块，分七个部分，都与我的经历和职业相关。

第一板块《江山走笔》，是对重庆自然山水、人文风物的描写，抒发对养育之地的感恩之情。

第二板块两个部分，重在记述我的学术人生。《驽马十驾》主要记录了我在历史学领域里求学为学的经历；《阳光跋涉》则反映了我从幼年起在人生不同阶段走过的学术道路。大体以时间为序编排。

第三板块《巴渝城记》，是感悟重庆城市历史的文字，也大体以历史事件发生的时间为序编排。

第四板块记述那些指引我成长的老师、前辈，以及我与师友们的交往。分两个部分，《经师人师》中的人物都是我的老师、前辈，均已故去；《异国友朋》中则是我和外国师友们的学术交流与友情。

第五板块《亲情无限》，顾名思义，只为家人所作，眷恋亲情。

我不是作家，也从来不做作家梦。即使当年高考，我的语文成绩全省第四，我也有自知之明，不是那块当"作家"的料，于是放弃了报考"中文系"的志愿,而改报成绩不尽理想的"历史系",在"历史学"的道路上一直走到今天。

我对此类非学术性文章,尤其是散文的理解,与当今有些作家似乎并不完全一样。文章要有感而发,情有所动而笔则随之。情发乎于心,加上适当的文字描述,自然便会动人。因此我曾说,文章不是写出来的,而是从心里流出来的。

收在这部集子中的篇什都不是奉命文章,也决不是"硬写"——为写而写的文字。故无须矫揉造作,绝不刻意堆砌词藻,因此谈不上"美文"。

但从内心里,我却是努力追随大师、大家的——他们精于观察,感悟独到,以白描的方式抒情达意,诉说心灵,以史家的笔触描述历史的细节,入木三分。因此,只需文从字顺,明白如话,娓娓道来,就已动人万千了。

或许正是这样的追求,这部书中的不少文字在报刊发表过。有些篇什每每为人所爱,或被诵,或入乐,或进电视,或入画图,直至散文《江山红叶》入选教育部中学《语文》标准教科书,而为莘莘学子研习诵读。其中也有一些是第一次发表。

《江山红叶》是我的第一部个人文集,而且是第一部非学术性文集,由我本人自选自编。

我将进入"古稀之年",但却"不知老之将至"。这个第一部,可窥我少于示人的一面,权当"而今迈步从头越"吧。

周　勇

2023年4月1日于十驾庐